AF206764

SEELENGOLD

Die Chroniken der Akkadier
Band 1

Roman von Maria Hermann

SEELENGOLD

DIE CHRONIKEN DER AKKADIER

Maria Hermann

www.marias-leuchtturm.art

Die Deutsche Nationalbibliothek verzeichnet diese Publikation in der
Deutschen Nationalbibliografie; detaillierte bibliografische Daten sind
im Internet über dnb.dnb.de abrufbar.

Herstellung und Verlag:
BoD – Books on Demand, Norderstedt.

ISBN: 9783748173434

Widmung

Ich widme dieses Buch dir. Ja, genau *dir*, der oder die es jetzt gerade in den Händen hält – egal ob in Papier oder eBook Form.

Welchen Grund auch immer du hattest, es zu kaufen, zu leihen oder zu downloaden – ich freue mich, dass du mir die Chance gibst, dich ein paar Stunden oder Tage in deinem Leben zu begleiten.

Denn das Schönste am Schreiben ist die Verbindung, die beim Lesen zu dir entsteht.

Eins

Ich will hier weg.

Selene beobachtete, wie Grace von Sekunde zu Sekunde mehr in sich zusammenfiel. Sie schluchzte und zitterte, schnaubte ins Taschentuch und tupfte sich die Wangen trocken. Doch ihre Tränen nahmen kein Ende.

Ich will hier weg.

»Geliebte Mutter und Freundin …«, sagte der Pfarrer. Selene blendete die Worte aus, versuchte, ihre Mauern so schalldicht wie möglich zu halten. Wollte nichts davon hören. »… nach viel zu langer Krankheit …« Selene schluckte. Einmal. Zweimal. Bauchspeicheldrüsenkrebs – wozu dieses Organ nützlich war, hatte Selene nie begriffen. Ihre Wangen wurden heiß. Sie biss die Zähne zusammen und zählte die Knöpfe an Grace' blassgrünem Mantel. In der Herbstsonne wirkte er unpassend freundlich für eine Beerdigung. Alles an diesem Tag wirkte unpassend freundlich: die goldenen Blätter, der grüne Rasen, das Wetter. Beerdigungen sollten bei Regen stattfinden.

Grace musste von ihrem Mann gestützt werden. Als beste Freundin der Verstorbenen war sie erschüttert. Der Rest der Anwesenden tröstete sich mit dem Gedanken, dass der Tod für

Charlotte Johnson eine Erlösung gewesen war. Selene sah das blasse Gesicht ihrer Mutter. Die tiefen Augenhöhlen, die schmalen Lippen. Als der Pfarrer auf den Krebs zu sprechen kam, dachte sie an Schalentiere und konnte das Trommeln in ihrer Brust nur langsam beruhigen. Der Wind frischte auf und fuhr ihr durchs Haar, wedelte ihr dunkle Strähnen vors Gesicht. Selene schloss die Augen und wartete auf das Ende der Rede. Sie lauschte dem Wind, dem Blätterrascheln in den Wipfeln. Es schien Ewigkeiten zu dauern.

Ich will hier weg!

Als der Sarg in die Erde gelassen wurde, war die Stille in ihrem Kopf ohrenbetäubend. Etwas in ihr wollte raus, den Deckel aufreißen und ihre Mutter wachrütteln. Sie anschreien. Umarmen. Küssen. Die Wärme spüren. Den Duft ihrer Tagescreme riechen.

Jemand tätschelte ihre Schulter. Starr wandte Selene sich ab, ignorierte den Kloß im Hals und verließ den Friedhof. Fuhr mit dem Taxi nach Hause und fühlte sich wie der letzte Mensch auf der Welt. Sie ging die Stufen des Reihenhauses in der Pattison Road hoch, schloss die Tür auf und drückte sie von innen zu. Lehnte sich dagegen. Versuchte zu atmen. Da war nur Leere in ihr. Kein Gefühl. Keine Wut oder Trauer. Sie spürte nur diesen Druck, der ihren Körper als einziges zusammenzuhalten schien. Der ihre Beine davon abhielt, einzuknicken. Ihre Tränen davor, auszubrechen. Der ihr Herz umschloss und es vor jeglichem Schmerz bewahrte.

Selene ließ die Handtasche fallen, streifte ihre Schuhe ab und durchquerte den Flur. Das Holz knarrte unter ihren Schritten. Sie blieb vor dem Spiegel stehen und betrachtete ihre Augen, die dunkler als sonst erschienen. Beinahe schwarz. Schatten fanden sich in Augenringen und Wangen. Selene hatte seit dem Tod ihrer Mutter wenig gegessen. *Schau dich an. Das machst du aus dir.* Die Frau im Spiegel sah nicht mehr aus wie siebenundzwanzig und würde es nie wieder. Es gab ihr ein Gefühl von Kontrolle, zu beobachten, was aus ihr wurde, wenn sie sich vernachlässigte. Nicht, dass sie vorhatte, etwas daran zu ändern. Wer wollte ihr vorwerfen, dass sie sich gehenließ, um mit dem Tod ihrer Mutter klarzukommen? Sollte es nur einer wagen.

Selene ging in die Küche und stellte den Wasserkocher an, öffnete die Schranktür und blickte auf ihre Lieblingstasse. *Happy* stand in bunten Buchstaben auf einem noch bunteren Hintergrund. Sie starrte die Tasse an, versuchte sich zu erinnern, wann Mum ihr die geschenkt hatte, und musste an die Momente denken, in denen sie zusammen hier am Küchentisch gesessen und erzählt hatten. Lange, bevor der Krebs gekommen war.

Selene griff nach dem schwarzen Kaffeebecher neben der Happy-Tasse und schloss die Schranktür. Sie goss irgendeinen Tee auf, ließ ihn in der Küche stehen und ging ins Wohnzimmer. Legte sich auf die Couch und starrte den stummen Fernseher an. Schaltete ihn ein und deckte sich zu. Ihre Augen wurden schwer und tränten. Die Geräusche des Fernsehers verschwanden langsam im Hintergrund. Selene hörte ihren Atem, und aus der Dunkelheit wurde Licht.

Träume waren Verräter. Egal, wie schlecht es ihr ging, in ihren Träumen spürte sie nichts davon. Vielleicht sollte sie in Zukunft nur noch schlafen.

Sie rannte durch einen Wald, spürte die Wärme der Erde unter ihren Füßen. Das Laub raschelte und war genauso weiß wie die Blätter in den Baumkronen. Nebel schluckte die Ferne, kühler Wind strich ihr über die Haut. Sie fühlte keinen Schmerz, keinen Druck auf ihren Schultern, der sie zusammenhalten musste. Nur Freiheit. Fühlte sich angekommen. Sie brauchte nichts außer sich selbst und das alles überstrahlende Glück im Herzen. Es hätte sie überfordern sollen, die Euphorie zerriss sie beinahe und war doch kein bisschen zu viel.

Selene wurde langsamer, als sie einen Duft wahrnahm. Sie hielt schwer atmend an und bemerkte ihr wallendes Kleid aus dunkelblauer Seide. Ihr Haar kitzelte am Rücken, und auf ihrer Haut bildete sich ein leichter Film. Da war er wieder, dieser Duft. Maskulin, schwer. Nach Kaffee, Ingwer und … Zimt? Selene drehte sich um und suchte. Ihre Füße bewegten sich wie von allein, folgten der Spur durch die Bäume. Da gab der Nebel ein Gebäude frei, waberte auseinander und enthüllte breite Stufen, die zu einem Tor führten. Selene ging die Treppe hoch. Ihre Hand berührte die kalte Klinke und drückte sie nach unten. Das Tor glitt nach innen auf. Eine Duftwolke wallte über Selene hinweg, ihr Herzschlag beschleunigte sich. Im Eingangsbereich war es dunkel, nachtblaue Vorhänge verkleideten Wände und Bilder, als wäre das Gebäude seit Jahrzehnten unbewohnt. Eisiger Wind strich um ihre Füße und ließ sie frösteln. Selene ging langsam weiter, schaute sich um, konnte im Dunkel aber nichts erkennen. Das Licht von draußen rahmte ihren Schatten ein und beleuchtete die ersten Stufen einer Freitreppe, die oben im Nichts verschwand. Direkt davor war ein Mosaik in den Steinboden eingearbeitet. Glänzend blaue Steine bildeten den Hintergrund für das Bild eines muskulösen Tieres. Es hätte ein Löwe sein können, wären da nicht die zwei Hörner an seinem Kopf. Selene berührte die Steine und fuhr das aufgerissene Maul des Tieres nach. Plötzlich musste sie sich räuspern und schluckte. Fasste mit der Hand an ihren Hals. Etwas war in ihrer Kehle. Sie bekam Panik. Ihre Brust zog sich zusammen. Sie hustete und spuckte Blut, bekam kaum noch Luft, als hätten ihre Lungen nicht genügend Platz. Als würden sie mit irgendetwas gefüllt. Selene stützte sich auf und hustete immer stärker. Keuchte und würgte, als ihre Hände plötzlich von roter Flüssigkeit umspült wurden. Sie schaute hoch. Ein Sturzbach aus Blut kam die Treppe herunter. Selene kroch rückwärts und hatte kaum noch Kraft, zog sich auf dem Bauch Richtung Ausgang, als das Tor krachend ins Schloss fiel. Sie erbrach Blut, drohte zu ersticken. Entkräftet drehte sie sich auf den Rücken und blickte auf einen Kronleuchter an der Decke. Ihr Körper zuckte und kämpfte. Warmes Blut tränkte ihr Haar, umspülte ihr Gesicht und schloss sich über ihr zusammen.

Selene riss die Augen auf und starrte an die Zimmerdecke. Ihr Herzschlag raste, das Blut rauschte in ihren Ohren. Sie bewegte sich nicht, zu tief saß der Schreck. Nur ein Traum, es war nicht real gewesen, hatte sich aber viel zu echt angefühlt. Sie schluckte, ihr Rachen war frei. Selene war nicht abergläubisch. Ihr Unterbewusstsein versuchte nur, Erlebtes zu verarbeiten. Es spielte also keine Rolle, was sie träumte. Richtig?

Draußen prasselte Regen gegen die Fensterscheiben. Selene lauschte ein paar Minuten und stand schließlich auf, ging im Dunkeln in die Küche und kippte den kalten Tee in den Ausguss. Spülte die Tasse ab und stellte sie zurück in den Schrank. Sie müsste etwas essen, hatte aber keinen Hunger. Der Kühlschrank war sowieso leer. Vom Wohnzimmer drang der Krach des Fernsehers bis hierher. Irgendein abendliches Quiz lief. Sie versuchte sich darauf zu konzentrieren. Konnte den Druck in ihrer Kehle aber nicht verdrängen. Etwas wollte raus. Schreien. Weinen. Zerspringen. Selene biss die Zähne zusammen und schüttelte unbewusst den Kopf. Holte einmal tief Luft und nahm die Treppe in den ersten Stock, zog sich im Schlafzimmer ihr Sportzeug an und … blieb an Ort und Stelle stehen. Sie war seit Wochen nicht gelaufen. Selene setzte sich auf die Bettkante und blickte auf den MP3-Player in ihren Händen, fuhr die Umrisse mit dem Daumen nach und wischte die Fingerabdrücke an ihrer Jacke ab. Sie verstaute ihn wieder im Nachtschrank, legte sich angezogen ins Bett und versuchte zu schlafen.

Am nächsten Morgen schaltete Selene den Fernseher im Wohnzimmer aus. Die einkehrende Stille war fürchterlich. Wenn man allein lebte, war es oft still. Bislang hatte sich Selene nie daran gestört. Nicht einmal die Heizung machte Geräusche. Als es an der Tür klingelte, zuckte sie zusammen und überlegte, ob sie aufmachen sollte. Mit schweren Schritten ging Selene durch den Flur.

»Julia.«

Erst antwortete ihre Freundin nicht. Julia gehörte zu den Menschen, die immer strahlten. Selbst wenn sie, wie gerade, voller Mitgefühl und stummer Trauer war. »Es tut mir so leid, dass ich nicht kommen konnte.«

»Kein Problem.« Selene trat zu Seite und ließ sie rein. Es war wirklich kein Problem. Julia an ihrer Seite hätte es eher schlimmer als besser gemacht. »Setz dich. Ich wollte mir gerade Kaffee machen …« Selene blieb im Türrahmen zur Küche stehen und konnte ihrer Freundin nicht in die Augen schauen.

»Wolltest du nicht«, antwortete Julia liebevoll. Sie blieb an der Arbeitsplatte stehen. »Genauso wenig wie joggen.«

Selene hatte ihre Sportsachen noch an und fühlte sich ertappt. Sie zuckte mit der Schulter.

»Wir hatten eine Störung im Labor«, erklärte Julia ihr Fehlen bei der Beerdigung. Sie arbeitete an der medizinischen Fakultät des Imperial College. »Deswegen …«

»Schon okay.«

»Wie … war es?« Die blonden Augenbrauen ihrer Freundin zogen sich zusammen. Sie presste die Lippen aufeinander.

»Ich denke, es war in Ordnung. Zeitlich hat alles gepasst. Die Organisation war okay. Also …« Selene starrte ins Leere.

»Und wie geht es dir?«

Selene schüttelte langsam den Kopf. »Keine Ahnung. Ich … kriege es irgendwie hin.« Sie holte Luft. »Ich dachte nur, … es würde leichter werden. Jetzt. Nach der …«

»Das wird es«, antwortete Julia nach einer Pause.

»Glaubst du?« Selene sah hoch.

»Das wird es.« Julia sah sie lange an. »Jeden Tag ein bisschen.« Sie lächelte schwach und wusste anscheinend nicht, was sie noch sagen sollte. Selene auch nicht. Schließlich wandte Julia sich der Küche zu. »Ich mach uns einen Kaffee.«

Selene ging zum Fenster und schaute nach draußen. Sie hatte keine Familie mehr. Außer Julia keine Freunde. Allein zu sein, war ihr nie schwer gefallen. Sie füllte ihre Freizeit mit Hobbys. Lesen. Joggen. Aus dem Fenster schauen und die Stille genießen. Doch in diesen Tagen belastete sie die Einsamkeit. Als wäre Selene allein nicht mehr genug. Als fehlte etwas, um vollständig zu sein. Vielleicht brauchte es wirklich nur Zeit.

Selene erinnerte sich an den Tag, als sie Julia kennengelernt hatte. Das war mittlerweile zwei Jahre her. Sie war ihr an einem verregneten Freitagnachmittag im Coffee Market House über die Füße gestolpert. Julia hatte darauf bestanden, dass sie sich zu ihr setzte – das Café war überfüllt gewesen – und hatte sie in ein Gespräch verwickelt.

Selene drehte sich um und beobachtete ihre Freundin beim Kaffeekochen. Julias lange kupferfarbene Locken tanzten bei jeder Bewegung über ihren Rücken. Sie hatte tolle weibliche Kurven. Bevor Selene sie kennengelernt hatte, war sie fest davon überzeugt gewesen, in ihrem Leben niemanden außer sich selbst zu brauchen. Und ihre Mum. Heute war sie dankbar, dass es Julia gab. Zum Beispiel wenn sie zu Silvester mit drei Flaschen Sekt vor der Tür stand und ihre Party sausen ließ, damit Selene nicht allein war. Oder sie mitten in der Nacht besuchte und ihr Gesellschaft leistete, als ob sie gewusst hätte, dass Selene nicht schlafen konnte. Oder auch an einem Sonntagmorgen, an dem Selenes Welt wie ein einziger Abgrund erschien, zum Frühstück vorbeikam und bei ihr blieb, als hätte sie Angst, Selene könnte sonst eine Dummheit anstellen.

Ihre Sicht verschwamm, als sie Julia beim Hantieren zusah. Und wenn ihre Freundin plötzlich nicht mehr da wäre, würde sie ein weiteres Loch in Selenes Herz hinterlassen, gleich neben dem, das ihrer Mutter galt.

»Du hast nichts Gescheites im Kühlschrank. Ich hätte gleich was mitbringen sollen!« Julia warf ihr einen tadelnden Blick zu. »Dann gibt es eben … Rührei … mit … Toast.«

»Ich habe keinen Hunger.«

»Du hast Hunger. Oder soll ich erst deine Rippen zählen?«

Selene verzog das Gesicht und ließ sich breitschlagen, bekam einen dampfenden Kaffee und frisches Rührei vor die Nase gestellt und aß artig auf.

Julia blieb bis zum Mittag und bestand darauf, Pizza zu bestellen. Selene bekam ein Stück herunter. Mehr ging nicht.

»Du isst den Rest heute Abend!«

»Bestimmt.«

»Selene!«, mahnte sie. »Versuch es, bitte.«

»Okay …«

»Gehst du heute noch laufen?«

»Weiß nicht.«

»Tut dir bestimmt gut …«

»Hm.« Selene wusste nicht, ob sie etwas machen wollte, das ihr gut tat. Aber das konnte Julia sich vermutlich selbst denken. Sie drückten sich nicht zum Abschied. Julia berührte nur kurz ihre Schulter, was allein reichte, damit ihr Tränen in die Augen stiegen.

»Bis morgen …«

»Willst du jetzt jeden Tag vorbeikommen?«

»Ja. Will ich. Und es bringt auch nichts, wenn du die Tür nicht aufmachst. Ich habe deinen Ersatzschlüssel.«

»Ach, wie praktisch.«

Julia zwinkerte und ging. Selene bereitete sich den Rest des Tages gedanklich darauf vor, abends zu joggen. Nachdem die Sonne untergegangen war, holte sie ihren MP3-Player und verließ die Wohnung Richtung Park. Die ersten Schritte fielen ihr schwer, fühlten sich falsch an. Doch nach und nach ging es besser. Es war nichts Romantisches daran zu laufen. Der Wind biss in ihre Finger und trieb ihr Tränen in die Augen, pfiff an ihren Ohren vorbei und übertönte jedes andere Geräusch. Selene verließ die Pattison Road und erreichte den Hampstead Heath Park, bog in den Waldweg ein und rannte schneller. Ihr Atem rasselte, die kalte Luft reizte ihre Lungen. Ihre Muskeln protestierten, und ihr Herzschlag flatterte. Sie rannte zu schnell, aber es half.

Zwei

Schottland

»Slainte!«, murmelte Roven zu sich selbst, kippte den Whiskey vom Vortag runter und stellte das Glas auf seinen Nachttisch. Ein guter Abend begann mit Tullermore Dew. Bei ihm jeder Abend. Die wenigsten wurden gut, aber den Versuch war es wert.

Er fuhr sich übers Gesicht und rieb seine Augenlider, hatte wirres Zeug geträumt, an das er sich kaum erinnerte. Nur eins war hängengeblieben – eine Nachricht von seiner Ahne Jolina. Jeder Akkadier stammte von einem der drei göttlichen Ahnen ab, den Kindern der Kriegsgöttin Ishtar. Jolina hatte ihn im Traum gebeten, in London nach seinem Freund Lennart zu suchen. Angeblich hatte er sich mit zu vielen Taryk angelegt und war seither verschwunden. Roven glaubte nicht, dass ihm etwas zugestoßen war. Dazu bedurfte es mehr als einer Handvoll Seelenreißer. So wurden die Taryk auch genannt, weil sie sich von der menschlichen Essenz ernährten, ihre Opfer aussaugten und nichts von dem übrigließen, was sie einst zu Menschen gemacht hatte. Der Taryk behielt die Seele in seinem Inneren, wo sie erst Frieden fand, wenn er getötet wurde. In den meisten Fällen starben die Opfer noch während des schmerzhaften Vorgangs an Herzversagen.

Der Akkadier stand auf, duschte und zog sich an – schwarzes

T-Shirt und schwarze Lederhose. Er verließ sein Zimmer, ging an den leer stehenden Räumen des ersten Stockwerks seiner Burg vorbei und gelangte über die breite Freitreppe ins Erdgeschoss. Roven zwinkerte Ishtars Mosaik im Steinboden zu und lief zum Fenster. Die Rollläden fuhren für die Nacht hoch und gaben Ausblick auf die Landschaft. Nebelschwaden sammelten sich in den Tälern und fingen das Mondlicht ein. Das Gute an Schottland waren die Menschen, denn es gab nicht viele. Im Gegensatz zu London. Roven mochte Sterbliche nicht besonders. Bis auf die zwei, die in seinem Haushalt lebten.

»Guten Abend, Sire!«

Er drehte sich um. »Adam …«

Der Butler verbeugte sich leicht. »Habt ihr wohl geruht?«

»Wie immer.« Roven verzog das Gesicht.

Adam nickte verständig. Er arbeitete bereits seit fünfzig Jahren für den Akkadier und kannte Rovens Eigenarten. Normalerweise schaffte es ein menschlicher Verstand nicht, einen Unsterblichen im Langzeitgedächtnis abzuspeichern. Ein Mensch vergaß ihn wenige Sekunden später wieder. Doch ein kleiner Gendefekt, der oftmals vererbt wurde, ermöglichte es wenigen – unter anderem Adam und seinem Enkel Jason.

»Möchtet ihr Dinner zu euch nehmen? Ich habe noch –«

»Heute nicht«, fiel Roven ihm ins Wort. »Danke, aber ich muss nach London. Ist Jason im Keller?«

»Wie immer«, rief Adam ihm nach.

Da war Roven bereits in der Tür unter der Treppe verschwunden, folgte den Stufen abwärts, durchquerte das modrige Kellergewölbe und betrat sein Büro durch die Stahltür. Jason saß am Schreibtisch, hatte Kopfhörer auf und nickte zum Takt der Musik, die für Rovens Ohren selbst aus dieser Entfernung zu laut war. Er tippte den Jungen an der Schulter an, wodurch er kurz zusammenzuckte, sich aber gleich wieder fing. Jason nahm die Kopfhörer ab und drehte sich samt Stuhl. Seine braunen Haare standen in alle Richtungen ab.

»Nabend!«, rief er etwas zu laut.

»Ich bin im Gegensatz zu dir nicht schwerhörig.«

»Ach ja? Ich finde, du kannst ziemlich gut schlecht hören.« Er grinste und Roven gab ihm einen Klaps auf den Hinterkopf. »Aua! Du verletzt meine Gefühle …«

»Bestimmt.«

Jason wandte sich wieder seinen drei Monitoren zu und stoppte die Musik für den Moment. »Was kann ich dir Gutes tun, Großer?«

»Ich muss nach London.«

»Und … du willst, dass ich dir die nächste Busreise raussuche? Warte mal, da war neulich was im Briefkasten. Irgendwas mit Rentnertreff und kostenlosen Heizdecken.« Jason zog vorsorglich den Kopf ein, doch Roven überging den Spruch.

»Lennart wird vermisst.«

»Ach, Quatsch!« Jason gab etwas in den Computer ein. Roven hatte von diesem Technikkrempel keine Ahnung, musste er auch nicht. »Hm«, machte der Junge. »Er war vor zwei Tagen zum letzten Mal online.«

»Das heißt?«

»Dass … er vor zwei Tagen zum letzten Mal online war. Kann alles und nichts bedeuten.«

»Wozu haben wir diese Geräte überhaupt?!«

»Entschuldige, holde Maid. Du kannst deine Kollegen ja zukünftig darauf hinweisen, sich bitte immer bei mir an- und abzumelden. Dann kann ich dir mehr dazu sagen. Aber ihr einsamen Wölfe jagt nun mal nicht gerne im Rudel. Somit sind meine Überwachungsmöglichkeiten begrenzt.«

»Kannst du dich nicht in seinen Computer hacken oder so?«

»Sicherlich. Aber was bringt uns das? Denkst du, er hat ein Jagd-Tagebuch geführt?« Roven knurrte. »Ich auch nicht«, murmelte Jason.

»Dann also auf die altmodische Art.«

»Ist dir doch eh am liebsten, alter Mann. Nimmst du den Piepser mit? Falls du Hilfe brauchst?«

Roven starrte den kleinen Knopf in Jasons Fingern an, sah dem

Jungen in die Augen und ging ohne ein Wort zur Tür.

»Das heißt wohl, nein. Dann vergiss dein Küchenmesser aber bitte nicht.« Damit meinte er Rovens Breitschwert. Jason hatte mal versucht, es anzuheben. Ohne Erfolg. »Hörst du? Ich möchte mir meine keine Sorgen machen müssen, Schatz!«

»Halt die Klappe!«

»Ich dich au-uch«, sang er und lachte.

Kurz darauf erklang die Musik wieder. Roven teleportierte sich nach oben in sein Zimmer und legte die Kampfmontur an: ein Brusthalfter mit vier Messern und sein Breitschwert, das er in der Scheide am Rücken verstaute. Er zog seinen abgewetzten Ledermantel und die schweren Boots an, überlegte, ob er noch etwas brauchte und holte einmal tief Luft. Heute lastete die Zeit schwer auf seinen Schultern, und die Suche nach Lennart war eine eher unwillkommene Abwechslung. Zwar gab es in London für einen Akkadier mehr zu tun als in den Weiten der schottischen Highlands, doch die Menschenmassen gingen ihm jetzt schon auf den Sack.

Der Akkadier teleportierte sich die in die Londoner Innenstadt. Auf altmodische Art nach einem Bruder zu suchen, bedeutete, im Dreck zu wühlen – im menschlichen Verstand. Lennart war für die Hauptstadt allein verantwortlich. Es gab also niemanden, der etwas bemerkt haben könnte und sich noch daran erinnerte. Roven nahm nicht vollständig Gestalt an, sondern bewegte sich als schwarzer Schatten durch die Nacht. Er berührte jeden, der ihm in die Quere kam, rempelte auch den einen oder anderen Idioten an. Aber theoretisch reichte eine flüchtige Berührung, um ihre Köpfe aufs Wesentliche zu durchleuchten – Erinnerungen an Schockmomente, Unverarbeitetes, Verdrängtes. Das war im Üblichen das, was nach einer Begegnung mit einem Akkadier im Unterbewusstsein hängenblieb und erst nach und nach verschwand. Im Nirwana versickerte. War besser so. Die meisten Menschen wären mit Dingen wie Teleportation, Unsterblichkeit, Blut trinken und der alltäglichen Gewalt im Leben eines Akkadiers überfordert, von den Göttern ganz zu schweigen.

Roven fand allerhand Abfall – Hass, Neid, Lügen, bis hin zu Todesfällen und Gewalttaten. Ging ihn alles nichts an. Er bewegte sich durch die Innenstadt und erreichte bald die angrenzenden Wohngebiete. Privatsphäre kannte er genauso wenig wie abgeschlossene Haustüren, und wenn er mal eine teure Vase runterwarf, ließ er auch keinen Zettel mit seiner Rechnungsanschrift da. Er arbeitete sich durch das Feierabend-Programm und fand wenig Hilfreiches, durchkämmte die Parks und streifte einzelne Jogger, die sich ihre Köpfe über Sinnlosigkeiten zerbrachen. Roven erreichte eine junge Frau und berührte sie im Flug. Sie dachte – nichts. Er stockte und berührte sie erneut. Doch ihr Geist war leer. Zumindest gab sie ihm nichts Preis, was unmöglich war. Er blieb an ihr dran, folgte ihrem Lauf und suchte im Dunkel ihres Verstandes. Da blitzte ein Bild auf. Es zuckte durch seinen Kopf, als wäre es nicht ihre, sondern seine Erinnerung. Roven sah eine dunkelhaarige Frau in einem nachtblauen Kleid. Sie kniete vor einem Mosaik und er erkannte seinen eigenen Traum wieder. Der Akkadier stand am oberen Ende der Treppe seiner Burg und schaute auf sie hinunter, beobachtete, wie sie Ishtars Bild berührte. Genau davon hatte er geträumt.

Entgeistert nahm Roven vor der jungen Frau Gestalt an. Sie rannte blindlings in ihn hinein, prallte zurück und fiel hin. Roven starrte sie an. Und als sie ihm schockiert den Blick zuwandte, wusste er, sie hatten dasselbe geträumt.

Die junge Frau japste nach Luft und kroch rückwärts.

»Keine Angst«, sagte er und hielt ihr die Hand hin.

Im Mondlicht wirkte ihr Haar schwarz und die Augen ungewöhnlich dunkel. Sie hatte ein herzförmiges Gesicht, volle Lippen und eine sportliche Figur. Ihr Mund zitterte. Er versuchte sie mittels Gedankenkontrolle zu beruhigen, doch ihr Geist kämpfte gegen ihn an. Normalerweise waren Menschen nicht dazu in der Lage.

»Komm, ich helf dir hoch …« Seine Stimme klang heiser.

Ihr Widerstand ebbte ab. Sie legte ihre Hand in seine und ließ sich aufhelfen. Stand plötzlich so nah vor ihm, dass er die Wärme ihres Körpers spüren konnte. Sie duftete wie bitterer Honig.

»Wie ist dein Name?«

Sie schüttelte verwirrt den Kopf, als versuchte sie seine Kontrolle abzuschütteln.

»Sag mir deinen Namen.«

»Selene.«

Roven betrachtete ihr Gesicht und tauchte in die Tiefe ihrer Augen ein. Sie waren braun mit roten Sprenkeln, als würde die Iris bluten. Selenes Hand lag noch immer in seiner, war kalt vom Wind. Er bewegte seinen Daumen über ihren Handrücken.

»Warum träumst du von mir?«

»Was?«

Sein Blick fand ihre Lippen. Er biss sich auf die Zähne, spürte die Bestie in seinem Inneren. *Naham* war hellwach und drängte ihm einen Wunsch auf. Ehe er wusste, wie ihm geschah, zog er die junge Frau an sich und küsste sie. Ihr Mund war kühl. Seine Bestie knurrte, saugte Selenes Geschmack in sich auf und wurde gierig. Roven kämpfte dagegen an. Er wollte sich lösen, aber sein Verlangen war zu stark. Unsanft stieß er die junge Frau von sich, zog sich aus ihren Gedanken zurück und blickte sie an. Im Schein seiner Augen erstrahlte ihr Gesicht wie Schnee im Sonnenlicht. *Naham* hatte ihn so weit getrieben, dass seine Augen sich gewandelt hatten.

Plötzlich wieder klar im Kopf, gab Selene einen kurzen Schrei von sich.

»Lauf!«, knurrte er. Und sie tat es, stolperte rückwärts und hetzte durch den Wald. Rovens ganzer Körper verkrampfte, als er sich davon abhielt, ihr nachzujagen. Sein Blick verfolgte jeden ihrer Schritte.

Hinterher!, rief *Naham* in seinem Kopf. Scheiße. Er sollte mehr trinken. So schnell durfte er nicht an seine Grenzen kommen.

Plötzlich durchzuckte ein Schmerz sein Bein. In seinem Oberschenkel steckte die Klinge eines Wurfmessers. Roven sah nach hinten und fand sich im Angesicht von vier Taryk wieder. Er brüllte und zog das Messer raus. »Falscher Tag, ihr Wichser!«

Der Akkadier warf dem erstbesten die Klinge um die Ohren und zog sein Breitschwert aus der Scheide, ging in Angriffshaltung und fixierte seine Feinde. Taryk besaßen die Fähigkeit, ihr Äußeres vor Sterblichen zu verbergen. Nicht aber vor ihm: dunkelgraue Haut bedeckte ihre hageren Gesichter; das meist schulterlange Haar bewegte sich selbstständig, als tanzten Schlangen auf ihren Köpfen und in tief liegenden Augenhöhlen glänzten schwarze Augäpfel. Taryk waren durchweg männlichen Geschlechts. Sie wurden von Königinnen geboren und angeführt und waren selten clever. Die vier Trottel grinsten ihn an, als freuten sie sich auf ihr Ende. Roven wunderte sich immer wieder, dass Taryk ernsthaft glaubten, sie hätten eine Chance gegen *ihn*, der in so vielen Schlachten gekämpft hatte, dass er sie nicht mehr zählte. Aber, hey, sie würden ihre Lektion bekommen. Zwar bestanden Taryk nur aus dunkler Aura, sodass sie ein abgetrennter Arm nicht am Weiterkämpfen hinderte, aber ohne Kopf hatte sich das Thema auch erledigt.

Die kleine Horde verpuffte zu schwarzem Rauch und tauchte einer nach dem anderen bei Roven auf. Er parierte den ersten Schwerthieb und duckte sich unter dem nächsten, wirbelte herum und rammte dem dritten Angreifer seinen Fuß in den Magen. Roven wich zur Seite aus und hielt eine herannahende Klinge mit dem Unterarm auf, packte den Arm des Taryk und zerrte ihn heran. Er nahm seinen Gegner in den Schwitzkasten, sodass der Taryk nicht mehr verschwinden konnte, und kämpfte mit ihm im Schlepptau die anderen drei zurück, parierte die Angriffe aus abwechselnden Richtungen. Roven führte sein Schwert gegen die Klingen seiner Gegner, von rechts nach links, von oben nach unten. Der Taryk geradeaus verlor beim Aufprall von Rovens Klinge die Kontrolle über sein schmales Schwert und ließ es fallen. Schaute ungläubig hinterher, anstatt sich in Sicherheit zu bringen, sodass der Akkadier ausholte, sein Eisen im Bogen schwang und den Hals des Seelenreißers durchtrennte. Der Körper des jungen Taryk löste sich in Rauch auf und gab zwei kleine Funken frei, die Richtung Himmel tanzten. Nur zwei Seelen. Besser als zweihundert.

Ein Taryk nutzte die Gelegenheit und erwischte Rovens Oberarm. Die Klinge durchtrennte Muskeln und ließ seine Hand verkrampfen. Er schnellte zurück und entledigte sich des grunzenden Mistkerls unter seinem Arm, indem er ihn von seinem Kopf befreite. Blieben zwei übrig. Roven teleportierte sich mit gezogenem Messer hinter den einen und rammte ihm die kurze Klinge in den Rücken, stieß ihn mit dem Fuß von sich und widmete sich dem anderen. Er holte aus, doch der Scheißkerl verschwand. Roven spürte einen Luftzug und duckte sich, brachte den Taryk mit einem Tritt gegens Knie zu Fall. Im Liegen holte der noch mit seinem Schwert aus, doch Roven stampfte die Klinge zu Boden. Während der Taryk panisch versuchte, sie unter Rovens Stiefel rauszuziehen, sauste sein Breitschwert nach unten und trennte Kopf von Rumpf. Da spürte er sein eigenes Messer in der linken Niere, drehte sich knurrend um und starrte den verbliebenden Taryk an.

»Und das, wo du wissen solltest, dass du allein nie eine Chance gegen mich hast?!«

Der Seelenreißer zögerte, kniff die schwarzen Augen kurz zusammen und verschwand. Roven zog das Messer aus seinem Rücken und wartete auf einen Überraschungsangriff. Aber es blieb still. Er ging seine Wunden durch – nichts dabei, was nicht innerhalb der nächsten Stunden heilen würde.

Der Akkadier verstaute Schwert und Messer und entdeckte ein kleines weißes Gerät auf dem Waldboden. Er hob es auf und erkannte dieses Ding, mit dem Jason manchmal Musik hörte. Vermutlich gehörte es der jungen Frau. Es spielte noch. Roven hielt sich einen Stöpsel ans Ohr und lauschte. Er kannte das Lied nicht, irgendwas Elektronisches. Er mochte handgemachte Musik lieber. Roven wischte den Dreck vom Display und sah das Spiegelbild seiner leuchtenden Augen. Er war ein Monster und wusste das. Und sie nun auch, zumindest für den Moment. Es störte ihn nicht, wenn Menschen ihn fürchteten. Am Ende vergaßen sie ihn eh. Selbst wenn Roven sich einem Sterblichen zeigte, hatte das keine Folgen. Die Erinnerungen verschwanden nach wenigen Minuten, sodass er niemandem erklären musste, von welcher babylonischen Göttin er abstammte und was passierte, wenn er ein Sonnenbad nahm. Die junge Frau … Selene war wirklich nicht die erste Sterbliche, die er küsste. Aber dermaßen an seiner Kontenance gesägt hatte bislang keine. Blöd, wenn ihn ein junges Ding davon abhielt, einen Tarykangriff zu bemerken. Zugegeben, er hatte auch seit Tagen nur Whiskey und nichts Nahrhaftes getrunken. Da konnte er es seiner Bestie nicht verübeln, wenn sie schnell an die Decke ging. *Naham* brauchte Körperwärme, nur hatte er momentan keinen Bock, einer Frau näher als nötig zu kommen.

Der Akkadier wickelte das Kabel um den Player, ließ es in der Manteltasche verschwinden und schaute sich um. Wenn sie joggen war, wohnte sie vermutlich in der Nähe. Aber es gab Wichtigeres zu tun. Allem voran Lennart finden. Verflucht.

Ihre Beine überschlugen sich. Selene bog in die Pattison Road ein und stolperte, fing sich ab und rannte weiter. Ihre Schritte hallten auf dem Asphalt wider, doch plötzlich ließ das Adrenalin nach, sodass sie ins Leere taumelte. Sie blieb stehen und schnappte nach Luft. Ihr Herz trommelte. Sie hatte übertrieben. Selene schaute sich um, die Straße war leer. Ihr Kopf dröhnte, sie rieb sich über die Stirn und bemerkte, dass ihre Hände schmutzig waren. Bilder schossen durch ihren Kopf, ergaben keinen Sinn und verschwanden wieder. Sie schauderte. Hatte Angst, ohne zu wissen, wovor. Irgendetwas fehlte. Selene schaute suchend an sich hinab und tastete ihren Kopf ab. Sie blutete nicht, hatte keine Verletzungen, nur zitternde Hände, und die Muskeln in ihren Beinen wurden hart.

Völlig neben sich betrat Selene die Wohnung, legte den Schlüssel in die Schale, zog die Laufschuhe aus und ging in die Küche, um etwas zu trinken. Ihr lief der Schweiß an Gesicht und Rücken hinunter. Obwohl ihr heiß war, fing sie an zu frieren. Mit der Wasserflasche in der Hand trat sie ans Fenster und schaute nach draußen. Normalerweise beruhigte sie die Dunkelheit, die Einsamkeit einer leeren Straße. Als stünde die Welt still und würde sich nicht wie tagsüber weiterdrehen, ungeachtet dessen, was Selene widerfahren war. Nachts durfte sie innehalten und trauern, musste nicht funktionieren. Aber in diesem Moment war sie dermaßen aufgewühlt, dass sie hätte schreien können. Vielleicht war alles zu viel. Vielleicht streikte ihr Körper, weil er mit der seelischen Belastung nicht klarkam. Wenn die eigene Mutter starb, durfte man schon mal neben der Spur laufen. Im Prinzip hatte sie das Ende gekannt. Jeder hatte gewusst, worauf der Krebs hinauslief. Und jeder kam damit zurecht, akzeptierte das Ergebnis, nur Selene nicht. Sie drehte durch, verlor die Kontrolle. Verlor sich selbst und ihren Verstand. Das war … unangebracht. Doch ihr Kopf machte keine Pause. Erst recht nicht, wenn sie so unbeschäftigt war wie jetzt.

Selene schloss die Flasche, stellte sie auf den Küchentisch und ging im Dunkeln nach oben. Suchte sich etwas Sauberes aus dem Schrank und betrat das Bad. Ohne Licht anzumachen, zog sie sich aus. Das Mondlicht von draußen genügte. Selene stellte sich in die kalte Kabine und drehte das Wasser auf. Nach einem kurzen Schock wurde es wärmer. Doch es dauerte, bis sie aufhörte zu zittern. Sie schloss die Augen und hielt ihr Gesicht unter den heißen Strahl, bis das Wasser über ihre Ohren rauschte und sie vom Rest der Welt abschirmte. Dann hörte sie nur noch ihr Herz schlagen und das stete Rauschen, versuchte an nichts zu denken. Selene setzte sich hin und blieb eine gefühlte Ewigkeit zusammengekauert unter dem Wasser. Irgendwann erreichte die Wärme ihr Innerstes und vertrieb die Kälte der letzten Stunden. Ihr Bauch kribbelte, und in ihrer Brust wurde es heiß. Ein Gefühl von Geborgenheit erfasste sie, ohne dass Selene wusste, woher es kam. Es war wie eine Erinnerung, die ein bestimmter Geruch oder ein Lied auslöste. Ähnlich einer Konditionierung – man fühlte oder dachte etwas automatisch, ohne den Auslöser zu kennen. Selene berührte ihre Lippen, lächelte traurig und ließ den Kopf hängen.

Die junge Frau lag zusammengekrümmt in der Mitte des Bettes. Selene Johnson, wie er dank des Briefkastens wusste. Roven lauschte ihrer Atmung, die langsam flacher wurde. Sie schlief ein. Er hatte sie anhand ihres Duftes gefunden, stand auf dem kleinen Balkon vor ihrem Schlafzimmer und hatte abgewartet, bis sie mit Duschen fertig war. Es schien ihr gut zu gehen. Sie hatte die Begegnung vergessen und lebte ihren Alltag weiter. Fehlte nur der MP3-Player. Er könnte ihn ihr zurückgeben, einen Schluck Blut nehmen und den Abend voller Elan, dynamisch und erfolgreich fortsetzen. Aber er wollte nicht. Weder das Gerät abgeben noch die Gefahr eingehen, Selene zu nahe zu kommen. Etwas an ihr machte ihn nervös. Und je näher er ihr kam, desto mehr befürchtete er, die Kontrolle zu verlieren. Das konnte bei Menschen katastrophale Folgen haben.

Er überlegte, wann er das letzte Mal mit einer Frau geschlafen hatte, und ihm fiel auf, dass es schon einhundertdreißig Jahre her war. Krieg in Peru. Zusammen mit Lennart, Illian, Ju und vielen weiteren Akkadiern hatte Roven in Machu Picchu nach einer Tarykkönigin gesucht und ein riesiges Tarykversteck gefunden. In der Nacht vor dem Angriff hatten die Krieger mit den Einwohnern des nahegelegenen Dorfes zusammengesessen, sich von der Reise erholt und auf den Kampf vorbereitet. Eine junge Peruanerin hatte sich Roven als Gesprächspartner auserkoren und mit ihm geflirtet. Da er sich am darauffolgenden Tag verwandeln musste, hatte er Blut gebraucht. Nur im Kampf gegen eine Königin durften sich Akkadier verwandeln, *Naham* aus ihrem Gefängnis befreien und ins Gemetzel schicken. Genau dafür war sie erschaffen worden.

Traditionelle Völker, die abgeschieden von der Zivilisation lebten, hatten für übernatürliche Wesen noch ein Gespür. Nachdem er der Peruanerin in ihre Hütte gefolgt war, hatte sie ihm ihre Kehle dargeboten, als wüsste sie über ihn Bescheid. Und Roven hatte getrunken. Menschliches Blut schmeckte nicht besonders, war aber nahrhaft genug, um ihn zu stärken. Als Akkadier gab es nicht viele Möglichkeiten, sich einem Sterblichen erkenntlich zu zeigen. Bis auf eine Sache, die nichts mit Gewalt und Tod zu tun hatte, die sie aber, dank *Annelha*, ebenso beherrschten – die körperliche Liebe. Roven hatte mit der Peruanerin geschlafen und es durchaus genossen, obwohl er bei Menschen vorsichtig sein musste. Ganz anders war das bei weiblichen Akkadiern, mit denen man sich besser nicht anlegte. Sie waren brutaler und vor allem stärker als männliche Unsterbliche und fielen charakterlich eher in die Kategorie Gottesanbeterin. Ein netter Anmachspruch konnte schnell mit zerquetschten Eiern enden. Roven selbst kannte nur zwei – Diriri und Danica. Beide hatte er am Tag der Schlacht bei Machu Picchu zum letzten Mal gesehen.

Er löste sich aus seinen Erinnerungen und betrachtete das schlafende Wesen auf der anderen Seite der Glastür. Selene war keine Akkadia, die ihm bei erster Gelegenheit Kratzer auf der Wange verpasste, die Genitalien zermalmte oder mit einem Punch k.o. schlagen konnte. Und trotzdem interessierte sie ihn, zum ersten Mal in seinem langen Leben. Zähneknirschend entfernte er sich und verschwand in die Nacht hinein.

Drei

Isländisches Hochland

Sein Blick verschwamm, als stünde er unter Drogen. Das Bild vor seinen Augen wankte, zitterte, geriet in Schieflage und war kaum noch zu erkennen. Er konzentrierte sich, versuchte sie zu fixieren und anzusehen. Sie saß auf ihrem Thron, die Beine überschlagen und starrte ihn an. Dabei vermied er es, ihr direkt in die Augen zu sehen. Er spürte ihre Autorität in allen Nerven. Sie riss an ihm. Sein Körper wollte weg, alles in ihm wollte weg, diesen Raum und ihre unerträgliche Nähe verlassen. Nur ein Funken Loyalität hielt ihn davon ab zu kapitulieren. Es ging nicht. Der Druck in seinem Kopf war zu stark.

Der Taryk fiel auf die Knie und fing sich mit den Händen ab, musste standhalten. Wenn er erst am Boden lag, stünden die Chancen schlecht, den Tag zu überleben. Sie redete mit ihm, und obwohl ihre Worte als gellender Schrei ankamen, verstand er nichts. Ihre Nähe war für jeden, egal ob Taryk, Akkadier oder Mensch, schwer zu ertragen. Es gab schlimme und katastrophale Tage. Heute lief es eher schlecht. Seine Stirn sank auf den kalten Steinboden. Nur sein schwarzes Haar schlängelte sich euphorisch wie immer um den Kopf.

Sie ergötzte sich an seinem Leid. Und je schwächer er war,

desto länger würde es dauern, desto weiter würde sie gehen. Der Geruch ihrer schwarzen Aura reizte seine Nase und brachte seine Augen zum Tränen. Schwarzer Dunst schlich um ihn herum und kroch in seine Poren. Er zerrte an Sehnen, Muskeln und Knochen und spannte sie aufs Äußerste. Der Druck in seinen Augen wurde unerträglich, als wären sie kurz davor, aus den Höhlen zu platzen. Sein Körper erbebte unter ihrer Macht, unter der Last. Er wollte schreien, doch das wäre sein Ende und noch hatte er nicht kapituliert.

Der Taryk versuchte sich zu konzentrieren, und einen klaren Gedanken zu formulieren. *Ist alles zu eurer Zufriedenheit?* Er wusste nicht, ob es ankam. Aussprechen musste er die Worte nicht. Jeder Taryk war mit seiner Königin vernetzt. Jeder Gedanke, jedes Bild, jedes Gefühl wurde ihr übermittelt. Bei mehreren hundert Taryk also kein Wunder, dass sie so mies drauf war. Ein Schlag durchzuckte seinen Kopf. Er fiel stöhnend zur Seite. Und jeder unangemessene Gedanke wurde sofort bestraft. Sein Schädel stand kurz vor dem Zerbersten. Die Zeit verweste. Assora formte Sekunden zu Stunden. *Ist … alles zu eurer Zufriedenheit?* Durchhalten. Konzentrieren. Den Schmerz ignorieren.

»Vorerst.«

Er knurrte gepresst, wollte sich die Ohren zuhalten und fand keine Kraft dazu. Also harrte er aus, ertrug den Schmerz und blieb standhaft. Ewigkeiten später zog sich ihr Geist aus seinem Körper zurück. Er schaffte es, sich auf alle viere aufzurichten.

»Verschwinde«, hauchte sie.

Am ganzen Leib zuckend versuchte er, die Augen zu öffnen. Ein pechschwarzer Rand rahmte sein Blickfeld ein. Der Taryk erkannte seine grauen hageren Hände auf dem Boden und schob sich langsam rückwärts, wagte es nicht aufzustehen. Das würde er vermutlich auch nicht schaffen. Der Druck in seinem Kopf verschwand allmählich. Als er genug Abstand hatte, löste er sich auf und nahm vor seiner Hütte außerhalb des Palastes kniend Gestalt an. Er hustete schwarzen Nebel aus und spuckte Teer. Zwei Taryk gingen vorbei und verspotteten ihn. Niemand beneidete ihn um den Posten als Assoras Bote. Für die anderen war er Abfall, dem man aus dem Weg ging. Den man mied, weil er eh nicht lange durchhielt. Was er ertragen musste, war kein Vergleich zu den Aufgaben eines einfachen Söldners. Jagen und Töten, wie angenehm. Er aber musste *ihr* Tag für Tag unter die Augen treten – dem Geschöpf, das alle Bewohner des Königreiches fürchteten, ihre eigene Mutter – die Königin. Und als einer von Hunderten hatte er den ersten Preis gewonnen, als es um die Zuteilung der Sklavenarbeit ging. Er hielt ihre alles verzehrende Nähe aus, obwohl sie theoretisch keinen Boten brauchte. Dank des einheitlichen Gehirns, das die gesamte Brut mit ihrer Königin verband, war sein Posten überflüssig. Laufbursche hätte es eher getroffen, er erfüllte maximal die Drecksarbeit. Sie aber konnte sehen, fühlen, riechen, hören und ertasten, was ihre Taryk erlebten, bevor er es überhaupt erfuhr. Wenn sie wollte, konnte sie sogar töten, ohne den Finger krumm zu machen. Totale Kontrolle.

So hatte sie auch von dem Gefallenen erfahren. Von dem Akkadier, der nun im Keller festgehalten wurde. Söldner hatten ihn in London überwältigt, und Assora war persönlich dort erschienen, um ihn mitzunehmen. Einen Unsterblichen zu bezwingen lag weit außerhalb des Üblichen. Er musste schon vorher in schlechter Verfassung gewesen sein. Auch sein aktueller Zustand ließ zu wünschen übrig. Er wehrte sich nicht, heilte nicht. Reagierte kaum, hing nur in seinen Ketten und wartete. Vermutlich wäre er selbst ohne Ketten nicht in der Lage zu fliehen.

Den halben Tag lang hatte Selene vor sich hinvegetiert. Wenig gegessen, wenig getrunken, auf den Fernseher und doch mehr ins Leere gestarrt. Heute war kein guter Tag, vielleicht wurde es morgen besser. Aber für heute hatte sie aufgegeben. Sie hing in ihrer Lethargie fest und kam weder vor noch zurück. Wurde von Erinnerungen gebannt, von Bildern festgehalten. Sie schaffte es kaum, sich selbst zu bewegen. Wie sollte sie da von ihren Gedanken loskommen?

Auf die Tapete waren Blümchen gemalt. Kornblumen, Mohn-

blumen, Gänseblümchen. Es war eine von diesen Tapeten, die von hinten gepolstert waren und sich nach Schaumstoff anfühlten, wenn man draufdrückte. Selene mochte sie. In ihrem Kinderzimmer hatte sie die gleiche gehabt. Gelb und fröhlich.

Die Vorhänge in Mamas Schlafzimmer waren zugezogen. Der bedeckte Himmel und der Regen blieben draußen. Licht fiel von der kleinen Tischlampe mit dem Stoffschirm auf Wände und Boden. Und auf Mama. Sie schlief. Wie fast immer. Sah friedlich aus. Die Schmerzmittel wirkten und schenkten ihr Ruhe, doch ihr Gesicht wirkte gräulich und eingefallen. Dunkle Augenringe, Falten, graue Haare. Charlie hatte sich nie die Haare gefärbt. Schon als Selene klein war, hatte sie einzelne graue Strähnen gehabt und diese immer mit Stolz getragen. Irgendwann waren sie komplett weiß geworden. Wellen aus weißem, fließendem Haar. Selene liebte es. Vielleicht sah sie älter aus, als Frauen die sich die Haare färbten, aber darauf hatte ihre Mutter nie etwas gegeben. ›Ist doch egal, wie alt ich aussehe. Wichtig ist, wie ich mich im Herzen fühle!‹

Selene lächelte, nahm einen Schluck Tee und zog den Vorhang einen Spalt beiseite, schaute nach draußen. Leichter Nieselregen, alles grau. Es war Sonntag. Als ihre Mutter krank geworden war, hatte Selene angefangen, Sonntage nicht mehr zu mögen. Wahrscheinlich, weil sie sich an diesen Tagen am Schlechtesten ablenken konnte und das Offensichtliche fürchterlich wehtat.

Als sie wieder zu ihrer Mum schaute, lächelte diese sie an. »Du bist wach«, *rief Selene überrascht und stand auf, ging zum Bett und setzte sich auf die Kante.*

Schwerfällig hob Charlie die Hand und legte sie auf Selenes. »Du …«, *sie räusperte sich und schluckte einmal,* »… bist so … wunderschön, Kind.« *Ihre Stimme war leise. Zu sprechen kostete sie mittlerweile große Kraft.*

»Ach, Mum.«

Sie nickte wacklig. »Damit du es nie vergisst.«

»Okay …« *Selene drückte die warme Hand.* »Wie fühlst du dich?«

»Müde …«, *antwortete sie lächelnd und schloss kurz die Augen, als fiel es ihr schwer, sie offenzuhalten.* »Und du dich?«

Selene wusste nie, was sie darauf antworten sollte. Sie war kaputt. Die letzten Monate hatten aus Behördengängen, Besuchen im Krankenhaus, Gesprächen mit Ärzten und dem niederschmetternden Urteil bestanden, dass Charlie unheilbar krank war. Daraufhin hatte sie jede Behandlung abgebrochen und nach Hause gewollt. Nichts, was Selene zu ihrer Mutter gesagt hatte, änderte etwas an ihrer Entscheidung. Sie wählte ihr Zuhause und das, was unweigerlich kommen würde. Eine Tatsache, die Selene weit von sich schob. Es war unerträglich. Manchmal versuchte sie sich darauf vorzubereiten, was sinnlos war. Also verdrängte sie. »Ganz gut ...«, antwortete Selene.

Charlie lächelte und drückte ihre Hand. »Danke, ... dass du hier bist.«

»Wo sollte ich sonst sein?«

Ihre Mum nickte langsam. »Entschuldige, dass du das ... mitansehen musst.« Sie holte beim Reden immer zwischendurch Luft.

»Bitte, sag so etwas nicht.«

»Ich hatte ... immer gehofft, dass es ... schnell geht. Wenn es mal soweit ist. Vom Bus überfahren oder so ...« Sie lachte und musste husten.

Selene stiegen Tränen in die Augen. Sie biss die Zähne zusammen und schluckte.

»Weißt du, welche ... Situationen mich in ... meinem Leben dazu gebracht ... haben«, sie holte Luft, »das Leben mit anderen Augen ... zu sehen?«

Selene schüttelte den Kopf.

»Die traurigsten. Die schlimmsten. Die, an denen ich beinahe zerbrochen wäre.«

Selene antwortete nicht.

»Als dein ... Vater gegangen ist. Viel zu ... jung. Ich habe ihn so geliebt. Ich ... liebe ihn immer noch. Selbst ... nach über zwanzig Jahren.« Sie hielt Selenes Hand und schaute zur Seite ins Leere, versank in Erinnerungen. »Er war so schön. Innerlich wie äußerlich. Und ich war am ... Boden. Ich wollte nicht mehr. Ich wollte ... nur noch, dass dieser unerträgliche Schmerz aufhört. Aber Gott sei Dank ... gab es dich.« Ihre Mum schaute sie mit Tränen in den Augen an. Selene er-

innerte sich an Abende, in denen sie ihre Mutter hatte weinen hören. So laut und jammernd, dass sie aufgestanden und zu ihr gegangen war. Dann hatten sie einander umarmt und zusammen geweint, bis es besser wurde. »Du warst meine Rettung«, erzählte sie weiter. »Du ... und die Zeit. Der Schmerz ... geht nie ganz weg. Aber mit jedem Mal, dass ich geweint ... habe, ist er etwas leichter geworden. Du darfst deinen Schmerz ... nicht unterdrücken oder verleugnen. Das ... verträgt er nicht. Dann holt er dich ein und überrollt dich. Nimm ihn an. Gib ihm ... ein Ventil. Zeig ihm, dass es ... okay ist, dass er da ist.« Sie schaute ihr tief in die Augen. »Ich liebe meinen Schmerz. Er zeigt mir, zu welch übermenschlichen Gefühlen ... mein Herz fähig ist. Er zeigt mir, wie sehr ich deinen Vater liebe. Er ... zeigt mir, wie sehr er mir fehlt. Noch immer jeden Tag. Daran ist nichts falsch.« Sie holte Luft und hustete. »Es geht im Leben nicht darum, ... irgendwie durch den Tag zu kommen und möglichst ... allen Einschlägen auszuweichen. Die Einschläge kommen. Immer! Mach einfach das Beste daraus. Und genieße jeden Tag!« Charlie drückte ihre Hand. »Jeden Tag, meine Kleine. Weine um mich, wenn du musst. Aber höre niemals auf zu lächeln, Selene. Versprich mir das!«

Sie wischte sich die Tränen von den Wangen und nickte, umarmte ihre Mutter und weinte.

»Ich bin so dankbar dafür, dass ich mich von dir verabschieden kann. Bei einem Busunfall wäre das schwierig geworden.«

Ein paar Tage später war sie gestorben. Selene blickte über den Rand ihrer Tasse hinweg ins Leere. Sie spürte den Schmerz. Er war allgegenwärtig, schwelte in ihr, verborgen unter dem Druck, den sie selbst erzeugte. Mit dem sie ihn niederhielt. Sie war noch nicht bereit, ihn rauszulassen. Fürchtete, was er aus ihr machte. Fürchtete, dass er sie zerriss und nichts übrig ließ außer Trauer, Wut und Verzweiflung.

Es klingelte. Selene sah vom Wohnzimmerboden auf und schaute in den Flur. Sie versuchte zu atmen. Es klingelte erneut. Selene blinzelte. Schluckte. Schaffte es irgendwie aufzustehen, stellte die Tasse ab und schlurfte in den Flur, blieb vor der Tür stehen und starrte sie an. Es klingelte wieder. Julia klopfte und rief nach ihr. Selene gab sich einen Ruck und öffnete, sah ihre Freundin im Regen stehen und machte ihr Platz, um reinzukommen. Julia war tropfnass, trotzdem saß die Frisur. Wenn Selenes Haare nass wurden, kräuselten sie sich und standen in alle Richtungen ab.

Julia zog ihre tiefrote Regenjacke aus und hing sie an die Garderobe, drehte sich zu Selene um und wollte sie begrüßen. Ließ es bleiben, als sie ihren Blick fand. Kein Tag für Umarmungen.

»Pizza?«, fragte ihre Freundin.

Selene zuckte mit der Schulter.

»Pizza!«, antwortete sie sich selbst und suchte den Flyer aus dem Schubfach in der Küche. Selene setzte sich wieder auf die Couch und wartete. Julia bestellte das Übliche – eine Champignonpizza und eine vegetarische, beide mit Extrakäse. Die teilten sie dann. Julia aß kein Fleisch. Wenn Selene allein bestellte, wurde es meistens Thunfischpizza oder Speziale. Mit Extrakäse.

Ihre Freundin setzte sich zu ihr auf die Couch. »Halbe Stunde.« Sie schaute Selene an, die kurz nickte. »Was guckst du?«

»Keine Ahnung. Was läuft grad?«

»Um die Uhrzeit meist nichts Sinnvolles.«

»Im Fernsehen läuft generell selten etwas Sinnvolles.«

»Stimmt.«

»Wie war die Arbeit?«, fragte Selene.

»Normal. Nichts Aufregendes passiert.«

»Schön …« Auch, dass sie da war. »Danke …«, sagte sie schlicht.

»Ich mach ja nichts.«

»Ist egal.«

Nach ein paar Minuten fragte Julia: »Warst du gestern laufen?«

»Ja. Hat gut getan. Denke ich. Also … währenddessen. Hinterher irgendwie nicht mehr so. Keine Ahnung.«

»Hm …« Wieder schwiegen sie und blickten auf den Fernseher. »Wie geht's dir?«

Selene schüttelte den Kopf, wollte nicht fühlen, was sich sogleich meldete. Die Welle rollte über sie hinweg, ließ sie wanken.

Sie kniff die Augen zu, wollte alles wegsperren. Doch es ging nicht. Überspielen klappte nur bei Menschen, die nicht wussten, was geschehen war. Bei Julia war sie verletzlich.

»Ich …«, begann sie und brach sofort wieder ab. Versuchte zu atmen. Spürte den Kloß im Hals, der nach oben drückte. Ihr Herz raste, schmerzte. »Es ist … Ich … Ich kann nicht in Worte fassen, wie sehr das wehtut.« Selene barg ihr Gesicht in den Händen. »Ich kann eigentlich alles in Worte fassen. Aber nicht diesen Schmerz.« Sie rieb sich die Arme. »Er ist allgegenwärtig und gleichzeitig völlig unbegreiflich für mich. Ein Gedanke, der mir körperliche Schmerzen zufügt. Ich spüre es in meinen Händen, Beinen.« Selene fasste sich ans Herz. »In meiner Brust. Es tut weh. Obwohl meinem Körper nichts fehlt. Aber ich fühle diesen Schmerz mit jeder Faser. Auf der Haut. In den Muskeln. Er drückt mich nieder, zwingt mich in die Knie. Ich könnte wimmern, weil mir mein Körper so wehtut dabei.« Sie schaute nach links in Julias Augen und fand Tränen darin. »Das ergibt doch keinen Sinn.«

Julia nahm ihre Hand und hörte nur zu, bewertete nicht, urteilte nicht. Behauptete nicht, es würde bald besser werden.

»Ich verstehe es nicht«, fuhr Selene fort. »Wahrscheinlich kann man das nicht verstehen. Es tut weh. Es wird immer wehtun. Sie ist weg und ich bin hier. Allein. Meine … Mama ist … Es ergibt keinen Sinn. An sie zu denken, tut weh. Nicht an sie zu denken, tut auch weh.«

Selene holte Luft. Der Druck war leichter. Ihre unbegreiflichen Gedanken verloren an Macht, an Schwere. Wirkten nicht mehr ganz so riesig.

»Wird es leichter? Mit der Zeit?«

»Eigentlich immer. Ja«, antwortete Julia und lächelte mitfühlend.

Selene schluchzte. »Ich will nicht heulen!« Ihre Stimme brach. »Das macht's doch auch nicht besser.«

»Ändern kannst du nichts an dem, was passiert ist. Nur an der Art, wie du damit umgehst.«

Selene nickte stumm und hielt die Tränen irgendwie zurück.

Die meisten. Zwei wischte sie schnell weg. »Vielleicht morgen …«
Sie holte zitternd Luft.

Julia nickte. »Okay …« Sie hielt ihre Hand weiter fest und schaute wieder Richtung Fernseher. »Dein Kühlschrank ist übrigens immer noch leer.«

»Ich weiß.«

»Soll ich einkaufen gehen?«

»Nein, ich mach das nachher noch.«

»Oder wir machen's gleich zusammen.«

»Julia …«

»Selene! Jetzt lass mich nicht betteln!«

Nachdem sie ihre Pizzen gegessen hatten, machten sie sich auf den Weg und liefen die Finchley Road runter. Es hatte aufgehört zu regnen. Selene beobachtete den Sonnenuntergang durch die Häuserreihen und fühlte sich etwas besser. Sie brauchten nur wenige Minuten zu Fuß bis zum neu gebauten Co-op Food. Jolina bestand darauf, dass Selene sich gesund ernährte. Mit zwei vollen Tüten verließen sie den Supermarkt. Selene verabschiedete sich an der Bushaltestelle von Julia und ging allein nach Hause. Nachdem sie in ihre Straße eingebogen war, blieb sie stehen und sah in den Himmel. Sie beobachtete die Wolken und fühlte ein kleines Stückchen Freiheit. Die Tüten wurden schwer. Selene stellte sie auf die niedrige Mauer des nahegelegenen Hauses und setzte sich daneben. Der Himmel färbte sich von Orange über Rot bis hin zu Lila. Die Wolken leuchteten gelblich von unten. Es war kühl und roch nach Regen. Sie wollte nicht denken. Nicht trauern. Nichts planen oder wissen müssen. Sie wollte einfach nur sein, schloss die Augen und atmete.

Roven beobachtete sie ein paar Minuten von der anderen Straßenseite aus, ohne zu wissen, warum er hier war. Er hatte den Tag in seiner Londoner Wohnung verbracht und war nach Sonnenuntergang direkt hierhergekommen. Der Hunger meldete sich.

Selene öffnete die Augen und sah ihn an. Was nicht möglich war, immerhin saß er als Schatten auf dem Dach. Sie runzelte die

Stirn und blinzelte. Roven kniff die Augen skeptisch zusammen, löste sich auf und nahm ein paar Meter neben ihr Gestalt an, ohne dass sie etwas bemerkte. Er ging auf sie zu und blieb in angemessener Entfernung stehen.

»Alles in Ordnung?«, fragte er und gab sich Mühe, harmlos zu wirken.

Sie musterte ihn mit großen Augen. »Ja?«

Er nickte und überlegte kurz, setzte sich dann neben sie. Sie zuckte zurück. »Kennen wir uns?«

»Ja, aber du kannst dich nicht erinnern«, murmelte er und dämpfte ihre Angst, soweit sie es zuließ. War schwierig bei ihr. Er rief sich das Gefühl ihres Kusses ins Gedächtnis und versuchte, es ihr zu schicken.

Selene zog die Augenbrauen zusammen, doch ihr Herzschlag wurde langsamer. Sie erwiderte seinen Blick, und ihr Gesicht bekam einen weichen Ausdruck.

»Was beschäftigt dich?«, fragte er.

Ihre Augen begannen zu glänzen. Sie schaute durch ihn hindurch. »Ich stehe an einem Abgrund …«

Er zwang sie nicht zu antworten, versetzte sie nicht in Trance oder Ähnliches. Er nutzte nur die Verbindung aus, die sie anscheinend zueinander hatten. Wie bei zwei Fremden, die sich von Anfang an ohne Weiteres verstanden.

»Warum?«, fragte er heiser.

»Der Schmerz ist so groß.«

»Worüber?«

Selene blinzelte und verlor eine Träne, sah ihn wieder an, als schüttelte sie die Erinnerung ab. »Woher kennen wir uns?«

Roven lächelte. Sie vertraute ihm, obwohl sein Äußeres alles andere aussagte. Es war gefährlich, sich einem Fremden gegenüber zu öffnen und Roven war froh darüber, dass die Menschen heutzutage vom Schlechtesten ausgingen. Es erleichterte ihm seine Arbeit. Doch jemandem ohne Vorurteile zu begegnen, zeugte von Mut und Nächstenliebe. Und er mochte die Vorstellung, dass Selene beides besaß.

»Du wirst mich wieder vergessen«, antwortete er. »Und es spielt keine Rolle, was ich weiß. Aber es interessiert mich, was dir geschehen ist.«

Selene schaute sich um, als suchte sie die Realität, holte Luft und schloss die Augen einen Moment. »Meine Mutter ist gestorben.«

»Tut mir leid.«

Sie nickte, ohne ihn anzusehen.

»Fall nicht in den Abgrund, auch wenn es schwer ist. Setz dich an den Rand und betrachte ihn. Bleib dort, solange es dauert. Es ist okay, dass er da ist. Du musst ihn nicht überwinden. Und irgendwann wird es leichter, und du wirst aufstehen und dich entfernen können, ohne dass es sich nach Verrat anfühlt.«

Selenes Kiefer spannte sich an, sie schaute mit Tränen in den Augen zu ihm rüber.

Er nickte, stand auf und ging. Sein Hunger wurde mit jeder Minute größer, und Roven wollte nicht in ihrer Nähe sein, wenn er überhandnahm. Das Problem war nur, dass *Naham* mit jedem Schritt weg von Selene lauter brüllte. Sie zerrte an seinen Nerven, wollte ihn zwingen umzukehren und endlich zu trinken.

»Nicht von ihr«, flüsterte Roven zu sich selbst.

Warum nicht?!

»Weil es nichts bedeuten darf. Und bei ihr würde es das …«

Die Bestie kratzte von innen an seiner Haut. Roven spürte ihre Aggressionen in den Fingern. Er ballte seine Hände zu Fäusten und blieb stehen, drehte sich um. Selene sah ihm nach.

Sie vergisst es eh.

»Ich aber nicht!«, antwortete er gepresst, löste sich auf und teleportierte sich in die Innenstadt. Ihm fiel nur eine Lösung ein, um *Naham* zu besänftigen: er musste trinken. Und das kotzte ihn an. In seiner Wohnung hier gab es keinen Vorrat an Schweineblut und nach Schottland zu reisen war weder effektiv noch logisch. Also begab er sich in den Teil der Stadt, wo die Huren schon um diese Uhrzeit auf Kundschaft warteten. Nicht, dass er nur von Prostituierten trank, aber die Clubs waren noch geschlossen und in Restaurants kam es nicht gut an, wenn man die Gäste aussaugte.

In der schmalen Gasse warteten die Damen trotz der aufkommenden Kälte leicht bekleidet. Ein Etablissement gab es nicht. Bordelle und Zuhälterei waren in England verboten. Was privat passierte, interessierte keinen. Die Frauen waren unterschiedlichen Alters. Roven suchte sich eine Blondine aus, die bei seinem Anblick nicht zu wissen schien, ob sie sich freuen oder Angst haben sollte.

»Was kostet die Stunde?«

»Zweihundert«, antwortete sie und versuchte, selbstbewusst zu wirken.

Er nickte und schickte sie voraus, folgte ihr durch einen heruntergekommenen Hausflur in eine kleine Wohnung, die schlicht eingerichtet, aber sauber war. Noch ehe sie etwas sagen konnte, drang er in ihren Verstand ein und betäubte sie. Sie blieb reglos stehen und blickte ins Leere. Roven verriegelte die Tür von innen, drehte sich zu ihr um und *Naham* setzte zum Sprung an. Doch der Akkadier traute sich heute selbst nicht über den Weg, zu ausgehungert und wütend war seine Bestie. Er sammelte den letzten Rest an Beherrschung und ging zu der jungen Frau, schaute in ihre leblosen Augen und verabscheute sich in diesem Moment. Seine Gier, den Hunger und die Sehnsucht nach Selene. Das Herz seines Opfers schlug laut und trommelnd. Instinkte ließen sich nicht so leicht beherrschen wie der Verstand. Ihr Körper wusste, dass es Zeit wäre zu fliehen.

Roven strich das blonde Haar zu Seite, beugte sich hinab und legte seine Lippen an ihren Hals. Sie seufzte unbewusst. Er öffnete den Mund, seine Fänge verlängerten sich und stießen durch ihre Haut. Die Löcher vertieften sich ins Fleisch hinein, bis er die Hauptschlagader erreichte und das Blut in seinen Mund sprudelte. Die warme schwere Flüssigkeit und der rostige Geschmack stillten den Hunger und ließen ihn gleichzeitig weiter wachsen.

Roven hob sein Opfer hoch und hielt sie fest. Er trank in

schnellen Zügen und spürte, wie sein Körper von Hitze und Adrenalin erfüllt wurde. Die Muskeln erwärmten sich, sein Gehirn arbeitete konzentrierter. Kraft durchströmte ihn und sein Glied schwoll unweigerlich an. Selenes Gesicht stahl sich durch seinen Kopf, was nicht dabei half, behutsam mit der Frau in seinen Armen umzugehen. In diesem Moment zuckte sie energisch. Er trank zu viel, zog seine Zähne aus der Haut zurück und leckte über die Bisswunde, um sie zu schließen. Die junge Frau blickte verschlafen zu ihm auf. *Naham* knurrte, wollte mehr, wollte etwas anderes. Gefräßige Unruhe ergriff Roven. Seine Hände verkrampften sich um den schlanken Körper. Er schob die Blondine unsanft Richtung Couch, auf der sie kraftlos zusammensackte. Roven wandte sich ab, legte fünfhundert auf den Tresen in der Küche und teleportierte sich in die Innenstadt.

Er tötete an die zehn Taryk in dieser Nacht und kein einziger brachte ihm etwas. Weder Informationen über Lennarts Verbleib noch die Genugtuung, London von den Seelenreißern zu säubern. Als hätte es keine Bedeutung mehr. Seine Gedanken wurden von dem Mädchen mit der blassen Haut und den traurigen Augen beherrscht. Und je mehr er sich ihr Bild aus dem Kopf zwingen wollte, desto aggressiver wurde er, was seinen Gegnern das Sterben nicht gerade erleichterte.

Kurz vor Morgengrauen war die Stadt von Stille erfüllt, doch *Naham* summte ununterbrochen. Roven stand auf der Terrasse seiner Wohnung und wartete auf den Sonnenaufgang. Irgendwie hatte er es geschafft, sich davon abzuhalten, Selene beim Schlafen zu beobachten. Und er hasste sich dafür. Seine Hände zitterten. Ob vom Töten, seiner dauerhaften Aggression oder dem nahenden Tageslicht, wusste er nicht. Nebel kroch durch die Straßen unter ihm. Dunstverhangen färbte sich der Horizont gelblich, als würde er brennen. Roven schloss die Augen und fand das Feuer in sich. Es züngelte an seinen Knochen entlang und suchte den Weg nach draußen. Die Augen des Akkadiers begannen zu leuchten, als sich die ersten Sonnenstrahlen durch den Nebel drängten. Das Licht dehnte sich auf seinem Körper aus, bis er golden schimmerte.

Roven quälte seine Bestie. Sie wühlte unter seiner Haut, wollte raus in die Sonne und ihrer Verbitterung freien Lauf lassen. Wollte wüten, zerstören und töten. Doch er ließ sie nicht. *Naham* jaulte. Sie brüllte, flehte ihn an und Roven verkrampfte am ganzen Körper. Nachgeben. Nur dieses eine Mal und alles wäre für immer vorbei.

Vier

Selene wachte durchgefroren auf. Ihr Kissen war feucht, die Augen geschwollen. Gestern Abend waren ihre Dämme gebrochen und bis zum Einschlafen nicht versiegt. Sie wusste nicht, was es ausgelöst hatte. Irgendwann hatte es sich richtig angefühlt zu weinen, nicht länger erbärmlich. Und nun war sie erschöpft und ausgelaugt. Leer.

Sie schlang sich die Decke um den Leib, versuchte warm zu werden und wieder einzuschlafen. Funktionierte nicht. Zitternd stand sie auf und schlurfte mit der Decke auf den Schultern ins Bad.

Nach einer langen Dusche trat sie dampfend aus der Kabine, die Haut rot, der Kreislauf schwach. Fliesen, Möbel und Fensterscheibe waren beschlagen. Wie Nebel kroch der Wasserdunst durch das kleine Bad und erschwerte ihr das Atmen. Selene ging zum Fenster, kippte es an und wischte die Feuchtigkeit weg. Nach hinten raus konnte sie auf die kleine Grünfläche zwischen den Grundstücken blicken. Die Sonne ging gerade auf, war aber nur schemenhaft hinter dem Morgennebel zu sehen. Die Luft war kühl, weißer Reif bedeckte den Boden. Die Bäume färbten sich rötlich und verloren ihre Blätter. Stille erfüllte diesen Morgen. Die

Nachbarn schliefen oder waren noch in ihren Häusern.

Das Chaos in ihr hielt für den Augenblick inne. Doch mit der Ruhe kam auch die Einsamkeit. Sie fühlte sich verloren. Ihr Herz schlug schwerfällig. Selene legte die Hand auf den Mund, als ihre Atmung zu zittern begann. Ein Wimmern entwich ihr ungewollt. Sie kniff die Augen zusammen, ihr Gesicht verzog sich unter dem Schmerz, der sich plötzlich einen Weg bahnte. Sie schüttelte den Kopf, wollte es aufhalten, doch das klappte nicht. Schluchzend ließ sie das Handtuch fallen und bedeckte ihr Gesicht. Der Weinkrampf ließ ihre Schultern zucken, zog ihre Brust zusammen und nahm ihr die Luft zum Atmen. Ihre Beine gaben nach, und sie gab auf. Ließ sich auf die nassen Fliesen nieder, krümmte sich zusammen und weinte, bis sie keine Tränen mehr hatte.

Irgendwann registrierte Selene die feuchte Luft, die durchs Fenster wehte und ihren Rücken auskühlte. Mit Kopfschmerzen stand sie auf, wusch sich das Gesicht und zog sich an. Sie dachte über Trauer nach, fragte sich, wozu all das gut sein sollte. Warum ihr Herz in der Lage war, solchen Schmerz zu empfinden. Daran zu ersticken, ohne dass sie dem etwas entgegensetzen konnte. Aushalten und Abwarten – war das alles? Und daran zerbrechen? Darin ertrinken? Wie lange sollte das dauern? Und wie lange würde sie das ertragen, ohne in diesen Abgrund zu fallen und darin liegen zu bleiben? Sie hatte nie bewusst über den Tod nachgedacht, aber dieser innere Kampf war so unerträglich, dass Selene nichts dagegen hätte, wenn die Erlösung schneller als erwartet käme, damit es nur aufhörte wehzutun.

Ein Bild huschte durch ihre Gedanken. Eine Erinnerung an gestern Abend, als sie auf dem Mauersims gesessen und in den Himmel geschaut hatte. Wärme flimmerte in ihrer Brust auf. Wie ein Anker, der sie festhielt.

Roven öffnete die Augen in der Dunkelheit des abgeschotteten Raumes und kniff sie schmerzverzerrt wieder zu. Sein Körper zitterte, die Muskeln schienen überanstrengt, und seine Fänge stachen aus dem Mund hervor. Er lag ausgestreckt auf dem

Kingsize-Bett und blinzelte, konnte sich an nichts erinnern. *Naham* summte und sein Schädel dröhnte vom Whiskey, doch betrunken war er wohl nicht mehr.

Er richtete sich langsam auf. Ein Kissen lag zerfetzt auf dem Boden, auch seine Bettdecke war hinüber. Die Klamotten hatte er sich im Schlaf vom Leib gerissen und unter seinen Fingernägeln klebten goldene Blutreste.

Er musste hier raus!

Roven duschte, zog sich frische Sachen über und legte die Kampfausrüstung an. Schließlich stand er in der Mitte des großen Zimmers und wartete. Sein Jagdtrieb war ungebrochen, die Bestie verlangte nach Futter, egal in welcher Form – Blut, Gewalt. Ein rohes Stück Fleisch würde heute vermutlich nicht reichen. Der Akkadier ballte die Hände zu Fäusten, schloss die Augen und widmete sich der Wut im Inneren. Er sammelte und konzentrierte sie in seiner Mitte, um auf Knopfdruck bereit zu sein.

Sonnenuntergang.

Roven teleportierte sich in die Innenstadt und nahm am Rand einer belebten Straße Gestalt an. Gleiche Prozedur wie am Vorabend – er glitt als nebliger Schatten durch die Straße und streifte Menschen. Der Akkadier ließ seinem Instinkt freien Lauf, jagte durch die Nacht und nahm Gedanken und Erinnerungen auf. Er musste herausfiltern, was für die Suche nach Lennart von Bedeutung war. Das konnte vieles sein, vom Hundehaufen bis zur drohenden Vergewaltigung. Oder eben auch … ein Kampf. Roven stoppte bei einem Obdachlosen, der in einer Seitengasse am Boden kniete. Sein Hund fing an zu bellen, als Roven näherkam. Der Akkadier streckte die Hand im Schatten aus und berührte die löchrige Mütze. Der ältere Mann hatte die Erinnerung verdrängt, doch in seinem Unterbewusstsein blieb sie verankert und bescherte ihm Alpträume, die er sich nie würde erklären können.

Das Bild in seinem Kopf zeigte eine Gruppe von Taryk, die sich um einen Einzelnen in ihrer Mitte zusammenzogen. Die einen Riesen mit pechschwarzem, schulterlangem Haar und zwei Schwertern in den kräftigen Händen einkreisten – Lennart. Der

Kampf verlief ungleich und brutal. Lennart trieb seine Waffen durch die Feinde. Schwarzer Rauch verdunkelte die Szene. Die Horde stürmte auf ihn ein, zwang ihn in die Knie, doch der Akkadier kämpfte weiter. Goldene Funken regneten auf ihn nieder. Die Taryk kamen aus allen Richtungen. Da funktionierte die sekundenschnelle Kommunikation untereinander. Lennarts Klingen glitten durch die Leiber, zerteilten und durchbohrten. Der abgetrennte Oberkörper eines Taryk kroch auf den Akkadier zu und warf ein Messer, das an Lennarts gekreuzten Schwertern abprallte. Er kämpfte sich erneut von der Masse los und gewann etwas Raum, orientierte sich und dachte trotz Unterlegenheit nicht an Rückzug. Doch etwas lähmte ihn plötzlich. Er blickte schockiert in die dunklen Fratzen um ihn herum und schien unfähig, sich zu bewegen. Seine Hände verkrampften sich um die Schwertgriffe, die Augen fingen weißes Feuer, und er brach mit schmerzverzerrtem Gesicht zusammen.

Die Erinnerung verblasste.

Roven kannte den Ort des Kampfes – die Nursery Road gleich um die Ecke. Er verließ den Obdachlosen und seinen grummelnden Hund und teleportierte sich rüber. Dort angekommen schlug ihm ein widerlicher Gestank entgegen. Seine Nackenhaare stellten sich auf, der Geruch einer Königin klebte an den Wänden. Ihre Aura hing wie Fäulnis in der Luft und verpestete die Umgebung. Sie musste leibhaftig hier gewesen sein.

Mit gezogenem Schwert ging Roven auf die Stelle des Kampfes zu. Die Reste der Taryk überzogen den Gehweg wie Brandspuren. Schwefelgeruch erfüllte den Wind und kroch Roven in den Körper, erweckte *Naham*, die nach Freilassung brüllte. Das Schwert in seinen Händen begann zu zittern. Sein Verstand rebellierte, Urinstinkte wollten die Kontrolle übernehmen und ihn zur Verwandlung zwingen.

»Konzentrier dich«, murmelte er zu sich selbst und versuchte, den Adrenalinschub unter Kontrolle zu kriegen.

Roven spürte das Echo eines Portals. Selbst Tage später war die Materie an dieser Stelle noch wacklig. Die Königin war hierhergekommen und hatte … Lennart getötet? Unwahrscheinlich. Sie hatte ihn mitgenommen. Entsetzt stieß Roven die angehaltene Luft aus, fuhr sich mit der Hand übers Gesicht und schluckte den üblen Geschmack im Mund runter.

»Das darf nicht wahr sein!« Er schaute sich um, suchte nach einer anderen Erklärung und fand keine. »Nicht noch einer!« Im Gegensatz zu Akkadiern, machten Tarykköniginnen Gefangene. So wie damals bei Danica. Der Krieg in Machu Picchu war ein dreckiges Schlachtfest gewesen, ganz nach *Nahams* Geschmack, nicht unbedingt nach Rovens. Die Bilder überrollten ihn. Er erinnerte sich, als wäre es gestern.

Ein Großteil der Krieger kämpfte gegen die Taryk, die zu Tausenden aus dem Versteck strömten, während die anderen Akkadier versuchten, die Königin auszuschalten, ohne dabei gefressen oder in alle Einzelteile zerlegt zu werden. So auch Roven.

Er lag inmitten der grünen Felder auf dem Hügel der Inkastätte, hatte einen Hinterlauf verloren und konnte nur noch zusehen. Das Monstrum ließ die Erde erbeben – fünfmal so groß wie eine akkadische Bestie, mit Drachenkopf und Echsenkörper. Nicht weit entfernt lag Lennart. Der Löwe blutete aus dem Bauch und bewegte sich nicht mehr. Rovens Sicht verschwamm. Sein Körper konzentrierte sich auf die Heilung, bald würde er das Bewusstsein verlieren.

Danica hätte auf Verstärkung warten sollen, doch dann wären Roven und Lennart Drachenfutter geworden. Fliehen war keine Option für eine Akkadia, also stellte sie sich dem Ungetüm allein entgegen. Das Fell ihres Löwen war nachtschwarz und schimmerte in der Sonne rötlich. Die Bestie zog die Lefzen zurück, ihre Fänge hatten sich zu enormen Reißzähnen verlängert. Die Hörner auf den Drachen gerichtet, brachte sie sich in Angriffsposition, grub die Klauen in den Grasboden und brüllte, dass die Erde zitterte. Rovens Kräfte verließen ihn. Sein Gehör versagte, er hatte ein Pfeifen den Ohren. Verschwommen sah er, wie Danica sich auf die Kehle des Drachen stürzte und darin verbiss. Sie wurde zu Boden geschleudert, und Roven verlor das Bewusstsein.

Einhundertdreißig Jahre waren seitdem vergangen und

niemand wusste, ob Danica lebte. Die Königin war entkommen, hatte ein Portal geöffnet und die Akkadia vermutlich mit sich genommen. Wenn es Lennart jetzt auch erwischt hatte, könnte er in jedem verfickten Winkel dieser Erde stecken. Wie zum Teufel sollten sie ihn finden?! Roven donnerte seine Faust in die nächste Wand und hinterließ ein Loch in den Ziegeln. Es blieb nur die Möglichkeit, sämtliche Taryk in London zu vermöbeln und einen zu finden, aus dem Roven Informationen rausquetschen konnte.

Der Akkadier drehte sich wutschnaubend um, verschmolz mit der Nacht und machte sich an die Arbeit. Drei Stunden später hatte er einen neuen Rekord im Enthaupten aufgestellt und wusste nicht, wo er noch suchen sollte. Roven saß auf einer Parkbank in der Innenstadt und beobachtete das nächtliche Treiben, versuchte sich von dem Gefühl der Verzweiflung abzulenken. Erschreckend, wie viele Taryk in London unterwegs waren. Die meisten vertrieben sich ihre Zeit mit Kleindelikten, stifteten Unruhe oder jagten den Leuten Angst ein. Sie schluckten nicht jeden Tag Seelen, aber je weniger es gab, desto geringer die Gefahr. Zumal Roven sie nur nachts erwischen konnte. Tagsüber hatten sie Narrenfreiheit.

Er streckte sich und schlug die Füße übereinander, sodass die Passanten ausweichen mussten und ihm grimmige Blicke zuwarfen. Roven unterdrückte den Wunsch, die Leute anzuknurren. Lange her, dass er mit Lennart auf einer Bank gesessen und Menschen geärgert hatte. Sie hatten sich die letzten Jahre selten gesehen. Lennart war ein guter Kerl, hatte das Herz am rechten Fleck, ohne nervig zu sein. Er hatte es nicht verdient, von einer Bekloppten gefoltert zu werden. Roven musste ihn finden, und dann würde er das verdammte Königreich stürmen, alles in Grund und Asche legen, die Königin töten und wäre der Held der Nation. Oder er würde in Stücke gerissen werden, das blieb abzuwarten.

Nach Danica hatten sie lange gesucht und irgendwann aufgegeben. Dabei bräuchten sie nur Ishtar fragen. Doch allsehende Götter teilten ihr Wissen nicht. Die Akkadier mussten sich selbst zu helfen wissen, und wenn jemand unter ihrer Unfähigkeit litt, hatte derjenige Pech gehabt. Roven biss die Zähne zusammen. Manchmal kotzte ihn seine Loyalität an.

Auf der anderen Straßenseite flimmerte die Luft. Zwei Taryk waren dort aufgetaucht und suchten ein Opfer. Roven setzte sich auf, dehnte seinen Nacken und sprang von der Bank, teleportierte sich hinüber und versperrte ihnen den Weg.

»Verpiss dich!«, motzte der Größere und zog ein Messer hervor.

Roven machte ein abschätziges Gesicht. »Nee, kein Bock. Ich bring euch lieber um.«

Der zweite stürzte sich unüberlegt auf ihn, schien jünger zu sein. Womöglich könnte er den zum Reden bringen. Der Akkadier ließ den Schlag durch und spürte die Faust im Gesicht. Der Taryk holte erneut aus, da hatte Roven sein Schwert gezogen, rammte es dem Blödmann durch die Brust, trieb ihn rückwärts gegen die Mauer und fixierte ihn mit der Klinge in den Ziegeln.

Der größere wollte ihm das Messer zwischen die Nieren stecken. Roven wich zur Seite, drehte sich, ergriff den ausgestreckten Arm und stemmte sein Knie dagegen, sodass der Ellenbogen brach. Das schmerzerfüllte Jaulen des Taryk klang wie Musik ins Rovens Ohren. Der Akkadier ließ seine Messer stecken und schob die Ärmel seines Mantels hoch. Sein Gegner hielt sich den verwundeten Arm, zog ein neues Messer und ging in Angriffsposition. Roven grinste. Der Taryk löste sich auf, nahm kurz vor ihm Gestalt an und stieß die Waffe nach vorn. Roven wich aus, spürte die Klinge an seinem Rippenbogen entlanggleiten. Ein Schlag gegen den gestreckten Ellenbogen ließ das Gelenk knacken. Klirrend fiel das Messer zu Boden und der Taryk heulte auf. Mit einem Schwinger renkte Roven seinen Kiefer aus. Ein schwerer Tritt in den Bauch folgte und sein Gegner prallte gegen die Mauer. Der Akkadier boxte mitten ins Gesicht, sodass der Hinterkopf des Taryk gegen die Ziegel krachte und er erschöpft zusammensackte. Mit seinen Knien auf den Schultern nagelte Roven den Taryk am Boden fest und ließ seiner Wut freien Lauf. *Naham* prügelte auf den Seelenreißer ein, bis Roven in schwarzen Rauch gehüllt war.

Sein Gegner versuchte sich vergeblich zu wehren. Unter seinen Fäusten brachen Knochen entzwei, Teer spritzte aus der Haut und verdunstete, einzelne goldene Seelen flüchteten in die Freiheit. Seine Bestie badete im Adrenalin, saugte die Gewalt in sich auf und befriedigte den abscheulichsten Teil seiner Seele. Seine Augen glühten, er verlor sich in der Aggression, bis seine Krallen aus den Fingerspitzen hervorschnellten und den Taryk mit einem knackenden Geräusch enthaupteten. Schwarzer Rauch schoss ihm entgegen. Außer Atem betrachtete er die goldenen Funken, die vor seinen Augen tanzten und Richtung Himmel davonschwebten. Als nichts mehr von dem Taryk übrig war, stand Roven auf und drehte sich zu dem zweiten um, der ihn panisch ansah. Verzweifelt stemmte er seinen Brustkorb gegen den Schwertgriff, um von der Mauer loszukommen. Roven ging auf ihn zu und blickte von oben in sein zitterndes Gesicht hinab.

»Ihr habt vor kurzem gegen einen schwarzhaarigen Akkadier gekämpft.« Seine Stimme war wutverzerrt und kaum zu verstehen. »Sag mir, wo er ist! Dann lasse ich dich am Leben.«

»W-was?!«, stammelte er schrill.

Roven fletschte die Zähne und rammte dem Taryk die Klauen in den Bauch. »*Sprich, Schwächling!*«, brüllte die Bestie.

Jaulend schüttelte sein Gegner den Kopf. »Ich hab keine Ahnung!« Roven erhöhte den Druck seiner Krallen. »Nein! Bitte!«, jammerte der Taryk schmerzerfüllt. »Warte! Da war etwas!« Er kniff die Augen zusammen, als durchsuchte er Erinnerungen. »Ein Unsterblicher. Die Königin hat ihn geholt … Bitte, mehr sehe ich nicht!«

»*Welche* Königin?«, fuhr Roven ihn an.

»Assora«, wimmerte er.

»*Welches* Königreich?!«

»Is… Island«, stieß der Taryk hervor. »Bitte lass mich gehen! Mehr weiß ich nicht!«

Island. Das Glühen in Rovens Augen erlosch. Er zog die Krallen zurück und trat von dem Taryk weg, ergriff sein Schwert und befreite es mit einem Ruck aus der Mauer. Der Seelenreißer rutschte an den Ziegeln entlang zu Boden. Roven brachte seine Klinge in Position, hörte ein entkräftetes »Nein!« und brachte zu Ende, was er angefangen hatte.

Fünf

Das Babalou befand sich in Lambeth unter der alten St. Mathews Church. Die Architektur der einstigen Krypta war erhalten worden, sodass die tief hängenden Decken sakrale Bögen besaßen. Der Club war marokkanisch eingerichtet, Sitzecken aus dunklem Holz standen zwischen blutroten und goldenen Vorhängen. Ornamente schmückten die Stoffe, kleine Lichter erhellten die Ecken.

Selene hatte die Diskussion gegen Julia verloren, saß in einer der Sitzecken und ließ die Musik über sich ergehen – *Halo* von Beyonce dudelte aus den Boxen. Julia lehnte gerade an der Bar und besorgte etwas zu trinken. Jeder Kerl, der vorbeilief, starrte auf ihren Hintern. Sie war eine Schönheit, innerlich wie äußerlich, und manchmal war Selene neidisch darauf. Nicht auf ihren Körper, sondern auf ihre Art, das Leben zu nehmen, wie es kam. Mit einer Leichtigkeit, die für Selene unbegreiflich war.

»Wie machst du das?«, fragte sie ihre Freundin, als Julia mit zwei Ales zurückkam.

»Was?«

»Diese ständige gute Laune?«

Julia lächelte, setzte sich neben Selene auf das Ledersofa und prostete ihr zu. Selene stieß an und trank.

»Weißt du, ich …«, begann sie und überlegte. »Wir wissen nicht, wie lange das alles noch so bleibt. Wie lange, wir befreundet sind. Wie lange unsere kleine Welt hier noch in Frieden verweilt. Das Babalou könnte morgen abbrennen, Krieg könnte ausbrechen oder du vom Bus überfahren werden.«

»Warum gerade ich?«

»Oder ich!« Julia schmunzelte. »Uns ist viel zu selten bewusst, wie vergänglich dieses Leben ist. Meistens wird es uns klar, wenn plötzlich jemand stirbt, bei dem niemand mit gerechnet hat. Blutgerinnsel in der Lunge, Autounfall, Herzinfarkt mit Fünfunddreißig. Oder deine nette Arbeitskollegin, die sich vor den Zug wirft, weil niemand wusste, dass sie unter Depressionen litt und sich keine Hilfe gesucht hat. Diese Dinge passieren jeden Tag und sie sollten uns an unsere Sterblichkeit erinnern. Doch stattdessen blenden wir sie aus. Wir blenden die Angst aus und verwehren uns der Vorstellung, dass der Katastrophenradius irgendwann uns trifft.«

»Aber wie soll man ein glückliches Leben führen, wenn man sich diese Angst bewusst macht? Ich kann doch nicht jeden Tag daran denken, dass es mein letzter sein könnte.«

»Selene, das Schlimme ist nicht der Tod. Das Schlimme ist, nicht gelebt zu haben.«

»Fünf Pfund ins Phrasenschwein.«

»Ja, ich weiß. Aber jetzt mal im Ernst. Was glaubst, wie viele Menschen täglich vor sich her zu dümpeln und im Augenblick der Herzattacke realisieren, dass sie ihr Leben verpasst haben. Weil sie nie das getan haben, was sie lieben. Nicht auf ihre innere Stimme gehört haben. Auf ihr Herz. Weil du nur für andere gelebt hast, gelenkt von einer Gesellschaft, die dich vom Denken und Fühlen abhalten will. Die dich mit Halbwahrheiten, getürkten Nachrichten und bekloppter Werbung für dumm verkauft. Die dir weiß machen will, dass dich das allerneuste Handy endlich glücklich macht.« Julia blickte ins Leere und schüttelte benommen den Kopf. »Diese Welt braucht kein siebenundzwanzigstes iPhone, das dir den Hintern abwischt. Diese Welt braucht Mitgefühl und

Nächstenliebe. Offene Herzen und offene Arme. Diese Welt braucht Menschen, die sich selbst gehören. Die mutig mit ihren Gefühlen umgehen, auf andere zugehen, Gutes tun, anstatt um sich herum Mauern aufzubauen, Gefühle abzuschotten und jeden als Feind zu betrachten. Ich bin überzeugt davon, dass die meisten Menschen im Herzen gut sind und es auch sein wollen. Aber wir haben verlernt, mit uns selbst ins Reine zu kommen. Wir haben verlernt, in uns hineinzuhören aus Angst, was dabei ans Licht kommt.«

Selene schwieg und dachte nach. »Ich glaube, die meisten wollen gar nicht wissen, was in ihnen vorgeht.«

»Ja, aber nichts von dem, was in dir vorgeht, ist verwerflich. Alles ist okay, jedes Gefühl, auch Hass oder Neid. Wir sind Menschen, es ist vollkommen normal, dass wir auch mal etwas Mieses empfinden. Schlimm wird es nur, wenn wir uns das nicht eingestehen. Nicht zu uns selbst stehen. Uns selbst nicht mehr lieben und unser Leben lang nur im Strom schwimmen, anstatt unser Leben zu dem zu machen, was es sein sollte: unsere kleine Welt aus Glück. Und wie das geht, kann nur jeder für sich allein herausfinden.«

Selene sah ihre Freundin an und wusste nicht, was sie sagen sollte.

»Entschuldige«, murmelte Julia und holte einmal Luft. »Ich halte schon wieder Vorträge.«

»Entschuldige dich nicht. Ich höre dir gerne zu.«

»Es ist vermutlich ein ungünstiger Zeitpunkt, mit Ratschlägen für ein glückliches und erfülltes Leben um mich zu werfen.«

Selene lächelte schwach. »Ich wüsste momentan gar nicht, wo ich anfangen sollte. Ich finde ja nicht mal einen Grund aufzustehen. Da … ist dieses riesige Loch, das mich nach unten zieht. Ich weiß nicht, wofür ich hier bin. Was ich aus meinem Leben machen soll.«

Julia schaute sie an und zuckte mit der Schulter. »Der Grund, warum du hier bist, bist du! Es ist dein Leben, aber niemand kann dir abnehmen, dich dafür oder dagegen zu entscheiden.«

»Und was soll ich daraus machen?«

»Das kannst du leider nur selbst herausfinden. Was sagt dein Herz?«

»Mein Herz … sagt momentan nicht viel. Es heult und jammert und will nicht mehr. Und das Nicht-mehr-wollen klingt manchmal ziemlich verlockend.« Selene konnte Julia nicht in die Augen sehen, als ihr bewusst wurde, was sie da gerade gesagt hatte.

Ihre Freundin nahm ihre Hand. »Selene …«

»Es tut so weh.«

Julia schwieg einen Augenblick lang. »Du musst momentan auch nicht wollen. Widme dich deiner Trauer. Sie ist ... die schmerzhafteste Form von Liebe und trotzdem ist sie Liebe. Solange du sie leugnest oder unterdrückst, wird es nur schlimmer. Nimm dir Zeit für sie und tue, wonach immer dir ist. Den ganzen Tag schlafen oder heulen oder aus dem Fenster starren. Spielt keine Rolle, Hauptsache du tust, was du momentan am meisten brauchst.«

»Aber das ist doch kein Leben, sich so zu verhalten. Das ist … erbärmlich.«

»Das ist Trauer. Das Größte, wozu dein Herz im Stande ist, sind deine Gefühle.«

»Nein … Sie sind zu viel. Ich weiß nicht, wie ich das ertragen soll.«

Julia nickte und drückte ihre Hand. »Stell dir vor, du sitzt mit deinem kleinen Herzen am Strand und deine Gefühle toben sich im Meer aus, aber sie verschlucken euch nicht. Versuch, dein Herz ein bisschen davor zu schützen.«

»Hm …«

»Ich hab dich lieb«, murmelte Julia lächelnd.

»Ich dich auch!«

»Und ich bin immer für dich da. Du kannst alles bei mir abladen.«

Selene lächelte verkniffen. »Ich würde es gerne alleine schaffen.«

»Aber das musst du nicht. Niemand muss das.« Julia machte eine Pause und hob die Flasche an den Mund. Als sie getrunken hatte, fuhr sie fort: »Du kannst zum Beispiel auch Tagebuch schreiben. Und dort alles loswerden. Das hilft auch …« Selene blickte ihre Freundin mürrisch an. Julia boxte sie in die Seite und lehnte sich an. »Möchtest du nächste Woche wieder arbeiten gehen?«

»Ja, werde ich wohl.«

»Wie hat Bert reagiert?«

»Auf den Urlaub? Oder meine Mum?«

»Beides.«

»Was glaubst du? Er hat ein muffeliges ›Oh, … tja, wenn das so ist …‹ von sich gegeben. Damit war die Sache für ihn erledigt.«

»Wie lange willst du noch da arbeiten?«

»Keine Ahnung.«

Julia ließ den Kopf an Selenes Schulter sinken und schwieg. Sie saßen eine ganze Weile so da, lauschten der Musik und sagten nichts. Selene mochte das an ihrer Freundschaft – zusammen schweigen. Weil es keiner Worte bedurfte. Die Musik wechselte zu Mumford & Sons.

»Ich geh mal für kleine Göttinnen«, sagte Julia und stand auf, nahm ihre Tasche und verschwand.

Selene schloss die Augen und sang im Stillen mit. *So we come to a place of no return. Yours is the face that makes my body burn.* Sie wurde unruhig, ihr Herz fing an zu flattern. Vor ihren geschlossenen Augen verdunkelte sich etwas. Sie blickte auf. Ein großer Kerl stand vor ihrem Tisch und schaute sich um. Sein Haar war fast weiß, er trug einen schwarzen Ledermantel und schwarze Stiefel, wirkte etwas deplatziert im Babalou. Als er bemerkte, dass sie ihn musterte, warf er ihr einen kurzen Blick zu. Seine Augen hatten die Farbe von Saphiren. Sie schaute auf ihre Flasche, trank einen Schluck und ignorierte ihr klopfendes Herz. Schließlich ging er weiter und setzte sich an die Bar. Selene sah sich nach Julia um, aber auf den Damentoiletten schien es voll zu sein. Am Bier nippend hörte sie der Musik zu. Der Typ bestellte etwas, das nach Whiskey aussah und winkte grimmig eine junge Frau weiter, die sich zu ihm setzen wollte. Er trank seinen Whiskey und schaute in Selenes Richtung. Da war etwas in seinen Augen, das sie gefangen nahm. Sie fühlte sich berührt. Obwohl er gefährlich wirkte, lag etwas Sanftes in seinem Blick. Als würde sie diesen Mann kennen, als hätten sie Ewigkeiten miteinander verbracht und tausend Gespräche geführt. Selenes Wangen wurden heiß. Und all die angestauten Emotionen wollten plötzlich raus, sehnten sich nach dieser Vertrautheit, sehnten sich nach einem Halt.

Sie musste hier weg.

Hastig trank Selene ihr Bier und stellte die halbvolle Falsche auf den Tisch. Die Tränen stiegen immer höher, und sie würde ganz sicher nicht vor allen Leuten zusammenbrechen. Mit fahrigen Bewegungen suchte sie ihre Handtasche und nahm ihre Jacke, stand mit weichen Knien auf und zog sich an. Ihr Gesicht brannte, ihre Hände zitterten. Sie hatte einen Kloß im Hals, spürte den Druck und kämpfte dagegen an. *Bleib ruhig. Du bist gleich an der frischen Luft.*

Sie schob sich am Tisch vorbei und ging zum Ausgang. Von Julia war noch immer nichts zu sehen. Endlich draußen holte Selene erleichtert Luft, doch die Tränen drückten fortwährend. Ihr Gesicht verzog sich, sie schluckte das Jammern runter und ging weiter, wischte sich die feuchten Spuren von den Wangen und versuchte es abzuschütteln, holte immer wieder tief Luft. An der Straße blieb sie stehen und sammelte sich, suchte ihr Handy aus der Tasche und schrieb Julia eine Nachricht: *Ich bin los. Ging nicht mehr. Tut mir leid.*

Noch mal Luft holen. Die Kälte half gegen den Nebel im Kopf. Selene versteckte ihr Gesicht hinter dem Schal, schob die Hände in die Jackentaschen und ging an der alten Kirche vorbei und die Brixton Road hinunter. Die Tränen kamen und gingen, verschwanden aber nicht ganz. Selene konzentrierte sich auf die leeren Straßen, auf die Nacht, auf ihre Schritte und das Geräusch des Windes an ihren Ohren. Ein junges Paar kam ihr Arm in Arm entgegen. Er küsste sie auf die Stirn und flüsterte ihr etwas ins Ohr, das sie rot werden ließ. Selene wandte den Blick ab und lief weiter, überquerte die Straße bei Rot und steuerte auf die U-Bahn-Station zu. Sie achtete auf alles, nur nicht auf ihre Gedanken, die sie stetig wieder in das Loch ziehen wollten. Die ihr Bilder durch den Kopf schickten, um sie zum Weinen zu bringen. Die ihr Herz krampfen ließen. Sie hörte Schritte hinter sich. Selene hatte Pfefferspray in der Tasche. Aber ihr fehlte gerade die Kraft. Heute war kein Tag für mutige Aktionen. Wieder Schritte. Schwer und lang. Ihr Herz schlug schneller. Sie schluckte, fasste in ihre Handtasche und suchte das Spray. Fand es nicht. Die Schritte wurden lauter, kamen näher. Selene bekam Angst. Es war unvorsichtig, allein durch die Nacht zu laufen. *Dummes Mädchen. Bringst dich selbst in Gefahr.* Die Schritte waren genau hinter ihr. Verdammt! Sie fand die kleine Dose, wich einen Schritt zur Seite, drehte sich rum und hielt das Spray hoch. Starrte atemlos ins Leere. Niemand da. Selene schauderte, sah sich um. Weit und breit keine Menschenseele. Sie zitterte und drehte sich zurück, steckte die Dose weg, schaute geradeaus und blickte in das widerlich grinsende Gesicht eines schwarzhaarigen Mannes nur Zentimeter von ihrem entfernt.

Die Geräusche des Babalous verschwanden im Hintergrund und das Glas in seiner Hand zitterte. Roven kämpfte gegen seine Bestie an. Kämpfte mit allem, was sein menschlicher Verstand an Vernunft hervorbrachte gegen den Drang, Selene nachzulaufen. Das Schicksal spielte mit ihm. Schickte ihn nach einem Abend voller Gewalt und Tod in genau die Bar, in der *sie* war. Als gäbe es nichts, was ihm mehr fehlte. Es gab nichts. Allein ihre Anwesenheit verdrängte alles Schlechte in ihm.

Schon als er das Babalou betreten hatte, spürte er ihren Blick im Rücken. Es war keine gute Idee gewesen, genau jetzt und hier einen Drink zu nehmen. Er hätte umdrehen und den Laden verlassen sollen. Aber er konnte nicht und das machte ihn wahnsinnig. Er gehörte nicht in ihre Nähe. Er schadete ihr. Sie hatte genug Probleme, mit denen sie fertig werden musste, und brauchte keinen Akkadier, der ihr noch mehr Boden unter den

Füßen wegriss. Der seine eigene Erbärmlichkeit in ihrer Nähe auszufüllen suchte. Bei einem Menschen. Die eh zu nichts taugten.

Er wollte ihre Tränen auffangen, ihre Wange streicheln, ihr irgendetwas von dieser Schwere abnehmen. Ihr Leid in sich aufsaugen. In seinem Inneren spielte es keine Rolle, dort machte es keinen Unterschied mehr. Das bisschen Trauer neben all den Toten und Getöteten. Er sehnte sich nach dem Leben in ihr. Sie war so schön, dass es ihm die Luft nahm. Wie konnte er einen Menschen begehren? Er spürte sein Herz, sobald er in ihre Nähe kam. Spürte es gegen seine Rippen schlagen, voller Sehnsucht nach ihrem eigenen. Als wollte es aus seiner Brust springen, um nur bei ihr zu sein.

Und *Naham* jammerte in einer Tour. Roven erkannte sich selbst nicht wieder. Was war das? Was machte Selene aus ihm? Er musste sich von ihr fernhalten. Musste funktionieren. Konnte nicht wie ein verliebter Idiot an jeder Häuserecke auf sie lauern. Liebe? Dazu war er gar nicht im Stande. Verficktes Herz! Reiß dich zusammen!

Ich habe mich entschieden, antwortete *Naham*.

»Dann vergiss sie wieder …«, murmelte er, leerte sein Glas und stellte es krachend auf den Tresen.

Da wurde es ruhig in ihm. Das Jaulen verstummte, sein Herzschlag setzte aus. Alle Geräusche verschwanden und *Naham* lauschte in die Ferne … Und hörte einen Schrei.

Der Hocker flog scheppernd nach hinten. Noch bevor er den Boden erreichte, war der Akkadier in die Nacht hinaus. Roven flog durch die Dunkelheit, folgte seinem donnernden Herzen und spürte Selene, noch bevor er sie sah. Im Häuserschatten seitlich der U-Bahn-Station hingen fünf Taryk über ihr. Seine Augen flammten auf. Er verlor keinen Gedanken an Taktik. Adrenalin schoss durch seinen Körper, seine Klauen schnellten hervor. Er rannte blind vor Wut in die Meute und zerfetzte den ersten Taryk mit einem ohrenbetäubenden Brüllen in der Luft. Die übrigen Seelenreißer rannten auseinander. Roven landete über Selene und starrte wie wahnsinnig in die Runde. Ein kurzer Blick nach unten verriet ihm, dass sie bewusstlos war. Er überließ sich seinem Tier, teleportierte sich zum nächsten Taryk und schleuderte ihn gegen die Hauswand, an der er ohnmächtig zu Boden ging. Dunkler Rauch kroch aus der Verletzung am Scheitel. Den Dritten erwischte er mit den Klauen und löste den schreienden Kopf vom zappelnden Körper. Der Vierte versuchte zu fliehen. Roven teleportierte sich vor ihn, trieb ihm die Klinge seines Schwertes durch den Körper, zog sie nach oben und zerteilte ihn. Der Fünfte war erstarrt, hyperventilierte, versuchte sich aufzulösen. Ohne Erfolg. Der Akkadier nahm vor ihm Gestalt an und umfasste sein Gesicht mit einer Hand.

»Sieh mir in die Augen, Scheusal!« Er starrte in die schwarzen Pupillen und schickte eine Nachricht an jeden Taryk dieser Brut. »Diese Frau ist tabu. Und jeder, der sich ihr nähert, wird in *Einzelteile zerlegt*!« Roven setzte seine Klinge an und schnitt ihm langsam durch den Hals. Der Taryk schrie, bis er keine Luftröhre mehr hatte, und verpuffte zu stinkendem Teer.

Tod umgab Roven. Seine Hände zitterten, seine Sicht verschwamm. Die Schwärze der Nacht kroch in ihn hinein und ergriff Besitz von ihm. Er spürte, wie sein Verstand von gut zu böse kippte und drohte, die Kontrolle zu verlieren. Sein Bewusstsein versank in Finsternis und *Naham* wühlte sich an die Oberfläche. Doch als sie Selenes Körper am Boden erblickte, verschwand der Wahnsinn.

Roven nahm neben ihr Gestalt an, verstaute sein Schwert und kniete sich hin. Zog sie hoch in seine Arme und strich ihr das Haar aus dem blassen Gesicht. Ihr Herz schlug, sie lebte. Ihr Gesicht wirkte friedlich, nicht so, als wäre sie dem Tod gerade von der Schippe gesprungen.

»Was hast du nur an dir, *Naiya*, dass du mir so nahe gehst?!«, flüsterte er.

Ihre Lider flackerten und sein altes Herz machte einen Sprung.

Selene blinzelte und kniff die Augen zusammen, drehte den Kopf weg, um der Helligkeit zu entkommen. Sie bedeckte ihre Lider mit der Hand und spürte, dass jemand sie in den Armen hielt. Wärme umgab sie, Geborgenheit. Sie erkannte Häuserwände, eine blinkende Ampel in der Ferne, hörte die U-Bahn unter der Straße und erinnerte sich an den Überfall. Panisch schlug sie um sich und versuchte hochzukommen. Doch ihre Hände wurden aufgefangen.

»Hey, ganz ruhig. Du bist in Sicherheit. Sie sind weg!« Seine Stimme klang tief, aber nicht bedrohlich. Selene versuchte, sein Gesicht zu sehen, doch es war zu hell. Aus dem grellen Scheinwerferlicht formten sich langsam zwei weiße Punkte heraus. Da erkannte sie, dass es seine Augen waren, die leuchteten. Benommenheit überkam sie. Kopfschmerzen. Übelkeit.

»Nicht doch, du bleibst schön bei mir. Tief einatmen.« Seine Finger drückten ihre Hand, er massierte einen Punkt zwischen Daumen und Zeigefinger. »Sieh mir in die Augen!«

Sollte das ein Scherz sein? »Wie denn?!«, stöhnte sie blinzelnd.

»Ach ja …« Das Licht verschwand, als hätte jemand eine Lampe ausgeknipst.

Selene holte Luft, die Dunkelheit war ein Segen.

»Geht's wieder?«, fragte er mit tiefer Stimme.

Sie nickte. Seine Augen waren so blau wie das Meer an einem wolkenlosen Tag. Er schaute besorgt, die Linien seines Gesichtes wirkten kantig, die Wangen hart. Nur seine Lippen sahen weich aus. Er kam ihr bekannt vor.

Etwas Feuchtes traf Selenes Stirn, es fing an zu regnen. Seine raue Hand wischte den Tropfen fort. »Du hast mich gerettet«, stellte sie fest.

Er nickte.

»Danke.«

Schützend beugte er sich über sie, damit sie nicht nass wurde. Der Regen lief an seinem Gesicht herunter und tropfte vom breiten Kinn, die hellblonden Haare wurden dunkel von der Nässe. Selene begegnete seinem Blick. Das Licht der Ampel spiegelte sich in seinem Gesicht, in seinen Augen. Sie wollte etwas sagen, doch ihre Stimme blieb stumm. Es war, als würde die Zeit langsamer vergehen. Sie fror nicht mehr, der Abgrund in ihr schien verschwunden. Sie wollte sich an ihn drücken und der Realität den Rücken zukehren. Und während sie sich in die Augen sahen, entstand ein kleines Lächeln in diesem ernsten Gesicht, das sie ebenfalls lächeln ließ. Doch plötzlich versteinerte sich seine Miene. Selene zuckte zusammen, als sie etwas Spitzes auf sich zukommen sah. Verkrampft legte er sie auf den Boden, stand auf und drehte sich um. Selene stützte sich hoch und erstarrte. Erst von der Seite erkannte sie, dass ein Schwert in seiner Brust steckte. Hinter dem blonden Riesen stand ein hagerer Mann mit dunkler Fratze – der Kerl, der sie überfallen hatte. Kälte krallte sich in ihre Brust. Selene wollte aufstehen und weglaufen, doch sie war wie gelähmt. Ihr Retter stellte sich dem anderen gegenüber und der Regen schien in Zeitlupe zu fallen. Oder war es ihr Kopf, der alles verschwommen wahrnahm? Ein Dröhnen erfüllte die Stille und wurde immer lauter, vibrierte über den Boden und ließ kleine Kiesel hopsen. Sie hörte einen Schlag. Der Angreifer flog rückwärts gegen die Mauer. Mit der Klinge im Brustkorb rannte ihr Retter hinterher, stieß dem anderen sein eigenes Schwert in den Bauch, zog es wieder raus, holte aus und – Selene wandte den Blick ab, schwankte und schmeckte Übelkeit im Rachen. Sie schaute wieder hoch, als sie nichts mehr hörte, und sah den blonden Riesen in einer Wolke aus schwarzem Dunst. Ihr Angreifer war verschwunden. Es regnete so stark, dass sie die Augen zusammenkniff, um zu beobachten, wie er sein Schwert verstaute und langsam auf sie zukam. Wer zum Teufel rannte mit so einer Waffe durch London?!

Er hob besänftigend die Hände. »Alles in Ordnung?«, fragte er mit dieser Klinge in der Brust.

Selene starrte ihn an und schüttelte entgeistert den Kopf.

»Keine Sorge«, murmelte er heiser und hockte sich vor sie. »Du wirst es vergessen.« Sie starrte auf die Spitze der Klinge in seiner Brust und hatte das Gefühl, den Verstand zu verlieren. Selene spürte seine Hand, die sanft ihr Kinn hob, damit sie ihm in die Augen sah. »Hey, bleib ruhig. Nicht in Panik verfallen. Ich tue dir nichts. Alles wird gut.«

Erst jetzt bemerkte sie, dass sie am ganzen Körper zitterte. Ihre Zähne klapperten. »Du hast ein Schwert in der Brust«, flüsterte sie.

Er stöhnte. Es tat also doch weh. »Ja, dumm gelaufen. Aber nicht weiter dramatisch. Mach dir keine Sorgen.« Sein Daumen streichelte ihr Kinn. »Ich bring dich nach Hause und morgen sieht die Welt wieder ganz normal aus.«

Sie schauten sich an, wurden beide vom Regen aufgeweicht. Selene schwirrten tausend Fragen durch den Kopf, doch da war ein vertrautes Gefühl ihm gegenüber. Sie wusste nicht, warum, aber ihre Angst verschwand. »Was habe ich da gerade gesehen?!«

Er legte den Kopf schief und schaute sie mitfühlend an. »Nichts von Bedeutung. Du musst aus der Kälte raus.«

»Und du in ein Krankenhaus.«

Anstatt zu antworten, lächelte er und reichte ihr seine Hand. Selene hatte ein Déjà-vu. Die Erinnerung an einen Wald, an Wärme und einen Kuss, der in ihren Adern widerhallte. Sie nahm seine nasse Hand. Herrgott! Sie kannte all das. Nur woher? Das war nicht möglich.

Mit weichen Knien kam sie hoch, kämpfte kurz mit ihrem Gleichgewicht. Er hielt sie weiter fest, wohl aus Angst, sie würde wieder umkippen. Als sein Daumen über ihren Handrücken strich, schaute sie hoch und begegnete seinen blauen Augen. Ein Kribbeln bildete sich in ihrem Bauch. Irgendetwas an ihm wirkte fürchterlich attraktiv auf sie. Vermutlich sein Äußeres und die Tatsache, dass er sie gerettet hatte. Ihr Bedürfnis nach Geborgenheit war derzeit aus dem Gleichgewicht.

»Geht's?«, fragte er.

Sie nickte, und er ließ ihre Hand los, trat einen Schritt zurück und nahm die Wärme mit sich. Selene verschränkte ihre Arme, um das Zittern zu kontrollieren.

Er umfasste die Klinge vor seiner Brust mit den Händen und schob die Waffe nach hinten zurück durch seinen Rücken. Das Metall fiel klirrend zu Boden. Selene erschrak bei dem Lärm und schaute sich um. Sie waren die einzigen weit und breit, dabei war es gerade mal kurz nach Mitternacht.

Der Fremde schnaufte und betrachtete seine Hände, auf denen eine schwarzgoldene Flüssigkeit vom Regen weggespült wurde.

»Vergiftet«, sagte er grimmig und ballte die Hände zu Fäusten.

»Was?«

Er schaute auf. »Tut mir leid, *Naiya*. Ich wünschte, ich hätte mehr Zeit.« Mit diesen Worten kam er zu ihr, nahm ihre Hand und zog sie in seine Arme.

Selene ignorierte den kurzen Fluchtreflex und ließ es geschehen. Dann wurde es dunkel in ihrem Kopf.

Das Schwert war mit Königinnenblut vergiftet gewesen, sodass die Wunde in Rovens Brust nicht selbstständig heilen würde. Er hatte wenig Zeit und das kotzte ihn an. *Naham* schlief dank des Giftes, er hätte sich also unbeschwert mit Selene beschäftigen können. Einen Abend mit ihr verbringen, ohne an die Folgen zu denken, … oder sein eigenes Leben retten – schwere Wahl.

Der Akkadier nahm in ihrem Wohnzimmer Gestalt an und trug sie weiter, während ihr Körper mit der Teleportation kämpfte. Es war dunkel, das kleine Display unterm Fernseher zeigte 0:53 Uhr. Es war ein alter Fernseher, auch die Einrichtung wirkte schlicht. Das durchgesessene Sofa würde unter Rovens Gewicht vermutlich zusammenbrechen. Er betrachtete das kleine Bücherregal – ein paar moderne Schmöker neben Klassikern wie *Fahrenheit 451*, *Der Alchemist* oder *Candide* von Voltaire. Und ein Reiseführer von Schottland. Roven schmunzelte und schaute in ihr Gesicht. Sie schlief noch. Hübsches Ding. Dem Tod gerade so entkommen. Wenn er nicht in der Nähe gewesen wäre … Nicht auszudenken. Das Schicksal hatte einen eigenartigen Humor. Es war kein Zufall, dass Roven spürte, wie ein Mensch in Gefahr geriet. Er wusste besser als jeder andere, dass es Zufälle nicht gab. Dass jemand weit oben die Fäden in der Hand hielt und seinen Unfug hier auf der Erde trieb. Mal mehr, mal weniger beabsichtigt. Fragte sich nur, was der Akkadier mit Selene anstellen sollte. Oder ob sie in seinem langen Leben nur eine weitere Prüfung war, die es zu bestehen galt. Zu überstehen. Zu vergessen.

Er ging zur Mitte des kleinen Raumes und legte sie auf die Couch, vergrub die Hände in den Manteltaschen und betrachtete ihren Körper. Ihr Herz schlug langsam, doch ihre Finger zuckten. Sie würde gleich aufwachen. Er sollte gehen. Jetzt. Bevor er noch auf ihrer Auslegware krepierte. Wie zur Erinnerung durchfuhr ein kalter Schmerz seine Brust. Sein Herz flatterte. Er wandte sich ab und –

»Warte«, erklang ihre flache Stimme hinter ihm. »Bitte …«

Roven drehte sich um und schaute sie an. Keine gute Idee. *Verschwinde*, dachte er bei sich und blieb wie angewurzelt stehen.

Sie versuchte, sich aufzusetzen.

»Nicht!« Er hockte sich zu ihr. »Dir wird sonst schwarz vor Augen.«

Selene schluckte und nickte, ließ den Kopf wieder auf das Kissen fallen und blinzelte ihn an. »Wie … bist du in meine Wohnung gekommen?«

Er presste die Lippen aufeinander und sagte nichts.

»Und warum hab ich keine Angst deswegen?«

»Hast du nicht?«, fragte er.

»Nein.« Sie runzelte die Stirn. »Ich weiß, dass ich sollte. Aber … hab ich nicht.« Sie lächelte benommen. »Vielleicht Todessehnsucht.«

»Glaub ich nicht.«

»Nicht?«

»Nein.« Er verlor sich in ihren Augen, wollte ihr Gesicht streicheln.

»Wie war das mit der Wohnung?«, hakte sie nach.

Roven zuckte mit der Schulter. »Ich schwöre, ich hab die Tür nicht eingetreten.«

»Hast du den Schlüssel aus meiner Handtasche genommen?«

»Vermutlich …« Er musste schmunzeln.

»Hm«, machte sie ungläubig und schaute auf seine Brust. »Blutest du?«

»Ja.«

Sie sah ihn an. »Du musst in ein Krankenhaus!«

»Nein.«

»Warum nicht?«

»Die kriegen da Angst vor mir. Das … ist ne schlechte Idee.« Selene stützte sich hoch.

»Warte.«

»Lass mich«, antwortete sie streng und setzte sich hin. »Zeig mal.«

»Bist du Krankenschwester?«

»Ja.« Sie log. Aber ziemlich gut. Er ging auf die Knie und richtete sich etwas auf. Selene schob seinen Mantel auseinander und versuchte, in der Dunkelheit etwas zu erkennen. Was sein Herz in diesem Moment veranstaltete, konnte er nicht mehr genau deuten. Aber es fühlte sich ungesund an.

Selene beugte sich zur Seite und schaltete eine kleine Tischlampe an. Sie blinzelte, schaute ihn an und holte erschrocken Luft, als ob sie erst jetzt registrierte, dass er ein Fremder war. Vielleicht war sein Anblick bei Licht auch angsteinflößender. Roven erwiderte ihren Blick und versuchte zu lächeln. Sie runzelte die Stirn und widmete sich seiner Wunde, berührte sie vorsichtig und betrachtete das Gold auf ihren Fingerkuppen.

»Was ist das?«

»Mein Blut.« Es ging sie nichts an. Nichts von ihm durfte sie wissen. Er sollte nicht hier sein.

Roven spürte ihre Hände auf seiner Brust. Sie schoben sich unter seinen Mantel, streiften ihn nach hinten ab und er ließ es geschehen, war wie erstarrt. Ihr Gesicht kam seinem so nahe, dass er ihre Wärme auf seiner Haut spürte. Er konnte kaum atmen. Ihr Duft stieg ihm in die Nase und benebelte seinen Kopf.

»Das ist viel Blut …«, flüsterte sie und sah ihn an. Er schaute auf ihre Lippen. Ihr Gesicht wurde rot. Sie sah wieder weg, entdeckte einen Teil der Tätowierung auf seinem Oberarm, die unter seinem T-Shirt hervorlugte. Ihre Finger zitterten, als sie die Zeichnung berührten. Sie zuckte zurück. »Deine Haut ist heiß.«

»Ist das Gift«, murmelte er.

»Du brauchst Hilfe«, mahnte sie.

»Krieg ich doch grad.«

Selene rutschte zurück und barg ihr Gesicht in den Händen. »Was tue ich hier?« Sie sah ihn an. »Ich weiß nicht mal, wie du heißt!«

Er antwortete nichts. Stattdessen schaute er nach unten, blickte auf ihre Hände und nahm sie in seine, streichelte ihre zarte Haut und zog sie wieder zu sich. Selene seufzte und schob ihre Finger in seine, rutschte von der Couch runter und landete zwischen seinen Beinen. Sie sah ihm in die Augen, wirkte verloren und allein und kämpfte dennoch. Doch er wollte nicht, dass sie kämpfen musste. Wenigstens für diesen einen Augenblick.

Er zog sie an sich und umarmte sie. Selene ließ sich fallen, mit dem Unterschied, dass es sich nicht wie fallen, sondern wie fliegen anfühlte. Er hielt sie zärtlich, aber fest, und sie genoss die Wärme und atmete seinen Duft ein. Ihr war, als ob er sie kannte. Als ob er Dinge von ihr wüsste, die niemand sonst wusste und die nur er verstand. Nicht mehr als ein kleines Gefühl, das doch Tonnen wog. Ihre Hände berührten seinen Rücken und strichen über den Stoff seines T-Shirts, fanden den Saum und schoben sich darunter. Seine Haut glühte und Selene wollte diese Hitze überall spüren. Sie rückte von ihm ab, ohne hochzuschauen, und zog ihm das T-Shirt über den Kopf. Er ließ seine Arme langsam sinken und streichelte über ihre Hände, die den Stoff festhielten. Die Sehnen an seinem breiten Hals traten hervor, sein Kiefer war angespannt. Selene streifte ihre Jacke ab und zog den Pullover aus. Er sagte nichts, sah sie nur an. Sie fröstelte, als ihre Haare über die nackte Haut kitzelten. Nur noch im BH saß sie vor ihm und fühlte sich fürchterlich verletzlich. Er nahm ihre Hände, holte sie zu sich und umarmte sie erneut. Die Hitze seiner Haut überwältigte sie. Selene japste nach Luft und erschauderte, presste ihr Gesicht an seinen Hals und wollte in ihn hineinkriechen. Für diesen Moment war er alles, was sie brauchte. Er war eine Illusion aus Liebe und Heimat, aus Familie und Zuflucht. Ihre Antwort auf eine nie gestellte

Frage. Er gab ihr das Gefühl, mit ihrem Schmerz nicht allein zu sein. Als würde alles Leiden von ihm aufgenommen werden, als würde seine Energie in sie hineinfließen und jede Leere füllen. Sein Herz schlug langsam, immer langsamer. Selene schloss die Augen, wollte ewig lauschen. Ihre Sinne verschwammen, verloren sich in dem Gefühl, eins mit ihm zu sein. In jeder Faser ihrer Seele konnte sie ihn spüren. Das war der beste Platz auf der Welt. Nie hatte sie sich so angekommen gefühlt.

»Wenn ich nur immer in deine Arme fliehen könnte«, flüsterte sie und öffnete die Augen. Weißes Licht blendete sie. Jemand nahm ihre Hand. Der Fremde lächelte sie an, zog sie zu sich und küsste sie, als gäbe es keinen Morgen. Als wäre dies ihr erster und letzter Kuss. Als stünde die Welt in Flammen und nichts anderes wäre noch von Bedeutung. Selene wurde umfangen von seiner Liebe, spürte ihn überall. Er war ihr Anker, die Heilung für alle Schmerzen, der Eine, der sie retten konnte. Der sie um ihretwillen liebte, genauso wie sie war. Selene schaute in den saphirblauen Himmel seiner Augen und hob ihre Hand, um seine Wange zu streicheln. Da erlitt ihr Herz einen Stoß, der ihr die Luft aus den Lungen trieb. Ihre Brust schmerzte, etwas stimmte nicht. Er war fort. Selene fiel ins Leere. Das Licht erlosch, Dunkelheit machte sich breit. Schwarzer Rauch kroch auf sie zu. Selene begann zu zittern. Ihr Atem bildete weiße Wolken in der Luft.

»Bitte nicht. Komm zurück …«, flüsterte sie kraftlos. »Lass mich … nicht allein.«

Auf ihren Händen bildeten sich Eiskristalle und vom Himmel fiel Schwärze herab. Stimmen huschten durch die Finsternis. Sie war allein mit ihren Dämonen. Selene zuckte zusammen, kniff die Augen zu. Doch die Stimmen wurden lauter, griffen nach ihr, stießen sie zu Boden. Selene hielt sich die Ohren zu. Schreie erschütterten ihr Herz. Elendes Gejammer. Sie brüllte, wollte die Stimmen übertönen.

Und wurde von ihrem eigenen Schrei wach. Sie weinte und schluchzte und wusste nicht, warum. Ihr Herz krampfte, die Tränen liefen unaufhaltsam. Selene versuchte, Luft zu holen und hyperventilierte. Zitterte am ganzen Körper, wurde von Panik geschüttelt. Die Wellen schwappten über sie hinweg, tauchten sie unter und ertränkten sie. Selene zerrte die Bettdecke heran, versuchte, sich daran festzuklammern und zu atmen, aber es half nichts. Sie krümmte sich vor Schmerzen, langte mit den Händen an ihre Brust und krallte die Finger in ihre Haut, wollte ihr Herz festhalten. Wollte es in ihre Hände nehmen und streicheln, es anflehen und beruhigen. Doch sie erreichte es nicht. Ihr Herz ertrug die Qualen nicht mehr, gab auf und zerriss. Riss ein schwarzes Loch in ihre Brust und zog sie in den Abgrund.

Sechs

Mit letzter Kraft hatte sich Roven nach Schottland teleportiert. Er lag auf dem Rücken und schaute auf den Kronleuchter, der in Avenstones Eingangshalle prangte. Seine rechte Hand drückte auf die Wunde, konnte den Blutfluss aber nicht stoppen. Warmes Gold pumpte durch seine Finger, lief an seinem Rippenbogen entlang und breitete sich unter ihm aus. In seiner Brust wurde es kalt. Stille erfasste seinen Körper, kroch durch Adern und Knochen und lähmte alles. Das Gift erreichte die volle Wirkung und brachte Rovens Leib zum Schweigen, legte sich wie Teer auf den Verstand und sperrte seine zweite Seele ein.

Es fühlte sich wie Sterben an. Ewigkeiten waren vergangen, seit er den Tod zum ersten Mal gespürt hatte. Doch die Erinnerung an diesen Tag war geblieben – die Schlacht bei Largs im Jahre 1263 war schließlich in die Geschichte eingegangen.

Roven McRae erstarrte, als das Schwert des Gegners seine Brust durchstieß. Der Norweger zog die Klinge mit einem Ruck wieder raus und wandte sich ab. Beachtete nicht, wie Roven rückwärts stolperte. Der Schotte ging in die Knie und sackte zusammen. Adrenalin flutete seine Venen und sensibilisierte seine Sinne. Er spürte nassen Sand unter sich, Sturm und Regen fegten über ihn hinweg und der Kriegs-

lärm verdichtete sich zu einer grauenvollen Geräuschkulisse. Schwerter krachten aneinander, Schreie sehnten den Tod herbei, auf mörderisches Gebrüll folgte der Klang brechender Knochen.

Roven blinzelte, versuchte Luft zu holen. Er wollte den Griff seines Schwertes umfassen und scheiterte. Die Laute um ihn herum wurden leiser und verschwanden im Hintergrund. Rufe seiner Kameraden nahm er kaum noch wahr. Er fing an zu zittern und spürte eine Taubheit, gegen die er machtlos war. Die Luft wurde dünner, seine Lungen enger. Rovens Kehle zog sich schmerzhaft zusammen. Das Meer kam näher, umspülte ihn und schien darauf zu warten, seinen kalten Leib zu verschlucken. Er würde heute sterben. Hätte er mehr erreichen können? Mehr erfahren? Er hatte die Liebe nie kennengelernt. Hatte sein Herz keiner Frau geschenkt. Seitdem er ein Schwert halten konnte, hatte er aus Überzeugung und voller Stolz für sein Land gekämpft. Und das war es jetzt. Für immer vorbei.

Rovens Augen glitten zu und schwärzten die blutrote Nacht. Er hörte sich ausatmen, ohne es zu spüren.

Eine gewaltige Last zog ihn nach unten, der Boden verschluckte ihn. Stille und Finsternis kehrten ein. Er fühlte sich körperlos und irgendwie verloren. Plötzlich spürte Roven einen warmen Luftzug, der nach Blumen und Sommerregen duftete. Ein goldener Funke tanzte vor ihm durch die Dunkelheit, wurde größer und heller, begann zu verschwimmen und nahm menschliche Form an. Der Schotte erkannte schmale Schultern, volle Brüste, eine elegante Taille und weibliche Hüften. Rot und blond gesträhntes Haar wallte hervor und rahmte den goldenen Körper wie ein Umhang ein. Heller Stoff verhüllte die Haut. Über dem Dekolleté führte ein schlanker Hals zum herzförmigen Gesicht. Ein Lächeln umspielte ihre Lippen und über Apfelwangen funkelte Bernstein in ihren Augen.

»Reiche mir deine Hand, Roven McRae«, erklang die butterweiche Stimme. Besäße Roven noch einen Körper, würde er eine Gänsehaut bekommen. »Schenke mir deinen letzten Willen, wenn du heute nicht in den Kriegerhimmel aufsteigen möchtest. Wenn du weiterleben und weiterkämpfen möchtest. Wenn du dieser Welt und ihrem Volk fortwährend zu dienen vermagst und der Hirte werden willst, dessen Seele

du seit deiner Geburt in dir trägst. Schenke mir dein Vertrauen und du sollst ewig und unsterblich als Krieger der heiligen Mutter auf Erden wandeln und für Gerechtigkeit kämpfen.«

Sie hatte ihre zierliche Hand nach ihm ausgestreckt, die Haut glühte wie flüssiges Gold. Roven bemühte sich, ihre Worte zu verstehen. Für ihn ergab das geschwollene Gerede wenig Sinn, aber alles, was nicht mit seinem Tod endete, hörte sich nach einer guten Alternative an. Solange er kämpfen konnte, war er zufrieden.

Er versuchte, seine Hand zu heben. Da fiel ihm ein, dass er keinen Körper mehr besaß.

Lächelnd kam sie auf ihn zu. »Dann sei es so.«

Sie löste sich in Luft auf und Roven wurde zurück in seinen toten Körper geschleudert. Das Meer hatte ihn verschluckt. Panisch schnappte er nach Luft, doch seine Lungen waren längst voll Wasser. Sein Körper sank starr und schwer wie ein Stein in die Tiefe. Salzwasser durchspülte seinen Rachen und erstickte jeden Schrei. Rovens Blick klammerte sich an den Mond, der die Wasseroberfläche weit über ihm beleuchtete. Doch das Licht wurde kleiner, die Tiefe schwärzer. Seine Brust krampfte. Er spürte Zuckungen, aber keine Schmerzen mehr.

Da durchbrach ein Schatten die Meeresoberfläche und tauchte auf Roven zu. Es sah auf wie ein Tier, und es brachte Licht mit sich, vertrieb die Dunkelheit. Weiße Augen hatten den Schotten im Visier. Darüber wirbelten riesige Hörner durchs Wasser. Den Kopf umgab eine wallende Mähne und an den Vorderläufen saßen aus Gold gemeißelte Klauen. Es riss sein Maul auf und verbiss sich in Rovens Nacken, zerrte ihn aufwärts und brachte sie beide mit kraftvollen Zügen Richtung Wasseroberfläche. Sie erreichten den Meeresspiegel, der Schotte spuckte die salzige Brühe aus. Er spürte das warme Maul des Monstrums im Genick, während es mit ihm durchs Wasser schwamm und sie ans Ufer brachte. Roven wurde über nassen Sand geschliffen und schließlich runtergelassen. Sein Kopf fiel kraftlos zur Seite. Er hörte das Meeresrauschen wie durch Watte, schmeckte Salz und hustete fortwährend, weil seine Lungen brannten. Alles tat ihm weh, nur der Biss im Nacken nicht, und etwas Entscheidendes fehlte —

der Kriegslärm. Roven blinzelte und suchte die Schlachtschiffe, die Norweger, die Toten. Nichts davon war hier, kein Unwetter tobte über ihm, nur ein sternenklarer Himmel, der am Horizont im Meer versank. Und die Bestie wartete neben ihm und beobachtete ihn. Im Licht der Sterne wirkte ihr Fell dunkelblau. Das Wasser perlte ab und malte glitzernde Linien ins Haarkleid. Aus der langen Mähne wuchsen goldene Hörner empor. Rovens Blick begegnete den weißen Augen und fand keine Pupillen darin. Nieselregen fiel vom wolkenlosen Himmel und benetzte seine Haut mit goldenen Partikeln. Plötzlich fuhr Wärme in ihn hinein und weckte seine Lebensgeister, trieb Adrenalin durch seinen Körper. Noch bevor er realisierte, was geschah, stand er aufrecht und ballte zwei Fäuste, vollgepumpt mit einer unbekannten Macht. Die Bestie knurrte und grub die Klauen wie zum Angriff in den Sand.

Kämpfe!, *flüsterte eine Stimme in seinem Kopf.* Kämpfe oder deine Seele ist verloren. Wenn du nicht kämpfst, tötet sie dich!

Das Ungetüm senkte den Kopf, ohne ihn aus den Augen zu lassen. In Rovens Verstand legte sich ein Schalter um. Er ließ die Anspannung mit einem Ruck frei und stürzte sich auf die Bestie. Roven umklammerte ihren Hals und schleuderte sie auf den Rücken. Ihre Klauen gruben sich in seine Brust. Mit ganzer Kraft stemmte er sich gegen ihren Oberkörper, doch sie stieß ihn zurück und schnappte nach seiner Kehle. Im letzten Moment wich Roven aus, packte ein Horn und schwang sich auf den Rücken. Das Monstrum brüllte, jagte den Strand hinunter und versuchte, den Schotten abzuschütteln. Wie in Raserei warf es seinen Kopf hin und her und erwischte Rovens Bein mit den Zähnen, riss ihn nach vorn und schleuderte ihn meterweit von sich.

Roven landete im seichten Wasser, sprang auf die Füße und rannte der Bestie erneut entgegen. Mit einem Schwinger schlug er das Maul zur Seite, packte ein Horn und zog sich wieder auf den Rücken. Er schlang die Beine um den Hals des Tieres, das sich prompt auf den Boden warf und Roven unter sich begrub. Ihr Gewicht presste ihm die Luft aus den Lungen. Er umklammerte die Hörner und verschränkte die Füße vor der Kehle des Ungetüms. Mit ganzer Kraft drückte er zu, schnürte der Bestie die Luft ab, bis ihre Gegenwehr schwächer wurde.

Roven biss die Zähne zusammen, wollte sie in die Knie zwingen, ihre Kräfte schwinden sehen, triumphieren. Er wollte sie … Nein. Nicht töten. Roven spürte ihre weiche Mähne in seinem Gesicht und verlor den Willen zu kämpfen. Er konnte ihr nicht wehtun. Es war nicht richtig. Doch als er seinen Griff lockerte, bäumte sich das Tier auf.

»Beruhige dich doch!«, rief er. »Ich will dir nichts tun!«

Die Bestie knurrte.

»Du hast genauso nen Dickschädel wie ich«, lachte er. »Du kannst nicht gewinnen. Und ich auch nicht …«

Sie entspannte sich und Roven öffnete seinen Griff. Er traute ihr nicht. Doch nachdem er seine Beine langsam löste, schüttelte sie energisch den Kopf und schnaufte tief. Ihr Atem wurde ruhiger. Sie gab nach.

Das Ungetüm ließ den Kopf in den Sand fallen und Roven tat es ihr gleich. Er barg sein Gesicht in ihrer Mähne und atmete den Geruch ein. Wind, Erde und Himmel. Der Schotte schloss die Augen und gab seiner Müdigkeit nach. Das letzte, was er wahrnahm, war ihr beider Herzschlag, der sich zu einem vereinte.

Seinen Herzschlag mit ihr zu teilen, war Roven nie schwer gefallen. An ihre Denkweise aber hatte er sich erst gewöhnen müssen. Den ganzen Tag lang Blut, Fleisch, Fressen, Töten. *Naham* war nicht wählerisch, was ihre Beute betraf. Hauptsache, der Hunger wurde gestillt. Doch heute gab es kein Brüllen, kein Knurren, kein Aufbegehren. In Roven war es still und er vermisste sie. *Naham* war ein Teil von ihm. In über siebenhundertfünfzig Jahren hatte er es verstanden, sie zu lieben. Die Ewigkeit hatte sie zusammengeschweißt. Selbst jetzt, während sie schlief, bewahrte sie ihn vor dem Tod.

»Um Himmels willen! Mein Herr, was ist passiert?« Adam klang aufgebracht. »Jason! Jason! Du musst Hilfe rufen!«

Rovens Herz schlug unregelmäßig und pumpte anstelle von Blut nur Schmerzen durch seinen Körper. Doch die Sehnsucht nach Selene bereitete ihm größere Sorgen als die Frage, ob ein anderer Akkadier wohl rechtzeitig hier sein würde, um ihn zu heilen. Es hatte nie eine Frau in seinem Leben gegeben, mit der er sich – ob berechtigt oder nicht – verbunden fühlte. Selene zu umarmen, hatte sich erschreckend richtig angefühlt. Seine ewige Unruhe war zum Stillstand gekommen, einfach so. Als ob etwas, das immer gefehlt hatte, plötzlich da wäre. Etwas, das er nie gesucht hatte, und mehr, als er je gespürt hatte. Und jetzt, wo er diese Vollkommenheit kannte, wollte er nicht mehr ohne sein.

Roven blinzelte träge. Der Kronleuchter über ihm wackelte und verschwamm. Die Schwärze holte ihn. Der Akkadier amtete aus und gesellte sich im Inneren zu seiner schlafenden Bestie.

Heiliges Blut ließ *Naham* erwachen. Roven packte den Arm an seinem Mund, verbiss sich in der Wunde und trank in vollen Zügen. Jeder Schluck pumpte Leben in ihn hinein. Die Wunde in seinem Bauch kribbelte und begann zu heilen. Da nahm er sich die Zeit nachzusehen, wer ihn rettete. Der Ärmel des hellen Strickpullovers war hochgekrempelt worden, um die Pulsader freizulegen. Am Kragen folgte ein sehniger Stiernacken. Der Hals führte zu einem spitzen Kinn und schmalen Lippen, über der Nase blickten mandelförmige schwarze Augen auf ihn herab. Auf Thanjus kahlem Kopf waren auch innerhalb des letzten Jahrhunderts keine Haare gewachsen. Der Tibeter verengte die Augen, sein Kiefer spannte sich an – damit war sein Limit an äußerlichen Reaktionen auch erreicht. Dass in diesem Akkadier eine blutrünstige Bestie steckte, hatte Roven ihm in Menschengestalt noch nie angesehen.

»Akkadier«, begrüßte er Roven mit kratziger Stimme, wobei sich seine Lippen kaum bewegten. Schon zu Lebzeiten waren die Stimmbänder des Tibeters durch eine Stichwunde im Hals schwer verletzt worden.

Roven zog seine Fänge zurück und ließ den Arm los. »Danke.«

»Hast du sie getötet?«, fragte Ju.

»Die Königin? Nee, wollte ich morgen machen.«

»Die Taryk.«

»Ach, *die*!« Ironie verstand er auch nicht. »Joa, soweit …« Ju verzog keine Miene. »Hör auf, in mir zu lesen, Ju! Das ist unhöflich.« Was andere Akkadier bei Menschen konnte, schaffte Ju locker bei jedem Unsterblichen. Also gab Roven sich Mühe, nur an die Sachen zu denken, die Ju wissen durfte. Theoretisch sollte es ihm egal sein, aber Roven verspürte keinen Drang, mit einem Mönch über die Regeln im Akkadier-Einmaleins zu diskutieren. Dynasten mit einem Stock im Arsch kannten nur Schwarz-Weiß. Ausnahmen gab es nicht.

»Du solltest jetzt ruhen«, antwortete er schließlich. »Wir reden später.«

Der Tibeter erhob sich. Roven hatte vergessen, wie verdammt groß er war. Ju krempelte den Ärmel runter und strich ihn glatt, bis er mit dem linken übereinstimmte. Barfuß ging er zur Tür. An der äußersten Stelle seines Hinterkopfes befand sich ein schwarzer, geflochtener Zopf, der ihm bis zur Hüfte reichte. Roven schmunzelte. Im Herzen blieb Ju vielleicht doch ein Hippie.

Im Keller der Burg versuchte Jason am Computer mehr über ein Königreich auf Island herauszufinden. Roven hatte ihn noch von London aus angerufen und darum gebeten. Entsprechend schockiert waren Jason und sein Großvater gewesen, als der Akkadier eine Stunde später sterbend in der Eingangshalle lag.

Jason hatte über das Netzwerk einen Notruf abgesetzt, aber kaum an eine Reaktion geglaubt – die Akkadier pflegten wenig Kontakt untereinander. Doch der Tibeter Thanju hatte geantwortet und war schon zehn Minuten später hier gewesen. Erstaunlich, wie schnell man achttausend Kilometer per Teleportation überwinden konnte. Dabei hätte Jason nicht gedacht, dass Ju überhaupt einen Computer besaß.

Als er auf Avenstone landete, war sein sandfarbener Mantel von Schneeflocken bedeckt. Jason kannte den Tibeter nur von Rovens Erzählungen. Und obwohl er erwähnt hatte, wie einschüchternd Ju wirkte, hatte Jason bei seinem Anblick geschluckt. Thanju hatte Roven einen Augenblick lang gemustert, schließlich mühelos hochgehoben und nach oben getragen, ohne Jason und seinem Großvater Beachtung zu schenken.

Es war beängstigend, Roven hilflos zu sehen. Sollten Unsterbliche nicht unfähig sein, ins Gras zu beißen? Jason kannte ihn sein ganzes Leben lang – auch wenn das für Roven nur eine kurze Zeit war – und noch nie hatten die Taryk ihn derart außer Gefecht gesetzt. Wahrscheinlich war es unnötig, sich Sorgen zu machen, aber dieser dämliche Unsterbliche blieb für ihn nun mal der Grund seines Daseins. Da durfte man doch erwarten, dass er ein bisschen auf sich Acht gab. Jason überlegte, ob man akkadisches Blut nicht in Kunststoffbeuteln abfüllen konnte. Das war definitiv eine Marktlücke.

»Es hält sich nicht«, murmelte eine heisere Stimme hinter ihm und ließ ihn hochschrecken. Thanju hatte die Hände am Rücken verschränkt und blickte ausdruckslos auf Jasons Bildschirme. »Nur eine Bestie kann das Blut durch den toten Körper transportieren. Außerhalb verfällt es nach Sekunden«, erklärte er weiter.

»Ach so. Ja, schade eigentlich.« Jason drehte sich zurück und versuchte, seine Arbeit wieder aufzunehmen. »Wie geht's ihm?«

»Die Wunde ist verheilt. Wie geht die Suche voran?«

»Die Suche?« Ju schwieg. Nachfragen unerwünscht. »Ach so. Tja, bislang bin ich noch nicht viel schlauer.«

Natürlich wusste Ju bereits, dass Lennart vermisst wurde und sie ihn in Island vermuteten. Unmöglich, vor dem Tibeter etwas geheim zu halten. Aber wenn Jason in den Datenbanken der Akkadier Hinweise auf ein Versteck in Island fand, müsste Roven wenigstens nicht allein dorthin. Ein Königreich zu stürmen, war eine beschissene Idee.

»Ich finde immer wieder Hinweise auf ein hohes Tarykvorkommen in der Nähe des Hochlands.« Meist wurden Tarykverstecke durch Zufall gefunden. Die Mistkerle verstanden es unterzutauchen. Nachdem Jason keine Antwort erhielt, drehte er sich um. Doch Ju war bereits verschwunden. »Danke fürs Gespräch«, murmelte er.

Akkadier mieden den Kontakt zu Menschen und lebten meist isoliert. Jason nippte an seiner Milch und durchblätterte Kriegsberichte, Schlachtpläne und Geschichtseinträge. Notizen über Notizen, oft handschriftlich. In diesem System herrschte totales Chaos. Falls er irgendwann mal Langeweile hatte, würde er sich daran machen, Ordnung reinzubringen. Falls …

»Höhleneingang …«, stand auf einem fast unleserlich gescannten Blatt. Sah komisch gelb aus. Wie Leder. Oder Haut. »Is…land? Verdammt!« Anscheinend hatte ein Akkadier den Eingang zu einem Versteck im Hochland entdeckt. Doch die Notiz war in der Mitte zerrissen. Mehr stand nicht drauf. Wer es hochgeladen hatte, war auf den ersten Blick auch nicht zu erkennen. Aber das würde Jason rauskriegen. Der Upload war einen Monat alt, Lennart wurde aber erst seit drei Tagen vermisst.

Jason druckte das Bild aus und erwischte Ju in der Eingangshalle. Der Tibeter betrachtete das Blatt. »Wer hat es veröffentlicht?«

»Weiß ich noch nicht. Krieg ich aber raus!«

»Gib mir dann Bescheid!«

»Okay …« *Toll gemacht, Jason! Was würden wir bloß ohne dich tun?!* War das zu viel verlangt? Auf dem Weg zurück zur Kellertür sah er Roven in Jogginghosen die Treppe heruntertrotten. Seine Haut wirkte blasser als sonst, die Wangenknochen traten hervor. Doch die Wunde in seinem Bauch hatte sich geschlossen und war nur noch als goldener Strich zu erkennen.

»Du bist noch immer geschwächt. Warum?«, fragte Ju.

Roven reagierte erst, als er unten ankam. Hob seinen Kopf und schaute hoch zu Ju, wobei Jason auf Rovens Stirn ganz deutlich *Leck mich am Arsch!* lesen konnte.

»Wie du willst«, entgegnete Ju. »Dann trainieren wir.«

Roven überlegte, ob er dieser Lektion irgendwie entgehen konnte. Andererseits könnte ihn ein One on One mit Ju ablenken und den faden Geschmack im Mund vertreiben. Alles an ihm roch nach Fäulnis, was vermutlich mit dem Gift zusammenhing. Oder mit seinem Traum. Ihn ließ das Gefühl nicht los, etwas Wichtiges vergessen zu haben.

Die Rollläden fuhren für einen langen Tag hinunter. Roven sehnte die Nacht herbei, in der er wieder nach London konnte. Er machte kehrt und folgte dem nervigen Mönch in die Trainingshalle. Der zog seinen hellen Pullover aus und legte ihn ordentlich gefaltet auf eine der Bänke. Den Rücken des Tibeters zierten unzählige Narben. Roven hatte nie gefragt, aber er erkannte Verletzungen durch Peitschenhiebe. Und Klingen. Verbrennungen … Akkadier behielten keine Narben, wenn sie verwundet wurden. Diese hier stammten aus Jus Leben als Mensch.

»Wann hast du das letzte Mal meditiert?«, holte er Roven aus seinen Gedanken.

»Soll das ein Witz sein?« Er schüttelte abfällig den Kopf. »Ich glaube kaum, dass ich Taryk mittels Meditation dazu kriege, sich die Köpfe selbst einzuschlagen.«

Ju atmete tief ein, schloss die Augen und stieß Roven zur Demonstration mit einer Druckwelle zwei Meter nach hinten. »Ein Akkadier muss mehr beherrschen als nur den eigenen Körper. Deine wahre Stärke ruht tief in dir, *Dalan*. Du solltest lernen, damit umzugehen. Vielleicht bliebe dir dann ein erneuter Überraschungsangriff mit Königinnenblut erspart.«

»Krieg ich jetzt n Eintrag ins Muttiheft?!« Roven teleportierte sich zu der Wandhalterung für Trainingswaffen, warf Ju einen chinesischen Langstock zu und bewaffnete sich ebenfalls. »Sei nicht so großkotzig, Mönch. Mit dir werde ich schon fertig!«

Ju wog den Stab in seiner rechten Hand, ging in Position und legte die linke Hand an den Rücken.

Arroganter Lutscher! Roven rannte los. Ju wartete ab und parierte Rovens ersten Hieb mit einer kraftvollen Bewegung. Der Schotte nutzte den Schwung der Abwehr aus, drehte den Stab und schlug erneut zu. Doch Ju blockte. Auch die nächsten Angriffe wehrte der Tibeter ohne große Anstrengung ab. Wie sehr Roven es auch versuchte, ihm gelangen keine Treffer. Er legte seine ganze Kraft und Schnelligkeit in die Schläge, doch Ju parierte scheinbar mühelos mit einem Arm. In fließenden Bewegungen brachte er sich aus Rovens Angriffslinie und ließ seine Hiebe ins Leere laufen oder wehrte sie gekonnt ab. Ohne es vorauszuahnen, bekam Roven einen Schlag auf den Rücken. *Wichser!* Seine Wut nahm Überhand. Er schoss nach vorn. Die Stäbe krachten aneinander. Immer und immer wieder. *Naham* knurrte innerlich, weil er versagte. Sein Körper begann zu glühen. Er spürte sein Tier zu dicht unter der Haut und es war ihm egal. Da fingen seine Augen an zu leuchten. Als er seinem Frust freien Lauf lassen wollte, schnellte Jus Hand nach vorn und schleuderte ihn unberührt zurück.

»Das«, sagte der Mönch in scharfem Ton, »darf dir niemals in einem Training passieren, Akkadier!«

Roven brüllte und zerschmetterte den Stab an seinem Knie.

»Lasse niemanden in die Augen deiner Seele blicken«, zitierte der Tibeter die einstigen Worte der Göttin. »Du hast die Kontrolle über deine Bestie verloren.«

»*Halt's Maul!*«, donnerte Roven.

Ju betrachtete ihn mit ausdruckslosem Gesicht. »Sollte eine deiner zwei Seelen den rechten Pfad verlassen, so müsste ein Ahn über euer Schicksal entscheiden.« Der Tibeter kam einen Schritt auf ihn zu und rotierte den Langstock in seiner Hand, ohne Roven aus den Augen zu lassen. »Was auch immer deine Unruhe verursacht, halte es fern von dir, Akkadier.«

Roven kochte innerlich. In seinem Kopf liefen Bilder davon, wie Jus Gesicht unter seinen Faustschlägen an Form verlor. Er wusste nicht, wie, aber er schluckte seine Wut runter und wandte sich ab. »Verschwinde, Ju …«, brachte er heiser hervor. Er kannte sein Problem längst. Er wusste nur nicht, wie er sich davon fernhalten sollte.

Sieben

Die Schreie des Gefangenen drangen durch alle Ebenen des unterirdischen Steinpalastes. Sämtliche Taryk hielten sich vom Kerker fern, wollten ihrer Königin im Folterwahn nicht über den Weg laufen. Assoras Bote aber blieb. Er durfte das Versteck nie verlassen, musste immer zur Verfügung stehen. Aufgrund der inneren Verbindung zur Königin sah er die Folter wie durch eigene Augen. Fortlaufend gruben sich die Bilder in seinen Kopf: Assora fuhr mit den Krallen über die Brust des Akkadiers, seine Haut platzte auf, wurde schwarz und schlug Blasen. Der Körper strahlte golden und seine Augen warfen ein helles Licht auf den vereisten Boden, doch er zeigte keinerlei Heilung, schwitzte, zitterte, stöhnte wie im Wahn und sinnierte in der göttlichen Sprache. Die Aura der Königin würde ihn um den Verstand bringen. Bei der Vorstellung, dass sie ihn zu einer Vereinigung zwingen wollte, wurde dem Taryk speiübel. Er hasste Akkadier, weil er nicht anders konnte, aber diese Tortur mochte er nicht mit ansehen.

»Was ist dir passiert, dass du nicht heilst, Akkadier?« Goldenes Blut lief aus seinen Ohren. »Wie soll ich mit dir spielen, wenn du nicht heilst, hm?«

Seine Muskeln spannten sich kurz an. Dann verließen ihn die

Kräfte wieder. Hätte der Taryk ein Herz, würde er wohl Mitleid fühlen. Doch er spürte nur die Abneigung seiner Mutter gegenüber. Er verstand nicht, warum er die Folter seines Feindes nicht als Genugtuung empfand. Warum ihn diese Bilder so anwiderten. Bilder, die ihm ins Gehirn gezwungen wurden, weil er ein Taryk war – ein Leben, das ihm mehr und mehr als Hölle erschien. Er war gefangen und an Assora gebunden.

Der Taryk öffnete die Augen und versuchte, die Gedanken loszuwerden. Es gelang ihm nicht.

Selene konnte nichts sehen, nichts hören oder riechen. Ihr Körper war gelähmt. Doch trotz der Taubheit, spürte sie den Druck von fauligen Händen auf ihrem Rücken, die sie am Boden hielten. Verwesung kroch durch ihre Haut in sie hinein und löste sie Stück für Stück auf.

Das ist das Ende. *Von hier kam sie nicht mehr weg. Sie würde sterben, zersetzt von ihrer eigenen Trauer. Sie hatte aufgegeben und beschlossen, ihr menschliches Dasein zu beenden. Hatte ihren Schmerz nicht bewältigt, war nicht stark genug gewesen. Selene war in ihren Abgrund gefallen und verlor sich an die Dunkelheit.*

Plötzlich spürte sie ein Kribbeln auf dem Rücken. Irritierend. Fremd. Ihre Sinne kehrten zurück. Maden wühlten unter ihrer Haut, zersetzten ihr Fleisch. Ihr schweißnasser Körper fror am Boden fest. Und der fürchterliche Schmerz kehrte zurück, zog ihr Herz zusammen, quälte ihren Magen. Jede schreckliche Erinnerung war plötzlich da. Selene weinte bitterlich. Jammerte. Schluchzte und bekam keine Luft. Ihre Tränen brannten wie Säure auf der Haut. Sie hatte keine Kraft mehr. Was früher nur innerlich wehtat, wirkte jetzt mit voller Wucht auf sämtliche Nerven ein. Zu viel …

Ich halte das nicht aus. Lass mich sterben. Ich will nicht mehr, ich kann nicht mehr.

Die Maden unterbrachen ihr Festmahl, als eine zaghafte Berührung über Selenes Rücken glitt. Ruhe kehrte ein. Selene atmete auf und konzentrierte sich darauf. Die warme Hand streichelte ihre Wirbelsäule entlang, immer wieder. Fuhr über ihre Haut und vertrieb den Kummer. Die Kälte verschwand. Und der Wahnsinn in Selenes Ver-

stand verstummte. Sie hörte plötzlich Stimmen von draußen, die sich zu einem tiefen Bass vereinten. Er redete auf sie ein. Erst undeutlich. Dann klarer. Sie sollte aufwachen. Zurückkehren. Wie gern sie das wollte. Wenn sie nur könnte. Und die Stimme wurde immer lauter und verlangte Gehör.

»Du kannst es! Komm zurück zu mir. Wach auf, Selene! Wach auf!«

Ihr Geist spielte ihr einen grausamen Streich. Dort war niemand, der nach ihr rief.

»Komm zurück zu mir«, flehte er.

Nein. Du bist nicht real. *Sie war so müde.* Ich kann nicht mehr.

»Folge meiner Stimme!«

Selene reagierte nicht, genoss das Streicheln und wollte schlafen. Für immer schlafen.

»Selene! Bitte … Gib nicht auf. Ich bin für dich da … Ich verspreche es.«

Ein warmes Gefühl erfüllte ihr Herz. Eine Erinnerung … an ihn. *Selene versuchte, sich zu bewegen. Ihr fehlte die Kraft. Unsichtbare Bänder hielten sie fest, waren um ihren Körper gespannt und im Boden verankert. Sie schaffte es nicht. Da schob sich seine Hand unter ihren Bauch und schmiegte sich eng an sie. Selene kämpfte und nahm ihre ganze Kraft zusammen. Ein letzter Versuch. Mit einem kraftvollen Ruck rissen die Bänder.*

Selene öffnete die Augen und blickte ins Leere. Ihr Verstand hing noch in der Dunkelheit, klebte am Boden und spürte die Maden. Jemand strich ihr über die Wange. Sie blinzelte und schaute in ein fremdes Gesicht mit harten Konturen. Wollte ertrinken in diesen saphirblauen Augen – und plötzlich brach eine Flut von Bildern auf sie ein. Fremde Erinnerungen. Eine Begegnung im Wald. Ein Kuss. Der Mauersims. Das Babalou. Der Überfall. Und die Umarmung in ihrem Wohnzimmer. Selene spürte ein Licht in sich flackern, das größer wurde und jeden Zweifel überstrahlte. Sie erkannte ihn wieder. Andauernd hatte ihre Erinnerung versagt, doch jetzt war alles ganz deutlich.

»Der Göttin sei Dank!«, murmelte er mit tiefem Bass und zog

sie in seine Arme.

Selene schloss die Augen, kuschelte sich in seine Wärme und weinte. Sie war zu erschöpft, um es zu verhindern.

Acht

Dreizehn Stunden später hatte Roven nicht einen Taryk getötet, dafür Selene die ganze Nacht gehalten. Sie atmete gleichmäßig. Mit geschlossenen Augen bildeten ihre Wimpern einen dunklen Kranz auf den Wangen. Selenes Mundwinkel waren leicht nach oben gezogen und ihre rechte Hand hielt sich an seinem Hemd fest. Sie hatte sich in den Schlaf geweint, ohne ihn loszulassen. Also hatte Roven sich zu ihr gelegt und selbst kein Auge zubekommen. Er hatte ihr die schwarzen Strähnen aus dem Gesicht gestrichen, weil sie ihre Haut blass erscheinen ließen und die Schatten unter ihren Augen betonten. Hatte Selene beobachtet, ihren Duft eingeatmet und seine Bestie mehr und mehr an sie verloren. Sich selbst an sie verloren. Nur dass es sich nicht nach Verlieren anfühlte, eher nach Ankommen.

Und im Schlaf hatte sie »Ich erinnere mich an alles« geflüstert.

Roven hatte viel Zeit gehabt, um darüber nachzudenken, was das alles bedeutete. Warum Selene im Krankenhaus lag, nachdem sie beide sich nahegekommen waren, scheinbar näher als gesund für sie war. Deswegen war es vermutlich eine beschissene Idee, die Nacht bei ihr zu bleiben. Aber er hatte es nicht fertig gebracht aufzustehen. Bis jetzt. Der Morgen nahte und er musste nach Schottland. Seine Abwesenheit würde auffallen und bei Thanju Fragen aufwerfen, die Roven nicht beantworten wollte. Dank Jus heiligem Blut drängte sich nicht mal *Nahams* Hunger auf, obwohl Selene zum Beißen nahe war. Sein Tier gewährte ihr die Ruhe, die sie brauchte, hatte sich in Rovens Innerem zusammengerollt, als würde es direkt neben der Sterblichen liegen und sie beschützen. Selenes Herz schlug wieder gleichmäßig und Roven hoffte, dass er sie den Tag über allein lassen konnte. Er hatte eh keine Wahl.

Schweren Herzens zog er seine Arme unter ihr weg, deckte sie zu und stand auf. »Wir sehen uns heut Abend, *Naiya* ...«

Nach einem letzten Blick teleportierte sich Roven in sein Zimmer auf Avenstone und begann, die Waffen abzulegen. Im selben Moment spürte er Ju hinter sich.

»Du warst die ganze Nacht in London?«

»Wie wär's mal mit Anklopfen? Ich könnte nackt sein!« Roven drehte sich vorwurfsvoll um und sah in das ausdruckslose Gesicht des Tibeters. »Soll ich mich jetzt bei dir an- und abmelden?«

»Ich mache mir Gedanken.«

»Lass es, ist nicht dein Problem. *Ich* bin nicht dein Problem!«

Ju ging auf und ab und sinnierte vor sich her, als analysierte er ein Fußballspiel. »Dein Herz schlägt unregelmäßig und dein Seelenband schwankt, als hättest du deinen Rhythmus verloren. Die Erfüllung deiner Pflichten erfordert einen klaren Verstand, Roven. Wenn du dich dem nicht mehr gewachsen fühlst, werde ich mich solange um London kümmern.«

Roven ordnete die auffallend unbenutzten Messer im Halfter und versuchte, ruhig zu bleiben. »Das ist nicht nötig, Mönch! Ich habe hier alles im Griff ... Musst du nicht langsam auf deinen Berg zurück und Schneeflocken zählen?!«

»Du belügst dich selbst. Wir haben einen Bruder verloren. Und während *wir* versuchen, ihn zu finden, vergisst *du* den Zweck deines Daseins.«

Als Roven den schwarzen Augen seines Bruders begegnete, überschattete Erkenntnis seine Wut. Er hatte nicht an die Konsequenzen gedacht, es gar nicht gewollt. Er wollte nur Selene. Aber das war unmöglich. Was auch immer sie verband – es ergab keinen Sinn. Vielleicht war alles eine Prüfung. Warum auch sollte Selenes Gesundheit mit *ihm* zusammenhängen? Das war unlogisch, Gefühle hin oder her. Er war ein Akkadier und musste sich von dem Gedanken verabschieden, Selene könnte Teil seines Lebens sein. Roven würde heute Abend noch einmal nach ihr sehen und dann das Weite suchen. »Wir werden Lennart ausfindig machen und nach Hause bringen. Du kannst dich auf mich verlassen.«

Plötzlich weiteten sich Jus Augen. »Du hast dich auf eine Sterbliche eingelassen?«

Verdammt! Roven schüttelte innerlich den Kopf.

»Es ist deine Aufgabe, Menschen zu beschützen«, fuhr der Tibeter fort, während Roven gedanklich auf die nächstgelegene Wand einschlug. »Nicht, sie für deine Zwecke zu manipulieren. Du gefährdest das Leben, das du bewahren sollst!« Jus Tonlage hatte sich tatsächlich erhöht. Man musste also nur seine innersten Werte erschüttern, um ihm ein paar Emotionen zu entlocken. »Dein Weg führt bergab. Loyalität ist unser oberstes Gebot, doch du dienst nur dir selbst. Einem Bruder mit Verachtung zu begegnen, liegt mir fern. Aber bei dir fällt es mir schwer.«

Ju kniff die Augen zusammen. Seine Mimik wirkte angespannt. Roven wusste nicht, was er sagen sollte. Er fühlte Hitze in den Wangen, aber er würde sich nicht rechtfertigen. Niemals für etwas, das sich richtig anfühlte.

Nachdem Thanju gegangen war, ließ sich Roven aufs Bett fallen und versuchte klarzukommen. Er tastete nach seiner Brust und spürte ein Ziehen, holte einmal tief Luft und fuhr sich mit der Hand über sein Gesicht, versuchte, ihr Bild aus seinem Kopf zu kriegen. Ihren Duft, ihre Wärme. Ein lautes Klopfen holte Roven aus seinen Gedanken. Jason polterte herein, ohne eine Antwort abzuwarten.

»Hat in diesem Haus keiner mehr Manieren?!«

»Nö! Hast du doch auch nicht!« Damit warf Jason die Tür ins Schloss und ließ sich neben ihm aufs Bett fallen. »Du warst die ganze Nacht feiern und nimmst mich nicht mit? Hattest Angst, ich mach dir Konkurrenz, hm?! Wolltest die ganzen Schnecken wieder für dich allein haben.«

Das Lustige war, dass Jason keinen zusammenhängenden Satz zustande brachte, sobald ihm ein Mädchen gefiel. »Ich war nicht feiern, Kleiner. Und wenn, dann würde ich dich nicht mitnehmen, weil wir zwei unter diesem Begriff etwas gänzlich Verschiedenes verstehen«, antwortete Roven mit einem Augenzwinkern.

»Ha! Dass ich nicht lache. Bei deiner Statur kriegt doch jede Angst. Und die kommen dann zu mir, um sich auszuweinen«, grinste er und nickte, als würde er Roven damit überzeugen können. »Okay, lassen wir das. Ich will dich nicht deprimieren … Gab's irgendwas Aufregendes in London?«

Das Thema war gelaufen. »Nein, alles normal.«

»Mhm, ich wollte dir auch eigentlich bloß erzählen, dass wir jetzt wissen, von wem der Zettel gescannt wurde.«

»Wer ist *wir*?«

»Also, eigentlich ich. Es war codiert, aber ich hab's entschlüsselt und Thanju eben gesagt.«

»Kriegt er die Infos jetzt schon vor mir?«, fragte Roven beleidigt.

»Ich wusste nicht, dass du zurück bist.« Jason zog die Stirn in Falten. »Alles okay?«

»Mhm.«

»Na jedenfalls hat ein Typ namens Jafar den Zettel eingescannt. Kennst du ihn?«

»Nein, sagt mir nichts.« Roven gähnte.

»Irgendein Araber. Dein japanischer Kumpel meinte, er würde mal mit ihm sprechen.«

Dafür würde Ju mindestens eine Nacht abwesend sein. »Dass du den Mönch für meinen japanischen Kumpel hältst, erzähl ihm lieber nicht.«

Jason zuckte mit den Schultern. »Der nimmt mich eh nicht ernst. Also was soll's?«

»Ich denke, er weiß deine Hilfe durchaus zu schätzen. Aber Ju ist nun mal kein Blumenkind.«

»Ganz im Gegensatz zu dir!«, lachte Jason. »Hast du zufällig Hunger?«

»Bietest du dich an?«, fragte Roven und grinste so breit, dass Jason seine Fänge sehen konnte.

»Ich hab zu viel Laktose im Blut, das schmeckt bestimmt nicht!«

»Käme auf einen Versuch an«, knurrte er.

»Ey!« Jason sprang auf und kehrte ihm leichtsinnig den Rücken zu. »Ich dachte da eigentlich eher an etwas Festes. Zum Beispiel ein ganzes Schwein nur für mich alleine.« Sein Magen knurrte. »Mann, ich bin die ganze Nacht nicht aus dem Keller rausgekommen.«

»Schwein klingt gut! Aber vorher muss ich ne Stunde pennen.«

»Yeah! Ich sag Grandpa Bescheid, dass er kochen darf. Der wird sich freuen!« Jason klatschte in die Hände und verschwand.

Gegen Mittag trafen sie sich im Esszimmer und bestaunten, was Adam in der Kürze gezaubert hatte – einen bestimmt sechspfündigen Schweinebraten mit Bohnen und Mischgemüse, dazu Salzkartoffeln, Kroketten und zwei Liter cremige dunkle Sauce.

Jason nahm rechts vom Tischende Platz und bewaffnete sich mit Messer und Gabel. Roven setzte sich ans Kopfende – dem einzigen Platz, der ebenfalls gedeckt war. Kurz bevor der Junge sich aufs Essen stürzen konnte, kam Adam mit einem Tranchiermesser aus der Küche und warf seinem Enkel einen strafenden Blick zu. Jason ließ sein Besteck sinken und wartete in manierlicher Haltung ab.

»Mein Herr. Wie schön, dass ihr am Mahl teilnehmt«, freute sich sein Butler, während er das Fleisch zerteilte.

Roven war immer noch müde, aber der Hunger hielt ihn wach. »Was ist mit Ju?«

»Master Thanju wünscht keine Mahlzeit, Sire. Vermutlich beschränkt er seine Ernährung aus religiösen Gründen auf das Wichtigste.« Niemand würde Adam ansehen, dass er vom Bluttrinken sprach. »Der Dynast sagte, er würde den ganzen Tag und eventuell auch die Nacht lang unterwegs sein.«

»Macht das überhaupt Sinn?«, fragte Jason, der seinen Teller bereits mit Kartoffeln und Gemüse befüllt hatte. »Als bluttrinkender Unsterblicher einer Religion anzugehören?« Er schüttelte den Kopf und zuckte mit den Schultern. Als Roven nichts erwiderte, lachte er: »Guck nicht so, als würdest du mir gleich eine reinhauen! Lass uns essen, du Spaßbremse.«

Achttausend Kilometer von Schottland entfernt nahm Thanju in seinem Tempel Gestalt an. Er registrierte eine störende Unzufriedenheit in sich, verursacht durch Rovens Verhalten. Ju musste etwas dagegen unternehmen, doch wenn er Roven in die Enge trieb, würde der Schotte in die entgegengesetzte Richtung und in sein Verderben laufen. Dann müsste Ju ihn den Ahnen melden, was zu hoher Wahrscheinlichkeit Rovens Ende bedeutete.

Barfuß ging er durch die Säulenreihe. Auch die meterdicken Mauern des Bauwerks konnten die Kälte des tibetischen Winters nicht aufhalten, eisige Winde strömten die Halle entlang. Für Akkadier stellten Minusgrade kein Problem dar, erleichterten sogar den Umgang mit der Bestie. Das war aber nicht der Grund, warum Ju diesen Ort für sich und Diriri als Zuflucht ausgesucht hatte. Sie beide schätzten die Einsamkeit ebenso wie den Ausblick auf den Himalaya.

Diriri war die einzige Akkadia, die Jus Disziplin nachvollziehen konnte. Er vertraute ihr. Sie achtete ihre Aufgabe und wusste das Geschenk der Unsterblichkeit zu schätzen. Kinder Tibets lernten das Leben anders kennen als die westlicher Länder. Davon abgesehen war der Umgangston vor tausend Jahren noch ein anderer gewesen – schlechte Erfahrungen formten den Charakter mehr als jede Streicheleinheit.

Damals in Peru hatte Ju Diriri nach mehreren hundert Jahren wiedergefunden. Sie hatte sich ihm angeschlossen. Seither lebten sie zusammen in seinem Tempel und führten eine Symbiose, aus der beide ihre Vorteile zogen. Akkadisches Blut steigerte die Kräfte übermäßig und ermöglichte ihnen ein Leben abseits der Zivilisation, weil sie keine Menschen zur Nahrung brauchten. Dennoch hatte Ju sich nie daran gewöhnt. Ihr Zusammenleben glich einer Abhängigkeit.

Diriri spürte seine Anwesenheit, so wie er ihre Erleichterung über seine Rückkehr wahrnahm. Nachdem er vor ihrem Gemach erschien, öffnete sie die schwere Holztür, als würde sie einem Befehl folgen. Ihr wilder akkadischer Duft drang in seine Nase. Diriri registrierte seine Erregung, ließ sich aber nichts anmerken.

Sie verbeugte sich tief, ohne ihn anzusehen. »Thanju, du bist zurückgekehrt.« Die Akkadia hatte sich wie immer besser im Griff als er selbst.

Ju räusperte sich. Aufgrund des Hungers hatten sich seine Stimmbänder bereits gedehnt. Aus der einst menschlich heiseren Stimme wurde ein animalisches Grollen. »Diriri, ich brauche dich.« Seine Fänge verlängerten sich schmerzhaft, weiteten das Zahnfleisch und stachen aus Jus Mund hervor.

Die Akkadia hob den Kopf. Ihre Augen fingen weißes Feuer, und die Haut erhielt den typisch goldenen Schimmer. Sie schnurrte und lockte sein Tier einer Liebesgöttin gleich. Versprach, ihn mit Haut und Fell zu fressen, wenn er es zuließ. In den Momenten, kurz bevor sie sich vereinten, stand Ju immer an der Schwelle, die Kontrolle zu verlieren – tat es aber nie. Nicht nur aus Anstand, sondern auch, weil es ihn sein Leben kosten würde, sich mit Diriri anzulegen.

Er stürzte sich auf seine Wirtin und nagelte sie am Boden fest. Diriri fauchte, bohrte die Krallen in seine Arme und stemmte ihre nackten Füße gegen seinen Bauch. Ju zerriss das Leinengewand, das ihren zarten Körper umhüllte. Diriris Gliedmaßen waren schlank, ihre Haut schimmerte wie Pergament. Die Knochen ihres einst menschlichen Leibes hätte Ju mit zwei Fingern brechen können, doch ihre akkadische Bestie vermochte er nicht zu bändigen.

Diriri leckte sich über ihre kleinen Fänge und bog den Oberkörper durch. Der Akkadier beugte sich hinab und kratzte mit den Zähnen über die Haut zwischen ihren Brüsten. Fügte ihr einen Schnitt zu, aus dem frischer Blutduft drang. Ju fasste um ihre

Hüfte und drehte sie herum, schob die Stoffreste zur Seite und hob ihre Lippen an seinen Mund. Diriri schmeckte rau wie der Wind in den schneebedeckten Gipfeln Tibets und süß wie ihr akkadisches Blut. Als sie vor Lust zu wimmern begann, ließ er von ihr ab, positionierte sich und drang in sie ein.

Die jahrhundertealten Mauern des Tempels vibrierten unter der Macht, die zwei Akkadier heraufbeschworen. Staub und kleine Kiesel rieselten von der Decke. Das Feuer im Kamin flackerte. Diriri richtete sich auf und umklammerte Jus Genick, zog ihr langes schwarzes Haar beiseite und entblößte ihren Nacken. Die Halsschlagader unter der goldenen Haut schwoll glitzernd an.

Ju packte ihren Kopf, bog ihn zur Seite und biss zu.

Immer, wenn er von Diriri trank, hörte er das heulende Geräusch des Windes, der durch das Fell ihrer Bestie jagte, wenn sie die ewigen Berge Tibets entlang rannte. Sie schmeckte nach Freiheit, nach Winter und Heimat. Doch alles, was sie verband, war der Hunger. Niemals mehr.

Neun

Selene öffnete die Augen und spürte Wärme. Überall. Ihre Hände waren warm, ihre Füße. Kein Zittern, kein Frösteln. Alles erschien friedlich. Weder spannte ihr Gesicht vom Weinen, noch fühlten sich ihre Lider geschwollen an. Das Kissen war trocken. Sie hatte die Nacht durchgeschlafen und keinen schlimmen Traum gehabt.

Er war bei ihr gewesen. Als die Erinnerung in ihrem Kopf Gestalt annahm, kämpfte ihr Verstand dagegen an, versuchte die Bilder, die auf ihn einstürmten, zu verarbeiten. Alles auf einmal, was nicht klappte.

Sie drückte die Nase ins Kissen und nahm seinen Duft auf, zum ersten Mal so deutlich. Zimt. Ingwer. Ein bisschen herb, wie warme Kaffeebohnen. Und eine scharfe Chilinote. Das war kein Traum gewesen, es gab ihn wirklich. Und er hatte sie aus ihrer Lethargie befreit, sie ins Leben zurückgeholt und ihren Schlaf bewacht. Selene schloss die Augen und seufzte. Doch der Anflug von Glück verschwand, als sie bemerkte, wo sie war. Sie kannte diese Art von Zimmer – weiße Wände, Linoleum in einer undefinierbaren Farbe, zwei Holzspinde und zwei kleine Fenster. Bislang hatte Selene immer auf dem Stuhl an der gegenüberliegenden Wand gesessen und nicht selbst im Krankenbett gelegen wie ihre

Mutter damals. Stundenlang hatte sie auf dieses Bett gestarrt, gewartet, dass ihre Mutter von den Operationen aufwachte. Und nach jeder hatte es länger gedauert.

Mama.

Selene schluckte. Bereitete sich darauf vor, gegen den inneren Druck anzukämpfen. Doch er blieb aus. Kein Schmerz in der Brust. Kein Ersticken.

»Oh, Gott sei Dank! Du bist wach!« Julia stand in der Tür, durch die plötzlich Licht und eine Menge Geräusche ins Zimmer drangen. Sie hatte Tränen in den Augen.

»Hey«, brachte Selene hervor und räusperte sich. »Was ist los? Warum liege ich im Krankenhaus?«

Julia kam auf sie zu und schloss Selene so fest in die Arme, dass ihr für einen Moment die Luft wegblieb. Die Maschine neben dem Bett piepste nervös. Julia ließ erschrocken los und schaute Selene in die Augen, holte mehrmals Luft und strich die Bettdecke glatt. Sie zog den Stuhl heran, setzte sich und ergriff Selenes Hand.

»Du liegst auf der Intensivstation des St. Pancras Hospital.«

»Ich weiß. Ich kenne dieses Krankenhaus.«

»Stimmt. Entschuldige. Ähm … Ich hab dich gestern früh bewusstlos in deiner Wohnung gefunden und …« Sie schluckte. »Und … du bist nicht aufgewacht. Also hab ich einen Krankenwagen gerufen.«

Selene erinnerte sich an die fauligen Hände. An die Maden. »Und?«

»Dein Zustand glich einem Koma ersten Grades. Die Ärzte waren unschlüssig wegen der Ursache und haben MRT und CTG machen lassen. Aber deine Organe funktionieren einwandfrei.« Julia lächelte. »Und Anzeichen für einen Tumor gibt es auch nicht. Ein epileptischer Anfall käme in Frage. Aber … wir warten noch auf weitere Ergebnisse.«

»Koma?«, wiederholte Selene ungläubig. »Aber … es geht mir doch gut. Oder?«

»Bestimmt.« Julia streichelte ihre Hand. »Ich geh mal den Arzt holen, ja?«

»Mhm …«

Während Selene wartete, schaute sie gedankenversunken aus dem Fenster, das zu klein war, um draußen etwas zu sehen. Sie roch noch einmal am Kissen, um sich zu vergewissern, dass sie keine Halluzinationen hatte. *Wir sehen uns heute Abend*, hatte er versprochen. Sie sehnte sich nach ihm. Nach dem Frieden, den sie bei ihm fand. Selene rieb sich über die Stirn. Die Kopfschmerzen wurden stärker. Sie sah die Erinnerungen, spürte seine Berührungen, aber war das wirklich die Realität?

Die Tür ging auf und ein schlanker, grauhaariger Mann betrat das Zimmer. Julia folgte ihm. Er stellte sich als Dr. Chris Talbot vor und leuchtete Selene mit einer kleinen Lampe in die Augen, schob dabei seine randlose Brille mit dem Zeigefinger immer wieder hoch – eine viel zu jugendliche Geste für einen Mann seines Alters.

»Hatten Sie oder jemand in Ihrer Familie je mit epileptischen Anfällen zu tun, Ms Johnson?«

Selene verneinte und Dr. Talbot betrachtete die Ausdrucke der Maschine, an die sie angeschlossen war, sah zu Selene und schüttelte nachdenklich den Kopf.

»Was auch immer diesen Zustand ausgelöst hat, Sie scheinen sich davon erholt zu haben. Aber ich möchte Sie hierbehalten, bis wir die restlichen Testergebnisse kennen.«

Selene richtete sich auf. »Dr. Talbot, mir bekommen Krankenhäuser nicht sehr gut und ich wäre Ihnen dankbar, wenn ich nach Hause dürfte. Wenigstens für die Nacht.«

Der Arzt schob seine Brille nach oben und musterte sie. »Das halte ich für keine gute Idee. Sie hatten zwar keinen Schlaganfall und wir konnten auch sonst nichts finden, aber wir kennen die eigentliche Ursache nicht. Und es ist leichter für uns und sicherer für Sie, wenn Sie zur Beobachtung hier sind, falls die Bewusstlosigkeit erneut auftritt.«

»Doktor?«, ergriff Julia das Wort und zog den Blick des Arztes auf sich. »Könnte ich Sie vielleicht kurz vor der Tür sprechen?«

»Natürlich.«

Beim Verlassen des Zimmers zwinkerte sie Selene zu und es

dauerte nur wenige Augenblicke, bis sie zurückkehrte. »Du sollst dich morgen zur Kontrolle sehen lassen. Also pack deine Sachen, Süße, und sieh zu, dass du hier raus kommst.«

»Was? Ist das dein Ernst?«

»Ich bitte dich! Das war ein Klacks!« Julia grinste und warf ihren langen Zopf betont weiblich zurück über die Schulter. Sie hatte schon immer eine besondere Wirkung auf Männer gehabt.

Mit ihrer Hilfe stand Selene auf und suchte mit wackeligen Beinen ihre Tasche aus dem Spind. *Wir sehen uns heute Abend.* Selene zog sich um und verließ das Krankenhaus mit einem nervösen Flattern in der Brust. Eines von der guten Sorte, bei dem man am liebsten laut jubeln und tanzen wollte.

Zu Hause duschte sie, zog sich Jeans und einen weiten Pullover an und räumte auf. Mehr für sich, nicht für ihn. Trotz der Bewegung waren ihre Hände kalt. Sie fror nicht, aber die wohlige Wärme war verschwunden. Selene machte sich einen Tee und setzte sich auf die Couch. Die Sonne ging bald unter und färbte den Himmel rot. Je länger sie wartete, desto mehr bekam sie das Gefühl, das alles nur Einbildung gewesen war. Er würde nicht kommen. Sie rief die Erinnerungen in ihrem Kopf immer wieder ab und sah ihn so deutlich vor sich. Spürte seinen Mund auf ihren Lippen, roch seinen Duft. Alles wirkte real und trotzdem zweifelte sie.

Kurz vor Sonnenuntergang klingelte es. Ihr Herz fing an zu trommeln. Selene stand auf, stellte die Tasse ab und ging zur Tür. Sie sammelte sich, doch in ihrem Inneren wütete ein Sturm. Ihre Hand zitterte, als sie die Türklinke umfasste. Selene gab sich einen Ruck und öffnete.

Eine Kältewand schlug ihr entgegen.

Sie brauchte einen Moment, um zu realisieren, dass dort ein Fremder stand. Alles in ihr wurde still. Selenes Griff um die Türklinke wurde fester. Sie wusste nicht genau, was es war – seine dunklen Augen, das leichte Grinsen oder dieser eigenartige Geruch? Wie in Zeitlupe sah sie sich geistesgegenwärtig die Tür ins Schloss drücken, doch er war schneller, stemmte sich dagegen und warf Selene nach hinten. Sie stieß mit dem Kopf gegen das Treppengeländer, fühlte eine träge Taubheit. Die Tür ging zu. Sie blinzelte, konnte sich nicht bewegen.

»Kleine Akkadierschlampe«, hörte sie wie durch Watte. »Wir werden deinem Unsterblichen eine nette Überraschung bereiten.« Er packte sie an den Haaren und schleifte Selene die Stufen hoch.

Roven saß mit nacktem Oberkörper in der Mitte der Trainingshalle und suchte seinen inneren Frieden, suchte vollkommene Stille und Licht und diesen ganzen Quatsch. Seine Atmung ging flach, der Puls langsam. Doch seine Fingerspitzen kribbelten und seine Beine waren unruhig. Es juckte am Knie. Und hinterm rechten Ohr. Von seinen jüngsten Verletzungen ganz abgesehen. Er hasste Meditation. Hasste es, nichts zu tun, sich nicht ablenken zu können. Nicht an Selene zu denken, zumindest sollte er es nicht. *Naham* war verunsichert, weil er sich zur Meditation zwang. Sie wusste nicht, was sie damit anfangen sollte, war unentschlossen, legte sich mal hin und kam zur Ruhe, hob dann wieder den Kopf, als hörte sie etwas. Wie fand man eigentlich seinen inneren Frieden, wenn alles Innere aus blutrünstiger Bestie bestand? Wenn es in einem selbst keine Stille gab, weil *sie* immer da war.

Naham schnaufte, als fühlte sie sich beleidigt.

Schon gut, dachte er entschuldigend. *Du kannst nichts dafür.* Im Prinzip wusste er, dass Meditation half. Er hatte nur keinen Plan, wie, und glaubte auch nicht, der *Om*-Typ zu sein.

Von einer auf die andere Sekunde schlug sein Herz Alarm. Adrenalin schoss durch seinen Körper. Die Bestie sprang auf und brüllte. Roven riss die Augen auf, blickte hin und her. *Naham* wusste sofort, wofür er Sekunden brauchte: Selene war in Gefahr. Roven versuchte aufzustehen und strauchelte kurz, weil seine Muskeln eingeschlafen waren. Er rannte aus der Trainingshalle in den Eingangsbereich und starrte auf die geschlossenen Rollläden. Die Sonne war noch nicht untergegangen.

Er war gefangen.

Sein markerschütterndes Brüllen hallte durch die Burg. Rovens

Augen leuchteten auf. Er zitterte am ganzen Körper und erstarrte innerlich zu Eis.

»*Verdammte Scheiße! Geh unter!*«, hörte er sich brüllen.

Jason und Adam eilten aus verschiedenen Richtungen herbei. »Was ist los?!« Jasons Gesicht erschien in Rovens Blickfeld, doch er sah ihn kaum. »Roven, Alter! Was –«

»Sie ist in Gefahr!« Seine Stimme klang verzerrt. »Ich spüre es. Ich muss hier weg. Ich muss zu ihr!«

Rovens Gedanken überschlugen sich. Er konnte nur in Gestalt der Bestie ans Tageslicht, aber dann war eine Teleportation unmöglich. Wie sollte er das anstellen?! Selenes Angst wuchs, schrie in seinem Kopf und flehte nach ihm. Wenn er nun zu spät käme. Wenn sie nicht mehr sie selbst wäre. Wenn einer dieser Dreckskerle ihre wunderschöne Seele raubte …

Eine schwere Pranke legte sich auf Rovens Schulter.

»Konzentriere dich, *Dalan*. Beruhige deine Bestie. Du kannst nicht zu ihr.« Jus Worte blieben irgendwo außerhalb von Rovens Verstand hängen. *Naham* hatte alles abgeschottet. Es gab nur noch Selene und ihre Angst.

»Die Sonne geht erst in ein paar Minuten unter, Roven!« Jasons Stimme überschlug sich beinahe. »Wo willst du denn bloß hin?!«

Scheiß drauf. Die beschissene Sonne war im egal. Er konnte das. Er hatte die Kraft. Doch als er sich teleportieren wollte, hielt Jus Macht ihn davon ab.

»Du kannst nicht gehen.«

Rovens Verstand schaltete sich ab. Er überließ *Naham* den Rest. Mit einem ohrenbetäubenden Schrei stieß er seinen Bruder quer durch die Halle und verschwand.

In Selenes Wohnzimmer wurde der Akkadier vom Sonnenuntergang begrüßt. Roven hob schützend den Arm, blinzelte und fühlte ein Brennen auf der Hornhaut. Er rannte zur Treppe, brach das Geländer beim drüber springen durch und stieß mit der Schulter ein Loch in die Wand. Er überwand die Stufen mit einem Sprung, krallte sich in den Teppich, um die Kurve zu nehmen, riss die Schlafzimmertür aus den Angeln und versteinerte an Ort und

Stelle.

Rote Sonnenstrahlen schienen durchs gegenüberliegende Fenster und beleuchteten winzige Partikel in der Luft. Selene lag leblos auf dem Bett, starrte mit leeren Augen an die Decke. Das Bild ihres blassen Leibes brannte sich wie ein Kurzschluss in Rovens Gedächtnis. Ihre Lippen standen vom Schock offen. Auf den Augäpfeln lag ein weißer Schleier. Sie war leer. Nur noch eine Hülle. Ihre Seele gestohlen. Das Sonnenlicht glühte Kerben in Rovens Gesicht, seinen Hals und seine Brust. Brannte sich in die Hornhaut seiner Augen und wollte *Naham* locken. Doch sie war genauso erstarrt wie Roven.

Er setzte einen bleiernen Schritt in das Zimmer. Erst da entdeckte er den Taryk in der anderen Ecke am Boden. Der Seelenreißer wand sich wimmernd von einer Seite zur anderen und warf seinen Kopf gegen die Wand. Das dunkle Grau seiner Haut verfärbte sich in aschfahles Beige. Aus den Augen strömte grüner Rauch. Seine Bewegungen froren ein. Die Haut wurde matt und zerfiel zu Asche, bis nur noch ein kleines Häufchen übrig war. Goldenen Funken strömten hervor und flohen in die Freiheit. Es war das erste Mal, dass Roven einen Taryk auf diese Weise sterben sah. Die grüne Giftwolke schwebte über der Asche, bewegte sich dann in Selenes Richtung, kroch aufs Bett hinauf und waberte über ihren hellgrauen Körper. Suchte ihren Mund und strömte hinein. Ein Schaudern ging durch ihren Leib. Die silbrigen Augen wurden wieder dunkel, erhielten ihren warmen Glanz. Selene nahm einen tiefen Atemzug.

Naham rüttelte Roven wach. *Sie lebt!* Der Akkadier befreite sich aus seiner Starre und sprang aufs Bett, zerriss die Fesseln und blickte auf sie hinab.

Selene blinzelte ein paar Mal und sah ihn an. Wollte sprechen, doch ihre Stimme versagte. Beim zweiten Mal klappte es. »Du bist da …«

Roven zog sie in seine Arme, ihre Haut war eiskalt. Selenes Herz schlug viel zu langsam. Aber er war es, der zitterte. Das war das letzte Mal gewesen, nie wieder würde er sie allein lassen. Und als ihm bewusst wurde, dass er sich entschieden hatte, fiel alle Last von seinen Schultern.

Er murmelte etwas Unverständliches, streichelte ihre Wange und sah sie an. Die Verletzungen in seinem Gesicht erschreckten Selene.

»Was ist dir passiert?«

»Ich konnte nicht früher hier sein«, flüsterte er und umarmte sie wieder.

Selene verstand nicht, was los war. Sie fror, wusste aber nicht, warum, und er war so herrlich warm. »Schön, dass du hier bist«, murmelte sie. Ihre Hände fuhren über seinen Rücken. Da erst fiel ihr auf, dass er nichts an hatte.

»Geht es dir gut?« Er nahm ihr Gesicht in beide Hände.

Selene konzentrierte sich auf seine Augen. »Ich hab keine Ahnung. Ich bin so müde.«

»Selene, vertraust du mir?«

»Woher kennst du meinen Namen?«

»Vertraust du mir?«

»Wieso weißt du, wie ich heiße?«

»Dein Name steht auf dem Klingelschild. Und am Briefkasten.«

Das ergab Sinn.

»Selene …« Sein Bass vibrierte durch ihren Körper. »Vertraust du mir?!«

Sie sah ihn an. Die unnatürlich blauen Augen. Der vor Kraft strotzende Körper, der ihren mit Leichtigkeit verletzen konnte. Sein Gesicht war ihrem so nahe, und selbst diesen kleinen Abstand wollte sie überwinden. »Ja.«

»Dann schließ deine Augen, *Naiya*« Er zog sie an sich und die Welt wurde dunkel.

Zehn

Selene erwachte in dunkelblauen Seidenlaken, die nach ihm rochen. Sie atmete tief durch die Nase ein und fühlte sich berauscht. Selene hörte ein Feuer knistern, drehte sich um und fand ihn auf der Bettkante sitzend, noch immer halb nackt. Er schaute auf sie herunter.

»Hi«, brachte sie mit schwacher Stimme hervor.

Er lächelte. »Hey … Bin stolz auf dich.«

»Danke. Warum?«

»Hast deine erste Teleportation für einen Menschen ziemlich gut weggesteckt.«

»Mhm«, summte Selene zustimmend, als wüsste sie, wovon er sprach. »Gab neulich nen Kurs an der Abendschule. Teleportation für Einsteiger.« Sie redete Unsinn.

Sein Grinsen wurde breiter. »Du hast Sinn für Humor.« Er schien überrascht.

»Hab ich nicht. Ich bin ein Trauerkloß.«

»Ist nicht schlimm. Bin ich auch.«

Selene hielt seinem Blick stand und verlor sich in den strahlend blauen Augen. In ihrer Brust bildete sich dieses warme Gefühl von Geborgenheit. Sein Grinsen wurde zurückhaltender, der Blick offener. Er rutschte näher. Langsam. Sie hätte etwas sagen können. Tat es aber nicht. Ihr Herzschlag wurde schneller, hämmerte in ihrer Brust. Der Raum hatte plötzlich zu wenig Sauerstoff. Als er halb über ihr aufragte, huschte ein Blitzen durch seine Augen. Selene spürte seine Hitze überall um sich herum. Sie hob zaghaft ihre Hand und berührte seinen Oberarm, kurz unterhalb der Tätowierung. Sein Kiefer spannte sich an. Jedes Lächeln war verschwunden. Er schloss die Augen und atmete langsam ein. Das Bild zeigte einen gehörnten Löwen, der sich in prächtigen Blauschattierungen um seinen Arm wand. So detailliert, als könnte er von der Haut springen. Selenes Hand fuhr an der Tätowierung vorbei nach oben und streichelte seine Wange.

»Deine Haut ist geheilt«, flüsterte sie.

Er öffnete die Augen und nickte stumm, drehte den Kopf und küsste ihr Handgelenk. Ein Schauder überlief sie. Es war, als könnte sie ihren Pulsschlag an seinen Lippen spüren. Sie streichelte die raue Haut seines Kiefers und strich zögerlich durch sein hellblondes Haar. Sein Körper war ihr fremd, doch jede Berührung fühlte sich richtig an. Roven ergriff ihre Hand und atmete aus, als müsste er sich zurückhalten. Er küsste Zentimeter für Zentimeter ihren Unterarm hinauf, verweilte in ihrer Ellenbeuge und bereitete ihr eine Gänsehaut. Sein Duft hüllte sie ein und seine Hitze strahlte auf sie herab. Ihre Finger verschränkten sich unwillkürlich ineinander. Sein Mund fuhr über den Strickpullover an ihrem Oberarm hinauf und Selene wurde schwindelig vor Erregung, die sich schmerzhaft zwischen ihren Beinen konzentrierte. Er hinterließ ein Kribbeln auf ihrem Schlüsselbein und wanderte höher zu ihrem Hals, öffnete den Mund leckte mit rauer Zunge über ihre Halsschlagader.

»Warte!« Selene keuchte, versuchte Luft zu holen und rang um Worte. »Ich … weiß nicht mal, wie du heißt.«

Er ließ von ihr ab, sein Blick erstarrte und seine Miene verfinsterte sich. »Tut … mir leid.«

»Nein, ich … Das … Ich meine …«

»Mein Fehler.«

»Warte!«

Ohne ein weiteres Wort erhob er sich, verschwand im Nachbarzimmer und ließ sie allein.

Selene rutschte kraftlos in die Laken, fuhr sich mit den Händen übers Gesicht und blickte zur Decke, die wirklich schön war. Schöner als ihre halb vergilbte zu Hause. Die Ecken und Kanten waren mit Stuck verziert. Das Bett besaß vier Pfosten, dekoriert mit schweren dunkelgoldenen Brokatvorhängen. Selene richtete sich auf und atmete durch. Ihre Fingerspitzen kribbelten und ihre Knie waren weich, das merkte sie auch ohne aufzustehen. Sie zog ihre Beine ran und setzte sich im Schneidersitz hin, schaute sich im Zimmer um. Es war groß, wirkte teuer eingerichtet, ein bisschen altbacken. An der Wand gegenüber hing ein riesiger Wandteppich, auf dem ein gehörnter Löwe abgebildet war, ähnlich der Tätowierung. Er kämpfte gegen dunkle Schatten auf einem finsteren Schlachtfeld. Darunter stand eine antike Kommode mit einem Bilderrahmen darauf. Selene versuchte etwas zu erkennen. Doch sie saß zu weit weg. Selene strich die Bettdecke vor ihren Füßen glatt. Das musste sein Schlafzimmer sein, so sehr wie es nach ihm roch. Sie wollte nicht stöbern. Zumindest nicht, wenn sie erwischt werden könnte.

Wie war sie hierhergekommen? Hatte er sie k.o. geschlagen und bewusstlos hergebracht? Sie wie eine Puppe in sein Bett gelegt und an ihren Haaren geschnüffelt, ganz der Serienmörder? Sie würde ihn gern fragen, doch dafür müsste er seinen Schmoll beenden und wieder herkommen.

Im Badezimmer betrachtete Roven sein Spiegelbild und hätte es am liebsten zerschmettert. Der Zorn über seine fehlende Kontrolle übermannte ihn. Er hatte sie gerettet, verflucht noch mal. Vor einem Taryk! Und das erste, was er tat, war sich über sie herzumachen?! Was für ein Arsch er war. Seine Faust donnerte gegen die Fliesen neben dem Spiegel und verschwand in der Wand. Scherben fielen klirrend zu Boden. Der Schmerz half, seine Hand summte. Roven atmete durch.

Sein Blut hinterließ glitzernde Spuren an dem Loch. Er dachte an Selenes Blut, das warm und rot, voller Leben durch ihre Adern lief. Er hatte es durch ihre Haut hindurch gerochen, es rauschen gehört, in Erregung seinetwegen. Sie machte es ihm auch nicht gerade leicht. Sie sollte Angst vor ihm haben, dummes Ding. Doch alles, was sie ihm entgegenzusetzen hatte, war ihr warmer Körper, ihr betörender Duft, ihre verletzliche Stimme. Er wollte sie. So richtig, mit Haut und Haar. Jedes Mal, wenn er ihr nahekam, fingen seine Sinne Feuer. Und *Naham* drängte ihn zusätzlich.

Blöder Löwe.

Sie knurrte innerlich.

Es war nur eine Frage der Zeit, wann Jus Blut die Wirkung verlieren und Rovens Durst wachsen würde. Selene war in Sicherheit. Theoretisch. Das einzige, was ihr hier drohte, war er.

Roven rückte seine Erektion in der zu engen Hose zurecht, drängte die Fangzähne zurück und verließ das Badezimmer, machte einen Bogen ums Bett und lehnte sich an die gegenüberliegende Kommode. Selene saß im Schneidersitz da und schaute ihn prüfend an. Ein Gefühl von Zufriedenheit überkam ihn bei ihrem Anblick. Er wurde ruhiger und konzentrierte sich auf das, was er sagen wollte.

»Selene, ich …« Was war's noch gleich gewesen? »Es … tut mir leid.«

»Muss es nicht. Ist ja nicht so, dass du daran allein beteiligt warst.«

Da war Roven nicht ganz sicher. Vielleicht manipulierte er sie unterschwellig. Er wusste nicht, ob er sie beeinflussen konnte, ohne es zu bemerken. Aber er traute *Naham,* was Selene anging, eine Menge zu. Die hatte es sich derweil in seinem Inneren gemütlich gemacht und beobachtete, was passierte.

»Sagst du mir jetzt deinen Namen?«, fragte sie vorsichtig.

Roven sah sie an. »Das ist nicht so einfach.«

Sie stockte. »Warum nicht? Bist du ein Geheimagent? Oder … ist er so kryptisch, dass ich ihn nicht aussprechen kann?«

Sterbliche durften nichts von Akkadiern, Taryk oder Göttern

wissen. Das würde sie überfordern und das System zum Einsturz bringen. Außerdem würde es die ganze Geschichte zwischen ihnen real werden lassen. Roven war ein Namenloser in der Welt der Menschen. Akkadier gehörten nicht zu ihrer Realität. Allerdings schien Selene in diesem System auch eine Ausnahme zu bilden. Sie hatte die Erinnerungen an Roven zurückerlangt und nebenbei noch einen Taryk gekillt. Aber das Entscheidende war ihr Gehirn. Jason hatte Roven mal erklärt, dass irgendein Chromosom dafür verantwortlich war, dass es Menschen gab, die Akkadier nicht vergaßen, sondern Begegnungen mit ihnen ins Langzeitgedächtnis übertragen konnten. Dann war es immer besser, sie in Kenntnis zu setzen, bevor sie mit der Story zur nächsten Boulevard-Zeitung rannten.

»Roven«, antwortete er heiser und fühlte sich ein wenig erleichtert.

Selene nickte und lächelte. »Hast n schönes Schlafzimmer, Roven.«

Er schnaufte und musste schmunzeln.

»Wie bin ich noch mal hierhergekommen?«, fragte sie.

»Teleportation.«

»Du bleibst bei der Antwort?«

»Ist die Wahrheit.«

»Wie …« Sie überlegte. »Ist das irgendwas … Wissenschaftliches … Keine Ahnung?«

»Nein, ist ganz einfach.« Er teleportiere sich in Sekundenbruchteilen direkt vors Bett und wieder zurück. Zuckte mit der Schulter.

Selene blinzelte, spielte mit ihren Fingern, schaute sich im Raum um und schien sich plötzlich unwohl zu fühlen. Ihr Verstand versuchte zu verarbeiten. Roven hatte keine Übung im Umgang mit Menschen. Vielleicht sollte Jason ihr das lieber erklären.

Selene fuhr sich übers Gesicht. »Ähm, was … Was bist du?«

»Ich bin kein Mensch.« Soweit, so gut.

»Ja, das … kam mir gerade auch so vor.«

Er überlegte, wo er anfing. »Kannst du dich daran erinnern,

was vorhin passiert ist? In deiner Wohnung?«

Sie rieb sich die Stirn, als hätte sie Kopfschmerzen. »Es sind so viele Bilder in meinem Kopf. Verwirrend. Durcheinander. Ich versuche immer, sie zu sortieren. Aber am Ende sehe ich nur überall schwarze Schatten, Dinge, die ich nicht verstehe. Und dich, der irgendwie überall auftaucht.« Sie sah ihn zweifelnd an, schaute dann wieder weg. »Als er mich gegen das Treppengeländer stieß, ließ mein Bewusstsein nach.« Die Worte kamen stockend. Roven biss die Zähne zusammen. »Er zog mich an den Haaren die Stufen hinauf. Ich weiß nicht mehr alles ganz genau. Irgendwann lag ich auf dem Bett. Er saß auf mir.« Sie verschränkte ihre Hände so fest, dass die Finger unter dem Druck rot wurden. Roven zwang sich, an der Kommode stehen zu bleiben. »Er … beugte sich runter und brachte seinen Mund über meinen. Es wurde kalt. Unglaublich … kalt. Als würde ich einfrieren. Ich war … betäubt, wie außerhalb meines Körpers und … konnte nur noch zusehen. Er hielt meinen Kopf fest und … saugte … mich leer.« Sie schloss die Augen. Tränen rollten über ihre Wangen.

Roven kämpfte gegen seine Wut an. Wollte den Pisser noch einmal töten – langsam und schmerzhaft. Er wagte es nicht zu sprechen, fürchtete seine Stimme wäre nicht mehr menschlich.

»Dann geschah irgendetwas. Meine Angst verschwand. Ich fühlte mich auf einmal frei und … voller Energie? Aber ich weiß nicht mehr, was passiert ist. Und dann warst du da.« Sie schaute auf, die dunklen Schatten unter ihren Augen verschwanden wieder.

Roven beruhigte sich langsam. »Du bist sehr tapfer.« Er klang wie einer dieser Kriminalbeamten, die das Opfer besänftigten und ihr gut zuredeten. *Sie haben alles richtig gemacht. Geben Sie sich keine Schuld daran. Wir werden unser Bestes tun, um den Täter zu finden.*

»Tapfer?« Sie schnaufte. »Mir bleibt doch nichts übrig … In den letzten Tagen hat sich mein Leben komplett auf den Kopf gestellt. Und ich kann momentan nur zusehen. Weil es mich schlichtweg überfordert. Alles. Selbst wenn ich könnte, ich wüsste gar nicht, an welcher Stelle ich eingreifen und die Kontrolle zurückerlangen sollte. Ich werde auf der Straße angegriffen. Meine Wohnung ist anscheinend nicht mehr sicher. Und meine beste Freundin werde ich wohl kaum um Hilfe bitten und in diesen Schlamassel mit reinziehen. Mir hämmern tausend Fragen durch den Kopf.«

»Ich … weiß nicht, wie ich dir das schonend beibringen soll.«

»Das brauchst du nicht. Alles, was in letzter Zeit passiert ist, war schonungslos.«

Roven nickte. »Du bist hier in Sicherheit. Das erst mal vorweg. Wir befinden uns auf meiner Burg in Schottland und sind – wie bereits erwähnt – per Teleportation hergekommen. Meine Art … wird Akkadier genannt. Wir stammen von der babylonischen Göttin Ishtar ab und sind dazu geschaffen worden, die Menschen zu beschützen. Wir besitzen außergewöhnliche Heilkräfte und sind übermenschlich stark. Und dann sind da noch ein paar andere Dinge … Das spielt erst mal keine Rolle.«

Sie sagte eine Weile lang nichts. Betrachtete ihn und kaute an den Innenseiten ihrer Lippen. »Was hab ich damit zu tun?«

»Das weiß ich nicht.«

»Was war das für ein Ding in meiner Wohnung?«

»Wir nennen sie Taryk. Sie bestehen aus dunkler Aura und ernähren sich von menschlichen Seelen. Das hat er bei dir versucht. Aus irgendeinem Grund ging es schief … und brachte ihn um.« *Der Göttin sei Dank.*

»Warum … ich?«

»Zur falschen Zeit am falschen Ort. Schlimme Dinge passieren. Jeden Tag.« Er zuckte mit der Schulter. Er hatte schon lange aufgehört, nach dem Warum zu fragen.

»Warum du?«

»Wieso ich da war?«

Sie nickte kaum merklich.

Roven überlegte. »Ich habe gespürt, … dass es dir schlecht ging …«

»Warum hast du das gespürt? Wie kannst du das spüren?!«

Als er nicht antwortete, schaute sie weg. Roven ging zum Bett und setzte sich auf die Kante, kehrte ihr den Rücken zu. Das half beim Denken. Er stützte die Arme auf seine Knie und betrachtete die Riefen im Holzboden. »Ich weiß es nicht. Ich lebe schon ziemlich lange. Aber so eine Situation hatte ich noch nicht.«

Die Bettwäsche raschelte, als Selene zur Kante rutschte. Er wurde sich ihrer Nähe allzu sehr bewusst und verspannte sich unwillkürlich.

»Wie alt bist du?«

Roven schaute zur ihr. »Zu alt für dich.« Schlechter Moment für Scherze. Doch sie schmunzelte kurz. »Und du?«, fragte er.

»Siebenundzwanzig.« Sie wartete sein Nicken ab. »Woher kommst du?«

»Geboren wurde ich in Dornie. Meine Eltern gehörten zum Clan der McRaes.«

»Du warst mal ein Mensch?«

Er nickte.

Sie überlegte, schaute dann auf seine Hose. »Wo ist der Schottenrock?«

Roven grinste. »Den trage ich nur zu Dates.«

Selene lachte und wurde ein bisschen rot.

»Lachen steht dir.«

»Gewöhn dich nicht dran. Kommt nicht oft vor.«

»Mhm, sagtest du schon …« Als er ihr länger in die Augen sah, schaute sie weg.

»Warum konnte ich mich nicht an dich erinnern?«

»Das liegt in deiner Natur als Mensch. Dient deinem Schutz. Menschen sollten nichts von uns wissen. Das würde sowohl euer als auch unser System gefährden.«

»Und was ist schief gegangen?«

»Weil du dich jetzt doch erinnerst?«

»Mhm.«

»Kannst du nicht Fragen stellen, auf die ich eine Antwort hab?« Er kniff ein Auge zusammen. »Keine Ahnung. Es ist ungewöhnlich. Genau wie deine … Gabe.«

»Welche?«

»Du hast den Taryk ins Jenseits befördert.«

»Du meinst, ich habe ihn … umgebracht?«, fragte sie.

»Mhm.«

»Das … ist fürchterlich.«

»Er hätte dir dasselbe angetan.«

»Schlimme Dinge passieren, nicht wahr?«, zitierte sie ihn. »Aber ich möchte niemanden umbringen. Egal, ob Monster oder nicht. Das ist keine Gabe.«

»Taryk töten Menschen. Und dank dir gibt es einen weniger.«

Selene schüttelte abwehrend den Kopf. »Nein …«

Ihr Mitgefühl in allen Ehren. »Ein Taryk ist kein Lebewesen«, versuchte Roven es zu erklären. »Er ist eine Hülle gefüllt mit schwarzem Rauch. Mit dunkler Aura. Und er ernährt sich von menschlichen Seelen. Von deinesgleichen. Deiner Familie. Deinen Freunden. Sie sterben dadurch. Glaub mir, Taryk zu töten, ist etwas Gutes!«

»Wenn sie keine Berechtigung hätten zu leben, gäbe es sie auch nicht.« Selene sagte das ganz selbstverständlich.

Roven schnaufte. Hier trafen zwei sehr unterschiedliche Welten aufeinander. Wie sie dem Monster, in dessen Gewalt sie sich vor wenigen Minuten noch befunden hatte, derart viel Nächstenliebe zeigen konnte, war ihm unbegreiflich. Aber er akzeptierte ihre Meinung. Das änderte nichts daran, dass er hoffte, ihre Gabe würde sich auch in der nächsten Gefahrensituation zeigen. »Manchmal vergesse ich, dass es für Menschen Wichtigeres gibt als den Tod.«

Sie sah ihn an. »Dreht sich dein Leben denn nur um den Tod?«

Er wich ihrem Blick aus. Roven hatte sich für dieses Leben entschieden, also würde es sich nicht beschweren.

»Warum hast du mich hierher gebracht?«, fragte sie.

»Das ist der sicherste Ort, den ich kenne.«

»Und warum beschützt du mich?« Ihr Herz schlug wieder schneller.

»Damit du nicht stirbst.«

»Was kümmert es dich?«

»Es ist meine Aufgabe, Menschen zu beschützen«, antwortete er monoton.

»Muss ne große Burg sein, wenn du alle herbringst …«

Roven stand auf und brachte etwas Abstand zwischen sich und das Blut pumpende Gefäß. Sie merkte es nicht, aber er näherte sich seiner Geduldsgrenze.

»Wie lange soll ich jetzt hier bleiben?«

Er kehrte ihr den Rücken zu und starrte auf den Wandteppich, zählte innerlich bis zehn.

»Gibt es … einen Plan? Du … musst dir ja etwas dabei gedacht haben.«

Roven hörte sie kaum noch. Er hatte keine Ahnung, was es ausgelöst hatte, aber die Wut übermannte ihn, trocknete seine Kehle aus.

Sag ihr, warum sie hier ist!

»Halt die Klappe!«, murmelte er zu seiner Bestie.

»Wie bitte?«, fragte Selene.

»Nicht du …«

»Ich … wollte nicht undankbar erscheinen … Ich dachte nur, du hättest einen Plan für so einen Fall.«

»Ich sagte doch, so etwas ist mir auch noch nicht passiert!«

»Stimmt, entschuldige …«

Ihr Herz schlug laut – hatte sie Angst vor ihm? Der Druck in seinen Augen stieg an. Er kniff sie zusammen, als sie anfingen zu leuchten. Rovens Fänge schoben sich aus dem Zahnfleisch und drückten von innen gegen seinen Mund. Er war wie erstarrt, konnte sich nicht bewegen und wollte nur noch weg.

Nur einmal kosten …

Halt. Die. Fresse.

»Roven, es tut mir leid …« Ihre Stimme war plötzlich zu nahe. Selenes Berührung an seinem Arm brachte das Fass zum Überlaufen. Der Akkadier riss sich aus seiner Starre und sprang weg von ihr, fixierte sie drohend und knurrte: »Komm mir nicht zu nahe, verflucht noch mal!«

Sie wich erschrocken zurück und kniff die Augen zusammen, weil seine so stark leuchteten. *Naham* grub die Klauen in den Boden und setzte zum Sprung an.

Tu das nicht.

Nur kosten …

Du bringst sie um.

Sieh sie dir an! So wunderschön …

Roven raufte sich die Haare, brüllte gepresst und schaffte es irgendwie, sich weg zu teleportieren.

Elf

Selene war an Ort und Stelle erstarrt und wagte nicht, sich zu bewegen. Ihre Hände zitterten und ihre Knie waren weich. Sie schluckte den Kloß im Hals hinunter und wartete auf ein Geräusch, doch es blieb still. Was war gerade passiert? Was hatte ihn so wütend gemacht? War das ihre Schuld oder war er ein Hitzkopf?

Sie schloss die Augen und versuchte, alles auszublenden, hatte das Gefühl, in einen Strudel gerissen zu werden. Ihr Leben rann wie Sand durch ihre Hände und nichts blieb übrig. Nur sie selbst, verwirrt und überfordert, voller Angst und unterdrückter Trauer. Sie wollte wegrennen. Und irgendwie auch hierbleiben.

Erschöpft ging Selene zu der Kommode unter dem Wandteppich, betrachtete den Bilderrahmen, der zwei Männer zeigte – einen älteren Weißhaarigen, der wie ein Butler gekleidet war, und einen jungen mit dunklem Haar, Anfang zwanzig vielleicht. Es schien, als umarmte der junge Mann noch einen dritten, doch an der Stelle befand sich nur ein goldenes Leuchten, sodass sein Arm in der Luft schwebte.

Bis auf einen großen Wandschrank und den Kamin daneben, war das geräumige Zimmer leer. Die Steinwände hatten einen hellgrauen Anstrich, nur bei einer waren die dunkelroten Ziegel naturbelassen. Die zwei kleinen Buntglasfenster ließen keinen Blick nach draußen zu, also ging Selene zu den dunkelblauen Vorhängen und schob einen beiseite. Die Glastür dahinter führte zu einem Balkon. Es war schon dunkel.

Selene öffnete die Tür und fröstelte, trat hinaus, verschränkte die Arme und atmete tief ein. Die Luft hier war kälter als in London, strömte eisig durch ihren Körper. Ein letztes Glimmen erhellte den Nachthimmel. Das Mondlicht tauchte die Landschaft in milchigen Nebel und zauberte eine schaurige Atmosphäre auf die Weiden, Lochs und Berge – Schottland, die Highlands bei Nacht. Ungläubig ging Selene zur Brüstung, die Burg war zu allen Seiten von Wald umgeben. Direkt unter dem Balkon lag ein Garten mit einem großen Baum in der Mitte, dessen Laub im Wind raschelte.

Wieder drinnen fiel Selenes Blick auf die Seitentür, in der Roven vorhin verschwunden war. Dahinter versteckte sich ein Badezimmer mit blassgrünen Fliesen und goldenen Armaturen. In der hinteren Ecke befand sich eine ebenerdige Dusche mit einem dieser riesigen Duschköpfe. Die hatte Selene schon immer toll gefunden. Ob das jemand hörte, wenn sie jetzt duschen ginge?

Selene drehte sich um und entdeckte neben dem Spiegel ein Loch in der Wand. Sie fuhr die Kanten der zerbrochenen Fliesen mit den Fingerspitzen nach und fand eine glitzernde Flüssigkeit darauf. Rovens Blut. Sie erinnerte sich an den Moment in ihrem Wohnzimmer, er war verletzt gewesen und sie beide halb nackt. Ihr wurde heiß. Sie spülte das Blut im Waschbecken ab, schaute hoch in den Spiegel und erschrak. Ihre Wangen glühten, ihre Augen wirkten satter und die Ringe darunter waren verschwunden. Selene legte die Hand auf den Bauch und spürte eine Wärme in sich, die noch vor kurzem unvorstellbar gewesen schien. Es ergab keinen Sinn, sich tausende Kilometer von ihrer Heimat entfernt angekommen zu fühlen. Sie hatte ihre Realität in den letzten Tagen auf viele Arten verloren und verdankte nur einer zweifelhaften Macht, dass sie noch lebte. Selene kniff die Augen zusammen und berührte ihre Stirn, die Kopfschmerzen kehrten zurück.

Der Akkadier saß auf der Treppe zum Erdgeschoss, barg sein Gesicht in den Händen und versuchte, sich zu beruhigen. Seine panische Teleportation hatte nicht weit gereicht. Seine Eingeweide zogen sich vor Hunger zusammen. Roven spürte, wie seine Fänge von innen in sein Zahnfleisch stachen. Was hatte er sich nur dabei gedacht, sie hierher zu bringen? Er war ihretwegen schon mehrmals ausgerastet und sie in sein Bett zu stecken, war das Beste, was ihm einfiel? Vollidiot.

»Roven?«

Er schaute auf. Jason kam die Stufen hoch, ließ sich von seinem monströsen Anblick nicht abschrecken und setzte sich neben ihn.

»Alles okay?«

Roven versteckte das Gesicht wieder in den Händen und schüttelte den Kopf.

»Wo … warst du?«

»London«, knurrte er.

»Hm«, machte der Junge. »Vielleicht bleibst du lieber erst mal hier? London scheint dir in letzter Zeit nicht gut zu tun.« Der Akkadier schnaufte. »Ich mein ja nur«, sagte Jason kleinlaut. »Mach mir halt Sorgen …«

»Ich mir auch. Ich hab das Gefühl, die Kontrolle über mich zu verlieren.«

»Warum?« Roven antwortete nicht. »Weil du Ju zur Abwechslung mal in die Schranken gewiesen hast?«

»Wenn's nur das wäre … Als Akkadier muss man seine Bestie im Griff haben. Aber momentan hat *Naham* eher mich im Griff. Und das bringt euch alle in Gefahr.«

»Wer ist *sie*?«, fragte Jason nach einer Weile. »Wer war in Gefahr? Wen meintest du mit *Ich muss zu ihr*?«

Roven versuchte Luft zu holen und diesen Druck in sich loszuwerden. »Nur ein Mensch. Niemand … von Bedeutung.«

»Echt? Klang irgendwie nicht so.« Jason zog die Augenbrauen

hoch.

»Ich arbeite noch an meiner Einstellung …«

Hinter ihnen räusperte sich jemand. Jason schaute erschrocken hoch und gleich wieder zu Roven. Ihm blieb der Mund offen stehen.

»Das ist *sie*«, murmelte der Akkadier.

»Du hast sie hergebracht?!«

»Ich sagte doch, ich arbeite noch daran …«

Trotz seiner Bestürzung sprang der Junge auf und ging Selene entgegen. »Hey, wow … Ich mein, hey! Ich bin Jason.«

»Selene. Freut mich.«

Roven erhob sich und biss die Zähne zusammen, versuchte sich, auf ihren Anblick vorzubereiten. Jedes Mal, wenn er sie anschaute, überforderte es ihn. Als ob er nicht wusste, wie schön sie war.

Sie schüttelte Jasons Hand, Roven unterdrückte ein Knurren.

»Was für ne Überraschung. Wir haben selten Besuch. Ich … bin echt … überrascht«, stotterte Jason. Kam nicht oft vor, dass ihm die Worte fehlten. Kam auch nicht oft vor, dass Roven ein Mädchen anschleppte.

»Sie bleibt ein paar Tage.« Beide sahen ihn an. »Jason, sei so gut und zeig ihr das Wichtigste.« Roven senkte den Blick. »Selene, fühl dich wie zu Hause. Wenn du etwas brauchst, frag Jason oder Adam. Sie kümmern sich gern. Richtig?«, fragte er in Jasons Richtung.

»Klar!« Was sollte er auch anderes sagen? Jason ließ Selenes Hand los und vergrub seine in den Hosentaschen. »Und, ähm … Braucht sie ein Zimmer?«

Roven stockte und nickte schließlich. »Das neben meinem.«

»Alles klar.«

Selene bekam rote Wangen.

»Ich geh trainieren.« Damit stürzte er halb die Treppe hinunter. Er brauchte Abstand – und eine kalte Dusche.

Selenes Blick folgte Rovens Flucht. Vielleicht hätte er sie nicht hierher bringen sollen, wenn ihn ihre Anwesenheit so anstrengte.

»Das ist normal bei ihm. Nimm's nicht persönlich.« Jason lächelte versöhnlich. Sie erkannte ihn vom Foto in Rovens Zimmer. »Ich bin, ehrlich gesagt, grad etwas überfordert mit der Situation. Wir haben nicht so oft Besuch ... Hast du vielleicht Hunger?«

Sie hatte noch kein Abendbrot gegessen. »Ein bisschen schon, ja.«

»Super. Das ist doch ein Anfang.« Er zwinkerte. »Dann zeig ich dir mal die Küche.«

Damit lief er voraus und Selene folgte ihm die restaurierte Holztreppe hinab. Kühle Luft strich ihr übers Gesicht. Unter ihren Schritten knarrten die Stufen, die Oberfläche des Handlaufs war glatt geschliffen und roch nach Holzöl. Der hohen Decke folgten größtenteils unverkleidete Mauern, nur Fenster und Türen waren modernisiert worden. Rechts und links gingen etliche Räume von der Eingangshalle ab. Unten angekommen, entdeckte Selene ein Mosaik im Steinboden, ging in die Hocke, um es zu betrachten, und hatte ein Déjà-vu. Die Steine des Mosaiks setzten sich wie ein Puzzle zusammen und zeigten einen gehörnten Löwen. Selene kannte dieses Bild, obwohl sie noch nie hier gewesen war. Ihr Gehirn spielte ihr einen Streich.

»Das ist Ishtar«, erklärte Jason neben ihr.

»Diese Göttin?«

Er nickte. »Babylonisch. Woher weißt du das?«

»Roven hat ihren Namen erwähnt.« Selene fuhr mit den Fingerspitzen über die Steine und spürte ein Kribbeln auf der Haut.

»Wie ... äh ... lange kennt ihr euch schon?«

Selene schüttelte unbewusst den Kopf. »Ich weiß nicht genau. Ein paar Tage, glaube ich.«

»Du kannst dich an ihn erinnern«, stellte er fest.

»Ja.« Sie stand auf. »Das scheint etwas Ungewöhnliches zu sein ...«

»Richtig. Das können nur wenige Menschen.«

»So, wie du?«

»Genau.« Er lächelte und wirkte plötzlich fünf Jahre jünger.

»Du bist damit aufgewachsen?«

Jason nickte. »Und dich überfordert gerade alles, richtig?«

»Komplett«, gestand sie und schaute nach oben, entdeckte den Kronleuchter. Sie hatte hiervon geträumt, jetzt war sie sicher, das machte es aber nicht verständlicher.

»Lass dir Zeit. Irgendwann wird es zur Normalität.«

Selene sah ihn an. »Das ist momentan schwer vorstellbar. Und ich weiß auch gar nicht, ob ich das möchte …«

»Mhm.« Er winkte sie mit dem Kopf weiter. Sie durchquerten den Torbogen links der Treppe und erreichten ein kleines Zimmer mit einer Couch und zwei Bücherregalen. Durch offenstehende Flügeltüren gelangten sie in ein Esszimmer, in dem nur eine kleine Tischlampe auf der Anrichte leuchtete. In der Mitte stand ein Mahagonitisch mit acht Stühlen und das gegenüberliegende Fenster gab Ausblick auf die schottische Landschaft und ihre schlafenden Täler.

Jason passierte eine Schwingtür, dahinter befand sich die Küche.

»Selene, das ist mein Grandpa Adam. Die gute Seele hier im Haus. Die beste …« Jason stellte sich neben den älteren Herren, der ihm bis zur Schulter reichte, und strahlte über beide Wangen.

Sein Opa drehte sich von der Küchenzeile um und lächelte ebenfalls. Er trug Hausschuhe, eine schwarze Stoffhose und ein dunkelblaues Hemd, darüber eine hellblau karierte Küchenschürze auf der *cooking is love* stand. Eine Brille mit dünnem Goldrahmen und großen Gläsern zierte das faltige Gesicht. Sein Haar war dicht und weiß. Selene erkannte ihn als den anderen auf dem Foto in Rovens Zimmer. »Oh, Besuch … Und ich erfahre es als Letzter.« Er trocknete sich die Hände an seiner Schürze und kam lächelnd auf sie zu. Plötzlich runzelte er die Stirn. »Sie sind ein Mensch!«, rief er verwundert.

»Äh, ja …«

»Jason, warum haben wir einen Menschen zu Besuch?«

»Das weiß keiner in diesem Raum. Ich glaube, nicht mal Roven weiß so genau, warum er sie hergebracht hat.«

Adam musterte sie. »Geht es Ihnen gut?«

»Soweit … ja, denke ich.«

»Also dann …« Er überlegte und schaute besorgt auf ihren Hals. »Sie sind freiwillig hier?«

»Äh, ja. Er hat mich vorher gefragt. Obwohl ich ehrlich gesagt nicht genau wusste, was mich erwartet.«

»Aha. Tja, dann … seien Sie herzlich willkommen, Gnädigste.« Sein Lächeln verzog das Gesicht zu unzähligen Lachfalten. »Sagen Sie ruhig Adam zu mir. Ich bin das Mädchen für alles.« Er nahm ihre Hand und hielt sie fürsorglich. »Keine Bange, Kind. Wir kümmern uns um Sie.«

»Danke«, antwortete sie erleichtert. »Ich heiße Selene.«

»Ich weiß. Hat Jason schon erwähnt.«

»Stimmt.«

»Bitte entschuldigen Sie meine Überraschung. Verstehen Sie das nicht falsch, wir bekommen hier nur selten Besuch.« Seine Hände waren warm und trocken, ähnlich denen ihrer Mutter. Selene musste blinzeln. »Setzen Sie sich. Ihr Magen knurrt. Ich mache etwas zu essen!«

»Bitte, keine Umstände.«

»Niemals, meine Teure!« Er lachte. »Jason, setz Wasser auf!« Damit führte Adam sie an einen der Tresenhocker und widmete sich dem Kühlschrank. Jason stellte den Teekessel auf den Herd und setzte sich Selene gegenüber.

»Was haltet ihr von Pfannkuchen?«, fragte Adam.

»Hurra!«, rief Jason wie ein kleines Kind.

Selene schmunzelte und nickte Adam zu. Der begann, den Teig anzurühren, während der Teekessel anfing zu pfeifen. Jason sprang auf und bereite Selene einen Earl Grey zu. Für sich selbst holte er ein Glas und eine Flasche Milch aus dem Kühlschrank.

»Wie sind Sie hierhergekommen?«, fragte der Butler.

»Per … Teleportation?«

»Mhm.«

Selene trank ihren Tee. »Woher wussten Sie, dass ich ein

Mensch bin? Ich habe den Unterschied bei Roven nicht sofort bemerkt.«

»Nein, das können Sie auch nicht«, antwortete Adam. »Aber wenn man Jahrzehnte für einen Akkadier arbeitet, erkennt man den Unterschied sehr schnell.«

»Woran?«

»An der Ausstrahlung«, antwortete Jason, trank sein Glas leer und füllte sich neue Milch nach. »Du hast eine ganz gewöhnliche.«

»Soll das eine Beleidigung sein?«, fragte sie stänkernd.

Jason lachte. »Niemals!«

»Zu viel Milch ist übrigens ungesund!«

Er schmunzelte. »Ich lebe mit einem Akkadier zusammen. Da macht Milch keinen großen Unterschied mehr.«

»Die Aura eines Akkadiers ist stärker«, erklärte Adam. »Lebendiger, aber auch gefährlicher. Wenn Sie einem Unsterblichen begegnen – egal, ob männlich oder weiblich – werden Sie ihn automatisch interessant finden. Irgendetwas wird Sie anziehen.«

Selene trank ihren Tee und versuchte, nicht rot zu werden.

»Ich finde Roven nicht anziehend«, meinte Jason.

»Nun, über Geschmack lässt sich bekanntlich nicht streiten.« Adam schaute kurz über seine Schulter. »Wie haben Sie Roven kennengelernt, Selene?«

»Hm …« Sie überlegte. »Ist alles ziemlich durcheinander in meinem Kopf. Ich glaube, … er hat mich gerettet, als ich angegriffen wurde.«

»Von Taryk?«

»Ja. Zwei mal.«

»Sie hatten Glück.«

Selene nickte und dachte an ihre Wohnung, in die sie nicht mehr zurück konnte. An ihre Mutter. An Julia.

»Haben Sie Familie?«

Sie schaute auf und blickte in Adams mitfühlendes Gesicht. Wurde sich ihrer dunklen Kleidung bewusst und schüttelte benommen den Kopf. »Nicht mehr.«

Adam schwieg kurz. »Tut mir leid.«

Selene hielt ihre Tasse mit beiden Händen fest und mied Jasons Blick.

Sein Grandpa begann die Pfannkuchen zu braten. Nach einer Weile fragte er: »Wissen Sie, ob jemand aus Ihrer Familie mal Kontakt zu Akkadiern hatte?«

»Nein, warum?«

»Weil die Fähigkeit, nicht zu vergessen, normalerweise angeboren wird. Vererbt. So wie bei Jason und mir.«

»Ich glaube nicht, nein.« Sie holte tief Luft, wollte den Druck in sich loswerden. Klappte nicht so richtig.

Adam servierte die Pfannkuchen und setzte sich zu ihnen.

»Du isst mit?«, fragte Jason. »Machst du doch sonst nie.«

»Heute mache ich es mal. Ist ja schließlich kein Tag wie jeder andere.«

Beim Essen erfuhr Selene, dass Roven siebenhundertfünfundachtzig Jahre alt war, dreihundert Kilo wog und genauso aufbrausend wie loyal war. Jason hatte seine Eltern schon als Kind verloren – Adam demnach Sohn oder Tochter – und war bei seinem Großvater und Roven aufgewachsen. Eine kleine durchgeknallte Familie.

Seine Pranken an die kalten Fliesen gestützt, hielt der Akkadier den Kopf unter eiskaltes Wasser. Er bestand nur noch aus Hunger, seine Eingeweide krampften fortwährend und trotz der Eiseskälte auf seiner Haut brannte er innerlich. Ihretwegen. Ihre Nähe machte ihn wahnsinnig. Was hatte er sich nur dabei gedacht, sie hierher zu bringen? In Sicherheit, natürlich. Fragwürdige Sicherheit, wenn er kurz davorstand auszurasten.

»Also reiß dich verflucht noch mal zusammen!« Er musste trinken, etwas Besseres fiel ihm nicht ein.

Roven stellte das Wasser ab, verließ die ebenerdige Duschkabine und nahm ein Handtuch vom Stapel, das er sich um die Hüften wickelte. Die überschüssige Energie würde er im Training abbauen. Er wischte mit der Hand über den beschlagenen Spiegel, seine Augen waren wieder normal, *Naham* hatte sich angesichts der Eisdusche beleidigt zurückgezogen.

Er verließ den Duschraum und erstarrte, als er Selene am Eingang zur Umkleide stehen sah.

»Oh!«, rief sie erschrocken und drehte sich um. »Tut mir leid. Ich hatte gerufen, aber es kam keine Antwort.«

Rovens Becken zuckte, seine Gedanken schweiften ab. Hey, er war schon nackt. Fehlte nur noch sie … »Sei froh, dass ich ein Handtuch trage. Mache ich nicht immer.«

»Ja!« Sie lachte nervös. »Puhh, Glück gehabt.« Selene wippte unruhig von einem Bein aufs andere, wodurch ihr Hintern wackelte.

Roven biss die Zähne zusammen, ein Ständer würde unter dem Handtuch unangenehm auffallen. »Kann ich dir irgendwie helfen?«, presste er hervor.

Sie schaute kurz über die Schulter und wieder zurück. »Äh …«

»Keine Sorge, ich lass das Handtuch um.«

Zögerlich drehte sie sich zu ihm und spielte an ihren Fingern, stand nach wie vor nicht still und strich sich eine Haarsträhne hinters Ohr. »Ähm, ja. Ich wollte nur nicht … stören. Ich wusste nicht, ob es okay ist, wenn ich nach dir suche. Ist ja schließlich dein Zuhause.« Mit roten Wangen legte sie den Kopf schief und schaute ihm vielsagend in die Augen.

»Schon okay.« Er ging ihr entgegen und setzte sich auf die Bank, auf der seine Hose lag, achtete darauf, dass sein Handtuch nicht auseinanderklaffte und schaute sie erwartungsvoll an.

»Ich dachte nur, also … Wenn ich ein paar Tage hierbleiben … muss, dann wäre es ganz schön, wenn ich vielleicht ein paar Sachen von zu Hause hätte.«

Roven schwieg. »Was ist mit den Sachen, die du anhast?«

»Soll ich die tagelang tragen?«

»Ich kann Adam auch losschicken, um dir was zu kaufen.«

»Nein … nein, wirklich nicht.«

»Dann sag mir, was du brauchst, und ich hol dir die Sachen.«

»Roven, du wühlst sicher nicht in meinen Schränken rum.«

Er stöhnte. »Und wie soll ich dir deinen süßen Hintern retten, wenn in deiner Wohnung zwanzig Taryk auf uns warten?!«

Sie runzelte die Stirn. »Ist das so wahrscheinlich?«

Er zuckte mit der Schulter. »Möglich.«

»Es geht nicht nur um Klamotten oder Unterwäsche. Ich möchte ein paar persönliche Dinge holen.«

»Zahnbürste und Tampons? Sind wir denn schon soweit?«

Sie musste grinsen und schüttelte strafend den Kopf, entspannte sich etwas. »So was in der Art, ja.«

»Okay, ich zieh mich an. Dann bring ich uns noch mal nach London, es sollte aber nicht zu lange dauern.«

»Wird es nicht. Danke.«

»Kein Problem. Hast du was gegessen?«

»Ja, Adam hat Pfannkuchen zubereitet. Er ist sehr freundlich.«

»Er ist der Beste. Ich weiß, das hier ist alles nicht leicht für dich. Ich hoffe, du fühlst dich einigermaßen wohl, bis wir eine bessere Lösung gefunden haben.« Auch wenn er nicht gerade viel dazu beitrug.

»Ist schon okay. Danke …«

Er nickte, stand auf und griff an den Rand seines Handtuchs. »Vorsicht. Gleich bin ich nackt.«

Sie machte große Augen, wirbelte herum und verschwand.

Selene betrachtete die Waffen in der Trainingshalle – Messer, Stöcke, sogar Schwerter hingen an der Wand. Bilder flackerten durch ihren Kopf. Sie sah eine Spitze auf sich zukommen, die Rovens Oberkörper durchbohrte. Und seine Klinge, mit der er Köpfe abtrennte. Die Erinnerungen kamen ihr unwirklich vor, verschwommen, als wäre sie nicht bei klarem Verstand gewesen.

Ihre Füße wurden kalt. Sie trug nur Socken und in fast allen Räumen bestand der Boden aus Stein, selbst hier in der Trainingshalle. Sie rieb ihre Sohle am Unterschenkel warm und verschränkte die Arme, schaute in Richtung der Umkleide, aus der nichts mehr zu hören war.

»Roven?«, rief sie.

»Ja, bitte?«, antwortete er hinter ihr.

Erschrocken drehte Selene sich um. Er kam in schwarzer Kampfmontur auf sie zu geschlendert, jede Bewegung strotzte vor Kraft. »Sie haben geläutet …« Sein Bass bereitete ihr eine Gänsehaut. Er lehnte sich gegen die Wand neben dem Waffenhalter und verschränkte die Arme, wobei das Leder des Mantels unter dem Druck seiner Muskeln knarrte.

Sie schaute hoch zu ihm. »Deine Augen leuchten.«

»Das ist mein tolles Karma.«

Selene lächelte kurz. »Aber beim letzten Mal, als sie geleuchtet haben, warst du wütend.«

Er senkte die Lider und hielt einen Moment inne. Als er seine Augen wieder öffnete, waren sie blau. Blauer als blau. »Besser?«

»Ich hab nicht gesagt, dass es mich stört.« Sein Mundwinkel zuckte, als ob er sich ein Lächeln verkniff. »Wieso kommst du aus der Richtung?«, fragte sie. »Du warst doch eben noch in … Ach ja. Vergessen.« Teleportation.

»Hab mich in meinem Zimmer angezogen und dann noch nen kleinen Snack in der Küche genommen.«

»Pfannkuchen?«

»Nee.« Mehr sagte er nicht, schaute sie nur freundlich an.

»Magst du keine Pfannkuchen?«

»Doch.« Er schwieg kurz. »Aber ich hatte Appetit auf etwas anderes.«

Selene nickte, als verstünde sie. Es war schwer, ihm lange in die Augen zu schauen, machte sie nervös, nicht unbedingt negativ. Sie betrachtete die Waffen. »Deine?«

»Mhm, aber nur zu Trainingszwecken. Der Stahl für den Kampf ist härter.« Er klopfte sich mit der flachen Hand auf den Messerhalfter an der Brust.

»Du wurdest neulich verletzt, richtig?«

»Ja.«

»Ich kann mich daran erinnern … Wie du über mir warst … und …«

»Passiert ab und zu. Ist nicht weiter schlimm.«

»Schon verheilt?«

»Mhm.«

Sie überlegte. »Warst du davor im Babalou?«

»Bevor du angegriffen wurdest?« Sie nickte. »War ich«, bestätigte er.

»Du hast mich gesehen. Bist du mir gefolgt?«

»Erst, als ich gemerkt habe, dass du in Gefahr schwebst.«

»Wie?«

»Das hatten wir schon. Weiß ich nicht. Einfach ein Gefühl …« Er stellte einen Fuß hinter den anderen. »Dir ist kalt.«

»Ein bisschen.« Sie schaute verwundert an sich hinab. »Woher …?«

»Du hast Gänsehaut am Hals«, sagte er belustigt. »Ich hab keinen Röntgenblick.«

»Ah, beruhigend.« Sie schmunzelte und sah ihm ihn die Augen, versank darin. Plötzlich war ihr nicht mehr kalt. Ein Kribbeln meldete sich in ihrem Bauch.

Er schluckte sichtbar und spannte den Kiefer an. »Lass uns deine Sachen holen.«

»Okay … Teleportation?«

»Mhm, mit dem Bus würde es dauern.«

»Richtig.« Selene war unsicher. »Wie … nah …?«

Der Akkadier löste seine Arme und hielt ihr die Hand hin. Sie ging zu ihm und nahm sie. Ihr Herz raste plötzlich. Er zog sie in eine kraftvolle Umarmung, bei der ihr kurz die Luft wegblieb. Selene spürte ihn überall um sich herum, roch seinen Duft, fühlte die Wärme. Ihre Nervosität verschwand, er hüllte sie in Geborgenheit. Sie schloss erleichtert die Augen. Nach allem, was geschehen war, kam sie trotzdem zur Ruhe. Bei ihm. Solange er sie hielt, würde ihr nichts passieren, und alle Last verschwand.

»So nah wie möglich, *Naiya*«, flüsterte er heiser und jagte ihr einen wohligen Schauer über den Rücken. Sie ließ sich fallen und spürte die Ohnmacht kommen, als er sie beide teleportierte.

Als der goldene Nebel verschwand, stand Roven abermals mit Selene in den Armen in ihrem dunklen Wohnzimmer. *Nahams*

Instinkte suchten die Umgebung ab. Doch sie spürte keine Gefahren, keine schwarze Aura in der Nähe. Scheinbar waren sie allein, trotzdem behielt er Selene bei sich. Taryk konnten innerhalb von Sekunden auftauchen.

Er verließ das Wohnzimmer, stieg über die Bruchteile des Treppengeländers hinweg und ging nach oben. Selene rekelte sich an seinem Hals, seufzte leise. Er betrachtete ihr Gesicht, die geschlossenen Augen, ihre schönen Lippen. Er wollte sie küssen, er wollte so viel mehr in diesem Moment, wo sie wehrlos war. *Wie kaputt du bist.* Er sollte sie beschützen und dachte an Sex. Wer war hier das Monster?!

In ihrem Schlafzimmer angekommen, kontrollierte er die Ecke, wo der Taryk verendet war. Die Asche war fort, hatte sich aufgelöst. Wenn er könnte, würde er –

»Roven?«

Er schluckte seine Rachegelüste runter und sah sie an. »Guten Morgen.«

Sie kniff die Augen kurz zusammen, musste sich orientieren.

»Kopfschmerzen?«, fragte er.

»Mhm.«

»Kannst du schon laufen?«

»Glaub, ja.«

Er sollte sie absetzen, tat es aber nicht, schaute ihr stattdessen weiter in die Augen. Sein Blick wanderte zu ihrem Mund. Und wieder hoch. Selene blinzelte. Ihr Herz raste, seins auch. Er konnte nicht denken, wollte sie küssen. Einfach nur küssen. Ihre Fingerspitzen bewegten sich minimal, strichen unbewusst über seine Brust. Er öffnete den Mund und holte Luft, biss die Zähne zusammen und schloss die Augen.

»Wir müssen uns beeilen«, flüsterte er mit trockener Kehle und setzte sie ab. Vor allem durfte *er* sich nicht ablenken lassen.

»Richtig.« Selene schwankte, als sie zum Kleiderschrank ging. Sie nahm eine Tasche aus dem obersten Fach und warf Kleidungsstücke hinein, schob eine Tür zu, öffnete die zweite und machte dort weiter.

Roven wandte den Blick ab und konzentrierte sich aufs Untergeschoss. Alles ruhig.

Das einzig Unruhige hier war Selene, die zunehmend hektischer wurde. Sie beeilte sich, weil er sie darum gebeten hatte, doch da war noch etwas anderes. Hastig lief sie ums Bett herum, holte ein Buch aus dem Nachttisch und warf es zusammen mit dem Bild, das oben drauf gestanden hatte, in die Seitentasche. Sie stand auf und atmete angestrengt, schien zu überlegen, was sie noch brauchte. Sie selbst merkte es vermutlich nicht, aber er spürte ihre aufsteigende Angst wie einen Strick um den Hals, der sich langsam enger zog.

Selene lief an ihm vorbei und verschwand im Badezimmer. Er folgte langsam, schaute durch die offene Tür. Sie holte Flaschen und Tiegel aus dem Hängeschrank. Die Hälfte landete in der Tasche, die andere auf dem Fußboden. Es klirrte. Selene erschrak, schaute auf das Chaos und war plötzlich wie versteinert. Ihr Blick verlor sich an einen Ort weit weg und die schokoladenbraunen Augen begannen zu glänzen.

Der Akkadier ging zu ihr, fing die Träne auf, die an ihrer Wange hinunterkullerte. Selene sah hoch und ihr leidvoller Blick zerriss ihm das Herz. Als sie anfing zu zittern, zog er sie in die Arme und hielt sie fest. Ganz fest. Solange sie weinte.

»Du bist in Sicherheit«, flüsterte er. »Ich lasse nicht zu, dass dir etwas passiert.«

Zwölf

Götterreich Enûma

Die Zuflucht für Götter, Halbgötter und sonstige übernatürliche Wesen existierte weit über der Erde und blieb für Sterbliche verborgen. Oberhalb der Wolken schien immer die Sonne, deswegen gab es im Götterreich nie schlechtes Wetter. In das Meer aus Watte wuchs eine Landschaft mit Wäldern, Wiesen und Feldern. Grüne Inseln ragten aus den Wolken und türmten sich zu Berggipfeln auf. Goldene Brücken verbanden die Eilande miteinander, aus den oberen Wolkenschichten rauschten Wasserfälle herab und tauchten die Welt in glitzernden Nebel. Die Stadt der Götter zeigte sich während der Abendstunden farbenprächtig mit Trompenkuppeln aus Persien, ionischen Säulenwäldern, byzanthischen Mosaikteppichen und maurischen Rundbögen.

Inmitten der Monumente stand der Tempel der Ishtar. Blutrote Vorhänge flammten durch die Fensterbögen, auf den mit Malereien und Mosaiken verzierten Wänden spiegelte sich das Licht des Sonnenuntergangs. Türen gab es in der Götterstadt wenige – sie würden eh niemanden aufhalten – so bildete den Eingang zum Tempel ein fünf Meter hoher Rundbogen, hinter dem ein Säulenkorridor in die Eingangshalle führte. Archaische Steinreliefs rahmten die Halle ein, die rund gewölbte Decken und einen Marmorboden mit eingelassenen Mosaikbildern besaß. In der Mitte stand die Halbgöttin in ein dunkelrotes Gewand gekleidet, eine goldene Palla zierte ihre Schultern. Die hüftlangen rot und blond gesträhnten Locken hingen regungslos herab. Sie wirkte vollkommen ruhig, doch in ihrem Herzen wütete ein Sturm.

Jolina betrachtete das Bild in der dampfenden Sichtschale, das ihr den einen Akkadier zeigte, der wie ein kleiner Bruder für sie war – Roven McRae. In der Umarmung zwischen ihm und der Sterblichen lag so viel Zuneigung, doch er leugnete es vehement. Quälte sich, hielt sich zurück, obwohl er offensichtlich vernarrt in Selene war.

Zwei Wesen liebten sich, also gehörten sie zusammen. Theoretisch konnte es so einfach sein. Jolina kannte die Liebe nur vom Zuschauen, aber sie hatte den Eindruck gewonnen, dass Menschen sie oft unnötig verkomplizierten. Sie stellten sich gegenseitig in Frage – ihre Ehrlichkeit, ihre Loyalität – und versuchten den Partner zu verändern, zu optimieren, anstatt ihn so zu akzeptieren und zu lieben, wie er war. Und genau diese Zweifel, die Erwartungen, dass der Partner die eigenen Fehler ausgleichen möge, führten dazu, dass Liebe scheiterte. Weil sie von schlechten Gefühlen verdrängt wurde.

Roven liebte Selene. Jolina hatte das schon vor langem in ihrem Blut gespürt. Ein leises Flüstern, eine Stimme, die doch keine Worte fand, hatte dieses Schicksal prophezeit. Und so hatte Jolina die beiden zueinander gebracht, in der Hoffnung, Selene würde sein Herz erwärmen. Und er ihr ganzes Leid auffangen und sie tragen können, nicht, weil sie einander brauchten, sondern weil sie zueinander gehörten.

Roven hielt Selene noch immer fest, als in der Luft hinter ihm etwas knisterte. Seine Nackenhaare stellten sich auf, er verspannte sich, wodurch Selene erschrak. Taryk! *Naham* schraubte seinen Adrenalinpegel hoch, nur leider konnte Roven nicht kämpfen und Selene gleichzeitig beschützen.

Bevor ihn das herannahende Schwert von hinten treffen konnte, schnappte er sich Selenes Tasche und verschwand mit ihr nach Avenstone, nahm vor der Treppe Gestalt an und stellte die Tasche ab. Selenes Augenlider zitterten, sie hatte die Brauen zusammengezogen, musste die Gefahr bemerkt haben. Roven strich über ihre Wange und zeichnete ihr Kinn nach. Ihre Mimik entspannte sich, doch als sie aufwachte, langte sie erschrocken nach seinem Arm.

»Hey, alles gut«, beruhigte er sie. »Wir sind zuhause.«

Selene schaute sich um und holte erleichtert Luft. Er ließ sie runter. »Aber sie waren da …« Auf sein Nicken seufzte sie resigniert. »Ich muss umziehen.«

»Hab noch n paar Zimmer frei …«, lächelte er.

Selene legte den Kopf schief. »Aber das ist ja keine Dauerlösung.«

»Hm ...« Warum eigentlich nicht? Er berührte sie an der Schulter. »Alles okay?«

»Soweit …«

»Gut. Ich muss zurück.«

»Nach London?!«

»Ja. Kämpfen.«

Sie stockte. »Ernsthaft?«

»Hast du etwa Angst um mich?«

»Eher … um meine Einrichtung …«

»Du wolltest doch eh umziehen.«

»Das ist nicht lustig!«

Er zwinkerte. »Es ist meine Aufgabe, Taryk zu töten.«

»Aber doch nicht in meiner Wohnung …«

Jetzt legte er den Kopf schief.

Sie verzog den Mund. »Kannst du wenigstens versuchen, nicht alles kaputt zu machen?«

»Ich geb mir Mühe.«

»Danke …«

»Bis gleich …« Der Akkadier löste sich auf und hörte sie noch »Sei vorsichtig!« rufen.

Zurück in ihrem Wohnzimmer, war alles still. Ungewöhnlich, dass Seelenreißer so auffällig in eine Wohnung eindrangen. Das hatte vermutlich mit dem Toten zu tun. Die letzten Bilder, die er an seine Königin übermittelt hatte, mussten interessant gewesen sein. Sollte Selene tatsächlich die Gabe besitzen, Taryk zu killen, war ihr Schutz umso wichtiger.

Über ihm knarrte der Boden. Geräuschlos zog Roven sein Schwert und ging in Angriffsposition, teleportierte sich nach oben und wirbelte die Klinge herum. Er erwischte einen Taryk hinter sich, der stöhnend in die Knie ging und versuchte, sich außer Reichweite zu bringen, doch der Flur war zu schmal und Rovens Schwert schneller. Während der Taryk verpuffte, näherte sich der nächste. Roven wehrte den Schwertangriff ab und stieß den Angreifer mit dem Fuß zurück, folgte ihm mit einem schnellen Schritt und stach geradeaus zu. Der Taryk parierte, doch Roven verkeilte das gegnerische Schwert mit dem eigenen und schlug ihm mit der Faust in die Fratze. Er trat dem Seelenreißer seitlich in die Kniekehle, brachte ihn damit zu Fall und trennte seinen Hals durch. Im gleichen Moment durchbohrte eine Klinge seine linke Schulter. Zähneknirschend schnellte Roven nach vorn und entkam, drehte sich um und –

Vor ihm stand ein riesiges, muskelbepacktes Etwas, das durchscheinende Haut und rotglühende Augen besaß. Am Kopf erkannte er die Schädelknochen und schwarze Linien unter der Haut. Die Gliedmaßen seines Gegners erschienen zu lang, waren trainiert und gleichzeitig knochig. Er hielt sein Schwert geübt in der Hand und grinste, stürzte sich auf den Akkadier und zwang ihn aus seiner Verwunderung. Rovens Arme vibrierten, als er die schweren Angriffe abwehrte. Die Klingen wirbelten durch die Luft und prallten aufeinander, zogen Furchen in die Seitenwände und zerlegten das Treppengeländer. Bilder fielen zu Boden, Glas klirrte. Roven dachte an Selenes Worte, wurde unkonzentriert und musste zurückweichen. Das Schwert krachte neben ihm in die Wand und blieb stecken. Der Akkadier holte aus und wollte zustoßen, da zog der Pisser die Klinge aus der Wand und erwischte Rovens Rippenbogen. Er brüllte vor Wut, sein Gegner lachte. Roven ging in die Offensive, aber keiner seiner Schläge kam durch. Der Sonderling parierte tadellos, als würde er Rovens Kampfstil kennen. Je mehr der Akkadier sich bemühte, desto leichter schien es seinem Gegner zu fallen. Er passte sich an und lernte. Das konnten Taryk nicht. Sie bewegten sich in dem kleinen Kreis, den sie Wissen nannten, und ließen nichts hinein.

Die Klingen schepperten aneinander, da standen sie in einer Pattsituation. Roven kam dem Schädel so nahe, dass er seinen stinkenden Atem spürte. Auch wenn er nicht so aussah – er roch wie ein Taryk.

»Und du sollst ein Gegner für mich sein?«, spottete er.

»Wichser!« Roven stieß ihn zurück und holte aus, wurde geblockt und spürte einen schmerzhaften Tritt zwischen den Beinen. Er musste zurückweichen. Als der nächste Angriff kam, hatte er sein Schwert nicht schnell genug oben. Die feindliche Klinge fuhr quer über seinen Oberkörper und verursachte einen tiefen Cut. Weiße Knochen leuchteten durch das goldene Fleisch.

Entsetzt starrte er seinen Gegner an, der abwertend den Kopf schüttelte. *Naham* brüllte verzweifelt, wollte raus und ihm helfen, aber Roven durfte sich nicht verwandeln. Es war kein Krieg, sondern ein gewöhnlicher Kampf, und er hatte zum ersten Mal in seinem akkadischen Leben gegen einen einzelnen Gegner verloren. Ihm blieb nur die Flucht. Und die Erniedrigung.

Als das Schwert erneut auf ihn zukam, verschwand er.

Selene sah den goldenen Nebel, der Rovens Rückkehr ankündete, und sprang von der Stufe auf. Doch als Roven vor ihr stand, wirkte er wie versteinert, hatte den Blick abgewandt. Er stützte sich auf sein Schwert – Shirt und Ledermantel klafften auseinander und zeigten eine große Wunde. Goldenes Blut tropfte auf den Steinboden.

»Geht's … dir gut?«

Erst reagierte er nicht. Dann richtete er sich auf und holte zischend Luft, schwang sein Schwert in die Höhe und verstaute es in der Halterung am Rücken.

»Roven?«

»Passt schon«, murmelte er. Ohne ein weiteres Wort machte er kehrt und marschierte Richtung Küche.

Selene sah ihm nach. »Ist es schlimm?«

Er winkte ab.

Sie schaute auf die Tasche zu ihren Füßen, schob sie an die Seite und ging ihm hinterher. »Kann ich …« Als sie den Speiseraum erreichte, war er schon weiter in der Küche. Selene folgte ihm in den dunklen Raum und blieb stehen. Das Pendeln der Schwingtür hinter ihr ebbte ab und sperrte das restliche Licht aus. Selene versuchte, in der Dunkelheit etwas zu erkennen. Sie hörte ihn am Tresen vorbeigehen, bis er stehenblieb und die Finsternis mit Stille erfüllte. Selene wurde nervös. Mit ihm in einem dunklen Raum zu sein, war seltsam. Ihr Herz raste. Aber ihre Augen gewöhnten sich ans Dunkel, sodass sie schwache Umrisse erkannte. Roven stand vor dem Kühlschrank, die Hand am Griff, und wartete.

Sie wollte für ihn da sein. »Kann ich —«

»Nein. Geh.«

»Warum?«

»Ich möchte allein sein.«

Sie zögerte. »Wieso?«

Er atmete hörbar ein, seine Schultern hoben sich. »Weil ich es möchte!«, antwortete er gepresst.

»Du bist verletzt.«

»Sag bloß.«

»Was soll das? Warum bist du so zu mir?«

Er drehte sich um, seine Augen wirkten heller. »Ich möchte jetzt verdammt noch mal meine Ruhe haben.«

Sie kniff die Augen wütend zusammen, auch wenn er es nicht sehen konnte. »Und ich möchte verflucht noch mal für dich da sein. Immerhin bist du meinetwegen verletzt!«

»Selene, ich bin fast achthundert Jahre alt. Ich habe schon Schlimmeres überstanden als ein paar Schnitte.«

»Ist mir egal. Ich gehe nicht.«

Er stöhnte genervt und drehte ihr den Rücken zu. »Du gehst

mir auf den Sack!«

Ihr blieb der Mund offenstehen. »Nicht mein Problem!« Selene traute sich zwei Schritte vor, tastete nach dem Barhocker und setzte sich.

Roven gab ein Knurren von sich und öffnete den Kühlschrank, das Licht von innen blendete sie. Selene hielt sich die Hand vor Augen und sah schemenhaft, wie er eine milchige Scheibe aufschob. In dem kleinen Extrafach standen drei Glasflaschen, die mit einer roten Flüssigkeit gefüllt waren. Zielgerichtet nahm Roven eine davon und schloss die Tür wieder. Nachdem er sich umgedreht hatte, schraubte er den Deckel ab und warf ihn auf die Arbeitsplatte. Seine Augen fingen an zu strahlen und beleuchteten den dickflüssigen Inhalt der Flasche. Er trank sie in einem Zug leer und stellte die Flasche auf den Tresen, wischte sich über den Mund und setzte sich Selene gegenüber.

Sie verzog das Gesicht. »Was war das?«

»Blut.« Seine Stimme klang tiefer.

Selene wich zurück und bekam Gänsehaut. »Wie … meinst du das?«

Er schwieg einen Moment. »Du hast mich verstanden.«

In ihrem Kopf spielten sich plötzlich grausame Szenen ab. Sie wusste nicht, was sie sagen sollte, was sie denken sollte. Was war er? Was tat er?

»Schweineblut«, erklärte Roven. Seine Augen wurden wieder dunkler, die Stimme hatte sich normalisiert. Er lehnte sich nach hinten und betätigte einen Schalter unterhalb der Küchenzeile. In den Ecken ging indirekte Beleuchtung an.

Der Akkadier schaute ihr in die Augen und versuchte zu lächeln. »Du gehst mir nicht auf den Sack. Entschuldige …«

Selene wusste immer noch nicht, was sie sagen sollte.

»Ich trinke Blut«, fuhr er fort. »Etwas anderes hält meinen uralten Körper nicht am Leben. Im Kühlschrank steht immer etwas Schweineblut für den Fall der Fälle. Wenn ich verletzt werde, hilft es bei der Heilung.«

Sie nickte langsam.

»Aber … ich trinke auch menschliches Blut.«

Selene schluckte. »Wie …?«

»Ich bringe keine Menschen um. Ich quäle sie nicht. Ich lasse sie nicht in meinem Keller ausbluten oder führe irgendwelche Rituale durch. Nichts dergleichen. Normalerweise betäube ich sie, trinke, verschließe die Wunde und lass sie wieder allein. Sie erinnern sich nicht daran.« Er zuckte mit der Schulter. »Ist ne kleine Opfergabe dafür, dass wir sie beschützen.«

Selene fasste sich an den Hals. »Hast du …?«

»Nein.«

»Ich würde mich eh nicht dran erinnern, oder?«

»In deinem Fall – vermutlich würdest du. Ich kann deinen Kopf nicht so beeinflussen wie bei anderen Menschen.«

»Woher weißt du das?«

»Ich hab's probiert. Damals im Wald, als wir zusammengestoßen sind, … um dir die Angst zu nehmen. Aber ich glaube, es hat nicht geklappt. Zumindest nicht so, wie es sollte.«

Selene ließ die Informationen sacken.

»Möchtest du was trinken?« Er stand auf. Das Wort irritierte sie aufgrund der neuen Erkenntnisse. »Kaffee? Tee?«

»Hättest du n Bier?«

Er grinste. »Klar. Ale?«

»Gerne.«

Er holte zwei Flaschen aus dem Schrank und öffnete sie, stellte eine vor ihr auf den Tisch und hielt ihr seine hin. Selene stieß mit ihm an und nahm einen Schluck. Roven setzte sich wieder und schwenkte die Flasche in der Hand.

Während in Selenes Kopf alles lärmte und durcheinander lief, dehnte sich Stille zwischen ihnen beiden aus. Selene hörte den Kühlschrank summen und Rovens Schluckgeräusche. Er räusperte sich und schaute zur Seite. »Was ist dein Lieblingsfilm?«

»Was?«

»Dein Lieblingsfilm.«

»Mein … Keine Ahnung.«

Er lächelte verkniffen.

Sie holte Luft. »Gibt viele, die ich gut finde.«

»Zum Beispiel?«

»Hm.« Selene dachte nach, ging ihre DVD-Sammlung durch. *Constantin*?«

»Oh, Monster schlachten? Selene, wirklich?! Ich erkenne gewisse Neigungen …«

Sie schmunzelte. »Ich mag auch realistische Filme, so ist das nicht. Aber der ist mir irgendwie grad als erstes in den Sinn gekommen. Keine Ahnung, warum …«

Er nickte. »Tilda Swinton ist ne tolle Schauspielerin.«

»Ja! Keanu auch.«

»Ja, der hat was.«

»Der kann toll gucken …«

»Gucken?«

»Ja. So … bedeutungsschwer. Ich mag das.«

»Mhm.« Roven sah sie an, kniff die Augen etwas zu. Seine Brauen zogen sich zusammen, und er legte den Kopf schief. Für einen Moment flatterte es in Selenes Bauch. Dann musste sie lachen. Und er auch. »So in etwa?«

»Ja …« Sie lachte immer noch.

»Dann hab ich es verstanden.«

»Schön.« Selene schüttelte grinsend den Kopf. »Den Teufel fand ich auch richtig gut!«

»Peter Stormare!«

»Genau. Der ist Klasse … Jetzt du!«

»Was?«

»Ein Film, den du magst.«

»Hm, *Ziemlich Beste Freunde*.«

»Echt?«

»Klar! Ich find's toll, wenn man sich über Behinderte lustig macht.«

Selene blieb der Mund offenstehen. »Das ist n Scherz!«

»Nein! Ich bin ein Arschloch. Ich muss sowas sagen.« Er grinste, trank einen Schluck und zwinkerte ihr zu. »Ich mag den Film wirklich.«

»Okay, aber das zählt nicht. Den Film mag jeder!«

»Was? Ist das dein Ernst?«

»Ja, ich möchte noch einen anderen hören. Oder guckst du nur, was andere gucken?!«

»Bitte, weil *Constantin* ja auch so ein Geheimtipp ist!« Er kam ihr entgegen und erwiderte ihren herausfordernden Blick. »*Der Geschmack von Rost und Knochen.*«

Selene schwieg. Die Aggression in seinem Gesicht wich einem freundlichen Ausdruck. »So heißt der Film?«, fragte sie.

Er nickte.

»Ist das … ein Horrorfilm?«

Roven schmunzelte, zuckte mit der Schulter. »Finde es heraus …« Er lehnte sich selbstgefällig zurück und streckte die Arme aus, zuckte dabei zusammen und fasste sich an die Wunde auf seiner Brust.

»Du hast Schmerzen.« Er winkte ab. »Musst du das nicht verbinden?«

»Nicht unbedingt.«

»Aber es schadet nicht?«

»Nein.«

»Dann los. Ich helf dir!«

Er verzog das Gesicht. »Ich kann das allein.«

»Das weiß ich. Hast du ja fast achthundert Jahre lang geübt. Aber wenn ich hier bin, kann ich mich auch nützlich machen.« Sie stand auf und sah ihn an. »Bitte.«

Roven seufzte und klang dabei sehr alt. »Meinetwegen.«

Zusammen verließen sie die Küche. »Wie spät ist es?«, fragte Selene.

»Bald Mitternacht.«

»Wo sind Adam und Jason um die Zeit?«

»Jason hockt im Keller und macht irgendwas am Computer, das ich nicht verstehe. Und Adam ist vermutlich in seinem Zimmer und schaut eine Quizsendung. Oder liest.« Roven trank einen Schluck, hob Selenes Tasche im Vorbeigehen von der Treppe auf und stöhnte bei der Bewegung.

Sie hielt die Hand auf. »Gib her.«

»Vergiss es!«

»Du bist ein sturer Bock!«

»Danke«, sagte er stolz.

Oben angekommen ging er nach rechts und stellte die Tasche auf einem kleinen Sofa ab, das zwischen zwei Türen an der Wand stand. Das Zimmer daneben war seins. Die Dielen knarrten, als er den Raum betrat. Selene lehnte sich mit ihrem Bier in der Hand gegen den Türrahmen.

Aus dem schwachen Glimmen im Kamin schossen plötzlich Flammen in die Höhe. Das Feuer loderte wie selbstständig auf und brannte, als hätte jemand Holz nachgelegt.

Selene runzelte die Stirn. »Warst du das?«

Er schaute über die Schulter und nickte.

»Du kannst Feuer machen!«, rief sie übertrieben und lachte. »Kannst du auch Erde, Wasser, Wind und Liebe machen? Dann wärst du Captain Planet!«

Er grinste. »Comic-Fan?«

»Nicht wirklich. Aber das ist hängen geblieben …«

Roven stellte sein Bier neben das Foto auf der Kommode, öffnete den Kleiderschrank, dessen Inhalt eher einem Waffenschrank glich, und zog seinen Ledermantel aus. »Ich kann Liebe machen. Reicht das?« Er schaute sie mit einem bedeutungsschweren Blick an.

Selene versuchte sich das Grinsen zu verkneifen. Klappte nicht ganz. »Nicht für Captain Planet«, antwortete sie kopfschüttelnd.

Roven wandte sich wieder dem Mantel zu, begutachtete die Löcher und warf ihn auf den kleinen Sessel neben dem Schrank. »Der ist hinüber.« Er schnallte die Schwerthalterung ab und zog das Eisen aus der Scheide, hängte die Halterung in den Schrank und ging mit dem Schwert ins Badezimmer. Selene schaute um die Ecke, mit einem schwarzen Tuch säuberte er die Spuren.

»Wie oft verletzt du dich so stark?«, fragte sie, als er zurückkam.

»Nicht oft.«

»Was war heute anders?«

Er antwortete nicht, hängte das Schwert in den Schrank und schnallte das Messerhalfter ab, das er um die Brust getragen hatte. Es sah zerschnitten aus und landete ebenfalls auf dem Sessel. Im Schein des Feuers erkannte Selene goldenes Blut an seiner linken Schulter. Und als er sich umdrehte, sah sie den Schnitt quer über seiner Brust, einen weiteren an seinem Rippenbogen. Sie holte erschrocken Luft. Roven schaute hoch. »Sieht schlimmer aus, als es ist.«

»Tatsächlich?« Selene stützte sich vom Türrahmen ab und ging ins Zimmer.

Der Akkadier zog sein T-Shirt über den Kopf und warf es auf den Sessel, kam ihr entgegen und trank einen großen Schluck Bier. Sie gab sich Mühe, ihm ins Gesicht zu gucken, aber beim Anblick seines Oberkörpers fiel das schwer. Roven war ein schöner Mann, hatte breite Schultern, kräftige Arme, einen flachen Bauch.

»Darf ich dich was fragen?«, begann sie.

»Klar.«

»Warum hast du keine Frau?«

Er zog die Augenbrauen zusammen, wirkte irritiert. »Muss ich eine haben?«

Sie lächelte. »Nein, aber du bist ja nun nicht gerade der Hässlichste …«

Er sah ihr lange in die Augen, zuckte mit der Schulter und ging Richtung Bad. »Ich denke, das liegt an den Umständen.«

Selene folgte ihm und beobachtete das Muskelspiel seines Rückens. »Gibt es bei euch keine Frauen?«

»Doch, aber sehr wenige.«

»Mangelware?«

»Genau.« Er stellte das Bier aufs Waschbecken und suchte Verbandszeug aus dem Schubfach.

Selene schaute auf die zerschlagenen Fliesen an der Wand. »Was ist da passiert?«

Roven drehte sich um. »Hm? Ach da … Äh, da saß ne Mücke.«

Sie schmunzelte und stellte ihr Bier neben seines. »Okay …«

Er legte das Verbandszeug ins Waschbecken und packte ein Pflaster aus. Selene wollte ihm helfen, da schlug er es halbherzig auf den Schnitt am Unterarm, sodass es irgendwie in Falten kleben blieb.

»Mach das doch ordentlich …« Sie verkniff sich ein genervtes Ausatmen. »Musst du das nicht desinfizieren?!«

»Nö.« Roven machte es einem nicht gerade leicht, für ihn da zu sein.

Er schnappte sich das nächste Pflaster. Selene zog es ihm aus den Händen. »Gib her, ich mach das.« Sie hörte so etwas wie ein leises Knurren, beachtete es nicht und zog die Schutzstreifen ab. »Heb mal deinen Arm.«

Roven schaute nach unten, atmete den Duft ihrer Haare ein und beobachtete jede Bewegung ihrer Finger. Er hob den linken Arm, sodass dieser über ihrem Kopf schwebte und sie mühelos hätte umarmen können. Der Frust über den verlorenen Kampf verschwand im Hintergrund. Er genoss es, sie so nah bei sich zu haben. Da konnte er selbst die Schmerzen ignorieren.

Mit dem Pflaster in der Hand betrachtete Selene die Wunde. »Ich sollte wenigstens das getrocknete Blut abwaschen.«

»Da hängt ein Waschlappen neben meinem Handtuch.«

Sie drehte sich um, machte den Lappen einhändig nass und tupfte um die Wunde herum. Roven musste schmunzeln.

»Was ist?«

»Schon gut.« Seine Verletzungen waren noch nie so vorsichtig behandelt worden. Es war unnötig, trotzdem fand er es schön.

»Nicht doch lieber desinfizieren?«, fragte sie und schaute unter seinem Arm hoch.

Er schüttelte den Kopf. Sein Blick blieb an ihren Lippen hängen, die sich skeptisch verzogen. Stille dehnte sich aus. Er wollte sie küssen.

Selene schaute wieder auf den Schnitt. »Warum nicht?«

Er holte Luft. »Es kann sich nicht entzünden. Ich bin immun gegen normale Keime.«

Sie nickte verständig, nahm das Pflaster und legte es über die Wunde, drückte es sanft fest und strich noch ein paar Mal drüber. Ein Kribbeln zog durchs Rovens Körper und stachelte *Naham* an.

»Dir scheint das Spaß zu machen«, stellte er fest.

»Ich mach's halt gerne ordentlich.«

»Mhm, ich auch.«

Sie warf ihm einen irritierten Blick zu und schüttelte schmunzelnd den Kopf, fing dann an, den Schnitt über seiner Brust sauber zu tupfen. Selene legte die freie Hand an seinen Rippenbogen. Er verspannte sich, biss die Zähne zusammen und sah im Spiegelbild, wie seine Augen heller wurden.

»Es sieht überhaupt nicht aus wie Blut«, murmelte sie. »Warum ist es golden?«

Roven riss sich zusammen. »Warum ist deins rot?«

»Weil ich rote Blutkörperchen habe.«

»Und ich hab goldene …«

»Hm.« Nach einer Weile hielt sie inne und betrachtete die offene Wunde. »Fast kann ich beobachten, wie es zuwächst.«

Er spürte ihren Atem auf der Haut.

»Wie lange dauert es, bis so was heilt?«

»N halben Tag etwa.«

»Wahnsinn.«

Das dachte er auch. Sie drehte sich zum Waschbecken, um ein großes Pflaster auszupacken. Dabei rutschte sein Blick zu ihrem Hintern. Rein logisch betrachtet, war sie eine ganz normale Frau. Mit eher kleinen Brüsten und einem Knackarsch. Sie sah aus wie viele Frauen und trotzdem war bei ihr alles anders. Alles Verführung. Er ballte seine Hände zu Fäusten, aus Angst, was er sonst mit ihnen tun würde.

Als Selene sich wieder umdrehte, begegnete sie seinem Blick. »Wo hast du hingeschaut?«

»Auf deinen Hintern.«

»W… Und das sagst du einfach so?«

»Klar. Er ist da. Er ist schön. Ich seh ihn mir gerne an.«

Sie wurde knallrot. Ihre Professionalität verschwand. Plötzlich zitterten ihre Hände. Sie starrte auf die Wunde und drehte das Pflaster, bis es passte. Drückte es hastig fest.

»Was stört dich daran?«, fragte er.

Sie sagte nichts. Schüttelte kaum merklich den Kopf. »Ich mag es nicht, wenn man mich verlegen macht.«

»Merk ich mir … Mach ich dann in Zukunft öfter«, grinste er.

Sie seufzte genervt. »Umdrehen!«

»Aye …«

Selene tupfte den letzten Schnitt an seiner Schulter sauber. »Schöne Tätowierung auf deinem Oberarm. Ist das … Ishtar?«

»Nicht ganz …« Das Detail über seine eigene Bestie behielt er noch für sich. Die Infos Bluttrinken und Gestaltwandler teilte er lieber auf zwei Tage auf.

»Der Schnitt hat sie nicht getroffen. Als wäre sie ausgewichen.«

Roven schmunzelte, wie recht sie hatte. Plötzlich spürte er eine Berührung auf der Tätowierung und erstarrte, presste die Lippen aufeinander und kniff die Augen zu. Selenes Finger streichelten *Nahams* Linien und Roven fühlte es, als würde sie seinen Körper der Länge nach berühren. Er wurde augenblicklich hart, seine Vernunft verschwand irgendwohin außerhalb dieses Raumes. Er wollte Selene packen und gegen die nächste Wand drücken. Bereitwillig warf sich *Naham* auf den Rücken und lechzte danach, gekrault zu werden.

»Die Farben sind wunderschön …«, murmelte sie. Ihre Hand verschwand, wenig später platzierte sie das Pflaster. »Fertig.«

Er drehte sich zu ihr, sah ihr in die Augen und bekam kaum noch Luft. Selene wich eine Winzigkeit zurück, die er sofort aufholte. Ihre Hände legten sich wie automatisch an seine Brust, ihr Blick huschte zwischen seinen Augen hin und her.

»Deine Augen leuchten«, hauchte sie.

»Ich weiß!«

»Heißt das, … du bist wütend?«

»Nein.«

Mit letzter Beherrschung umfasste er vorsichtig ihr Gesicht und zog sie heran, beugte sich hinab und küsste sie. Langsam.

Zärtlich. Sie zitterte unter ihm. Er riss sich zusammen, ohne zu wissen, wie ihm das gelang. Sein Kuss wurde fester, er drängte sich ihr entgegen und sie stieß mit dem Hintern gegen das Waschbecken, gab ein Seufzen von sich.

Roven riss sich los, traute sich selbst nicht über den Weg. Er bezweifelte, dass sein kaltes Herz zu echter Hingabe fähig war und hatte Angst davor, der Gier zu verfallen und Selene wehzutun. Er schaute sie schwer atmend an. Ihr Brustkorb hob und senkte sich, sie blinzelte ein paar Mal, kam dann auf ihn zu, nahm sein Gesicht zwischen ihre kleinen Hände und legte ihre Lippen auf seine. Beinahe in Zeitlupe. Immer wieder, bis sie ihre Lippen gleichzeitig öffneten. Selenes Zunge berührte seine und ihr Geschmack flutete seine Sinne. Ihr Duft, ihre Wärme. Er umarmte ihren schlanken Körper, eine Hand hielt ihren Rücken, die andere schob er in die dunklen Wellen ihrer Haare, umfasste den Nacken und bog ihren Kopf zur Seite. Sie stöhnte leise, biss in seine Unterlippe und ließ seine Knie weich werden. *Naham* schnurrte voller Wonne. Ohne es verhindern zu können, verlängerten sich Rovens Fangzähne. Vorsichtig fuhr er mit der Zunge über Selenes Lippen und kniff mit den Schneidezähnen leicht hinein. Ihr Mund verzog sich zu einem Lächeln. Er öffnete die Augen, fand ihr Gesicht hell erleuchtet und begegnete ihrem Blick. Sie lächelte noch mehr.

»Ich steh auf deine Lippen«, flüsterte er.

Zur Antwort küsste sie ihn innig. Roven streichelte ihren Nacken, seine andere Hand rutschte eine Winzigkeit nach unten. Er versuchte, seine Fänge vor ihrer Zunge zu verbergen. Doch Selene fuhr plötzlich an einer rasiermesserscharfen Spitze entlang und zog sich einen winzigen Schnitt zu. Die Nuance ihres Blutes reizte seine Nerven und lockte *Naham* ans Licht. Sein Griff wurde unabsichtlich fester, sodass Selene erschrocken stöhnte. *Nahams* Hunger wuchs und plötzlich packte ihn die Bestie, zog seinen Mund von Selenes Lippen weg und lenkte ihn zu ihrem Hals.

»Nein!« Roven stieß Selene unsanft von sich und wich nach hinten zurück, brachte so viel Abstand zwischen sie, wie in dem kleinen Raum möglich war. »Göttin! Du machst mich wahnsinnig! Ich will doch nicht …« Seine Stimme glich einem heiseren Knurren und seine Fänge hatten sich so weit verlängert, dass ihm das Sprechen schwerfiel.

Selene hielt sich am Waschbecken fest und schaute ihn erschrocken an. »Was ist? Deine … Zähne …« Sie berührte ihren Mund. »Blutet meine Zunge?«

Monster!

»Ich wollte dich nicht verletzen …«, murmelte er. »Das war keine Absicht.«

Sie war wie erstarrt, brachte kein Wort heraus und schaute sich hilflos um.

Roven drehte sich weg und wollte sich beruhigen, barg sein Gesicht in den Händen. Es war zu viel. Je mehr er versuchte, *Naham* zu kontrollieren, desto schwieriger machte sie es ihm.

»Ich … Ich muss …« Er hörte Selenes Schritte auf den Fliesen. »Entschuldige«, stammelte sie und verließ das Bad, durchquerte sein Zimmer und lief nach draußen. Sie schloss die Tür hinter sich und sperrte ihn weg.

Dreizehn

Selene hetzte den Flur entlang und rannte die Treppe hinunter, steuerte auf das Eingangstor zu und drückte die schwere Klinke nach unten. Mit einem tiefen Atemzug trat sie in die Nacht hinaus, blieb an Ort und Stelle stehen und versuchte, nicht in Panik zu geraten. Sie war fremd hier, kannte niemanden, wusste keinen Rückzugsort. Zitternd holte sie ihr Handy aus der Hosentasche – kein Empfang. Sie ging zwei Schritte vorwärts und begriff, dass es aussichtslos war, die Flucht zu ergreifen.

Roven hatte ihr nicht wehgetan. Es war ein Versehen. Und sie glaubte ihm. Irgendwie. Der Kuss war freiwillig geschehen. *Sie* hatte sich darauf eingelassen, wohl wissend, was er war. Obwohl – so genau wusste sie es nicht. Sie kannte ein nur paar Fakten. Sie fühlte sich von ihm angezogen, was bei seinem Äußeren keine Überraschung war. Wer wusste, wie viele Frauen er pro Woche beglückte. Selene holte noch mal Luft. *Beruhige dich.* Hirngespinste halfen ihr nicht weiter. Er hatte sie gerettet. Er hatte sie gehalten. Er war für sie da. Uneigennützig. Es gab nichts, was sie ihm vorwerfen könnte. Außer, dass sie ihn mochte.

Die Erinnerung an seine Berührung holte sie ein. Sie spürte seine Hände auf ihrem Körper, seinen Mund auf ihrem. Seine

Wärme, seinen Geschmack. Ihre Gefühle übermannten sie. Sie war hin- und hergerissen … Er war kein Mensch. Und sie gehörte nicht hierher. Was sie fühlte, konnte nicht richtig sein.

»Hey … Willst du ne Jacke haben?«

Selene drehte sich um und wischte mit der Hand über ihre feuchten Augen, als sie Jason im Türrahmen stehen sah. Er wirkte winzig darin. Erst jetzt bemerkte sie, wie hoch diese Türen waren.

»Alles okay?«

Sie schüttelte den Kopf, zuckte mit den Schultern. »Keine Ahnung.«

Zögerlich kam er einen Schritt nach draußen. »Es ist arsch-kalt.« Er rieb sich die Arme. »Wo willst du denn nur hin?«

»Jetzt gerade? Am liebsten weg. Aber ich weiß nicht, wohin …«

Jason sah sie traurig an. »Seid ihr … aneinandergeraten?«

»Könnte man so sagen.« Sie fror immer mehr und fing an, un-kontrolliert zu zittern.

»Er würde dir nichts tun«, sagte Jason sicher.

»Ich weiß, aber … Es ist …« Sie brach ab.

»Komm rein«, bat er. »Du holst dir ja den Tod. Und ich mir auch …«

Selene gab auf. Sie würde ja doch nicht wegkommen. Zitternd ging sie zu Jason und an ihm vorbei wieder ins Innere der Burg. Warf einen flüchtigen Blick die Treppe hinauf.

»Er ist im Keller«, murmelte Jason. »Hat mich gebeten, dir dein Zimmer zu zeigen.«

Selene nickte stumm und folgte ihm die Treppe hoch. Er nahm ihre Tasche, öffnete die Tür neben Rovens und verschwand im dunklen Raum. Kurz später knipste er eine kleine grüne Nacht-tischlampe an. Das Zimmer erstreckte sich nach links, spiegel-verkehrt zu Rovens. Bett und Schrank standen an der gleichen Stelle. Die Möbel waren ebenfalls alt, aber schlichter als Rovens. Die Wände creme, der Fußboden aus dem gleichen Holz wie die restliche Etage. Stützpfeiler teilten den Raum. Der Kamin befand sich in derselben Ecke wie Rovens. Vermutlich teilten sie sich einen Abzug. Jason machte Feuer an.

Selene setzte sich aufs Bett und schaute sich um.

Als die Stille von einem Knistern erfüllt wurde, stand Jason auf und sah sie an. »Ist es okay?«

»Natürlich.« Was sollte sie sagen?

Er setzte sich zu ihr, verschränkte die Finger ineinander und presste die Lippen aufeinander. »Ich weiß, das ist alles kacke. Ich wünschte, ich wüsste, wie ich es dir erleichtern könnte. Ich bin damit aufgewachsen. Für mich gab es nie eine andere Realität. Roven ist wie mein großer Bruder. Ein sehr sehr alter Bruder. Er hat ein gutes Herz. Aber er mag Menschen nicht besonders. Nimm es ihm nicht übel, wenn er sich danebenbenimmt. Er kommt aus einer anderen Zeit und gehört nicht zu den Typen, die sich gerne anpassen. Er ist, wie er ist. Und ich liebe das an ihm.«

»Das ist es nicht …«

»Nicht?«

»Nein … Es ist … alles auf einmal.« Selene holte Luft. »Freitag wurde meine Mum beerdigt. Sie war meine letzte Verwandte. Ich habe niemanden außer einer guten Freundin. Und jetzt habe ich nicht mal die, weil sie meilenweit weg ist. Meine Wohnung ist nicht mehr sicher. Mein ganzes Leben hat sich innerhalb der letzten Tage aufgelöst. Als hätte es nie etwas bedeutet. Nichts ist übrig. Außer zwei Bildern und den Sachen, die ich retten konnte.«

»Tut mir leid. Mit deiner Mum.«

»Danke …«

»Jetzt hast du erst mal uns.« Jason lächelte mit hochgezogenen Augenbrauen.

»Für wie lange?«

Sein Lächeln wurde kleiner. »Keine Ahnung.«

»Was ist mit meiner Arbeit? Ich meine, nicht, dass ich mich darum reiße. Mein Chef ist ein Choleriker. Trotzdem.«

»Bleibste halt hier«, versuchte er es erneut.

Selene lächelte milde.

»Mach dir nicht so viele Gedanken. Pläne gehen sowieso nie auf. Sagt Grandpa immer … Und gerade im Augenblick kannst du eh nicht viel machen. Ich muss herausfinden, was mit dir los ist. Und dann sehen wir weiter.« Er schwieg einen Moment. »Sagt sich so leicht …«

Sie nickte.

»Hey, Roven ist jagen gegangen. Willst du mit in den Keller kommen?«

Selene machte große Augen. »In den Keller?! Weißt du, wie das klingt?«

»Da, äh, ist mein Büro. Im Keller. Was denkst du denn?«

Sie schmunzelte. »Warum denn im Keller? Gab's keins mit Fenster?«

»Nein. Selbst wenn ich ein Fenster hätte, wären die Rollläden den ganzen Tag unten, damit mein Meister mich tagsüber jederzeit nerven kann.«

Selene runzelte die Stirn und erinnerte sich an die Verletzungen in Rovens Gesicht. »Kann Roven nicht ins Sonnenlicht?«

Jason stutzte. »Nee? … Hat er mit dir noch nicht darüber gesprochen?«

Sie schüttelte den Kopf.

»Nein, kann er nicht. Aber warum, erzählt er dir besser.«

»Hm … Und du? Gehst du auch mal raus?«

»Du meinst, so wie du eben? Drei Schritte vor die Tür?!« Er schüttelte entsetzt den Kopf. »Bist du verrückt? Viel zu viel frische Luft.«

Sie lächelte. »Und was machen wir in deinem Keller?«

»Keine Ahnung. Schlafen kannst du eh nicht, oder?« Sie nickte resigniert. »Dann kannst du mir ebenso gut Gesellschaft leisten! Kriegst auch n Tee.«

Auf dem Weg zur Küche zeigte Jason Selene die Bibliothek im Erdgeschoss. Ein Versuch, sie etwas aufzumuntern, der funktionierte.

»Das ist ja der Wahnsinn!«, flüsterte sie, als sie an den deckenhohen Bücherregalen entlangging.

»Wenn du das sagst … Ich bin eher der Technik-Nerd. Papier

macht mir Angst. Es ist so … dauerhaft. Man kann die Texte nicht einfach löschen. Sie stehen schwarz auf weiß auf dem Papier. Für immer.«

Selene sah ihn an. »Bis man sie zum Beispiel verbrennt.«

»Ja. Genau wie Hexen. Siehst du, gruselig!« Sie schüttelte irritiert den Kopf. »Die meisten Bücher gehören Roven«, sprach er weiter. »Ein paar Grandpa. Nimm dir eins mit, wenn du magst.«

»Wirklich?«

»Na klar!«

»Oh warte!«, rief sie aufgeregt. »Ich äh … muss erst mal gucken … Äh … Also, eigentlich lese ich gerade *Owen Meany*, aber irgendwie komme ich da nicht weiter.« Sie fuhr mit dem Finger über die Buchrücken und ging weiter. »Oh«, sagte sie schließlich und zog eins vorsichtig heraus. »Das wollte ich schon ewig lesen!« Sie strahlte Jason an und kam eilig auf ihn zu, hielt es ihm vor die Nase.

Der alte Mann und das Meer von Ernest Hemmingway. »Hey, das könnte von Roven handeln«, lachte er. Selene schlug es ihm angedeutet ins Gesicht, und er zog den Kopf ein. »Magst einen Tee?«

»Sehr gerne.« Sie folgte ihm und wendete das Buch in der Hand, grinste vor sich her. Jason war stolz auf sich.

In der Küche nahm er eine Flasche Milch aus dem Kühlschrank und goss Selenes Tee auf, stellte alles auf ein Silbertablett, wie Grandpa es ihm beigebracht hatte, und bat sie, ihm zu folgen.

»Welche Räume verstecken sich hier noch so?«

»Also die Sauna und das Schwimmbad sind aufm Dach. Der Tennisplatz draußen. Und äh –«

»Sehr witzig«, fiel sie ihm ins Wort.

»Na gut, die kleine Trainingshalle kennst du ja. Hier links neben der Treppe geht's in den Gruselkeller, rechts, wie du nun weißt, in die Bibliothek. Daneben befindet sich ein kleines Heimkino. Das war meine Idee. Aber mittlerweile liebt Roven die Playstation genauso wie ich! Ansonsten haben wir hinten nen kleinen Garten dran, für die, die gerne frische Luft schnappen. Und etwa hunderttausend Hektar schottische Landschaft in Pracht und Blüte, unbewohnt und naturbelassen um uns herum.«

»Wo ist dein Zimmer?«

»Oben links. Am Ende des Flures. Die anderen Zimmer sind möbliert, aber ungenutzt.«

»Wie lange lebt Roven schon hier?«

Jason überlegte und pustete die angehaltene Luft aus. »Ich weiß gar nicht. Etwa hundert Jahre. Er hat die Burg gekauft, restaurieren lassen und ist eingezogen.«

»Und davor?«, fragte Selene und nahm ihm das Tablett ab, damit er die Kellertür öffnen konnte.

»Ist er durch die Gegend gezogen«, antwortete er schulterzuckend und ging voraus die Steintreppen hinunter.

»Ohne Zuhause?«

»Jupp.« Ihre Stimmen hallten an den Mauern entlang.

»Wow, das ist wirklich ein Keller.«

Jason lachte und scherte nach rechts Richtung Bürotür.

»Es riecht modrig.«

»Ja, die Kerkerzellen liegen in der anderen Richtung. Die gehen ziemlich tief ins Erdreich hinein.«

»O-kay … Ein Kerker, warum nicht?! Ich dachte, die Räume wären ausgebaut …?«

»Kommt gleich.« Jason öffnete die schwere Stahltür und hielt sie für Selene auf. Dahinter erstrahlte das moderne Büro – etwa fünfzig Quadratmeter Hightech. Obwohl *erstrahlen* übertrieben war. Jason hatte nur die kleine Schreibtischlampe an.

Zwischen mit Sandstein verkleideten Wänden befanden sich zwei gegenüberliegende Arbeitsplätze – der größere davon gehörte Jason, der andere blieb meist ungenutzt – und dahinter ein Konferenztisch für acht Personen, ebenfalls ungenutzt. An den Wänden standen Aktenschränke, in die Jason noch nie – wirklich *nie!* – hineingeschaut hatte. Er wusste weder, was, noch ob überhaupt etwas drin war. Wenn, dann vermutlich Rovens Steuererklärungen.

Unter dem anthrazitgrauen Marmorboden befand sich eine

Fußbodenheizung. Die hatte Jason sich gewünscht, als das Büro vor knapp zehn Jahren ausgebaut worden war. Licht erzeugten zwei fensterähnliche Erker in den Wänden, die indirekt leuchteten und eine tageslichtähnliche Atmosphäre schafften. Nachts aber hatte Jason nur die Schreibtischlampe an. Er nahm Selene das Tablett ab und stellte es auf seinen Platz.

»Und?«, fragte er. »Cool, oder?«

»Mehr als das.« Sie sah sich um. »Richtig cool!«

Er zog ihr den zweiten Bürostuhl heran. »Setz dich!«

»Danke!« Sie nahm Platz. »Die Wände sind schön. Die Möbel auch. Hell und freundlich. Und so modern!«

»Ja, hab ich mir so gewünscht. Und Roven war's egal, weil's eh nicht sein Bereich ist.« Jason zog seine Schuhe unter dem Schreibtisch aus und genoss die Wärme von unten.

»Aber warum im Keller?«

»Wo sonst? Du kannst doch ein Superheldenbüro nicht neben seinem Schlafzimmer bauen. Das *muss* in den Keller!«

»Aha …« Selene schmunzelte. »Siehst du ihn so? Als Helden?«

Jason dachte darüber nach. »Er ist selbstlos, loyal und nur wegen seiner Aufgabe da. Alles andere ist unwichtig.«

»Du sagtest, er mag die Menschen nicht.«

»Stimmt. Er hält nicht viel von der heutigen Gesellschaft. Keine Werte, keine Bescheidenheit, nur Konsum. Deswegen rettet er trotzdem jeden und riskiert sein Leben. Weil er ein Akkadier und das seine Aufgabe ist.«

»Was ist mit dem Trinken?«

Jason sah sie an. »Ach, *das* hat er dir erzählt?«

Sie nickte.

»Tja, gehört dazu. Er bringt sie ja nicht um.«

»Ist da schon mal was schiefgegangen?«

»Nein! Noch nie. Wenn bei einem Akkadier etwas *schiefgeht*, wird er aus dem Verkehr gezogen. Für immer.«

»Oh …«

»Mhm …« Jason bewegte die Maus, um den Monitor zu starten und öffnete die Datenbanken der Akkadier. Die gab es erst, seitdem er sie angelegt hatte. In den letzten Jahren hatten sich viele – zumindest die technikaffinen – Akkadier daran beteiligt und ihr Wissen in die Datenbanken eingetragen. »Lass uns mal schauen, ob es schon mal so einen Fall wie dich gab.«

Nach einem langen Morgen voll von Gewalt und Tod kehrte Roven nach Hause zurück – müde, aber nicht ruhiger. Er hatte unzählige Taryk aufgespürt, verhört und geviertelt, doch nichts über Lennart herausgefunden. Der andersartige Seelenreißer war auch nicht aufgetaucht. Vielleicht besser so, auch wenn Roven sich das ungern eingestand. Er hatte keine Angst vor dem Tod, aber er war zu stolz, um eine Niederlage als Erfahrung wegzustecken.

Schweren Schrittes nahm er die Stufen aufwärts. Schwefelgestank klebte an ihm. Obwohl seine Hände sauber aussahen, schienen sie vor Teer zu triefen. Manchmal war ihm dieser ganze Dreck zu viel. Der Tod, die Gewalt, alles Hässliche. Blieb wenig Zeit für Angenehmes. Wenn einem nichts Bestimmtes fehlte, war das okay. Heute aber hatte er während seiner Jagd nur an Selene gedacht. Und sie vermisst. Die Vorstellung, dass sie hier wartete, wenn er heimkehrte, hatte ihn motiviert. Nach Hause zu kommen, war anders als sonst. Nicht ganz so finster. Es gab ein kleines Licht in seiner Burg und Roven sehnte sich danach. *Naham* vielleicht sogar noch mehr als er. Doch im Vergleich zu Roven hatte sie eine andere Vorstellung von *angenehmen Dingen*. Er freute sich auf ein Gespräch mit Selene, seine Bestie dachte an nackte Tatsachen. Und ein bisschen Blut ... Aber ein bisschen war besser als viel Blut.

Der Akkadier blieb vor Selenes Tür stehen und lauschte. Sie war nicht in ihrem Zimmer. Roven wurde unruhig, wollte die Burg zusammenbrüllen, ließ es bleiben und ging stattdessen duschen. Selene musste hier irgendwo sein. Er spürte ihre Anwesenheit. Also erst mal den Geruch nach Verwesung vom Körper waschen.

In Jogginghose und T-Shirt verließ er barfuß sein Zimmer. Sie war nach wie vor nicht in ihrem. Er öffnete die Tür und schaute hinein – die Nachttischlampe war an, ihre Tasche stand auf dem unbenutzten Bett. Roven betrachtete die Szene einen Moment lang und schloss die Tür dann leise. Er ging durch den Flur und die Treppe hinab. Die Fenster unten gewährten ihm einen Blick auf den nahenden Tag. In der Ferne zeichnete sich der Horizont in gelblichem Nebel ab. Die Zeit kurz vor Sonnenaufgang hatte er immer geliebt. Sie war frei von Kämpfen. Menschen. Lärm. Sie war friedlich und still und gehörte der Natur.

Mit einem Klicken entriegelte der Mechanismus der Rollläden. Ratternd fuhren sie nach unten und sperrten den Tag aus. Fast gleichzeitig begann es in seinem Körper zu kribbeln, heute stärker als sonst. *Naham* war tagsüber immer wacher als in der Nacht. Diese Zeit gehörte ihr. Sie erinnerte ihn daran, dass sie da war – als könnte er das vergessen – und Roven erinnerte sie daran, dass *er* die Kontrolle über seinen Körper besaß. Manchmal akzeptierte sie schnell und summte in seinem Inneren friedlich vor sich her, als würde sie im Schlaf schnurren. Manchmal tigerte sie den ganzen Tag hin und her und kämpfte gegen Roven an. Heute zum Beispiel, das versicherte sie ihm schon jetzt.

Er ging an der Treppe vorbei zur Kellertür, folgte den Stufen nach unten und scherte nach rechts zum Büro. Es war ungewöhnlich ruhig. Roven nahm Selenes Duft wahr. *Naham* blieb stehen und wartete. Er öffnete die Bürotür und atmete den sanften Geruch der Heilung ein. Zuhause.

Jason klickerte auf der Tastatur rum – seit Ewigkeiten ohne Musik im Hintergrund. Er bemerkte Roven trotzdem nicht, war zu vertieft. Und Selene saß neben ihm im zweiten Bürostuhl, die Beine angezogen. Ihr Kopf ruhte schräg an der Lehne. Roven ging leise um beide herum. Als Jason ihn entdeckte, hob er den Zeigefinger an die Lippen. Roven musste lächeln, als er Selene ansah. Sie war in einer ziemlich unbequemen Position eingeschlafen und hielt ein Buch in den Händen. Roven las den Titel: *Der alte Mann und das Meer.*

»Ich hab ihr gesagt, es handelt von dir«, flüsterte Jason und grinste.

Roven schüttelte amüsiert den Kopf. »Sehr weit scheint sie

nicht gekommen zu sein«, antwortete er ebenfalls flüsternd.

»Nein. Du bist ja auch ein langweiliges Thema!« Jason lachte tonlos und tat so, als würde er sich vor Gelächter mit der Hand auf den Oberschenkel schlagen.

»Und du bist n Idiot!«, rief Roven leise.

»Ich weiß!« Jason winkte grinsend ab. »Ich hab übrigens nichts über sie herausgefunden.«

»Hm.« Roven nickte. »Gar nichts?«

»Keine vergleichbaren Fälle. Keine Hinweise auf Verwandte mit der Anomalie. Zumindest nicht in den Datenbanken.«

»Mist.«

»Ja.« Der Junge drehte sich vom Bildschirm weg und sah ihn an. »Alles Käse. Frag doch mal Jolina.«

»Vielleicht. Ich muss mal sehen.«

»Mhm.« Nach einer Pause fragte er flüsternd: »Bringst du sie ins Bett?«

»Ja …«

»Aber leise! Und vorsichtig! Hörst du?«

Roven zeigte ihm den Mittelfinger.

»Ich dich auch!«, antwortete der Junge und spitzte die Lippen wie zu einem Kuss.

Der Akkadier zog ihr das Buch aus den Händen und legte es beiseite, schob seine Arme unter den federleichten Körper und hob sie hoch.

Jason sah ihn an, als überlegte er etwas. »Ich finde sie sehr nett«, flüsterte er schließlich.

Roven nickte nur. Ein *ich auch* wäre ihm zu wenig an dieser Stelle. Ein *ich würde sie gern fressen* eher zu viel.

»Geht's dir gut?«, fragte Jason.

Er dachte an seinen Auftritt vorhin. »Ja, alles okay.«

»Sicher. Mir brauchst du es ja auch nicht sagen …«

Roven stutzte. »Willst du mir jetzt ne Szene machen?«

»Nein, Mann. Passt schon.«

»Jason!«, brüllte er flüsternd.

Der Junge zuckte zusammen und schaute ihn zerknirscht an.

»Es ist alles okay«, wiederholte Roven ruhiger.

»Na, dann ist ja alles okay …« Jason klang noch immer beleidigt.

Der Akkadier teleportierte sich. Er hatte Jason noch nie aus seinen Gedanken ausgeschlossen, weil es bislang nichts gegeben hatte, das ihn selbst so überforderte wie die Sache mit Selene. Aber solange er nicht wusste, wie er damit umgehen sollte, wollte er auch nicht darüber sprechen.

Er nahm neben Selenes Bett Gestalt an und betrachtete ihr schlafendes Gesicht. »Was mach ich nur mit dir«, fragte er leise und zog sie noch etwas enger an sich. Sie würde nach der Teleportation eh nicht gleich aufwachen. Jetzt wo er sie bei sich hatte, wurde er ruhiger. *Naham* allerdings drehte mit jeder Minute mehr auf, kratzte von innen an seiner Haut. Mit geschlossenen Augen atmete er Selenes Duft ein, diese Mischung aus Milch und bitterem Honig. Bei ihrer ersten Begegnung im Wald war ihr Körper trotz der Anstrengung kühl gewesen, als wäre sie krank. Jetzt strahlte sie eine innere Hitze aus und je näher sie beide sich waren, desto heller leuchtete sie. Roven biss die Zähne zusammen und verkrampfte, als *Naham* ihm Adrenalin durch den Körper schickte. Er wusste nicht, wie lange er das aushalten würde. Zum ersten Mal hatte er Selene tagsüber in seiner Nähe, und seine Bestie brachte ihn schon jetzt gefährlich nahe an den Abgrund. Aber er wollte noch einen Moment genießen, blendete den inneren Kampf aus und genoss die Stille des Augenblicks. Er lauschte ihrem Atem, ihrem ruhigen Herzschlag, dem Rascheln ihrer Kleidung. Betrachtete die dunklen Wimpern, die schlanke Nase, die Lippen. Sie flüsterte ganz leise.

Selene spürte warmes Wasser, das langsam an ihr vorbeizog. Schläfrig öffnete sie die Augen, blieb mit Nase und Mund unter Wasser. Sie musste keine Luft holen, schwamm Zug um Zug und spürte das Streicheln auf ihrer Haut. Sie glitt über die türkisfarbene Oberfläche und beobachtete die kleinen Wellen, die sie vor sich herschob. Alles Ferne verschwand im Nebel, der träge übers Wasser glitt. Beim nächs-

ten Zug tauchte sie unter. Das Wasser verschloss ihre Ohren und ihre Bewegungen erzeugten ein dumpfes Rauschen. Schwerelos glitt sie vorwärts, drehte sich auf den Rücken und schwamm mit dem Gesicht unter der Wasseroberfläche, auf der sich das Licht spiegelte. Die hellen Punkte flackerten und tanzten. Selene schloss die Augen, tauchte wieder auf und näherte sich mit leisem Plätschern dem Ufer, wo sie die Umrisse eines Mannes erkannte. Sie wurde langsamer, spürte Sand unter den Füßen und ging auf ihn zu. Seine Haut glänzte metallisch und die Augen strahlten hell wie der Himmel.

Roven war nackt und stand ab der Hüfte abwärts im Wasser. Als Selene auf ihn zuging, umhüllte der Dunst ihre Haut wie ein Kleid. Der Akkadier betrachtete sie und legte den Kopf schief. Sein Blick begegnete ihrem. Er öffnete den Mund und entblößte ausgefahrene Fänge. Selene blieb einen Schritt von ihm entfernt stehen. Der Nebel hüllte beide ein. Sehnsüchtig hob sie ihre Hand, streckte die Finger nach seiner Brust aus. Verweilte einen Moment, nur Millimeter trennten sie. Sie spürte die Wärme seiner Haut in der Luft und atmete den herben Duft ein. Roven hob die Hand an ihr Gesicht. Selene schloss die Augen, lächelte. Doch bevor sie sich berühren konnten, ertönte ein ohrenbetäubender Knall und mit ihm schoss das Wasser zwischen ihnen hoch, warf Selene zurück in den See und tauchte sie unter.

Roven legte sie behutsam ins Bett und strich ihr das Haar aus dem Gesicht. Beim Weggehen ergriff sie seine Hand. Stirnrunzelnd sah er sie an. Selene hatte die Augen halb geöffnet. Sie murmelte ein leises »Gute Nacht« und drückte seine Finger kurz.

Der Akkadier nickte mit zusammengezogenen Augenbrauen. »Schlaf gut«, antwortete er heiser, war innerlich vollkommen aufgewühlt und versuchte, sich nichts anmerken zu lassen.

»Legst du dich auch hin?«

»Ja.« Er hielt ihre Hand weiter fest.

»Dann … schlaf du auch gut …« Sie lächelte müde. Er hatte in seinem Leben nie etwas Schöneres gesehen.

Roven nickte. Mehr gelang ihm nicht. Er streichelte mit dem

Daumen über ihren Handrücken und verließ sie. Musste dringend schlafen. Nicht mit Selene, sondern allein. Auch wenn er immer seltener wusste, warum.

Naham sehnte sich nach Heimat und schickte Roven in seinem Traum ins Götterreich.

Der Akkadier saß in Schlafshorts auf dem Marmorboden der weiten Säulenhalle in Ishtars Tempel, hob einen kleinen Kiesel auf und zielte auf einen zweiten, der knapp zehn Meter entfernt lag. Er ließ sich Zeit, visierte sein Ziel in aller Ruhe an. Der Stein schimmerte im Morgenlicht, kleine Staubpartikel lagen auf der Oberfläche. Roven hielt die Luft an, warf gekonnt und traf. Die Steine flogen in zwei Richtungen auseinander.

»Warum wirkst du hier immer so viel freier als auf Erden?«

Roven sah auf und entdeckte Jolina am anderen Ende der Halle. Sie war gerade durch den vorderen Flur hereingekommen, trug eine weißgoldene Robe und kam lächelnd auf ihn zu. Das offene Haar umschmeichelte ihren Körper wie Feuer. Roven dachte an den Moment, als er sie kennengelernt hatte. Damals hatte er seine erste Nacht zusammen mit der Bestie überstanden und sich übermächtig gefühlt. Und Jolina hatte ihn an diesem Tag nach Enûma *geholt und ihm den ganzen akkadischen Krempel erklärt. Ihre Schönheit war auch heute elysisch. Roven stand auf und ging ihr entgegen.*

»Hi Linchen!« Als sie vor ihm stand, öffnete er die Arme.

Sie schaute ihn betreten an.

»Ja, ich weiß«, sagte er und ließ die Arme sinken. »Keine Knuddeleien mit den Halbgöttern.« Es wurde von der Obrigkeit nicht gewünscht, dass die Akkadier mit ihren Ahnen ein zu enges Verhältnis führten. Nichtsdestotrotz hatten Roven und Jolina über die Jahrhunderte eine innige Freundschaft aufgebaut. »Dann gib mir wenigstens nen Check.« Er hielt ihr die Faust hin.

Sie stieß schmunzelnd mit ihrer dagegen. »Das ist albern.«

»Nein, das ist cool. Hab ich von Jason!« Er lachte.

»Was machst du hier?«, fragte sie.

»Keine Ahnung. Was mache ich hier? Ich dachte, du hast mich hergeholt.« Für Jolina war es der einfachste Weg der Kommunikation,

Roven in seinen Träumen zu besuchen. Es sparte Zeit und war un-gefährlich.

»Ich glaube nicht.« Sie überlegte. »Wie geht es dir?«

Er holte einmal Luft und dachte kurz darüber nach. »Ganz gut.«

»Was beschäftigt dich?«

»Das weißt du doch, oder?«

»Nicht direkt. Erzähl es mir«, bat sie und führte ihn zu den Fenstern. Sie setzte sich auf einen Sims und deutete Roven, neben ihr Platz zu nehmen.

»Na ja, da … ist dieses Mädchen … Sie wohnt jetzt bei mir. Und ich … mag sie ziemlich.« Roven amtete auf. »Komisch, wenn ich bei dir bin, fühlt sich alles leichter an.«

»Das liegt an diesem Ort. Du bist hier zu Hause, in deiner Hei-mat, ohne jegliche Verantwortung. Hier darfst du einfach nur sein.«

»Hm …« Er betrachtete seine Hände.

»Du magst sie?«

»Ja. Mehr als das. Aber sie ist ein Mensch.«

Jolina holte erschrocken Luft und hielt sich die Hand vor den Mund. »Roven! Nicht doch! Ein Mensch?!«

Er runzelte die Stirn. »Verarschst du mich grad?«

Sie grinste. »Ein bisschen.«

»Das ist nicht lustig.«

Zärtlich streichelte sie seine Wange. »Wenn du dich in einen Taryk verguckt hättest, würde ich mir Gedanken machen. Bei einem Men-schen ist es, denke ich, okay.«

»Das kann doch gar nichts werden«, murmelte er.

»Warum nicht?«

»Na zum Beispiel, weil sie vor mir stirbt. Oder ich sie sogar selbst umbringe!«

»Roven, jetzt bleib mal auf dem Teppich. Du sollst sie ja nicht gleich heiraten. Du magst sie und sie dich womöglich auch. Also genießt die Zeit zusammen. Wenn ihr das beide möchtet, wird sich ein Weg finden. Wer weiß, vielleicht wirst du morgen von einem Bus überfahren. Was bringt es, dir Gedanken darüber zu machen, was viel-leicht in fünfzig Jahren ist?«

Er sah sie verwirrt an. »Wenn mich ein Bus überfährt, —«

»Sterben alle anderen, nur du nicht. Ich weiß. Aber du verstehst, was ich meine?«

»Mhm …« Er dachte darüber nach. »Naham ist … sehr interessiert an Selene. Um es mal harmlos auszudrücken.«

»Ihr habt den gleichen Geschmack.«

»Ja, nur dass sie in anderen Dimensionen denkt. Blutiger.«

Jolina sah nach draußen. Warmer Sommerwind raschelte durch die Baumkrone der großen Zypresse. »Was ist das für ein Gefühl, das du bekommst, wenn Naham Selene betrachtet?«

Er lachte hart. »Es ist schwer diese geballten Emotionen in Worte zu fassen.«

»Ist es … genau so, als wenn du einem Taryk gegenüberstehst und Naham ihn in Stücke reißen will?«

Roven setzte sich seitlich auf den Sims, verschränkte die Arme und schaute sie an. »Nein.«

»Worin liegt der Unterschied?«

»Nicht mit dieser Aggressivität. Keine Mordlust. Nur Blutgier. Und … na ja, ich glaube, Naham würde ihr gerne in den Hintern beißen.«

Jolinas Wangen begannen golden zu glitzern. Sie musste schmunzeln. »Denkst du, sie möchte Selene verletzen?«

»Nein. Nicht absichtlich. Ich fürchte nur, dass es eine unausweichliche Folge sein wird, wenn ich Selene zu nahekomme.«

»Hast du schon mal in Gegenwart eines Menschen so sehr die Kontrolle verloren, dass Naham ihn verletzen konnte?«

»Dann säße ich nicht mehr hier.«

»Richtig. Du hast bisher keinem Menschen, die du ja bekanntlich nicht wirklich leiden kannst, etwas zu leide getan. Und für Selene hast du … Gefühle. Du wirst ihr nichts tun. Du hast ein gutes Herz, wenn auch oft muffelig. Und deine Bestie ebenso.« Roven schwieg und betrachtete Jolinas Gesicht, erstaunt über die Zuversicht in ihrem Lächeln. »Mein alter Schotte hat sich verliebt«, sang sie freudig.

»Hey, lass den Mist!« Jolina grinste. »Ich bin echt alt. Weißt du, wie lange es her ist, dass ich … mit einer Frau zusammen war? Hat *sich da heutzutage viel geändert?«*

Jolina lachte einmal laut auf.

»Lach mich nicht aus!«

»Entschuldige!« Sie musste sich zusammenreißen. »Nein, ich denke, wenn du mit Gefühl rangehst, kannst du nicht viel falsch machen.«

»Ich weiß gar nicht, ob ich davon genug hab.«

»Gefühl?«

Er nickte.

»Ach, Roven. Mach dir keine Gedanken. Das wird!«

Roven schaute nach draußen auf die raschelnden Blätter der Zypresse und dachte an Selenes Haar, das im Wind wehte. »Wir sind bei Lennart noch kein bisschen weiter«, wechselte er das Thema.

»Ja, ich weiß.«

»Ach, das weißt du? Aber dass ich ne Frau zuhause hab, hast du nicht mitbekommen?«

Jolina zwinkerte versöhnlich. Roven war sich ziemlich sicher, dass sie sehr wohl wusste, was auf Avenstone los war. »Geht es dir etwas besser?«, fragte sie.

Er knurrte und sie schmunzelte.

»Akkadier, ich muss dir nichts beibringen. Die Antworten auf deine Fragen trägst du längst in dir. Deine Mauern sind nur so dick, dass es dir schwer fällt, sie zu durchdringen und auf dein Wissen zu-zugreifen.«

»Jaaa«, murmelte er. »Ich weiß. Tut aber gut, mit dir zu reden.«

»Das ist schön.«

»Kannst du dich noch an den Tag erinnern, als ich zum ersten Mal hier war?«

»Natürlich! Du warst ein grobschlächtiger Draufgänger, den jedes meiner Worte überforderte.«

»Ja, das stimmt«, lachte er und zitierte sie theatralisch: »Du trägst seit deiner Geburt die Seele eines Hirten, eines Akkadiers in dir. Nur solch eine Seele vermag es, eine akkadische Bestie zum Leben zu er-wecken, wenn du als Mensch stirbst.«

Jolina lachte. »War das zu viel? Es stimmte nun mal. Ich muss dir doch die Wahrheit erzählen!«

»Machst du das heute auch noch so?«

Sie rempelte ihn an. »Ärgere mich nicht!«

»Und du hast mir sehr deutlich gemacht, dass ich mich mit **Naham** gefälligst vertragen und keinen Menschen umbringen soll. Sonst reißt du uns in Stücke.«

»Mhm, war der Göttin sei Dank, nie nötig.« Sie sah ihn kurz an. »Würde mir auch schwerfallen.«

»Ach, Quatsch.« Er zwinkerte.

»Und ich weiß noch sehr gut, wie du deinen neuen tollen, muskulösen und großen Körper bewundert hast.«

Roven schmunzelte. »Ich weiß gar nicht mehr, wie ich als Mensch aussah.«

»Ich schon. Du hattest hellrotes, wuscheliges Haar und Sommersprossen. Du warst etwas kleiner, aber trainiert. Warst ein schöner Mann. Hattest schon immer ein gutes Herz.«

»Ich habe Menschen im Krieg umgebracht«, murmelte er.

»Das war die Zeit damals. Dafür konntest du nichts.«

»Ich hätte mich auch gegen das Schlachtfeld entscheiden können.«

»Nicht auszudenken! Stell dir vor, du wärst ein Bauer gewesen. Dann hätte ich dir auch noch den Schwertkampf beibringen müssen!«

»Ich glaub, auf dem Acker wäre ich vor Langeweile gestorben. Akkadier zu werden, war das Beste, was mir passieren konnte.«

»Schön, dass du es so siehst! Aber Akkadier zu sein, ist nicht alles. Denk ab und zu auch an dich. An **Naham** und euer Herz.«

Rovens Gedanken schweiften ab. Er sah Selenes Gesicht, ihr Lächeln, ihre zarten Hände und spürte, wie unruhig **Naham** wurde. Er hoffte auf das Beste. Und befürchtete trotz allem das Schlimmste.

Vierzehn

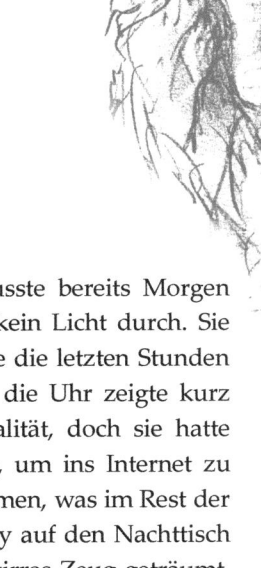

Selene erwachte in Dunkelheit, aber es musste bereits Morgen sein. Die Rollläden an den Fenstern ließen kein Licht durch. Sie suchte ihr Handy aus der Hosentasche, hatte die letzten Stunden darauf geschlafen. Der Akku war fast leer, die Uhr zeigte kurz nach zehn. Selene sehnte sich nach Normalität, doch sie hatte weder Empfang noch das WLAN-Passwort, um ins Internet zu gehen, ihre Blogs zu lesen oder mitzubekommen, was im Rest der Welt passierte. Resigniert legte sie das Handy auf den Nachttisch und kuschelte sich noch mal ein. Sie hatte wirres Zeug geträumt, an das sie sich kaum erinnern konnte. Die Bettwäsche roch fremd.

Schwerfällig setzte sie sich hin. Im Kamin glommen die Reste des Feuers, das Zimmer war noch warm. Sie sehnte sich nach einer Dusche und frischen Sachen. Nach irgendetwas, das ihr gehörte. Mit leichten Rückenschmerzen stand Selene auf und suchte die Bilder von ihrer Mum und Julia aus der Tasche, stellte sie auf den Nachttisch und legte *Owen Meany* neben das Buch von gestern Abend. Sie schloss das Handy zum Aufladen an und ging mit Klamotten unterm Arm ins Badezimmer. Der kleine Lichtschalter war in die Jahre gekommen. Selene klickte ihn vorsichtig, das Licht ging an und nach kurzem Flackern wieder aus.

»Na toll«, flüsterte sie. »Dusch ich halt im Dunkeln.«

Die Zimmertür konnte man leider nicht abschließen. Trotzdem ließ sie die Badtür auf, um ein bisschen Licht zu haben. Noch bevor sie die Toilette erreichte, stieß sie sich den kleinen Zeh an einer Ecke, gefolgt vom Kopf an der nächsten. Die Toilettenspülung klang eigenartig. Selene öffnete die Duschtür und hielt ihre Hand unter die Brause. Das Wasser lief, wurde aber nicht warm. Sie seufzte. »Ich will doch bloß duschen!«

Sie trocknete ihre Hand ab und schnappte sich ihr Zeug, verließ genervt das Bad und ging nach draußen. Im Flur war es still. Kalter Wind strich ihr um die Füße. Leise schloss sie die Tür, schaute kurz nach links zu Rovens Zimmer und ging nach rechts Richtung Treppe. Seit gestern Abend hatte sich nicht viel verändert. Selene überlegte, wie die Burg wohl bei Tageslicht aussah, wenn Sonnenstrahlen durch die Fenster fielen. Oder im Sommer, wenn alle Türen weit offen standen und warmer Juliduft durch die Gemäuer zog. Ob Roven das jemals erlebt hatte? Ob er hier je im Gras gesessen und sein Gesicht in die Sonne gehalten hatte? Ob er sich an die Farben eines Sonnenuntergangs erinnern konnte und das Schattenspiel der Blätter, wenn man im Sommer unter einem Baum lag?

Als sie unten war, horchte sie Richtung Küche, aus der ebenfalls keine Geräusche kamen. Selene ging nach rechts und betrat die Trainingshalle, fand einen Lichtschalter neben der Tür, der die Deckenlampen betätigte. Sie sollte sich angewöhnen, Schuhe zu tragen, ihre Füße wurden schon wieder kalt. Am Waffenschrank vorbei, durchquerte sie die kleine Halle bis in den Umkleideraum und ging weiter um die Ecke, aus der Roven gestern gekommen war. Sie schaltete das Licht an, der Raum war komplett gefliest, die Wände sandfarben, der Boden dunkel. Zwei ebenerdige Duschkabinen waren durch Milchglasscheiben abgeteilt. Links gab es eine Bank, rechts ein Regal mit frischen Handtüchern. Es war kühl, aber hey, das Licht ging. »Perfekt.«

Selene warf noch einen Blick nach hinten, zog sich dann aus und ging duschen. Sie hatte Shampoo und Duschgel oben gelassen, also benutzte sie das, was in den Spendern war und nach Roven roch. Sie seifte sich ein und fühlte eine schmerzhafte Sehnsucht. Nicht etwa nach London, Julia oder ihrem Leben. Sondern nach *ihm*.

Ihr ganzes bisheriges Leben wurde unbedeutend, als hätte nichts davon eine Rolle gespielt. Als würde sie erst seit dem Tod ihrer Mutter und der Begegnung mit ihm anfangen zu leben. Und zu fühlen. Sie trug die Erinnerungen an ihre Mum tief im Herzen. Und dennoch hatte Selene das Gefühl, bedeutsame Momente nicht wahrgenommen zu haben. Sie nicht geschätzt zu haben. Und das tat ihr fürchterlich leid. Sie hatte ihrer Mutter zu selten gesagt, wie viel sie ihr bedeutete. Wie sehr sie sie liebte. Und jetzt ging es nicht mehr. Wie Julia sagte: das eigene Leben verpasst. Momente nicht wahrgenommen. Menschen nicht gewürdigt. Nicht genug Liebe gegeben. Aber warum zum Teufel musste ihre Mutter erst sterben, bevor Selene das merkte? Warum musste sie erst einem wie Roven begegnen, der all das in ihr weckte? Ihr die Augen öffnete?

Selene setzte sich auf den Boden der Dusche und weinte. Still und leise. Sie war traurig über sich selbst. Enttäuscht. Vielleicht konnte sie nichts dafür. Aber die Erkenntnis kam einfach zu spät.

Sie verließ die Dusche, trocknete sich ab und zog sich an. Ihre Traurigkeit war noch da, aber etwas leichter. Als sie den Duschraum verließ, stand Roven am Ende der Umkleidekabinen.

»Guten Morgen.« Er sah verschlafen aus, trug ein lockeres T-Shirt und eine Jogginghose, lehnte barfuß mit verschränkten Armen am Türrahmen und schaute ziemlich ernst.

Selenes Herz raste. »Ich hab mich erschrocken. Guten Morgen.«

»Entschuldige. Wir wollen Frühstück essen. Magst du auch?«

Ihr Magen knurrte verräterisch. »Gerne. Ich … hole mir noch meine Schuhe von oben. Küche?«

»Esszimmer.« Selene ging zu ihm und versuchte zu lächeln, senkte dann den Blick. Sie hatte das Gefühl, er könnte alles in ihr lesen. Und jetzt gerade wollte sie das nicht.

Nebeneinander durchquerten sie die Trainingshalle. Es war

eigenartig, zwischen ihnen hatte sich etwas geändert. Nicht nur durch den Kuss, sondern auch durch die kleine Verletzung dabei. Selene machte ihm keine Vorwürfe, aber sie mussten sich beide von der Vorstellung lösen, dass das zwischen ihnen etwas Harmloses war.

»Hast du gut geschlafen?«, fragte er.

»War okay. Und du?«

»Mhm.«

Sie war unsicher, ob er ihr gut tat. Sie mochte ihn sehr, ohne Frage. Seine ganze Art, mit ihm zu reden, neben ihm zu sitzen, ihn anzusehen. Sein Lächeln und seine Augen. Aber sie hatte den Eindruck, sich in diesen Gefühlen zu verlieren. In dem Ausmaß an Emotionen, die ihren Körper und ihren Kopf durcheinanderbrachten. Es machte ihr Angst, für jemanden, den sie kaum kannte, so zu empfinden und sie wollte in der Lage sein, dagegen anzukämpfen und die Kontrolle zu behalten. »Wie war die Nacht gestern?«

Er holte Luft und nickte langsam. »Erfolgreich. Keine Verletzungen.«

In der Eingangshalle angekommen, ging sie Richtung Treppe. »Ich bring meine Sachen weg und zieh mir Schuhe an.«

Er lächelte verkniffen. »Bis gleich.«

Sie ging die Stufen hoch.

»Selene?«

»Ja?«, antwortete sie und schaute über die Schulter.

»Es tut mir leid.«

Sie sah ihn lange an und fuhr unbewusst mit der Zunge über die Innenflächen ihrer Zähne, als müsste sie sich vergewissern, dass der kleine Schnitt fort war. »Ist okay … Danke.«

Als sie wenige Minuten später ins Esszimmer kam, duftete es nach Kaffee und Tee, Porridge, Toast, Rührei, Tomaten, Schinken und Würstchen.

»Guten Morgen, Selene!«, rief Adam, während er Roven Kaffee einschenkte, und strahlte sie an.

»Morgen!«, grüßte sie in die Runde.

Roven saß am Kopfende und las Zeitung, rechts und links neben ihm hatten Jason und Adam ihre Plätze. »Wie haben Sie geschlafen?« Es klang fast so, als würde Adam beim Sprechen singen.

»Gut, Danke!«

Jason hingegen hatte seinen Kopf auf die Hand gestützt und grüßte, ohne hochzuschauen. Selene setzte sich neben ihn und schaute auf die Rückseite von Rovens Zeitung – die *Evanton Post*.

»Sind wir in der Nähe von Evanton?«

»Ja«, antwortete Adam. »Liegt genau hinter dem Wald.«

»So weit im Norden …«, staunte sie. »Wenn ich ein Auto hätte, würde ich losfahren und mir die ganze Gegend angucken. Von der Ostküste bis zu den Fjorden.«

Adam lächelte und kam um den Tisch herum. »Kaffee?«

»Gerne.«

»Nun«, griff er das Thema wieder auf, »vielleicht klappt das ja irgendwann. Notfalls nachts mit dem richtigen Begleiter …«

Roven schielte über die Zeitung. »Nachts sieht man leider recht wenig von der Landschaft.« Er faltete das Papier zusammen und schaute in die Runde, sah Selene an. »Bestimmt irgendwann.«

»Träume sind zum Jagen da, Selene«, flüsterte Adam.

Sie lächelte und gab Milch in ihren Kaffee.

Jason schien schon wieder eingeschlafen zu sein. Roven rempelte ihn an. »Hey, wir haben Besuch. Setz dich gefälligst ordentlich hin!«

Der Junge grummelte etwas Unverständliches und sie begannen zu essen.

Bei der Auswahl wusste Selene gar nicht, wo sie anfangen sollte. »Du isst also auch … Normales?«, fragte sie an Roven gewandt, der gerade Schinken, Würstchen und Rührei zusammen auf einer Gabel in seinen Mund schob und über ihre Frage stockte. Am Tisch herrschte für einen Moment Stille.

Er kaute und nickte. »Mhm.«

»Alles?«

Roven schluckte runter. »Ich mag keinen Rosenkohl. Und du?«

»Ich liebe Rosenkohl«, lachte sie.

Jason gab ein langgezogenes »Iiihh« von sich.

Selene biss vom Marmeladentoast ab und trank einen Schluck Kaffee. »Und ähm, wie oft … musst du …?« Sie schaute die anderen unsicher an. »Entschuldigung. Ist das unhöflich? Oder … zu intim, dass ich das am Tisch frage?«

Adam schüttelte den Kopf. »Fragen Sie, was immer Sie fragen möchten. Sie werden ja sehen, ob der Sire antwortet.« Er schaute zu Roven.

Roven erwiderte seinen Blick. »Oh, du meinst mich. Ja, ich bin der Sire übrigens.« Er rutschte auf seinem Stuhl zurecht, als fühlte er sich unwohl, trank einen Schluck Kaffee und stellte die Tasse in Ruhe wieder ab. »Ehrlich gesagt hängt das von der Qualität des Blutes ab. Je gesünder und reichhaltiger es ist, desto länger nährt es mich. Und wenn ich verletzt werde, brauche ich die Nährstoffe schneller auf.«

Selene nickte langsam.

»Durchschnittlich etwa einmal die Woche«, beantwortete er ihre eigentliche Frage.

»Okay …« Sie aß ihren Toast auf und tat sich Rührei und Grilltomaten auf den Teller. »Und ist Schweineblut genauso nahrhaft wie … menschliches?«

Jason hustete und trank einen Schluck Milch. Roven schaute ihr in die Augen. »Nein, ist es nicht. Menschenblut ist besser. Und am nahrhaftesten ist das Blut eines anderen Akkadiers.«

»Mhm.« Nickend aß Selene ihr Ei. »Das Ei ist perfekt, Adam!«

»Danke, meine Liebe!«

»Schmeckt es dir?«, fragte sie an Roven gewandt.

»Das Ei? Ja, danke!«

Jason hustete schon wieder. Diesmal war es wohl ein unterdrücktes Lachen.

Selene ignorierte ihn. »Ich meinte, … das Blut.«

»Ach so, äh …« Er legte die Gabel ab und rieb die Handflächen aneinander. »Ja, eigentlich schon. Wenn es nicht gerade nach Bier und Rauch schmeckt, kann es … durchaus … lecker sein.«

Selene nickte und stellte die Fragen ein, bevor es zu intim wurde. Sie beschäftigte sich mit Dingen, die ihr fremd waren oder Angst machten, immer so lange, bis sie normaler wurden.

»Darf ich auch was fragen?«, meldete sich Jason zu Wort.

Roven warf ihm einen drohenden Blick zu.

»Machst du dir in deine Bloody Mary eigentlich immer richtiges Blut?«

Selene schmunzelte und probierte das Porridge. Roven schüttelte genervt den Kopf.

»Was denn?!«, rief Jason. »Das wollte ich schon ewig fragen!«

»Was arbeiten Sie eigentlich, Selene?«, übernahm Adam das Gespräch.

»Ich bin … Finanzbuchhalterin für Pflegeeinrichtungen.«

»Klingt spannend«, meinte Jason.

»Total … Ich wollte vor ein paar Jahren eigentlich umschulen und in den Pflegedienst für ältere Menschen. Dann haben sie aber jemanden für die Abrechnungen gesucht und da ich eine kaufmännische Ausbildung habe, war es naheliegend, einfach in meinem Berufsfeld zu bleiben. So bin ich bei meinem Chef gelandet. Der … ein richtig toller Mensch ist. Voller Nächstenliebe und Empathie.« Sie zog die Augenbrauen nach oben.

»Und umschulen willst du nicht mehr?«

»Schon. Aber ich bin gut, in dem, was ich tue. Auch wenn der Umgang mit Bert nicht einfach ist. Ich kriege mein Geld pünktlich und sollte nicht undankbar sein, finde ich. Andere Menschen arbeiten unter schlimmeren Zuständen für weniger. Und irgendjemand muss es ja machen. Ich hab mich damit arrangiert.«

»Noch ein Argument und ich glaube dir«, stänkerte Roven.

Sie warf ihm einen Blick zu. Er zwinkerte versöhnlich und leerte seinen Kaffee. »War lecker, Adam. Können wir gern öfter machen.«

»Macht ihr das sonst nicht?«, fragte Selene.

Der Akkadier schüttelte den Kopf.

»Ich brauchte nur einen Anlass, meine Liebe«, antwortete Adam. »Wenn es nach mir ginge, gäbe es jeden Tag so ein Frühstück.«

»Ich geh trainieren.« Damit stand Roven auf und verließ den Tisch.

»Wann kommt Ju eigentlich wieder?«, fragte Jason.

»Keine Ahnung. Ich hoffe, bald. Ich vermisse ihn schon sehr.«

Selene sah Roven nach, als er das Esszimmer verließ. Sie zog ihr Knie an und machte es sich auf dem Stuhl bequem. »Darf ich fragen, wer Ju ist?«

»Ein anderer Akkadier«, meinte Jason. »Er hat Roven neulich geholfen, als er … in Schwierigkeiten steckte. Sie suchen einen Freund und Ju hofft, bei einem dritten Akkadier Informationen zu erhalten. Da ist er gerade.«

»Roven mag ihn nicht besonders?«, hakte sie nach.

»Master Thanju ist ein ehrenwerter Krieger. Sehr alt und weise«, erklärte Adam.

»Und er hat n Stock im Arsch.«

»Jason …«

»Tschuldigung. Okay, er geht zum Lachen in den Keller«, korrigierte er, überlegte dann, »nein, stimmt gar nicht. Als er bei mir im Keller war, hat er auch nicht gelacht. Ich glaube, er kann gar nicht lachen.«

Selene wartete ab, ob Adam noch etwas sagen würde. Tat er nicht. »Vielleicht … hat er in seinem langen Leben nur schon zu viel Schlimmes erlebt«, meinte sie.

»Ach, Selene, bis eben warst du mir noch sympathisch. Sei doch nicht so ekelhaft verständnisvoll!« Jason schüttelte den Kopf. Adam lächelte sie an.

»Ich hab seit Ewigkeiten kein so tolles Frühstück gegessen«, beteuerte sie.

»Freut mich, dass es Ihnen geschmeckt hat«, antwortete er. »Möchten Sie noch einen Tee?«

»Gerne.«

»Ich leg mich noch mal hin«, murmelte Jason und fuhr sich mit der Hand übers Gesicht. »Oder soll … darf ich dir beim Abräumen helfen, Grandpa?«

Adam winkte ab.

»Ich mach das, Jason«, sagte Selene. »Schlaf gut und träum süß.«

»Danke, Mäuschen.« Er zwinkerte ihr zu, gähnte und verschwand.

Adam schenkte ihr Tee ein und setzte sich auf den Stuhl neben sie. Er schwieg einen Moment, ohne dass die Stille unangenehm war. »Darf ich fragen, wie es Ihnen geht? Mit all dem?«

Sie holte Luft und sah ihn an. Und dachte eine ganze Weile darüber nach. »Es ist viel auf einmal. Ich kriege das momentan alles nicht so richtig sortiert in meinem Kopf.« Er hörte nur zu. »Die Erinnerungen an Roven tauchen nach und nach auf und fühlen sich irgendwie fremd an, obwohl sie … schön sind.« Selene schwieg.

»Sie mögen ihn.«

Sie nickte. »Wie vermutlich viele Frauen.«

Adam zog die weißen Augenbrauen zusammen. »Bitte denken Sie nicht, dass er jede Woche jemanden mit herbringt. Ich persönlich habe ihn *so* auch noch nicht erlebt.«

Sie begegnete seinem sanften Blick. Trotz des hohen Alters glänzten die Augen voller Lebensfreude. »Aber seine … offensichtliche Attraktivität lässt mich zweifeln, wie echt meine Gefühle wirklich sind. Oder ob ich mich nicht vielleicht oberflächlich blenden lasse.«

»Ich kenne Sie noch nicht sehr lange, Selene, aber Sie wirken auf mich nicht oberflächlich.«

Sie lächelte traurig. Ihr gingen tausend Dinge durch den Kopf. »Das mit meiner Mum ist … erst ein paar Tage her.« Selene biss die Zähne zusammen und schluckte. »Ich … hab mich noch nie so allein gefühlt. Ich habe sonst niemanden, außer einer guten Freundin. Und Roven … keine Ahnung, er war plötzlich da, als hätte er mich aufgefangen. Was in Anbetracht der Tatsache, dass wir nicht zusammengehören, total absurd klingt. Aber ich komme gegen dieses Gefühl nicht an.«

»Woher wollen Sie wissen, dass Sie nicht zusammengehören?«,

fragte er sanft.

»Ich finde das angesichts unserer grundlegenden Verschiedenheit eigentlich offensichtlich.«

Adam nickte und schwieg einen Moment. »Roven trat in Ihr Leben, als Sie ihn brauchten. Nur weil ihr beide aus unterschiedlichen Welten kommt, heißt das nicht, dass ihr euch nicht gegenseitig helfen dürft.«

»Aber ich klammere mich zu sehr daran.«

»Sie suchen Halt. Das ist vollkommen verständlich.«

»Und wo soll das hinführen?«

»Selene …« Er richtete sich auf und legte seine warme Hand auf ihren Unterarm. »Eins nach dem anderen. Es ist, wie Sie sagten, momentan sehr viel. Wenn Sie seine Nähe als tröstend empfinden, strafen Sie sich nicht dafür. Das ist in Ordnung. Tun Sie, was immer Ihnen hilft. Der Kummer ist auch so schon groß genug. Und fragen Sie nicht, wohin das führen soll. Das weiß sowieso niemand. Nie! Das Leben ist —«

»Kein Ponyhof.«

Adam lachte. »Richtig. Das Leben ist kompliziert. Unvorhersehbar. Und nicht planbar. Es kommt immer anders.«

»Mhm.« Er drückte ihren Arm kurz und trank einen Schluck Tee. »Es ist ungewohnt für mich, jemanden so zu brauchen. Ich mache sonst alles lieber mit mir selbst aus.«

»Nun, darauf dürfen Sie stolz sein«, antwortete er, nachdem er seine Tasse abgestellt hatte. »Aber ab und zu brauchen wir alle mal jemanden, der für uns da ist. Und zuhört.« Sie blieb still. »Niemand kann Sie zu irgendetwas zwingen. Ich schon gar nicht. Ich … kann nur für mich selbst sprechen. Und ich sehe … sehr viel Gutes, wenn Sie beide zusammen sind.« Er machte eine kurze Pause. »Ich kenne Roven mein ganzes Leben lang. Das ist sehr lang, auch wenn man mir das nicht ansieht.« Er zwinkerte. »Für Roven ist das natürlich nur ein Bruchteil seiner Lebenszeit. Doch auch wenn er momentan vielleicht öfter etwas neben der Spur wirkt, sehe ich mehr Leben in ihm als je zuvor.« Adam blickte ins Leere und lächelte herzerwärmend. Dann holte er Luft, als schüttelte er eine Erinnerung ab. »Aber was weiß ich schon? Meine Erfahrungen mit der Liebe sind sehr lange her.«

Selenes Gesicht wurde warm. »Wie machen *Sie* das?«

»Wie meinen?«

»Mit wem reden Sie, wenn es Ihnen schlecht geht?«

Adam schürzte den faltigen Mund. »Ich habe dank meines Alters den Posten des Fragenden leider verloren und den des Befragten gewonnen. Aber das ehrt mich. Ich hatte das Glück, in meinem Leben so viele gute wie schlechte Erfahrungen zu sammeln, dass sich in mir nach und nach eine tiefe Ruhe ausgeprägt hat. Jede schmerzvolle Erfahrung hatte etwas Gutes in sich. Und jede gute auch.« Er lachte. »Wenn ich mal nicht weiter weiß, mache ich einen langen Spaziergang und richte meine Aufmerksamkeit auf etwas anderes. Meist findet sich die Lösung dann von allein. Ich habe gelernt, Dinge zu akzeptieren, die ich nicht ändern kann. Und Menschen nicht ändern zu wollen. Und wenn gar nichts mehr geht, hilft es mir, meine Gedanken niederzuschreiben. Dann kommt mein Kopf zur Ruhe und das Papier darf sich damit rumärgern.«

Selene lehnte ihren Kopf zurück und schloss die Augen. »Meine Freundin meint, ich solle Tagebuch schreiben.«

»Die Macht des Schreibens wird oft unterschätzt. Ich schreibe seit … hm … meinem dreizehnten Lebensjahr?«

»Wirklich?« Sie sah ihn wieder an.

»Ja. Zugegeben mit Unterbrechungen. Früher ging es um Mädchen. Heute um Rezepte.« Er lachte und nahm seine Brille ab. »Den eigenen Gedanken und Gefühlen Raum zu geben, ist etwas, das nur wir selbst uns schenken können. Mir hat es immer geholfen, mich in den doch recht aufregenden Geschehnissen im Hause eines Akkadiers nicht zu verlieren. Wenn Sie Ihre wirren Gedanken in Worte fassen und auf Papier festhalten, verlieren sie diese Übermacht, die sie oft in unserem Kopf haben.« Er putzte seine Gläser an der weißen Schürze und setzte das dünne Gestell wieder auf. »Wollen Sie Ihre Freundin vielleicht anrufen? Wir haben hier schlechtes Netz, aber Sie können gerne das Haustelefon benutzen.«

Selene hob den Kopf. »Das würde ich gerne, ja.«

Adam nickte. »Ich finde es schön, dass Sie hier sind.« Er stand auf und begann, die Teller zusammenzustellen.

Sie lächelte dankbar. »Ich finde es auch schön, dass Sie hier sind«, antwortete sie mit einem breiten Grinsen, das ihn ein wenig rot werden ließ. »Und bevor ich telefoniere, helfe ich Ihnen beim Abräumen.«

»Das ist nicht nötig«, winkte er ab.

»Ich weiß. Aber es tut mir gut.« Das war ihr bestes Argument. Adam gab sich geschlagen.

Nachdem alles aufgeräumt war, holte Selene ihr Handy von oben, um Julias Nummer rauszusuchen. Auf der Treppe hörte sie Roven im Trainingsraum kämpfen und lauschte einen kurzen Moment, bevor sie weiterging.

Sie nutzte das Telefon im Vorraum zum Esszimmer, wo eine Couch und zwei kleine Bücherregale standen, machte es sich bequem und wählte die Nummer – mit Wählscheibe. Der Hörer war schwer und kühl. Es klingelte. Selene wurde nervös, wusste nicht, was sie sagen sollte.

»Hallo?«

»Julia?«

»Äh, ja? Wer ist da?«

»Ich bin's, Selene.«

»Selene! Süße! Wo bist du? Ich wollte dich abholen, um ins Krankenhaus zu fahren.«

»Ich … ähm ...«

Eine kurze Pause entstand. »Ist alles in Ordnung? Geht es dir gut?«

»Ja, alles gut. Mach dir keine Sorgen.«

»Und wo bist du? Wir müssen ins Krankenhaus. Ich hatte es Dr. Talbot so versprochen. Das weißt du noch, oder?«

»Ja. Ich …« Sie wollte nicht lügen. Sie hasste es zu lügen. Damit tat sie weder Julia noch sich einen Gefallen. »Ich bin momentan nicht in London.«

Julia blieb einen Moment still. »Bist du abgehauen?«

»Ja. So in etwa.«

»Hm.« Sie wirkte weniger überrascht als erwartet. »Geht es dir wirklich gut? Ich meine, soweit es momentan möglich ist?«

»Ja. Ich musste einfach raus. Du kannst nichts dafür, das weißt du, ja?«

»Ja, das weiß ich. Ich wünschte nur, ich könnte dir besser helfen.«

»Ohne dich wäre ich verloren gewesen. Aber ich muss erst mal mit mir selbst klar kommen. Und ich will … dich damit nicht belasten. Du hast dein eigenes Leben und deine eigenen Probleme.«

»Du belastest mich doch nicht.«

»Du weißt, wie ich das meine. Dank dir hab ich mich das überhaupt getraut. Auf meine innere Stimme gehört und bin einfach raus in die Natur. Aufs Land. Wo niemand etwas von mir möchte.«

»Einschließlich mir?«

»Julia ... deine Hilfe hat mich gerettet. Unsere Gespräche und dass du für mich da warst. Bitte glaub mir, es hat nichts damit zu tun, dass ich weg von dir wollte!«

»Okay, entschuldige. Ich sollte dich besser kennen. Uns. Du brauchst Zeit für dich, das ist … vollkommen in Ordnung. Vergiss, was ich gesagt habe.« Sie schwieg einen Moment. »Ach, Selene«, seufzte sie. »Ich hab dich lieb.«

»Ich dich auch.«

»Was ist mit der Kontrolle im Krankenhaus?«

»Vielleicht kann ich hier vor Ort in eins gehen.«

»Machst du das bitte auch?«

»Ja, versprochen.«

Eine Pause entstand. Julia atmete hörbar aus. »Wie geht es dir wirklich?«

»Besser. Wirklich.«

»Na gut. Dann … Kann ich noch irgendwas tun? Soll ich Bert Bescheid sagen, dass du eine längere Pause nimmst?«

»Hm«, überlegte sie. »Nein, erst mal nicht.«

»Okay. Du rufst mich an, wenn irgendwas ist, ja?«

»Ja, das mache ich. Ich weiß leider nicht, was für eine Nummer dieses Telefon hier hat. Aber … ich hoffe, dass ich bald wieder Internet habe, dann kannst du mir schreiben.«

»Okay, mach ich.«

Sie schwiegen beide. Selene wurde das Herz schwer. Eigentlich wollte sie mit ihr über etwas völlig anderes reden. Über ihre Gefühle für einen fremden Mann, der nicht existierte.

»Ich geh dann mal wieder an die Arbeit, ja?«, meinte Julia zögerlich.

»Ja, mach das. Ich … melde mich bald, okay?«

»Mach das. Aber lass dir Zeit. Nimm dir Zeit für dich und … für das, was du brauchst. Wenn ich das gerade nicht bin, ist das in Ordnung. Was immer dir hilft. Ich bin dir nicht böse und wir werden uns nicht verlieren, weil wir uns mal ein paar Tage … oder Wochen nicht sehen. Ich hab dich lieb. Und ich drück dich ganz fest. Hör auf dein Herz und tu, was dir gut tut.«

Selene lächelte. »Danke. Ich versuch's.«

»Mach's gut, Süße.«

»Du auch!«

Selene wartete auf das Freizeichen und legte dann langsam auf. Sie fühlte sich verloren. Schon wieder. Als würde sie Julia zurückweisen, indem sie ihr nicht die Wahrheit sagte, und die letzte Verbindung in ihr altes, in ihr echtes Leben verlieren.

Sie saß auf der Couch und starrte Löcher in die Luft. Adam kam aus der Küche und blieb stehen, als er sie sah.

»Hat alles geklappt?«

»Ja, danke.«

»Sie sind traurig.«

»Ich ... äh ... Ich hasse es zu lügen. Ich vertrage das nicht so gut. Ich finde, man schadet sich selbst damit immer mehr als allen anderen.«

»Das tut man«, stimmte er zu. »Ich wünschte, ich könnte Ihnen einen Rat geben. Aber in dieser besonderen Situation bleibt uns meist nichts anderes übrig, als die Außenstehenden im Ungewissen zu lassen. So traurig, das auch ist.«

»So kann man keine Freundschaften führen.«

Adam atmete ein. »Ich lebe schon viele Jahre hier und habe in Evanton auch einige Bekanntschaften, die mir wichtig sind. Natürlich wissen sie nicht, wo genau ich wohne und bei wem ich arbeite. Aber immer wenn ich ihnen nicht alles erzählen kann, versuche ich dennoch so aufrichtig und herzlich wie nur möglich zu sein. Und es damit ein bisschen wieder gut zu machen. Ich kann nicht alles über mein Leben preisgeben, aber ich kann an anderer Stelle dafür umso ehrlicher und liebevoller sein. So fühlt sich das Lügen nicht so schlimm an.« Er sah ihr in die Augen und sein Gesicht wurde zu einem Gemälde aus Lachfalten. »Nehmen Sie es nicht so schwer. Das Leben ist hart und die Welt ungerecht. Wenn Sie ein guter Mensch sein wollen, dann seien Sie es dort, wo Sie können. Das ist mehr, als die meisten tun.«

Selene fühlte eine vertraute Wärme in der Brust, wenn sie Adam ansah.

»Ich wollte eben in den Garten«, fuhr er fort und ließ sie hellhörig werden.

Fünfzehn

Roven saß am Boden im Trainingsraum und beobachtete seine Atmung. *Ein. Und aus.* Die Lungen füllen und wieder leeren. An nichts denken. Sein Körper wurde schwer und sein Herzschlag langsam.

Er hörte Schritte. Zwei Paar Füße kamen aus Richtung Küche und gingen an der Treppe vorbei zum Durchgang nach hinten. *Ein. Und aus.* Die Tür wurde geschlossen. Die Schritte entfernten sich. Nicht in die Bibliothek, sondern den Flur entlang Richtung Gartentür. *Ein.* Die Tür nach draußen ging auf. Roven öffnete die Augen. Sein Herzschlag beschleunigte sich. Er vergaß zu atmen, hörte die Tür ins Schloss fallen und umfasste seine Knie mit den Händen, um nicht aufzuspringen und durchs hintere Fenster ins Freie zu springen.

Bleib ruhig, sie ist nur nach draußen gegangen. Kein Problem. Keine Gefahr, nur grelles Tageslicht, das ihn in ein Monster verwandelte, wenn er ihr folgte.

Er presste die angehaltene Luft aus, wobei ein leises Knurren entstand. In diesem Moment sehnte sich jede einzelne Zelle in ihm nach Adams Garten, dem … Gemüse und den Kräutern. Und Selene, die verflucht noch mal ins Haus gehörte, wo er sie beschützen konnte.

Genervt ließ sich Roven zur Seite fallen und streckte sich rücklings aus, verschränkte die Hände hinterm Kopf und starrte an die Decke des Trainingsraums. »Du hast ein ernsthaftes Kontrollproblem«, murmelte er vor sich her. War ihm früher nie aufgefallen. Aber vielleicht hatte es bislang niemanden gegeben, der ihm so wichtig war, um den er so viel Angst hatte.

Adam und Jason waren noch nie in die Fronten geraten. Sie verließen Avenstone nur selten. Evanton war ein ruhiger Ort, den kaum Taryk aufsuchten. Wenn sich mal zwei dorthin verirrten, kümmerte Roven sich umgehend darum. Er kannte diese Ängste nicht. Und er wusste nicht, ob das gut oder schlecht war.

Du bist ein Holzklotz, meldete *Naham* sich zu Wort. *Für etwas zu brennen, ist niemals schlecht.*

»Lass mich in Ruhe.«

Wenn dir solche Gefühle Angst machen, hast du bislang viel zu abgeschottet gelebt.

»Das sagt die richtige.«

Mit einem wütenden Brüllen sprang die Bestie von innen gegen seine Brust und ließ seinen Herzschlag poltern. *Lass mich raus, wenn du dich überfordert fühlst! Ich schnapp mir Selene und zeig ihr die Umgebung. Ich renne mit ihr auf meinem Rücken übers Gras und lass sie den Wind spüren.*

Die Bestie begann bei der Vorstellung zu schnurren und Roven fühlte eine schmerzhafte Sehnsucht. Auch wenn sie beide ihren eigenen Kopf hatten, konnte er *Nahams* Wünsche nachempfinden. Er hatte außerhalb eines Kampfes nie riskiert, sich zu verwandeln. Einerseits weil es verboten war, die Bestie grundlos laufen zu lassen. Andererseits weil er nicht beeinflussen konnte, was sie dann tat. Das hieß aber nicht, dass er nicht raus in Tageslicht wollte. Auch in seinem Körper floss Bestienblut, das sich nach Freiheit sehnte. Nach Laufen. *Rennen.*

Der Akkadier schloss die Augen und atmete konzentriert. Wenn er sich Mühe gab, hörte er die Geräusche von draußen. Das Knacken der Holzbalken innerhalb der Burg verschwand im Hintergrund. Roven richtete seine Sinne auf den Ort hinter dem Trainingsraum. Es war kalt heute. Er hörte Schritte auf gefrorenem Boden, hörte die Erde unter den Schuhen bröckeln. Adam ging mit einem Bein langsamer, Selene war so leicht, dass sie kaum Geräusche machte. Wind raschelte durch die Baumkronen. Roven fiel auf, dass er lange nicht im Garten gewesen war. Zumindest nachts könnte er mal nach dem Rechten schauen, dann wüsste er, welche Farbe die Blätter jetzt hatten.

Der große Ahornbaum stand in der Mitte des Hofes, der von einer halbhohen brüchigen Mauer umzäunt war. Äußerlich wirkte die Burg verrottet. Roven hatte die Mauern nie restaurieren lassen, er mochte sie so. Damit sah Avenstone genauso alt aus, wie er sich fühlte.

Selenes Atem zitterte. Es klang so, als ob sie Adam bei den Beeten half. Um diese Jahreszeit wuchs nicht mehr viel, aber der Butler fand immer was zu tun. Oder setzte sich auf die kleine Bank gegenüber des Ahorns und genoss die frische Luft. Sie redeten nicht mehr. Das Gespräch am Tisch hatte Roven mitgehört. Nicht, weil er gelauscht hatte, sondern weil es für ihn unmöglich war, es nicht zu hören. Es sei denn, er trug Kopfhörer, hörte Slipknot und drehte auf volle Lautstärke. Dann ging es.

Adams Rat überraschte ihn. Roven hätte seine Hand dafür ins Feuer gelegt, dass sein Butler Selene von Annäherungsversuchen abriet. Da kannte er seinen alten Freund wohl schlecht. Er schien sich mit Jolina verschworen zu haben. Aber am Ende spielte es keine Rolle, was alle anderen sagten. Am Ende zählten nur Selene und er. Was sie beide wollten. Oder eben nicht.

Roven fuhr sich mit der Hand über den Mund und schluckte. Das hieß auch, dass er akzeptieren musste, wenn *sie* etwas anderes als er wollte.

Naham schnaufte abfällig.

»Das war wieder klar, dass du meiner Vernunft in den Rücken fällst!«

Welche Vernunft? Du hattest schon als Mensch keine.

Roven grummelte. »Kleines Miststück.«

Er sprang auf, visierte die Waffen in der Vitrine an und holte sich zwei Metallstäbe heraus. Zog die extra schwere Kampfpuppe in die Mitte des Raumes und stellte sich ihr gegenüber. Der Akkadier rief sich die Erinnerungen an den Kampf mit dem Andersartigen ins Gedächtnis, ging seine Bewegungen und seine Fehler durch, fixierte die Puppe und begann zu trainieren.

Eine halbe Stunde später ging die Hintertür wieder auf. Roven kämpfte weiter, schlug abwechselnd mit beiden Stäben auf die Puppe ein. Das Problem beim Kampf gegen den Andersartigen war sein Trott gewesen. Über die Jahre hatte er vernachlässigt, auf Neues zu reagieren und nur nach Schema gekämpft. Nur leider konnte ihm eine Puppe nichts Neues beibringen. Er brauchte Ju, so ungern er sich das eingestand.

Selene trat an den Eingang zum Trainingsraum und schaute ihm zu.

»Durchgefroren?«, fragte er zwischen zwei Hieben.

Sie ging zur Bank und lächelte ihn an. Sein Herz machte einen kleinen Sprung. Selene nickte. »Ist schön draußen. Die Luft ist viel klarer als in London.« Sie setzte sich auf die Bank, zog ein Bein unters andere und schaute ihm zu.

Er wurde nervös und unterbrach das Training. »Wir sind ja auch auf dem Land. Ist viel gesünder hier.«

»Stimmt.«

»Gutes Buch?« Sie hatte das von gestern dabei, *Der alte Mann und das Meer.*

»Ja. Ich mag es. Jason meinte, es erzähle von dir. Wie du ein riesiges Ungetüm fängst und dich dabei fast selbst verlierst.«

Roven zuckte mit der Schulter und ging zu ihr. »Klingt nach mir.« Er fühlte *Naham* im Inneren schnurren und überlegte, wie er es sagen konnte. Ob er es sagen wollte – das Ding mit der Bestie. »Das Thema Bluttrinken scheinst du ganz gut zu verkraften.«

Sie presste die Lippen aufeinander. »Ich kann dich ja schlecht dafür verurteilen. Du hast mir nie wehgetan. Wenn du und alle anderen mir sagen, dass es normal für dich ist und du niemandem schadest … Warum soll ich dich dann dafür an den Pranger stellen?« Sie schien sich selbst davon überzeugen zu wollen.

»Andere würden's tun.«

»Ja. Manche sind ganz gut darin, ihre Mitmenschen für Dinge zu verurteilen, die sie nicht kennen oder verstehen.«

Er hob die Hand. »Ich zähle mich dazu.«

»Wirklich?«

Roven nickte. Er stand vor ihr, sodass sie den Kopf in den Nacken legen musste, um ihn anzusehen. Also setzte er sich kurzerhand auf den Boden. »Liegt aber auch daran, dass ich keine Energie darauf verschwende, Menschen verstehen zu wollen.«

»Warst du … nicht selbst mal einer?«

Skeptisch erwiderte er ihren Blick. »Möglich«, antwortete er. »Wie kommst du darauf?«

Sie setzte sich auf. »Adam meinte, ich sollte dich das besser selbst fragen.«

»Aha.« Roven unterdrückte ein Schmunzeln. Er liebte diese Gespräche mit ihr, auch wenn sie ihn nervös machten. »Dann frag!«

Selene stockte kurz und strich sich eine Strähne hinters Ohr. »Ähm, du wurdest verwandelt? Vor … Siebenhundert-noch-was Jahren?«

»Mhm.«

»In einen Akkadier.«

»Mhm.«

»Und vorher warst du … ein Mensch«, schlussfolgerte sie und beugte sich mit großen Augen vor. »Ein Schotte.«

Roven holte erschrocken Luft. »Nicht das böse Wort!«

»Was?« Sie stutzte.

Er lachte. »Ein *Schotte* … Ja, war ich. Bin ich noch. Zum Teil.«

»U-und …«, sie zog das Wort in die Länge und überlegte, »wie wurdest du verwandelt?«

Er sah ihr in die Augen. Sie hatte sich so weit vorgelehnt, dass er ihr Gesicht streicheln könnte. »Was hältst du davon …«, jetzt musste er Luft holen, »… wenn ich dir das … bei einem gemeinsamen Dinner erzähle?«

Selene hielt inne. »Nur … wir zwei?«

»Ja.« Er richtete sich auf und blickte sie unverwandt an. »Nur wir zwei.«

Sie neigte sich zurück. »Darf … ich darüber nachdenken?«

Warum?! »Natürlich.« Er lächelte und schluckte den Hunger runter. »Ich wollte nur, dass du weißt, dass ich gern … mit dir essen würde. Ganz normal«, fügte er sicherheitshalber hinzu.

Sie blickte zu Boden. »Das ist schön.«

»Wie geht es dir?«, wechselte er das Thema.

Selene räusperte sich und schüttelte langsam den Kopf. »Es ist schwer, in Worte zu fassen.«

Sobald er an ihren Kummer dachte, verschwand sein eigenes Verlangen im Hintergrund. Sie lehnte sich an die Wand und schaute zur Seite. Im Profil erschien sie noch schlanker, die Haut blass, das Haar dunkel. Ihre Schönheit nahm ihm den Atem. Dass andere Männer sie als gewöhnliche Frau betrachteten, war ihm unerklärlich. Er könnte sich nie an ihr sattsehen.

Ihre Augen glänzten, zitterten leicht. »Ich weiß nicht, wohin mit diesem Chaos in mir«, begann sie, ohne ihn anzusehen. »Es fühlt sich falsch an, mich abzulenken und die Gefühle nicht zu leben. Sie nicht zum Ausdruck bringen zu können. Doch ich finde kein Ventil, das passt. Da ist dieses riesige Meer in mir, das tobt und keine Ruhe findet. Keine Ausgeglichenheit. Es wühlt mich die ganze Zeit durch.«

Selene schloss die Augen. Sie fühlte sich nackt und verletzlich. Es war ungewohnt, ihre Innenwelt mit jemandem außer Julia zu teilen. Selbst mit ihrer Freundin hatte sie nur bedingt gesprochen, wenn sie etwas belastet hatte. Sie lud ihre Sorgen ungern woanders ab.

Da nahm Roven ihre Hand. »Dann sprich mit mir. Schick die Wellen zu mir. Ich wurde im Meer geboren, ich komme damit klar.«

Sie sah ihn an und fand sich selbst in seinen blauen Augen wieder. Fand Ruhe darin. Brauchte es erst einen jahrhundertealten Krieger?

Er zog sie von der Bank hinunter und an sich, sodass sie zwischen seinen Beinen kniete, umarmte sie zärtlich und Selene schaffte es durchzuatmen. Der Druck in ihr wurde leichter. »Was ist das zwischen uns?«, fragte sie leise.

Sie merkte, wie er den Kopf schüttelte.

»Was bin ich für dich?«

Er holte Luft. »Ich … weiß nicht. Du … bist etwas, das ich nie gesucht habe.«

»Etwas?«, fragte sie schmunzelnd.

»Ja, so ein Ding«, antwortete er amüsiert, tätschelte ihr den Kopf und gab ihrem Scheitel einen Kuss. »Jemand … Ich kann das nicht beschreiben. Es ist etwas Allumfassendes, das ich nicht verstehe.«

»Ich hab Angst, mich darin zu verlieren.«

»Ich auch. Aber …«, er holte wieder Luft, »… es fühlt sich nicht nach Verlieren an. Eher nach Finden. Und Ankommen.«

Selene löste sich ein Stück von ihm und schaute hoch. »Und was machen wir daraus?«

Sein Blick war sanft. Wenn er lächelte, bildeten sich um seine Augen und den Mund herum Fältchen. Auf seiner Stirn standen kleine Schweißperlen vom Sport, er strahlte eine unglaubliche Hitze ab und roch stärker als sonst – nach Kaffee und Zimt. Eine Nuance von Chili und Ingwer kitzelte in ihrem Rachen. Roven lächelte, schaute auf ihre Lippen und wieder in ihre Augen. Bevor er etwas unternehmen konnte, beugte sie sich vor und küsste ihn. Er wich eine Winzigkeit zurück, sein ganzer Körper spannte sich an. Seine Hände umfassten ihre Oberarme und verhinderten, dass sie ihm entgegenfiel. Erschrocken über sich selbst unterbrach Selene den Kuss. Ihr war plötzlich heiß. Alles kribbelte. Roven hatte den Mund geöffnet und betrachtete sie voller Faszination. Er hielt sie fest an Ort und Stelle, wanderte mit dem Blick über ihr Gesicht und kam langsam wieder näher, legte den Kopf schief und seine Lippen auf ihre. Selene seufzte. Ihre Finger begannen zu zittern. Sie presste ihren Mund gegen seinen und saugte seine

Wärme in sich auf, fühlte die Bartstoppeln am Kinn und ertrank in der Kraft seines Kusses. Sie ließ sich fallen, streichelte seine raue Wange und öffnete den Mund für seine Zunge. Seine Hände gaben ihre Oberarme frei und schlossen sich fest um ihren Rücken. Er hob sie ein Stück hoch, sodass sie den Kopf nicht mehr in den Nacken legen musste. Seine Küsse waren langsam und gaben ihr Zeit, jeden Millimeter auszukosten.

Allmählich lehnte sich Roven nach hinten und zog sie mit. Selene kam auf ihm zum Liegen, stützte sich mit den Unterarmen auf seiner Brust ab und spürte die Härte der Muskeln. Und auch die zwischen seinen Beinen. Sie hob den Kopf, um Luft zu holen. Rovens Mimik war angespannt. Er rückte seine Beine zurecht und betrachtete sie schwer atmend.

»Ich steh auf deine Lippen«, flüsterte sie.

Lächelnd strich er von ihren Schultern entlang der Wirbelsäule bis zu ihrem Hintern, malte die Rundungen mit den Fingern nach und ließ Selene dabei nicht eine Sekunde aus den Augen.

Sie holte zitternd Luft und schloss einen kurzen Moment die Augen. Als das Schwindelgefühl vorbei war, sah sie ihn wieder an. »Ich liege eigentlich gar nicht so gerne oben.«

Er grinste und zeigte spitze Zähne. »Ist aber besser so. Ich bin ziemlich schwer.«

»Glaub ich dir«, sagte sie und blickte auf seine Lippen.

Während eine Hand auf ihrem Hintern liegen blieb, umfasste er mit der anderen ihren Nacken und zog sie wieder an sich, küsste sie, als gäbe es keinen Morgen mehr. Selene gab das Denken auf, legte die Beine an seine Hüften und fühlte den Druck dazwischen. Roven setzte sich mit einem tiefen Stöhnen auf, zog ihr Becken gegen seins und wiegte sie auf seinem Schoß. Sie umarmte seinen Nacken, fuhr mit den Händen durch sein Haar und spürte seine Erektion so intensiv, dass sie nach Luft schnappte. Seine Augen leuchteten weiß und die Eckzähne hatten sich verlängert. Roven gab ein langgezogenes Seufzen von sich, umfasste ihren Hintern und zog ihr Becken fest an sich, sodass Selene stöhnend die Augen zusammenkniff. Im nächsten Moment spürte sie seinen Mund wieder auf ihrem und klammerte sich an ihn. Er lehnte sich nach vorn und legte Selene auf den Boden. Rutschte wieder enger an ihr Becken, schob seine Arme unter ihre Taille und hob sie ins Hohlkreuz. Seine Lippen wanderten weg von ihrem Mund, küssten ihr Kinn und den Hals. Sie fühlte sein Zittern, hörte ihn knurren. An ihrem Schlüsselbein entlang zog sich eine Spur von Küssen nach unten. Er verweilte einen Moment über ihrem Dekolleté, küsste einmal zwischen ihre Brüste und glitt weiter nach unten, drückte sein Gesicht in ihren weichen Bauch und brachte sie zum Lachen. Amüsiert sah er hoch, schob ihren Pullover mit einer Hand ein Stück nach oben und küsste die Haut über ihrem Hüftknochen. Selene holte zitternd Luft. Sie spürte seine Zunge, die nach außen leckte, und plötzlich auch seine Zähne an ihrer Taille. Selene langte nach ihm und krallte sich in das T-Shirt an seinen Schultern. Sie spürte ein Kratzen, ein leichtes Stechen. Überwältigt kniff Selene die Augen zu, barg ihr Gesicht in den Händen und stöhnte. Sie wand sich unter ihm, griff in sein Haar und zog ihn hoch. Mit hungrigem Blick kam er zu ihr und küsste sie.

»Und was ist jetzt mit Essen?«, knurrte er.

Selene lachte, nahm sein Gesicht zwischen ihre Hände und zog ihn an sich. Er umarmte sie zitternd und schmiegte seine raue Wange an ihre. Mit geschlossenen Augen genoss sie seine Nähe und den Frieden in sich. »Ich denke darüber nach«, flüsterte sie und bekam ein Knurren zur Antwort. Roven erhöhte den Druck zwischen ihren Beinen. Sie japste nach Luft, konnte sich in seiner Umklammerung aber kaum bewegen.

Er presste seinen Mund auf ihren Hals und grummelte: »Wie lange?«

Selene lachte, zog den Hals ein und drehte den Kopf. Ihre Lippen fanden seine und das Kribbeln in ihrem Bauch breitete sich bis in die Fingerspitzen aus. »Wie lange, Selene?«, fragte er an ihren Mund gepresst. Sie schüttelte grinsend den Kopf und küsste ihn weiter, konnte nicht damit aufhören. »Seleeene ... Muss ich mich erst auf dich legen?«

»Oh Gott, bitte nicht!«

Er sah sie an und lächelte, gab ihr einen sanften Kuss. »Das war n Scherz, fühl dich nicht gedrängt …«

»Tue ich nicht.« Er nickte und ließ seinen Blick über ihren Körper unter sich wandern und zog ihren Pullover wieder ein Stück nach unten. »Ich sollte aufstehen.«

»Mhm«, machte sie und betrachtete ihn. An Armen und Nacken traten die Muskeln hervor, sein T-Shirt war nach oben gerutscht, die Augen leuchteten nach wie vor, doch sie erkannte schwarze Schlitze darin. Rovens weißblondes Haar stand zerzaust vom Kopf ab und brachte sie zum Lachen. Sie strich mit ihrer Hand dadurch und versuchte, es zu ordnen.

»Ich geh eh gleich duschen. Kalt. Ganz, ganz kalt.«

»Ich hasse kalt duschen.«

»Ich auch.« Er sah sie sehnsüchtig an. »Darf ich dich noch mal küssen?«

Selene schmunzelte. »Jetzt brauchst du auch nicht mehr fragen.«

»Sehr gut.« Roven beugte sich hinab, gab ihr einen innigen Kuss und stand mit ihr an sich gedrückt auf, trug sie auf einem Arm Richtung Umkleide.

»Wo willst du hin?«

»Na, duschen.«

»Aber ich doch nicht«, lachte sie.

»Du hast gesagt, ich brauch nicht mehr fragen!« Er grinste, küsste sie noch mal und setzte sie dann ab.

Ihre Knie waren so weich, dass sie Mühe hatte, nicht zu schwanken. Von dem Kribbeln zwischen ihren Beinen ganz abgesehen. Sie konzentrierte sich auf sein Gesicht, wollte nicht dem Drang erliegen, auf seinen Schritt zu gucken.

»Was machst du jetzt?«, fragte er und strich mit dem Daumen über ihren Handrücken.

»Ähm …« Selene schaute zu ihrem Buch auf der Bank. »Ich … wollte eigentlich lesen. Und nachher vielleicht noch laufen.«

»Laufen? Draußen?«

»Macht sich besser, ja.«

»Ich habe ein Laufband. Ist schon etwas älter, aber müsste funktionieren. Kam nur nicht ganz mit meinem Gewicht klar.« Er kratzte sich am Kopf.

»Ich dachte eher an frische Luft und eine schöne Landschaft.«

Roven nickte. »Hm ... Draußen. Okay.«

»Was ist?«

»Draußen ist halt … nicht drinnen. In Sicherheit.«

Sie überlegte. »Warum kannst du nicht raus?«

»Tageslicht verursacht … schlechte Laune bei mir. Das möchte ich dir nicht zumuten.«

»Ist es denn gefährlich, wenn ich in der Nähe der Burg bleibe.«

»Theoretisch nicht.« Ihm schien es trotzdem nicht zu passen. »Bleib aber bitte von den Wäldern weg.«

»Okay, ich drehe ein paar Runden um die Burg. Ist ja groß genug.«

Roven nickte und schaute auf ihre Hand in seiner. Er zog Selene an sich, berührte ihre Wange und küsste sie. »Willst du nicht doch mitkommen duschen?«, murmelte er.

Sie schüttelte grinsend den Kopf, ohne ihre Lippen von seinen zu lösen. Seine Zungenspitze stieß gegen ihre, er neigte den Kopf, hob sie wieder hoch an seine Hüften und lehnte sie gegen die nächste Wand. Mit einer Hand unter ihrem Hintern hielt er sie fest, während er die zweite an ihrem Rücken unter den Pulli schob und warm auf ihre Haut legte.

»So kommen … wir nie weiter«, flüsterte sie zwischen den Küssen hindurch, obwohl das kein wirklicher Protest war.

Roven presste sein Becken gegen ihres, wanderte mit der Hand ein Stück nach oben und fand den Verschluss ihres BHs, schob einen Finger unter den festen Stoff und fuhr das Band von links nach rechts nach. »Aber wir *kommen* zwangsläufig. Das ist doch auch was.«

Selene wurde rot und musste lachen, sah sein breites Grinsen und wusste nichts zu erwidern. Denken konnte sie eh gerade schlecht. Amüsiert küsste er ihren Hals und schaute sie entschuldigend an, zog seine Hand zurück und ließ eine Strähne ihres Haares zwischen seinen Fingern hindurchgleiten.

»Wenn du laufen möchtest, hab ich noch was für dich …«

»Eine Kette, damit ich nicht zu weit weg laufe?« Sie hob die Augenbrauen.

Roven wurde ernst. »Mir gefällt deine Art zu denken!« Selene boxte ihn und er lachte, ließ sie langsam runter, nicht ohne einmal über ihren Hintern zu streicheln. »Warte kurz, bin gleich wieder da.« Damit löste er sich vor ihren Augen in goldenen Nebel auf und kehrte Sekunden später zurück. Er hielt ihren MP3-Player in der Hand.

Sie machte große Augen. »Woher …?«

»Du hast ihn im Wald fallengelassen, als wir zusammengestoßen sind.«

»Und du hast ihn aufgehoben?!«, fragte sie voller Dankbarkeit.

Er nickte. »Eigentlich wollte ich ihn dir bei unserem ersten Date wiedergeben«, er zwinkerte, »aber … du läufst bestimmt lieber mit.«

Sie strahlte übers ganze Gesicht. »Du glaubst nicht, was mir das bedeutet! Da ist meine ganze Musik drauf!« Selene nahm das kleine Gerät in die Hände, ging auf die Zehenspitzen und gab Roven einen Kuss auf die kratzige Wange. »Danke!«

»Gerne!«

Sie verabschiedete sich mit einem Lächeln, ging an ihm vorbei und Richtung Ausgang, drehte sich um und lief rückwärts weiter. »Bis … nachher. Viel Spaß beim Duschen.«

Sein Blick glitt über ihren Körper. Roven kam ihr einen Schritt hinterher, blieb dann aber mit angespannter Mimik stehen. Er nickte und sah ihr nach. »Lauf nicht zu weit«, bat er, bevor sie den Trainingsraum verließ.

»Mach ich nicht«, rief sie zurück.

Sechszehn

Eine Stunde später ließ sich Selene schwitzend auf die Bank im Hinterhof der Burg fallen und versuchte, nach dem letzten Sprint Luft zu kriegen. Sie war an den Waldrändern entlanggelaufen, um eine möglichst weite Strecke zu haben. Die Hügel und Täler hatten ihr Übriges getan – ihre Beine zitterten, das Herz pumpte und ihre Lungen rasselten. Ihre innere Unruhe aber hatte den Kampf gegen die körperliche aufgegeben, sodass Selene von einer friedlichen Stille erfüllt war.

Sie lehnte sich an und schaute nach hinten zur Tür. Er fehlte ihr. Nach einer Stunde schon. Das Ausmaß ihrer Gefühle ängstigte sie. Wenn sich etwas so richtig anfühlte, wie sollte sie dann je wieder ohne leben können? Wenn sie Roven noch näher an sich heranließ und er irgendwann nicht mehr da wäre – was bliebe dann von ihr übrig? Sollte ihre Angst sie davon abhalten, etwas zu riskieren? Ihr Herz zu riskieren und am Ende vielleicht zu verlieren? Was war schlimmer – nie zu lieben oder voller Hingabe zu lieben und den Schmerz des Verlustes auszuhalten? Wenn Selene ihre Angst für einen Moment beiseiteschob, kam ihr die Antwort simpel vor. Aber mit der Furcht im Nacken war das nicht so einfach.

Warum hatte sie ihn geküsst?! Verfluchte Scheiße, weil sie auf ihr Herz gehört hatte. Ihr Herz kannte die Antwort, nur ihr Kopf kämpfte unentwegt dagegen an und überschattete jeden Anflug von Glück mit Angst. Mit Bildern von Einsamkeit und Trauer. Vielleicht war die letzte Wunde noch zu frisch. Selene hatte mal gelesen, dass sich die chemischen Prozesse im Körper veränderten, wenn man einen geliebten Menschen verlor. Teilweise so stark, dass man selbst gar nichts gegen den Schmerz unternehmen konnte. Und das Gleichgewicht wurde oft erst nach Wochen oder Monaten wiederhergestellt. Manchmal auch nie. Vielleicht war ihr Gehirn noch zu sehr auf Trauer gepolt, bevor es wieder aufrichtig genießen konnte.

Die Trainingshalle war leer, als sie vom Laufen zurückkam, sodass sie ungestört duschen konnte. Anschließend zog sie sich auf ihr Zimmer zurück und las, solange sie nicht in ihrem Gedankenkarussell abdriftete oder Löcher in die Luft starrte.

Am späten Nachmittag klopfte es leise an der Tür.

Sie schaute vom Buch hoch. »Ja?«

Jason öffnete. »Hast du Lust, … *Need for Speed* zu zocken?«

Selene runzelte die Stirn. »Äh, nicht unbedingt.«

»Schade. *God of War*?«

Sie wägte ab. »Das klingt blutig.«

Jason schürzte die Lippen. »Kaum …« Er überlegte. »Okay, dann lass uns einen Film schauen. Ist mir auch egal, welchen. Ich brauch mal ne Rechnerpause. Und ich kann nicht zulassen, dass du den ganzen Tag liest und noch gebildeter wirst.«

Selene lächelte und legte das Buch auf den Nachttisch. »Na gut. Bin dabei.«

Unten im Heimkino schaltete Jason die indirekte Beleuchtung an. Vor einer deckenhohen Leinwand standen zwei Sessel und dazwischen ein Riesensofa. Links gab es eine Bar und weiter rechts einen Billardtisch. Die tiefrote Auslegware war so hoch, dass Selenes Füße darin einsanken. Sie ließ die Schuhe am Eingang stehen, ging zum Sofa und setzte sich auf die Kante. In den Ecken standen Boxen und seitlich der Leinwand ein Regal mit allerhand

Technik drin.

»Wo ist Roven?«, fragte sie Jason, der mit der Fernbedienung zu ihr kam und sich neben sie setzte.

»Schläft. Macht er manchmal vor der Jagd.« Er schaltete den Bildschirm ein. »Fällt dir spontan etwas ein?«

»Egal, was?«

»Hab ich dir versprochen.«

»*Die Schöne und das Biest*!«

Jason sah sie an, sein Gesicht hatte jede Mimik verloren.

»Du hast es versprochen!«, rief Selene.

Da strahlte er über beide Wangen. »Ich liebe Disney!«

Selene musste lachen. »Hab ich ein Glück …«

Der Film startete und sie rutschten beide bis an die Rückenlehne der großen Couch.

»Ist das eigentlich Entspannung, wenn du während deiner Rechnerpause auf einen anderen Bildschirm schaust?«, fragte sie.

»Tut mir leid, ich kann dir nicht folgen«, antwortete er, ohne sie anzusehen, bewegte die Lippen synchron zu Belles Lied und gestikulierte dramatisch mit den Händen.

Selene legte sich auf die Seite und zog sich ein Kissen heran. Etwas später kam Adam herein und erinnerte Jason an zwei Rechnungen, die er noch bezahlen sollte.

»Mach ich gleich, wenn wir fertig sind.«

»Vergiss es bitte nicht«, mahnte er beim Rausgehen.

»Mach ich nicht«, rief Jason hinterher. Etwa zehn Sekunden später sprang er mit einem »Verdammt« von der Couch auf. »Bin gleich wieder da.«

Selene hörte ihn im Eingangsbereich laut »Morgen, Prinzessin!« rufen, gefolgt von einem »Au!«. Dumpfe Schritte näherten sich. Selene setzte sich auf und schaute auf den Bildschirm. Rovens breite Statur blieb neben dem Sofa stehen und schaute ebenfalls auf die Leinwand. Er hielt eine Rohrzange in der Hand.

»Der Akkadier mit der Rohrzange im Billardzimmer …?«

Er sah sie an. »Hab deine Dusche repariert«, antwortete er und blickte wieder nach vorn. »Disney? Ernsthaft, Selene?«

Sie sagte nichts, schaute schmunzelnd auf Belle, die dem Biest gerade die Wunde versorgte. »Woher wusstest du, dass sie kaputt ist?«

»Ich hatte sie kaputt gemacht, damit du im Trainingsraum duschst, wo Kameras installiert sind.«

Entsetzt schaute sie hoch. Er grinste.

»Das ist nicht lustig.«

Roven zuckte mit der Schulter. »Ein bisschen schon.« Er ging zum Sessel und ließ sich darauf fallen, nahm ihn vollständig ein, womit sich Selene auf der riesigen Couch noch ein Stückchen kleiner fühlte. Boots und Lederhose verrieten, dass er bald nach London musste.

Als er zu ihr schaute, sah sie wieder auf die Leinwand. Spürte seinen Blick auf sich und ignorierte ihn so gut, es ging. Sie musste schlucken, spürte Hitze in sich aufsteigen.

»Sieh mich nicht so an«, murmelte sie.

»Dann sei nicht hier ...«

Selene schaute zu ihm. Ihr Herz hopste, als wollte es aus ihrer Brust springen.

»Ich kann es hören«, sagte er mit schwachem Lächeln.

Sie legte sich die Hand auf die Brust und fühlte das Trommeln. »Das ist unfair.«

Roven stand auf, ließ die Rohrzange auf den Sessel fallen, kam zu ihr und setzte sich neben sie auf die Couch. Er nahm ihre Hand und legte sie auf seine Brust, und Selene spürte sein Herzklopfen, nicht weniger schnell als ihres. Und die Wärme seines Körpers. Er blickte nach unten auf ihre Hand, und sie auf sein Gesicht. Es wäre so leicht, in seine Arme zu fallen.

»Ist alles okay bei dir?«, fragte er.

»Ja. Nur das Übliche ...«

Roven legte ihre Hand behutsam zurück, rückte ein Stück ab und schaute auf die Leinwand. Sie betrachtete sein hartes Gesicht, das immer etwas weicher erschien, sobald er sie ansah. Die kleinen Fältchen, das fast weißblonde Haar, das ihn weniger wie einen Schotten, sondern eher wie den kampftollen Helden einer Anime-Serie wirken ließ.

»Sind die Haare eigentlich blondiert?«

Er schaute sie entgeistert an. »Bist du verrückt?! An meine schönen Haare lasse ich doch kein giftiges chemisches Zeug!« Zur Bestätigung fuhr er sich einmal durchs Haar.

Sie schmunzelte.

»Und deine?«

Selene zog die Augenbrauen zusammen. »Ich … habe dunkle Haare.«

»Vielleicht früher mal …?«, überlegte er.

»Nein. Außer ein paar Tönungen nichts Drastisches.«

Er nickte vielsagend. »Verstehe!«

»Faszinierendes Thema.« Sie lächelte.

»Total! Du hast angefangen.«

»Darf ich noch was fragen?«

»Meine Zähne sind echt.«

Selene lachte. »Das ist … interessant und gut zu wissen. Aber … alterst du eigentlich nicht mehr?«

»Nee. Hab ich mir abgewöhnt«, antwortete er und schaute wieder geradeaus.

»Heißt das, … du lebst ewig?«

Roven sah sie an. »Sofern mir nichts dazwischenkommt.«

»Ein Schwert zum Beispiel?«

»Hey, geh aus meinem Kopf raus!«

Selene lächelte und dachte darüber nach. »Wie ist das für dich?«

»Beängstigend. Mit dir in meinem Kopf sind wir jetzt schon zu dritt.«

Sie verdrehte die Augen. »Ich meine die Tatsache, dass du nahezu unsterblich bist!«

Roven liebte diese Gespräche. Und er liebte es, mit ihr zu stänkern. »Also …«, begann er und erinnerte sich an ihre Frage. »Anfangs hab ich mich übermächtig und unantastbar gefühlt. Was

… mich schnell unvorsichtig werden ließ. Die ersten schmerzhaften Verletzungen waren mir eine Lehre. Wenn du dem Tod öfter nahekommst, ist es bald nebensächlich, dass du theoretisch schwerer zu töten bist als ein Mensch. Praktisch gesehen kann ich genauso jede Nacht draufgehen wie alle anderen auch.«

Selene schaute nicht mehr auf den Film. »Und die Zeit? All diese Jahre … Weiß man die Zeit überhaupt noch zu schätzen, wenn man ewig lebt?«

»Weißt du es denn?«

Sie stutzte. »Ich … versuche es gerade zu lernen.«

»Und wie?« Er rutschte ein Stück tiefer, verschränkte die Hände auf seinem Bauch und schaute zu ihr.

»Na ja, immer wenn ich dran denke, halte ich inne, und mache mir bewusst, dass gerade etwas Schönes passiert.«

»Zum Beispiel jetzt?«

»Ja«, sagte sie schmunzelnd.

»Aber … eigentlich sieht's in deinem Leben gerade ziemlich … kacke aus, oder?«

»Ey!« Selene boxte ihn gegen den Oberarm. »Danke, dass du mich daran erinnerst!«

»Aua! Entschuldige. Manchmal versagt mein Feingefühl.«

»Manchmal?!« Sie drehte sich wieder Richtung Leinwand. »Du hast recht. Aber es könnte auch schlimmer sein. Es könnte zum Beispiel regnen. Hier drinnen, weil du vergessen hast, das Dach zu reparieren. Oder du liegst mal wieder blutend am Boden. Oder ich bin irgendwo ganz anders und … allein.«

»Mal wieder blutend am Boden …«, wiederholte er kopfschüttelnd. »Als ob das tagtäglich passiert!« Sie grinste nur frech. »Kommen wir zurück zum Wesentlichen: du findest es also gerade sehr schön?«

Selene blickte geradeaus und versuchte nicht zu lächeln.

»Aber«, fuhr er fort, »wenn ich zum Beispiel etwas näher zu dir rücke, sodass meine Schulter deine berührt«, was er in diesem Moment tat, »wäre es noch ein bisschen schöner, oder?« Er hörte ihr Herz wieder schneller werden. »Oder … ist das eher zu viel?«

Sie schüttelte den Kopf. »Nein, ist okay.«

»Gut. Dann bleib ich jetzt hier«, meinte er und schaute nach vorn zum Film. »Warum wurde er noch mal in ein Biest verwandelt?«

»Weil er ein Arsch war.«

»Ach das … Mhm, kenn ich.«

»So schlimm bist du nicht.«

»Dann muss ich an mir arbeiten.«

»Apropos arbeiten: wolltest du nicht los?«

»Noch nicht. Die Sonne muss erst untergehen.«

»Zerfällst du eigentlich zu Staub, wenn du ins Tageslicht gehst?«

»Ja. Glitzerstaub. Mit n bisschen Gold drin.«

»Du möchtest mir das nicht erzählen, richtig?«

»Noch nicht.« Er lächelte entschuldigend.

»Manchmal kann ich nicht fassen, worüber wir hier sprechen. Was du bist … Ich hab das Gefühl, ich würde jeden Moment aufwachen und alles wäre nur ein Traum gewesen.«

Roven sah sie eine Weile an. »Wenn du aufwachst, kommst du mich dann besuchen?«

Selene schaute lächelnd auf ihre Finger. »Vielleicht.«

»Ein *Vielleicht* ist mehr als ein *Ich muss darüber nachdenken*, oder?«

»Ja«, antwortete sie.

Roven nickte zufrieden, und sie schauten den Film zusammen mit Jason zu Ende. Als er nach dem Abendbrot in voller Kampfmontur wieder runterging, fand er Selene in der Bibliothek. Sie stellte gerade das Buch zurück. »Schon fertig?«

Sie nickte. »Ist ja nicht so lang.«

»Wie fandest du es?«

»Ziemlich gut. Traurig und erschütternd … irgendwie. Hast du es gelesen?«

»Jedes der Bücher hier.«

»Wirklich?«

»Mhm, hab viel Zeit …«

Sie schaute sich um. »Ist es okay, wenn ich mir noch eins aussuche?«

»Natürlich.« Er beobachtete, wie sie die Regale absuchte. »Bevor ich nach London gehe, wollte ich noch nen Abstecher an die Westküste machen. Hast du Lust mitzukommen?«

Sie drehte sich um. »Jetzt gleich?«

Er nickte.

»Ja!«, rief sie. »Sehr gerne. Ich … hole meine Jacke.«

»Tu das.« Schmunzelnd sah er ihr nach und verließ die Bibliothek. Als er im Eingangsbereich ankam, lief sie die Treppe schon wieder herunter, wobei ihr Haar durch die Luft tanzte.

»Fertig!« Sie strahlte über beide Wangen.

Roven hielt ihr eine Hand hin, die sie nahm. Er zog Selene an sich, atmete den Duft ihrer dunklen Wellen ein und spürte die Zerbrechlichkeit ihres Körpers.

Nach ein paar Sekunden fragte sie: »Warum passiert nichts?«

»Ich muss noch auf Sonnenuntergang warten.«

»Ach so.« Sie schwieg einen Moment. »Und … wann ist der?«

»In einer halben Stunde.« Er lachte und sie rückte von ihm ab. »War n Scherz. Komm her, geht gleich los.«

»Du bist unmöglich«, sagte sie kopfschüttelnd und lehnte sich wieder an ihn.

Als das Summen in seinem Körper verstummte, löste er sie beide auf und brachte sie nach Westen zum Loch Maree.

Während der Dämmerung bestand immer die Gefahr, zu nah an die Grenze zur Verwandlung zu kommen, aber der Akkadier kostete diese Zeit viel zu selten aus – die wenigen Minuten, wenn das Restlicht die Landschaft noch erhellte, die Kanten der Berge nachmalte und dem Himmel tausend Farben schenkte. Besonders im Sommer zur nautischen Mitternachtsdämmerung, wenn der Himmel die ganze Nacht lang blau blieb und die Wolken weiß erschienen, sollte er sich mal wieder dafür Zeit nehmen.

Der Loch Maree erstreckte sich über eine weitläufige Talsenke und mündete westlich in Loch Ewe, der ins Meer führte. Zu beiden Seiten türmten sich schroffe Berge und bewaldete Hügel auf, und in der Mitte des länglichen Sees lagen mehrere kleine Inseln. Im Süden führte eine Landstraße am See entlang, im Norden gab es nur Natur.

Selene hing bewusstlos in seinen Armen und erholte sich vom Teleport. Sie trug einen Schal und eine dicke Jacke. Kleine Wölkchen bildeten sich vor ihrem Mund. Der Winter hielt Einzug in Schottland und der Wind an der Westküste brachte zusätzliche Kälte.

Sie zuckte. Roven ließ ihre Füße runter, hielt sie aber weiter fest. Als das Leben in ihren Körper zurückkehrte, griffen ihre Hände nach dem ersten, was sie fassen konnte – in dem Fall ein Messer an seinem Brusthalfter.

»Das sind *meine* Messer«, merkte er an. »Wenn du auch welche haben möchtest, sag Bescheid.«

Sie rieb sich den Kopf und holte einmal Luft.

»Geht's?«

»Mhm«, nickte sie. »Manchmal besser, manchmal schlechter.«

»Wir sollten das vermutlich nicht übertreiben.«

Selene lächelte verkniffen und schaute sich um. Die Kopfschmerzen verschwanden scheinbar, ihre Mimik hellte auf. Roven hatte sie ans mittlere Ufer nördlich des Lochs gebracht, wo man einen weiten Blick auf die Umgebung hatte – hinter ihnen die Berge, vor ihnen der See in tiefem Blau. Westlich zog ein orangefarbener Streifen über den Horizont. Die Unterseite der Wolken färbte sich rötlich, genauso wie Selenes Silhouette. Sie ging einen Schritt Richtung Ufer, bis ihre Schuhe beinahe das Wasser berührten, und betrachtete die Umgebung. Hatte den Mund geöffnet und atmete tief. Ihre Augen begannen zu glänzen. Selene schwieg. Roven hörte ein Zittern in den Atemzügen, ihr Herz schlug schneller. Dann begann sie langsam zu lächeln. Immer breiter. Und schaute schließlich zu ihm, strahlte ihn dankbar und mit feuchten Augen an und sah wieder geradeaus.

Sie standen dort eine ganze Weile, ohne zu reden. Lauschten der Natur, dem Rauschen des Sees und dem Plätschern der kleinen Wellen am Ufer, dem Wind in den Bäumen und dem fernen

Vogelgezwitscher.

Als Selene anfing zu zittern, schirmte Roven sie von hinten ab und legte seine Arme um sie.

»Wenn mir nicht so kalt wäre, würde ich jetzt da rein laufen …«

Er schmunzelte. »Es ist arschkalt. Selbst ich würde kneifen.«

»Vielleicht im Sommer …?«

»Auf jeden Fall! Aber nur nackt. Sonst zählt es nicht.«

Er hörte sie schmunzeln. Sie legte ihre ausgekühlten Hände auf seine und schob sie ein Stück in die Ärmel seines Mantels, kuschelte sich in seine Umarmung und lehnte ihre Stirn gegen sein Kinn. »Wann musst du los?«

»Wenn du fertig bist …«

»Ich … hab mich noch nie so … angekommen gefühlt.«

Roven holte Luft und zog sie noch etwas dichter an sich. Er hätte gerne etwas erwidert, wusste aber nicht was. Er fand keine Worte, um seine Gefühle zu beschreiben, aber *angekommen* traf es ziemlich gut.

»Dann lass uns …«, sagte sie wenig später.

»Schon?«

Sie nickte. »Danke.«

»Gerne wieder …«

Nachdem er sie zurückgebracht hatte, machte er noch einen Zwischenstopp am Ozean und schaute von den Klippen hinunter aufs offene Meer. Roven ertrug die Sehnsucht kaum. Seine Gefühle für Selene machten ihn wahnsinnig. Er hasste es, sie zurückzulassen. Hasste es, nach London zu müssen und die ganze verdammte Nacht dort zu verbringen. Und er hasste sich selbst dafür, sich nicht besser unter Kontrolle zu haben. Die ganze Liebelei nicht einfach fallenzulassen. Scheiß aufs Herz. Er hatte einen Job. Er hatte Besseres zu tun, als einer Frau hinterherzurennen.

Roven ging rückwärts und atmete die Salzluft tief in seine Lungen, lauschte dem Klang der Wellen und spürte das schmerzhafte Ziehen in der Brust. Von *Naham* getrieben rannte er los und sprang von der Klippe. Er stürzte sich in die Tiefe, spürte den

Wind im Gesicht und an seinen Sachen zerren, hörte ihn an seinen Ohren vorbeipfeifen und schaute auf das schäumende Meer unter sich. Als er die Wasseroberfläche durchbrach, stieß er mit der Schulter gegen einen Felsen. Das Gelenk sprang aus der Pfanne, was *Naham* sofort reparierte. Mit weiß glühenden Augen tauchte er durch die eisige Schwärze. Sein Gehirn schaltete bei den Temperaturen ab. Er schwamm in langen Zügen und wartete darauf, dass ihm der Sauerstoff ausging. Adrenalin schwappte durch seinen Körper. Stoß um Stoß. Sein Herz schlug panisch.

Lass den Scheiß!, schimpfte sie von innen und genoss den Moment doch genauso sehr wie er. Wie damals, als sie seinen Leichnam gefunden und an die Oberfläche gezerrt hatte. Als sie ihn zum ersten Mal gerettet hatte.

Sein Herzschlag wurde unregelmäßig. Roven schwamm nach oben und tauchte mit einem tiefen Atemzug auf, fand sich weit draußen auf offener See. Er keuchte und hielt sich nur mühsam oben. Die schweren Stiefel und die Waffen zogen ihn nach unten. Wellen peitschten ihm ins Gesicht, schmeckten salzig auf den Lippen, und er überlegte kurz, ob sein Schwert rosten würde. Er holte noch mal Luft und tauchte erneut unter, schwamm Zug um Zug weiter raus und fand ein Stück seines Friedens wieder. Er flüchtete vor Selene in seine eigene Sturheit hinein, aber für den Moment half es.

Thanju hatte sich von Tibet aus über Neu Dehli und Karatschi nach Riad, im Norden Saudi-Arabiens, teleportiert und legte die restliche Entfernung zu Fuß zurück. Er bewegte sich mit einer Geschwindigkeit fort, die menschliche Augen nicht mehr wahrnehmen konnten. Allerdings gab es in der weltgrößten Sandwüste auch kaum Sterbliche, die davon hätten Zeuge werden können.

Nachts fielen die Temperaturen hier fast auf null Grad, doch als Akkadier, der die Winter Tibets gewohnt war, empfand er es noch immer als zu warm. Dass er seine Kräfte einsetzte, trieb *Nahams* Organismus zusätzlich an. Aber er musste sich beeilen, wenn er Jafar vor Sonnenaufgang finden wollte. Ju wusste nur, dass die Unterkunft des Arabers irgendwo in der Rub al-Chali Wüste lag – ebenso verborgen wie sein eigener Tempel in Tibet oder Rovens Burg.

Ju machte sich Gedanken um den Schotten. Roven verhielt sich unangemessen. Es kam unter Akkadiern auch mal zu einem Gerangel. Solange jeder seinen Kopf behielt, war das nicht bedenklich. Doch Roven hatte sich nicht ausreichend unter Kontrolle, wenn *Naham* so dicht an die Oberfläche kam.

Mit jedem Kilometer Richtung Osten näherte sich auch der Sonnenaufgang. Thanju wirbelte Sandstürme hinter sich auf und hielt seine Sinne in alle Richtungen offen, um das Seelenband des Arabers zu finden. Stunden später spürte er ein Brennen auf dem Rücken. Die Sonne schickte erste Strahlen über die Dünen und reizte seine Bestie, sich zu verwandeln. Doch er war in der Nähe seines Ziels, folgte dem Summen des Seelenbandes und fand Jafars Behausung schließlich zwischen den Sandmassen. Der Eingang war halb zugeschüttet, die Tür stand offen. In letzter Minute huschte Ju ins Dunkel und blieb zum ersten Mal seit Stunden stehen. Außer Atem beobachtete er, wie das gleißende Licht von der Wüste Besitz ergriff.

Er schloss die Holztür und folgte den Stufen hinab in die Finsternis. Stille umgab ihn. Die Steine unter seinen nackten Füßen waren zerfurcht von Krallenspuren. Jus Augen gewöhnten sich allmählich an die Schwärze und nach mehr als fünfzig Stufen erreichte er den Boden.

»Jafar!« Seine Stimme wurde von den Erdmassen verschluckt. Er nahm die letzte Stufe und betrachtete das Erdloch, von dem mehrere Gänge abführten. »Ich ersuche ein Gespräch!«

Ein weißes Augenpaar blitzte neben ihm auf. Die Bestie warf ihn mit voller Wucht zu Boden. Krallen gruben sich in seine Schultern, Speichel tropfte von den gefletschten Fängen auf ihn herab und aus den Augen sprach blankes Chaos. Einzig Jus Hände, die er gegen den Hals der Bestie stemmte, schienen sie davon abzuhalten, ihn zu fressen. Er warf das Tier mental zurück, hielt es hinter einer unsichtbaren Barriere auf Abstand und kam wieder auf die Füße. Jafars Brüllen ließ Erde von der Decke rieseln und die Temperatur in dem kühlen Bau schlagartig ansteigen. Das schneeweiße Tier sprang gegen die Barriere und rammte die Klauen brüllend in die unsichtbare Wand.

»Jafar, wenn deine zweite Seele mich hören kann, dann wisse, dass es nicht mein Wunsch als dein Bruder ist, gegen dich zu kämpfen. Wir brauchen deine Hilfe und deinen klaren Verstand.« Ju zog die Kopie des blutbeschrifteten Zettels aus Island hervor und hielt sie der wutschnaubenden Bestie vor die Nase. »Du hast das Original. Und ich muss wissen, wer es dir geschickt hat.«

Der Löwe kniff die Augen zusammen und wandte sich ab, schüttelte den riesigen Kopf, dann den Körper und drehte sich schließlich zurück. Die weißen Iriden verloren ihren Schein und erloschen zu einem Haselnussbraun. Der Tibeter zog seine Kräfte zurück, als das Tier zitternd zu Boden sank. Sein Körper verschwand in einem goldbunten Regen, aus dem weißen Fell wurde dunkelbraune Haut.

Jafar lag nackt am Boden und fand langsam sein Bewusstsein wieder. Schwarze Strähnen klebten ihm im Gesicht. Er kam auf die Füße und blieb leicht gebeugt stehen, als wäre es Tage her, dass er menschliche Gestalt angenommen hatte. Das Abbild der Bestie um seinen Hals schillerte farbenfroh. »Mir nach!«, befahl er mit rauer Stimme.

Ju verstand Arabisch wie jede andere Sprache. Akkadier unterschieden nicht in Rasse oder Herkunft – weder bei Unsterblichen noch bei Menschen.

Jafar schleppte sich in die linke Erdspalte und Ju folgte ihm durch die Dunkelheit, bis sie eine Metalltür erreichten. Im Raum dahinter befand sich hochmoderne Technik, darunter mehrere Monitore, auf denen unterschiedliche Überwachungssysteme liefen.

Der Araber nahm am Schreibtisch Platz und durchsuchte eine Schublade. Als er Ju das Original der Nachricht zeigte, huschte ein Blitzen durch seine Augen.

»Du kennst die Handschrift?« Seine Stimmbänder waren noch

gereizt.

Ju betrachtete die mit Blut beschriftete Tierhaut und schüttelte den Kopf.

»Danica!«, rief Jafar wütend. »Dass du das nicht mehr weißt!«

Ju blickte auf die Schrift. »Sie … ist es.« Danicas Gesicht tauchte in seiner Erinnerung auf – die Amazone mit blutrotem Haar und einer Bestie voller Kraft und Anmut. »Sie ist in Island?«

»Island, … ja«, sagte Jafar gedehnt. Sein Blick richtete sich ins Leere.

Ju fuhr mit den Fingern über die blutige Schrift. »Sie ist nicht die Einzige. Lennart wurde vor ein paar Tagen gefangen genommen.« Seine Hand schloss sich unbewusst fester um die Tierhaut. Als er es bemerkte, lockerte er den Griff und sah zu Jafar. »Und Danica hat *dir* dieser Nachricht geschickt?«

Jafar kniff die Augen zusammen. »Kannst du dir etwa nicht vorstellen, dass sie jemandem wie *mir* vertraut?«, knurrte er und wandte den Blick ab. »Sie muss zu geschwächt gewesen sein, um sich selbst zu teleportieren, und hat nur diese Nachricht geschickt.«

»Wir werden beide retten.«

»Wir?« Jafar schnaufte abfällig. »Sag bloß, du schaffst das nicht allein …«

Ju ignorierte die Provokation. »An Verbündeten soll es uns nicht fehlen. Wenn wir in den Krieg ziehen müssen, um zwei unserer Art zu retten, dann sei es so! Schließ dich uns an – wenn nicht für Lennart, dann für Danica.«

Siebzehn

Am nächsten Morgen wurde Selene von herunterfahrenden Rollläden geweckt. Sie hatte besser geschlafen, streckte sich und schaute auf ihr Handy. Gestern Abend hatte ihr Jason das WLAN-Passwort gegeben, sodass sie wieder erreichbar war. Julia hatte auf ihre letzte Nachricht mit einem gelben Herzchen geantwortet.

Selene erinnerte sich an Loch Maree und lächelte. Ein warmes Gefühl bildete sich in ihrer Brust. Und eine schmerzhafte Sehnsucht. Sie zog sich die Decke über den Kopf und seufzte lautstark. Roven lag gleich nebenan. Sie könnte aus ihrer Tür und in sein Zimmer hineinstolpern, in sein Bett kriechen, unter seine Decke schlüpfen und sich an ihn kuscheln. Und weiterschlafen, kuscheln, träumen, Wärme genießen.

Frustriert strampelte Selene die Decke weg und stand auf, ging duschen und anschließend nach unten. Sie fand Adam in der Küche, der gerade den Einkaufszettel prüfte und die leeren Milchflaschen in einen Korb stellte.

»Möchten Sie mich begleiten?«

»Wo geht's denn hin?«

»Zum Wochenmarkt nach Evanton. Das Wetter ist herrlich, der erste sonnige Morgen nach einer gefühlten Ewigkeit.«

Selene erinnerte sich an Rovens Warnung. »Darf ich denn bis nach Evanton?«

Adam überlegte. »Sie haben Recht, ich vergaß. Das wäre vermutlich keine gute Idee. Hinter dem Wald endet die Schutzzone.«

»Gibt's viele Taryk in Evanton?«

»Ich glaube, um den letzten hatte sich der Sire vor zwei Jahren gekümmert. Evanton ist ein friedlicher Ort. Aber ich muss Ihnen trotzdem davon abraten.«

Selene schaute zu den Rollläden und konnte die Sonne dahinter beinahe riechen. »Mich könnte auch jeden Tag ein Bus überfahren. Ich kann mich ja nicht völlig einsperren lassen. Also komme ich mit!«

Adam diskutierte mit ihr, aber sie ließ sich nicht davon abbringen. Selene folgte ihm durch eine Verbindungstür in die Garage, wo drei Fahrzeuge standen – ein dunkelgrüner Jaguar, ein weißer Mitsubishi Outlander und ein anthrazitfarbener Vauxhall Zafira, in den sie einstiegen. Die zwei Flügeltore der Garage öffneten sich per Fernsteuerung. Adam fuhr nach draußen, folgte der Kurve um die Burg herum nach vorn und steuerte die Auffahrt entlang.

Die Morgensonne glitzerte auf den feuchten Wiesen. Selene ließ das Beifahrerfenster runter und hielt ihr Gesicht in die Sonne, fing an zu grinsen und sog die Wärme in sich auf. Sie spürte Tränen in den Augen und holte so tief Luft, als hätte sie Ewigkeiten nicht geatmet. Noch ein Atemzug. Und noch einer. Selene lehnte sich aus dem Fenster, sodass der kühle Wind ihr Haar durchwirbelte, und schaute zurück nach Avenstone. Die Burg stand auf einem Hügel und ragte wie ein Fels über die Landschaft auf. Die Steine wirkten so alt wie Roven war. Grüne Ranken kletterten an den Ecken hinauf, als hielten sie die Burg an Ort und Stelle, und die Täler ringsherum glichen einem Meer aus Gras und Moos.

Mit einer lang vermissten Euphorie im Herzen setzte sich Selene wieder hin und schloss das Fenster.

»Besser?«, fragte Adam schmunzelnd.

»Ja«, stieß sie erleichtert aus.

Die Schotterstraße führte durch Wiesen hinein in einen dunklen Kiefernwald. Nebel durchzog das Dickicht abseits der Straße. Adam folgte dem kurvigen Straßenverlauf so zügig, dass Selene einige Abzweigungen später nicht mehr wusste, wo sie sich befanden.

»Der Wald des Vergessens«, erklärte er ungefragt. »Beschützt uns vor ungebetenen Gästen. Und so, wie Sie mich gerade anschauen, scheint zumindest dieser Trick bei Ihnen noch zu wirken.«

»Ich glaube, wir sind … zwei Mal rechts und einmal links gefahren …?«

Adam schmunzelte.

»Ich bin mir ziemlich sicher.«

»Es ist jedes Mal eine andere Route.«

»Und wie orientieren Sie sich?«

»Ich fahre nach Gefühl.«

Selene schaute ins Dickicht, durch das einzelne Lichtstrahlen ihren Weg fanden, und sah die Bäume an sich vorbeiziehen. Sie verließen den Wald und bogen auf die erste befestigte Straße ein. Die Sonne tauchte die späte Herbstlandschaft in einen rötlich goldenen Schimmer. Evanton lag einige Kilometer weiter. Auf der einspurigen Straße passierten sie Felder und kleine Baumreihen, kamen an den ersten Häusern vorbei und erreichten schließlich den Ortseingang. Adam parkte den Zafira bei der Kirche nahe dem Zentrum. Mit Korb und Einkaufszettel überquerten sie den Markt und kauften frisches Obst und Gemüse, Käse und Eier.

Als sie am Fleischer vorbeikamen, drückte Adam ihr Geld in die Hand. »Selene, sind Sie so gut und holen das bestellte Schweineblut ab? Ich gehe in der Zeit zur Drogerie. Bin gleich wieder da.« Er lächelte und ging weiter, ohne ihre Antwort abzuwarten.

Selene schaute hinterher, betrat dann den Fleischer und stellte sich an. Während sie wartete, fiel ihr auf, dass sie Adams Familiennamen nicht kannte.

»Bitteschön?«, begrüßte sie die Verkäuferin.

»Ich würde gerne das … das Schweineblut abholen?«

»Für Adam?«

»Genau.«

Die Verkäuferin nickte und ging nach hinten, kam wenig später mit einem gefüllten Flaschenkorb wieder und stellte ihn klirrend auf den Ladentisch. Selene zuckte zusammen und betrachtete das träge Schwappen des Blutes in den Flaschen. Sie bezahlte und verließ das Geschäft. Draußen kam Adam ihr strahlend entgegen.

»Kann ich beim nächsten Mal die Sachen aus der Drogerie holen und Sie kaufen das Blut?«, fragte sie.

Er lachte herzerwärmend und klopfte ihr auf die Schulter. »Keine Sorge. Niemand vermutet so etwas.«

»Ich hatte das Gefühl, der ganze Laden starrt mich an. Als hätte ich Schaufel und Müllsäcke gekauft.«

Adam schmunzelte. »Das vergeht mit der Zeit.«

Sie spazierten zurück zum Wagen, verstauten die Einkäufe im Kofferraum und verließen Evanton. Selene blickte verträumt auf die Landschaft. Da klingelte das Autotelefon, auf der Anzeige stand *Home*.

»Oh je«, seufzte Adam und drückte auf den grünen Knopf.

»*Was fällt dir ein, die Burg zu verlassen?!*«, donnerte Rovens Stimme durch die Lautsprecher.

Adam machte ein zerknirschtes Gesicht. »Sire, ich —«

»*Selene!*«, brüllte er weiter.

»Könntest du bitte aufhören zu schreien?!«

»Nein! Weil du dämlich bist!« Er machte eine Pause, schnaufte in den Hörer und schien sich auf die Zähne zu beißen. »Leichtsinnig! Verdammt noch mal! Wenn jetzt etwas passiert, seid ihr beide dran und ich sitze hier fest und drehe Däumchen, oder was?!«

Selene atmete durch, um nicht zurückzubrüllen. Währenddessen murmelte er aufgebracht vor sich hin. »Roven, ich kann nicht tagelang innerhalb dieser Mauern festsitzen«, versuchte sie zu erklären.

»Nein, klar, verstehe. Dann stirbste halt lieber!«

»Ja, vielleicht ist das so. Aber verrückt zu werden, ist für mich keine Option.«

»Du warst doch laufen! Draußen! Reicht das nicht?«

»Verstehst du das wirklich nicht?«

Er sagte nichts, schnaufte nur. Sie hörte ihn auf und ab gehen.

»Ich hab dir Schweineblut besorgt«, erzählte sie, um das Thema zu wechseln.

Es blieb still. »Wann seid ihr wieder hier?«

»Wir sind gleich im Wald, Sire«, antwortete Adam.

»Okay.«

»Bis —« Da hatte er schon aufgelegt.

Selene schluckte ihre Wut runter. Sie verstand, dass er sauer war, aber er entschied nicht über ihre Freiheit. Zähneknirschend schaute sie aus dem Fenster. Adam sagte nichts.

Als sie den Wald verließen und auf Avenstone zusteuerten, begann ihr Herz zu pochen.

»Warum stehen die Eingangstüren auf?«, fragte sie den Butler.

»Ich weiß nicht. Das ist ungewöhnlich. Vielleicht … wollte der Sire lüften.«

Selene sah ihn ungläubig an. Sie erreichten die Burg. »Kann ich hier …«

Adam hielt an. »Natürlich.«

»Danke!«

Selene stieg aus und schaute dem Wagen hinterher, der Richtung Garage fuhr, blickte dann auf die Türen und ging die Stufen hinauf. Die Sonne fiel in den Eingangsbereich, beleuchtete den Boden und das Mosaik. Selene war geblendet und musste blinzeln, um im Dunkel etwas zu erkennen. Roven stand auf der untersten Stufe knapp im Schatten, hatte die Arme verschränkt und blickte sie mit weiß glühenden Augen an. Selene blieb im Licht stehen.

»Wärst du so freundlich und schließt die Türen?«, fragte er mit monströs verzerrter Stimme.

Selene schluckte. »Und dann?«

»Versohl ich dir den Hintern.«

Sie hob die Augenbrauen. »Ich denke nicht.«

Er knurrte, kam die Treppe herunter und ging um den Lichtkegel herum. Damit kam er ihr unweigerlich näher. Würde er den Arm ausstrecken, könnte er sie vermutlich erreichen.

»Ich bevorzuge eine verbale Kommunikation«, erinnerte sie ihn.

»Ich nicht.«

»Ich weiß.« Sie holte genervt Luft. »Verflucht noch mal, jetzt mach kein Drama draus!«

Im nächsten Moment warf sein Körper sie aus dem Licht heraus, rein ins Dunkel und drückte sie an die Wand. »Mache ich nicht«, knurrte er in ihr Gesicht. Die Wucht des Aufpralls hatte ihr die Luft aus den Lungen getrieben. »Weißt du, was mit dir passiert, wenn sie dich kriegen?« Selene spürte seinen Atem an ihrer Wange. Er holte mit bebenden Nasenflügeln Luft. Da verschwand sein Griff um ihre Oberarme, stattdessen legten sich seine Hände an ihre Wangen und zwangen sie, ihm in die Augen zu sehen. »Wenn du Glück hast, ziehen sie dir die Seele aus dem Körper. Dann stirbst du an Todesangst und Herzversagen oder sabberst als Zombie durch ein Pflegeheim. Aber da sie wissen, dass du mir etwas bedeutest, kannst du davon ausgehen, dass sie dich mitnehmen und foltern. An einem Ort, der der Hölle sehr nahekommt.«

Selene schloss die Augen, verdrängte die aufkommenden Bilder und nickte verständig. Sie legte ihre Hände auf seine und als sie die Augen wieder öffnete, hatte sein Gesicht einen sanften Ausdruck angenommen.

»Ich will dich nicht einsperren …«, begann er. »Aber ich … will auch nicht, dass dir etwas passiert.« Er mahlte mit dem Kiefer.

»Ich möchte nicht sterben. Oder gefoltert werden.«

»Bist du dir da sicher?«, fragte er skeptisch.

Selene fand keine Kraft zu antworten. Nein, sie war sich nicht sicher. Sie hatte keine Ahnung, was in ihr vorging.

Roven streichelte ihre Wange und schaute ins Leere, als erinnerte er sich an etwas. »Wenn man jemanden verliert, den man über alles liebt, dann … ist der Schmerz manchmal so groß, dass man nur noch will, dass es aufhört wehzutun. Weil es unerträglich ist, weil alles nur noch wehtut. Und man irgendwann keine Kraft mehr hat, das zu ertragen. Aber da man den Schmerz nicht abstellen kann, wird es irgendwann zur Option, alles abzustellen.« Er sah ihr in die Augen. »Ich weiß, wie das ist. Als meine Eltern starben, war ich noch ein Junge.«

Selene schluckte den Kloß im Hals hinunter. Sie blinzelte und verlor eine Träne.

»Aber die andere Option wäre gewesen, dass ich vor ihnen sterbe – mit gerade mal zweiunddreißig Jahren – und sie meinen Tod betrauern müssten. Dann lieber so herum, auch wenn es schrecklich wehtat. Und … ich Ewigkeiten brauchte, um mir diesen Schmerz einzugestehen. Es wird leichter. Irgendwann. Es dauert und die Trauer wird nie ganz weggehen. Aber du lernst, damit zu leben. Der Schmerz zeigt dir, wie wichtig dir dieser Mensch war und immer noch ist. Würde es nicht so wehtun, hätte es keine Bedeutung gehabt.«

Selene schloss die Augen und weinte. Sie wollte sich hinter ihren Händen verstecken, doch Roven zog sie in seine Arme und jede Fassade verschwand. Jede Mauer in ihr stürzte ein.

Erst als sie sich gesammelt und beruhigt hatte, bemerkte sie, dass sie beide auf dem Fußboden saßen. Er hatte sich an die Wand gelehnt und sie auf seinem Schoß gehalten. Sie schniefte und er hielt ihr ein Taschentuch hin.

»Wo hast du das denn jetzt her?«, fragte sie mit brüchiger Stimme.

»Ich hab ne Frau im Haus. Da trage ich immer Taschentücher bei mir.« Er zwinkerte.

Selene putzte sich die Nase und lehnte sich an ihn. »Dein T-Shirt ist nass.«

»Ich schwitze schnell.«

Sie fühlte sich erleichtert. »Du kannst ziemlich einfühlsam sein, wenn du willst …«

Er nickte. »Wenn ich will …«

Selene sah ihn dankbar an, seine Augen waren wieder blau. Seine Hand an ihrem Rücken begann, sie zu streicheln. Selene beugte sich vor und küsste ihn vorsichtig, umarmte ihn und rutschte näher an seine Hüften.

Roven bemühte sich, nicht die Fassung zu verlieren, fand sein Verlangen angesichts von Selenes Gefühlslage unangemessen, aber er war nur bis zu einem bestimmten Punkt in der Lage, selbstlos zu sein. Und den hatte sie gerade überschritten.

Der Akkadier wurde sich der gleißenden Sonne nur wenige Meter entfernt sehr bewusst und spürte *Naham* von innen gegen seine Haut springen. Sie verlängerte seine Fänge und nahm in Form seiner weiß glühenden Augen Besitz von ihm. Er hörte Selenes Blut rauschen, roch den kupfrigen Duft und spürte seinen Hunger schmerzhaft im Magen.

»Warte«, brachte er mühsam hervor und löste sich ein Stück von ihr. Auf ihren fragenden Blick hin, erklärte er: »Am Tage … ist es schwerer, nicht … die Kontrolle zu verlieren.« Roven schloss die Augen und versuchte, die Bestie zurückzudrängen, da spürte er einen zarten Kuss auf seinem Augenlid.

»Tu das nicht. Versteck dich nicht vor mir. Ich habe keine Angst …«

»Ich könnte dir sehr wehtun.«

»Wirst du nicht.«

Er sah ihr in die schokoladenfarbenen Augen. »Das weißt du nicht!«

»Doch!«

»Streitest du jetzt mit mir? Wollten wir nicht gerade knutschen?«

Sie lächelte und küsste ihn wieder, spielte an den Fängen vorbei mit seiner Zunge.

Roven versuchte seinem eigenen Ratschlag zu folgen und sein Tier nicht zu unterdrücken. *Naham* zeigte ihm, wie viel Selene ihm bedeutete, richtig? Und je mehr er sie annahm, desto weniger würde sie gegen ihn ankämpfen. Ein tiefes Knurren entstieg seiner Kehle, dass Selene schaudern ließ.

Er schmunzelte und begegnete ihrem fiebrigen Blick. »Was ist jetzt eigentlich mit Essen heute Abend.«

»Wie kannst du jetzt ans Essen denken?«, flüsterte sie.

Zur Antwort biss er zaghaft in ihren Hals.

»Au!«

»Deswegen«, murmelte er und küsste die Stelle.

Sie rückte ein Stück von ihm weg. »Du gibst nicht auf, oder?«

Er räusperte sich. »Verzeihung, meine Liebe. Aber du bist mir gerade zum wiederholten Male auf die Pelle gerückt ... Während wir auf dem Fußboden sitzen ... Ich zähle nur eins und eins zusammen. Findest du nicht, und wenn's nur für die Etikette ist, wir beide sollten wenigstens einmal zwischen all der Rumknutscherei miteinander zu Abend gegessen haben?«

Selene überlegte amüsiert. »Okay. Aber nichts Aufwendiges, bitte. Pizza oder so …«

Er verzog die Augenbrauen. »Ernsthaft?«

»Ja.«

»Okay. Meinetwegen.«

Sie nickte und schaute zwischen ihnen hin und her, klopfte ihm spielerisch auf den harten Bauch. »Ich äh, … Ich geh mal Adam mit den Einkäufen helfen. War … mal wieder schön mit dir.«

Roven musste laut lachen, während Selene rot anlief.

»Hör auf zu lachen!«, mahnte sie. »Und … danke fürs Zuhören.«

Er berührte ihre Wange. »Gerne.«als.Hals

Nachdem beide aufgestanden waren, sah er ihr nach, während sie Richtung Küche ging. »Gibt's n Dresscode?«

»Zum Pizza essen?«, fragte sie und schaute zurück.

Er nickte.

Sie zuckte mit der Schulter. »Jogginghose?«

»Sehr gut!«

Als sie verschwunden war, schloss er die Eingangstüren und teleportierte er sich nach London. Seine Klauen durchstießen die nächstgelegene Wand. *Naham* versuchte, ihn zurück nach Schottland zu schicken. Sie trieb seinen Herzschlag in die Höhe. Rovens Augen schmerzten und das Zahnfleisch war wund. Er zerlegte die komplette Einrichtung seiner Wohnung, bis er staubbedeckt auf dem Rücken lag. Mit trockener Kehle und zitternden Händen starrte er an die Decke. Und sein Tier gab noch immer keine Ruhe. Wut war nur ein Kanal, die Sehnsucht blieb. So viel zur ach so guten Beherrschung. Eine Zeitlang konnte er die Triebe seiner Bestie in Selenes Nähe unterdrücken. Doch sobald sie sich von ihm entfernte, war es vorbei mit der Kontrolle. Ihre Anwesenheit schien *Nahams* schlimmste Charakterzüge im Zaum zu halten. Als wäre er eine bessere Version seiner selbst, solange er Selene in seiner Nähe wusste.

Der Taryk biss die Zähne zusammen, als er sah, wie die Königin dem Halbblut über den Schädel streichelte. Er selbst blickte starr zu Boden und wagte es nicht, den Blick zu heben. Nur ihre Bilder flimmerten durch seinen Kopf.

Das Experiment war geglückt. Ihr Halbblut hatte den Kampf gegen einen Akkadier überlebt und hätte gewonnen, wäre der Unsterbliche nicht geflohen, wie Taryk es üblicherweise taten. Das Halbblut ermöglichte der Königin somit völlig neue Möglichkeiten. Und die Taryk – die echten – waren überflüssig, wenn es erst genügend Halbblüter gab.

Der gefangene Akkadier würde dem weiblichen Gebärwesen als Nahrungsquelle dienen, sodass sie länger am Leben bleiben und noch mehr Halbblüter produzieren könnte. Doch der Arrestant war schwach und erholte sich nicht. Die Königin missachtete ihn zur Schonung und beobachtete vorerst, wie sich sein Zustand entwickelte.

Das Halbblut gab ein widerliches Geräusch von sich, schien die Liebkosungen der Königin zu genießen. Der Taryk würgte und erregte die Aufmerksamkeit des Mischlings, spürte seinen Blick auf sich und nahm seine Andersartigkeit schmerzhaft wahr. Ein virulenter Eindringling, der nicht den Göttern entstammte und nicht auf die Erde gehörte. Assora hatte die Loyalität des Halbbluts noch nicht auf die Probe gestellt. Das hatten die Taryk ihm voraus – sie konnten nicht wählen. Doch im Kampf hatten sie gegen diesen Mischling keine Chance, wenn ihn nicht einmal ein Akkadier in die Knie zwang.

Achtzehn

Mit einer eiskalten Dusche hatte Roven den Hitzkopf in sich schließlich zur Ruhe gezwungen. Das Fieber war runter, trotzdem hatte er sich am späten Nachmittag einen Liter Schweineblut hintergekippt, um den Hunger zu dämpfen.

Als die Sonne über Schottland sank und die Landschaft in blutrotes Licht tauchte, kehrte er nach Avenstone zurück und war nervös wie ein verknallter Teenager. Er wechselte seine vom Staub verschmutzten Klamotten gegen eine frische Jogginghose und ein schwarzes Batman-T-Shirt, das ihm Jason zum Geburtstag geschenkt hatte. Unten im Heimkino suchte er nach einem Film, konnte sich aber nicht entscheiden. Da nahm er ihre Anwesenheit auf der Treppe wahr, stand auf und ging ihr entgegen. Er spürte jeden ihrer Schritte wie Adrenalinwellen, die sie durch seinen Körper schickte. Als er den Raum verließ, nahm sie gerade die letzte Stufe. Ihr Anblick ließ ihn innehalten, sein Herzschlag verlangsamte sich, als käme die Zeit zum Stillstand.

Ihr erstes Date – Selene trug eine atemberaubende hellgraue Jogginghose, die an Hintern und Knien ausgeleiert war, dazu ein dunkelblaues, ausgewaschenes T-Shirt, auf dem *Come as you are* stand. Kein noch so teures Abendkleid wäre ihrer Schönheit gerecht geworden.

Selene blickte auf, als sie ihn bemerkte, lächelte ihn an und sein Herzschlag setzte wieder ein.

Ein halb gehauchtes »Hi« entwich seinen Lippen. Er musste schlucken.

»Batman?«, antwortete sie und tippte auf das Logo, als sie vor ihm stand.

Roven zuckte mit den Schultern, wollte etwas Geistreiches erwähnen, aber ihr Gesicht war zu schön, um sich nicht darin zu verlieren und das Denken für den Rest des Lebens aufzugeben.

»Hi«, wiederholte er und nahm ihre Hand.

Sie grinste. »Hi!«

»Schöne Hose.«

»Meine beste!« Selene drückte seine Hand. Ihr Haar floss weich über Schultern und Rücken. Roven berührte ihre Wange und Selene legte den Kopf schief, schloss für einen Moment die Augen. Als sie ihn wieder ansah, beugte er sich hinab und gab ihr einen sanften Kuss.

»Schön, dass du da bist ... Falls ich das noch nie gesagt hatte.«

Sie küsste seine Hand an ihrer Wange. »Hast du nicht. Aber schön zu hören.« Nach einem langen Blick löste sie sich von ihm und schlenderte ins Fernsehzimmer. »Wo kriegen wir die Pizza eigentlich her?«

»Aus London.« Er folgte ihr und schaute ungeniert auf ihren Hintern. Jogginghosen waren eine tolle Erfindung – bei jedem Schritt wackelten ihre Pobacken.

Als sie sich umdrehte, sah er sie an. »London? Welcher Laden?«

»Jason bevorzugt *Union King's Cross*. Aber ich bestelle meistens bei *L'Antica*. Und du?«

»*L'Antica* ist gleich bei mir um die Ecke«, stimmte sie zu. »Du hast einen guten Pizza-Geschmack.«

»So ein tolles Kompliment hab ich noch nie bekommen«, sagte er stolz.

Selene grinste und widmete sich den DVDs. »Wolltest du einen gucken?«

»Wenn du magst …« Roven nahm den Flyer vom Lieferdienst in die Hand und blätterte darin herum, obwohl er immer die gleiche Pizza bestellte.

»Und welchen?« Sie hielt gerade *Inception* in der Hand.

»Darfst du aussuchen. Pizza?« Er wedelte mit dem Flyer in der Hand.

Sie schaute hoch. »Ich nehme eine Speziale mit Extrakäse, danke.«

»Okay. Dann …«, Roven warf den Flyer auf die Couch, »ruf ich mal an.«

»Mach das!«, antwortete sie und wühlte weiter in den Filmen.

Als er wiederkehrte, hatte Selene es sich auf der Couch bequem gemacht. Auf dem Tisch lag die Hülle von *47 Ronin*.

»Immer diese Gewalt, Mädchen! Muss ich mir Sorgen machen?!« Grinsend nahm er die Hülle in die Hand. »Wo ist die Scheibe?«

»Schon drin.«

Er schaute sie an. »Kannst du bitte aufhören, so selbstständig zu sein? Ich komme mir unnütz vor.«

»Du hast doch Pizza bestellt! Und ich bin mir sicher, du hast das toll gemacht!« Sie lachte.

Er verzog das Gesicht. »Extrakäse hatten sie nicht.«

Sie starrte ihn an. »Das ist nicht lustig!«

»Doch!«, lachte er und ging zum Bildschirm. »Und in welchen Schlitz hast du die Scheibe jetzt gewaltsam reingedrückt?«

»In den mittleren.«

»Das ist die Playstation.« Es blieb kurz still.

»Aber darüber kann man auch Filme gucken«, rief sie von hinten.

Roven schwieg ebenfalls. »Ja … Richtig. Aber wir gucken unsere Filme gerne über den Blu-Ray-Player. Wegen … Qualität … und so.«

»Die Playstation hat doch auch n Blue-Ray-Player?!«

»Darüber diskutiere ich nicht mit dir.«

»Ach so, es geht dir ums Prinzip!«, lachte sie.

»Vielleicht …« Er holte die DVD aus der Playstation und schob sie ein Fach drüber wieder rein. Der Bildschirm leuchtete fast synchron auf. »Dann startet sie sogar automatisch …«

»Zu faul, einen Knopf zu drücken?«, stänkerte Selene.

»Ich spare mir meine Energie lieber für deine Knöpfe auf.« Mit einem bösen Grinsen kehrte er zur Couch zurück und begrüßte ihren roten Kopf mit einem Kuss auf die Wange.

Selene blickte geradeaus. »Wie kommst du darauf, an meine Knöpfe ran zu dürfen?!«

Roven ließ sich neben sie fallen, sodass die Couch knarrte und Selene in seine Richtung kippte. »Wie kommst du darauf, dass ich das *nicht* dürfte?!« Er legte seinen Arm um sie und zog sie noch etwas näher heran.

Sie piekte ihn zwischen die Rippen und kuschelte sich an ihn. Der Film begann.

»Die ist wunderschön«, kommentierte sie die gehörnte Bestie am Anfang des Films. »Ich mag Hörner …«

Roven sah zu ihr. »Hast du ein Herz für Bestien?«

»Ja, schon irgendwie. Sie können ja nichts dafür, dass sie welche sind. Genau wie Spinnen. Die können auch nichts dafür, aber jeder hasst sie.«

»Ich nicht.«

»Das ist schön, dann sind wir schon zu zweit.«

Roven schmunzelte. Eine halbe Stunde später drückte er auf Pause. »Ich hol mal die Pizza ab.«

»Liefern die nicht bis nach Schottland?«

»Haben wir mal ausprobiert, war aber nicht so zufriedenstellend.«

»Teleportierst du dich jetzt direkt in den Laden?«

»Genau. Wenn alle ohnmächtig werden, gibt's die Pizza immer gratis.« Er küsste ihre Stirn und verweilte mit dem Blick einen Moment lang auf ihren Lippen. »Lauf nicht weg.«

»Werd ich nicht. Hab Hunger.«

»Ich auch.« Obwohl er dabei nicht an Pizza dachte. »Bis gleich,

Naiya!« Sie streichelte über seine Brust, als er sich auflöste.

Roven teleportierte sich in die Gasse neben dem *L'Antica*, betrat den Laden und nahm die Pizza entgegen. Als er zurückkehrte, war die Couch leer. »Du solltest doch nicht weglaufen«, rief er.

Selene kam mit zwei Flaschen Bier aus Richtung Küche. »Hab uns nur was zu trinken geholt.«

Roven schüttelte den Kopf. »Wieso hast du eigentlich keinen Freund?«

»Hm?« Sie sah auf, nachdem sie die Flaschen auf den Tisch gestellt hatte.

»Bei deinen Qualitäten, Bier zu holen, dürfte es nicht schwer sein, einen Mann zu finden.«

Sie schnaufte. »Vermutlich. Aber ich hab nie gesucht.«

»Warum nicht?« Er legte den Karton ab und setzte sich neben sie.

Selene überlegte eine Weile, bevor sie zu erzählen begann. »Meine … Mum und ich waren viele Jahre alleine. Und … sie war eine tolle Frau. Voller Lebenslust. Mutig …« Selene bekam feuchte Augen. »Sie ist immer mit offenem Herzen durch die Welt getanzt, hatte für jeden ein offenes Ohr und ist in ihrer Nächstenliebe aufgegangen. Ich glaube, nachdem mein Dad gestorben ist, hat ihr das über den Schmerz hinweggeholfen. Ihre Liebe nur irgendjemandem schenken zu können. Aber … sie wollte sich, glaube ich, nicht wieder in einen anderen Mann verlieben. Sie hat nie aufgehört, Dad zu lieben, und es wäre ihr falsch vorgekommen. Deswegen gab es in unserem Leben halt keinen Mann. Und ich hatte nie das Gefühl, das ich einen bräuchte. Mum hat mir so überzeugend vorgelebt, dass man als Frau keinen Mann braucht, um vollständig zu sein, um ein erfülltes Leben zu haben, dass ich ganz zufrieden damit war, für mich zu sein …«

»Denkst du immer noch so? Dass du keinen Partner brauchst, um vollständig zu sein?«

»Ich … möchte mein Glück nicht von jemandem außer mir abhängig machen. Weil ich niemanden außer mir dazu verantworten kann, weißt du? Also, ist schwer zu erklären. Kein Mann sollte nötig sein, damit es mir gut geht. Ich finde, als Mensch musst du schon selbst auf dich achtgeben und kannst nicht von anderen erwarten, gerettet zu werden.«

Roven nickte.

»Außerdem, es laufen auch echt viele Idioten rum. Ist schwer, einen Mann zu finden, der Herz und Verstand hat.«

»Hab ich beides nicht.«

Sie lachte. »Ich weiß.«

Sie stießen an und tranken einen Schluck. Roven öffnete die Pizzaschachtel. »Heißt das, du bist grundsätzlich gegen eine Partnerschaft?«

»Nein«, antwortete sie mit vollem Mund und kaute. »Mir fehlt der Sex.« Sie stockte, genau wie Roven. »Ich meine, …«

»Nein, alles gut. Information ist angekommen und wird abgespeichert.« Er grinste. »Mal im Ernst, den Sex könntest du auch ohne Liebe haben.«

»Nein, kann ich nicht.« Selene schluckte runter. »Will ich nicht. Ich finde, Sex sollte über das Körperliche hinausgehen. Die Verbindung sollte einfach tiefer sein. Vertrauen, Hingabe?!« Sie hob die Augenbrauen und verzog den Mund. »Ich will nicht mit jemandem schlafen, ohne mein Herz zu öffnen. Ich verurteile das nicht, aber ich kann es eben nicht …«

Roven trank einen Schluck. Er musste es ihr endlich sagen. Alles andere wäre unfair, wo sie gerade über Vertrauen redeten. »Ich muss dir noch etwas über mich erzählen.«

»Du musst?«

»Ich … möchte.«

Selene hielt inne und sah ihn an. »Du bist verheiratet.«

Er schnaufte. »Nein.« Roven schüttelte amüsiert den Kopf. »Nein, wirklich nicht.« Er holte Luft. »Aber so ähnlich. Es ist … ein bisschen schlimmer … vielleicht.«

Selene runzelte die Stirn. Sie rieb sich die Krümel von den Händen, griff nach der Flasche und blickte ihn erwartungsvoll an.

Roven amtete durch. »Du hast grad von Vertrauen gesprochen.

Und … du weißt schon eine ganze Menge über mich – das Bluttrinken, Taryk morden, dass ich keine Menschen mag, außer ein paar. Dass ich scheiße alt bin und ein Aggressionsproblem habe …« Er wusste nicht, wie er anfangen sollte. »Wenn man in einen Akkadier … verwandelt wird, stirbt man vorher. Als Mensch. Du stirbst und hast eventuell das Glück, auserwählt zu sein.«

Sie unterbrach seinen Monolog. »Wie bist du gestorben?«

»Ich … wurde erstochen. Mit einem Schwert. Hier«, er tippte sich auf die Brust. »Vor etwas über siebenhundert Jahren. Auf dem Schlachtfeld. Ich war ein Soldat, wenn du so willst. Wir kämpften damals gegen die Wikinger. Bei Largs. 1263.«

Selene sah ihn mit großen Augen an und sagte nichts, also erzählte er weiter.

»Das Ding ist, wenn dein Körper tot ist, ist er tot. Was mich am Leben erhält, ist etwas in mir. Nicht nur das Blut, sondern noch etwas anderes. Eine … zweite Seele, wenn du so willst. Eine Bestie … in die … ich mich … auch verwandeln kann.« Er stieß die angehaltene Luft aus und schaute Selene an.

Sie hatte die Flasche zum Trinken angesetzt und hielt mit der Öffnung am Mund inne, nahm sie wieder runter. »Verwandeln? Du meinst …« Sie machte eine Pause. »Wie soll ich mir das vorstellen? Du … könntest dich jetzt hier auf der Stelle verwandeln? Also … deinen Körper?«

»Genau.«

»Wie ein Werwolf?«

»So ähnlich.«

»Kannst du das steuern?«

»Ja.«

»Wie … In was genau verwandelst du dich?«

Roven schob den Ärmel seines T-Shirts hoch, bis die Tätowierung zu sehen war. »In sie.« Er sah *Nahams* Bild an und spürte ihr dankbares Schnurren in sich. »Deswegen wiege ich auch dreihundert Kilo.«

Selene schaute das Bild an. »In einen blauen Löwen mit Hörnern?«

»Du magst Hörner«, erinnerte er sie.

»Du verarschst mich jetzt gerade, oder?«

»Nein …«

Sie schwieg kurz und sah ihm in die Augen. »Beweise es!«

»Nein! Meine Bestie ist … alles andere als … vernünftig. Sie mag dich, aber ich weiß echt nicht, was sie mit dir anstellen würde. Sie liebt Chaos, Mord und Totschlag. Sie ist die perfekte Kampfmaschine, aber … sie hat ein gutes Herz.«

»Deins …«

»Mhm.«

»Und sie mag mich? Redet ihr über mich?«

Er lächelte. »Manchmal.«

Selene nickte. »Du sagst mir also ernsthaft, dass du dich in diesen wunderschönen blauen, gehörnten Löwen verwandeln kannst, und ich werde das vermutlich niemals sehen?!«

»Es ist zu gefährlich.«

Selene schaute auf die Tätowierung und berührte sie vorsichtig. Roven atmete ein und schloss die Augen. »Spürt sie das?«

»Ja.« Seine Stimme wurde heiser. Er biss die Zähne zusammen. Als er Selene wieder ansah, leuchteten seine Augen.

Blinzelnd lächelte sie und streichelte seine Wange. »Das ist *sie* …«

Er nickte. »Sie ist der Grund, warum ich nicht ins Sonnenlicht kann. Ich würde mich sofort verwandeln. Die Tage gehören ihr.«

»Ist es schmerzhaft?«

»Nicht mehr.«

»Früher schon?«

»Beim ersten Mal ziemlich.«

Selene schwieg eine Weile und betrachtete das Licht in seinem Blick. »Ist die Beziehung zwischen euch friedlich?«

»Ja, meistens. Das war aber nicht immer so. Es gab Zeiten, da haben wir nur gegeneinander gekämpft, uns gegenseitig wahnsinnig gemacht. Sie hasste mich, ich hasste sie. Das war schlimm … Als ich dir begegnet bin, wusste sie sofort, wie wichtig du mir mal sein würdest. Aber … ich wollte es nicht wahrhaben und habe versucht, es zu unterdrücken. Schlechte Idee. Sie kann mich dazu bringen, jegliche Vernunft zu vergessen. Irgendwann käme ich an einen Punkt, an dem ich als Akkadier nutzlos werde und für meine Umgebung nur noch eine Gefahr bin. Das wäre mein Todesurteil.«

Selene zog die Augenbrauen zusammen. »Eine schwere Bürde.«

»Ich wollte es so.«

»Kann sie uns hören? Also, weiß sie, dass wir über sie reden?«

»Ja.« Er lächelte. »Sie freut sich gerade, dass ich zu ihr stehe.«

Selene schmunzelte. »Also hat sie auch ihre guten Seiten.«

»Wenn sie nicht gerade in die Schlacht zieht … In deiner Nähe … ist sie meistens sehr friedlich.«

»Das finde ich schön.«

»Also, bist du nicht böse, dass ich dir erst jetzt davon erzähle?«

»Was du mir wann erzählst, ist deine Entscheidung. Wie ich damit umgehe, meine.«

»So erwachsen, Miss Johnson.«

»Ich gebe mir Mühe.«

»Du kannst mich alles fragen, was du möchtest.«

»Okay … Wenn mir etwas einfällt, frage ich dich.«

»Gut. Deine Pizza wird kalt.«

»Und dein Bier wird warm.«

Sie schauten den Film weiter und rückten währenddessen dichter zueinander, kuschelten und lagen irgendwann in Löffelchenstellung, als sich der Film dem Ende neigte. Selenes runder Hintern schmiegte sich einladend gegen seinen Schoß, aber der Frieden in ihm überwiegte. Ja, er wollte mit ihr schlafen, aber sie so nah bei sich zu haben, reichte ihm momentan aus. Er konnte ihren Duft einatmen, ihr Haar streicheln, ihren Körper betrachten. Mit ihr reden und ihr beim Erzählen zuhören. Ihrem Herzschlag lauschen und die Hitze in ihrem Schoß spüren. Sie wischte sich ein paar Tränen weg, als der Abspann lief. Roven fuhr mit den Fingern über ihren Arm, ganz zaghaft, bis sie eine Gänsehaut bekam.

»Das kitzelt.«

»Verzeihung.«

Selene ergriff seine Hand und zog sie an ihren Bauch, hielt sie dort fest. Bis er seine Finger ausstreckte, ihr T-Shirt eine Winzigkeit hochzog und ihren Bauch ebenfalls kitzelte. Sie spannte ihn unwillkürlich an, er hörte sie grinsen. Roven küsste ihren Oberarm, schloss die Augen und streichelte um ihren Bauchnabel herum. Ihr Atem wurde schneller und ihr Blut fing an zu rauschen. Selenes Duft benebelte seine Sinne. Er schob ihr Shirt noch etwas höher und ließ seine Kreise größer werden, fuhr über ihre Rippen und bis an den Rand ihrer Jogginghose. Selene bog den Rücken durch, rutschte enger an seinen Schoß und streckte die Arme nach oben aus. Seufzend drehte sie sich auf den Rücken und sah ihn mit einem verschlafenen Blick an.

»Du bist wunderschön.« Er fragte sich, wann er zum letzten Mal so glücklich gewesen war. »N paar Fettflecke auf der Hose wären noch sexy, aber ich will nicht pingelig sein.«

Sie lachte und er zog sie an sich, holte ihren Schoß zu seinem Ständer und ließ ihr Gekicher einfrieren. Roven sah in ihre schokoladenfarbenen Augen, berührte ihren halb geöffneten Mund mit seinem und küsste sie langsam, fuhr die Lippen nach und tauchte in ihr Seufzen ein. Selene schmiegte sich an ihn, umarmte seinen Nacken und ergab sich ihm. Roven ließ seine Hände über ihren Rücken wandern, umfasste ihre Pobacken und schob seine Hand ein Stück dazwischen. Selene stöhnte und legte ein Bein auf seine Hüfte, biss zaghaft in seine Unterlippe und lächelte ihn an. Mit der freien Hand zeichnete er die Linien ihres Gesichtes nach, bis zu ihren schönen Lippen.

»Möchtest du noch nen Film gucken oder …?«

»Versuchst du jetzt, Anstand zu wahren?«

»Ja«, lachte er.

»Süß. Nein, ich möchte gerne mit dir schlafen.«

»Okay.« Er küsste sie, richtete sich zusammen mit ihr auf und holte sie auf seinen Schoß, glitt mit den Händen unter ihr T-Shirt und öffnete den Verschluss ihres BHs. Etwas langsamer schob er die Finger unter den Stoff und fuhr den Abdruck auf der Haut nach. Als er nach vorn kam, löste er sich von ihr, um sie zu beobachten. Er spürte ihre Rundungen genau über seinen Fingerkuppen. Selene holte zitternd Luft. Ihre Wangen glühten und ihr Blick wurde schwerer. Als er mit den Daumen nach oben wanderte, schloss sie die Augen. Er fuhr zaghaft über ihre Nippel, während Selene den Kopf in den Nacken legte und ihren Hals entblößte. Roven schloss die Augen, um nicht auf ihre Schlagader zu starren und sich auf das Gefühl an seinen Fingern zu konzentrieren. Nichtsdestotrotz meldete sich der Hunger und schickte eine Welle Adrenalin durch ihn hindurch. Er kniff in ihre Nippel, sie juchzte und er erschrak, ließ sofort wieder los. Selene küsste ihn grinsend, bog seinen Kopf zu Seite und fuhr mit ihren Lippen über seinen Hals. Roven bekam eine Gänsehaut, doch als sie in sein Ohrläppchen biss, zuckte er kichernd zusammen.

»Bist du wahnsinnig?!«, lachte er und versteckte seinen Hals vor ihr.

»Du bist kitzelig!«, rief sie, als hätte sie eine unglaubliche Entdeckung gemacht.

»Mir hat noch niemals eine Frau ins Ohrläppchen gebissen!«

»Na, dann wurde es aber mal Zeit!«

»So geht das nicht!« Er warf sie zur Seite und nagelte sie unter sich auf der Couch fest. Selene versuchte vergebens, etwas gegen ihn auszurichten. »Halt doch mal still!« Er fing ihre Hände auf und hielt sie über ihrem Kopf fest.

»Das ist unfair! Wenn du nicht unsterblich wärst, wär ich viel stärker als du!«

»Tut mir leid, *Naiya*. Ein Mensch zu sein, ist echt ätzend.« Er sah ihr schmunzelnd in die Augen, während seine freie Hand an ihrem Arm nach unten wanderte. Selene biss die Zähne zusammen, um nicht zu lachen. »So beherrscht?« Kurz vor ihrer Achsel kniff sie die Augen zusammen und atmete kontrolliert.

»Ich bin nicht kitzelig«, flüsterte sie.

»Wir wissen beide, dass das nicht stimmt.«

Roven malte weiter abwärts, fuhr die Rippen und ihre Taille

nach. Sie hielt sich tapfer, unterdrückte ein Grinsen. An ihrer Hüfte vorbei, streichelte er außen um ihr angewinkeltes Bein herum und kitzelte über ihren Hintern, was sie dazu brachte, die Beine fest an seine Hüften zu pressen. Ohne zu zögern fuhr er mit dem Fingerrücken genau über ihren Schritt. Selene öffnete die Augen und zuckte nach oben. Er löste seinen Griff an ihren Handgelenken, sie umfasste sein Gesicht und holte ihn zu sich. Ihre Küsse wurden vertrauter, wobei sie ihm unauffällig mit den Fingernägeln ins Ohrläppchen zwickte. Roven erschauderte und biss sie vorsichtig in die Unterlippe. Gleichzeitig schob er seine Hand in ihre Hose und kniff ihr in den nackten Hintern.

»Ich finde deine Jogginghose toll!«, knurrte er.

Sie schmunzelte und schob ihre Hände ebenfalls in seine Hose. »Und du trägst keine Shorts.«

»Nö. Hast du nicht gesagt.« Er sah sie an und bewegte sein Becken träge aber fordernd gegen ihres. Selene atmete geräuschvoll durch die Nase ein und schloss kurz die Augen. »Aber langsam stört der Stoff«, sagte er heiser.

»Ich … halte es für keine gute Idee, hier splitterfasernackt rumzulaufen. Wir sind schließlich nicht allein …«

»Stört mich nicht.«

»Es stört dich also nicht, wenn Jason mich nackt sieht?!«

Roven kniff die Augen zusammen. »Punkt für dich.« Er hob sie mit seinen Händen an ihrem Hinterm hoch und stand mit ihr zusammen auf. »Hey, wenn ich uns teleportiere, bist du nackt, wenn du wieder zu Bewusstsein kommst. Das spart uns Zeit.«

»Das wagst du nicht!«

Er zwinkerte. »Okay, andermal.«

Also trug er sie, ganz Gentleman, aus dem Kino und die Stufen hoch. Nur die Hände ließ er dort, wo sie waren – an ihrer warmen Haut.

»Ich könnte notfalls auch selbstständig gehen«, schlug sie vor.

»Kommt nicht in Frage.«

An seiner Tür angelangt, drückte Selene die Klinke nach unten. Roven trug sie über die Schwelle, ließ den Kamin aufflammen und stieß die Tür mit der Schulter zu. »Entschuldige, das muss jetzt sein.« Er warf sie jauchzend aufs Bett und sprang hinterher.

Selene kam auf die Knie und begrüßte ihn mit einem innigen Kuss. Sie ergriff den Saum seines T-Shirts, zog es ihm aus und ließ ihren Blick über seinen Körper schweifen. Berührte die Bestie an seinem Arm und schickte Stromschläge durch seinen Körper. Seine Augen begannen zu leuchten und seine Fänge wuchsen. Lächelnd senkte sie den Blick und fuhr die Erhebungen seiner Muskeln nach, umkreiste seine Brustwarzen und zwickte einmal kräftig hinein.

Er zog Selene in seine Arme und küsste sie, streifte ihr das T-Shirt und den losen BH ab, genoss das Gefühl ihrer warmen Brüste an seinem Körper. »Hab ich dir schon gesagt, dass du wunderschön bist?!«

Sie schmunzelte. »Wie oft noch?«

»Jedes Mal, wenn du nackter wirst.«

Er streichelte ihre Rundungen und küsste sie hingebungsvoll. Da spürte er plötzlich ihre Hand an seinem Schritt. Sie fuhr der Länge nach über seine Erektion. Roven schob seine Hand vorn in ihren Slip, teilte ihre Lippen und drang in sie ein. Selene stöhnte auf und fiel in seine Arme, krallte ihre Fingernägel in seinen Unterarm. Er hielt sie in der Hand, ohne sich zu bewegen, und gewährte ihr einen Moment. Er musste sich Zeit lassen, sonst würde er ihr wehtun. Als sie ihn sehnsüchtig anblickte, bewegte er seine Hand langsam vor und zurück. Auf ihrer Stirn bildeten sich kleine Schweißperlen und die Wangen röteten sich, ihr Mund war leicht geschwollen und folgte zitternd dem Rhythmus ihres Atems. Und ihre Lippen schmiegten sich zart wie Seide an seine raue Hand.

Er legte sie zärtlich aufs Bett, streifte ihr Hose und Slip ab und entledigte sich seiner eigenen Hose. Selene machte große Augen.

»Hey«, flüsterte er und legte sich neben sie. »Wenn es nicht geht, ist es auch okay.«

Selene küsste ihn. »Ich möchte mit dir schlafen, also sei still. Müssen wir verhüten?«

Er lächelte. »Nein.«

Sie schlang ein Bein über seine Hüften, sodass seine Spitze gegen ihre Mitte stieß. Roven schloss die Augen und biss die Zähne zusammen, ihre Hitze vernebelte ihm die Sinne. Es ging noch nicht, aber er liebte es, sie zu spüren.

Sie küssten sich, rollten lachend übers Bett, bissen und kniffen sich. Roven dehnte sie vorsichtig und irgendwann klappte es. Ein tiefes Knurren entstieg seiner Kehle, als er langsam in sie eindrang. Selene stöhnte und hielt sich an seinen Armen fest, kniff die Augen zu, nur um sie gleich darauf wieder zu öffnen. Sie atmete heftig und fixierte Rovens Blick mit glasigen Augen, umfing sein Gesicht und zog ihn zu sich. Selene presste ihre Lippen auf seinen Mund, umklammerte Rovens Hals und blieb so dicht es ging bei ihm, bis er ganz in ihr war. Außer Atem sahen sie sich in die Augen. Er musste lächeln und sie schmunzelte zurück. Roven streichelte ihr Gesicht, das im Schein seiner Augen weiß leuchtete. Er begann, sich langsam in ihr zu bewegen und beobachtete jede ihrer Reaktionen, beobachtete, wie ihre Ekstase mit jedem sanften Stoß wuchs. Sie fanden ihren Rhythmus, da strömten plötzlich goldene Funken aus seiner Haut. Eine Wolke aus strahlendem Metall hüllte sie beide ein. Roven zog Selene hoch auf seinen Schoß, band ihre Lippen an seine und hielt sie fest umschlungen, während er sich in ihr bewegte. Sie stieß mit der Zunge gegen seine Fangzähne, er zuckte zurück, doch sie hielt ihn fest und entblößte ihren Hals. Roven biss die Zähne zusammen und schüttelte den Kopf. Selene streichelte seine Wange und fuhr mit dem Daumen über seinen Mund.

Sie flüsterte: »Ich möchte wissen, wie es sich anfühlt …«

»Es tut weh«, flüsterte er zurück.

Sie schmunzelte. »Jeder Schmerz erfüllt einen Zweck.«

Roven spürte den Hunger in der Kehle. Selene nickte und zog seine Lippen an ihren Hals. Und Roven spürte die Qualen des ewigen Aushaltens. Er gab nach und ließ *Naham* endlich gewähren, drang tief in Selene ein und biss gleichzeitig zu. Sie zuckte, verkrampfte kurz und entspannte sich dann. Der Akkadier hielt ihren zarten Körper so sanft er konnte. Noch nie hatte ihm ein Biss leidgetan. Er zog seine Zähne aus ihrer Haut und trank, doch der Hunger verschwand schneller als sonst. Als er von ihr abließ, suchte er ihren Blick. Ihren Augen waren feucht.

»Selene«, flüsterte er entsetzt.

»Nein, es ist okay.« Sie nahm sein Gesicht in beide Hände, »es ist okay ...«, und küsste ihn lächelnd. »Es sind Freudentränen …« Sie bewegte sich auf seinem Schoß und strahlte über beide Wangen. »Deine Augen sind wieder blau.«

Er nickte geistesabwesend, spürte ihre Enge und verlor sich in ihrer Schönheit, verlor sich an sie.

Sie kamen kurz nacheinander und blieben schwer atmend zusammen. An Loslassen wollte er nicht denken. Roven genoss die Stille ihrer Umarmung, lauschte ihrem Herzschlag und spürte den sanften Puls zwischen ihren Beinen. Vorsichtig legte er sich mit ihr hin.

Selenes Beine umklammerten sein Becken. »Bleib«, bat sie leise. »Bleib in mir.«

Roven küsste ihre Stirn und deckte sie zu, vergrub sein Gesicht in ihren Haaren. Natürlich blieb er.

Neunzehn

Selene stand auf dem höchsten Punkt eines Berges und blickte auf ein weit entferntes Loch. Auf der Oberfläche hatte sich eine milchige Eisschicht gebildet. Die Farben der schottischen Landschaft hatten sich verändert, pulsierten in tiefen Rottönen statt in winterlichem Grau. Goldene Schneeflocken tanzten vom Himmel herab und bedeckten Selenes nackten Körper und die Umgebung.

Ihre Haut war überempfindlich, ihre Muskeln summten und ihr Innerstes vibrierte. Die Wunde am Hals schmerzte angenehm und trotz der eisigen Luft, fror sie nicht mehr.

Ihre rechte Hand wurde plötzlich angestupst und nach oben gedrückt, glitt über warmes Fell. Sie schaute zur Seite in die weißglühenden Augen eines tiefblauen, gehörnten Löwen. Roven. Sein Kopf befand sich auf Höhe ihrer Schultern. Selene strahlte den Löwen an und schob ihre Hände in die weiche Mähne, kraulte ihn, bis er schnurrte. Das Fell besaß eine schwarzblaue Schattierung und ließ jeden Muskel darunter erkennen. Die weißen Augen strahlten, goldene Sprenkel funkelten in der Iris. Die Pupillen hatten sich zu Schlitzen verengt. Ein Schatten rahmte die Lider ein und verlief ins nachtblaue Fell. Die Hörner wirkten wie aus antikem Gold gemeißelt, und auf der Nasenspitze glitzerten kleine Goldpartikel.

Die Ausstrahlung seiner Bestie überwältigte Selene – als würde es dieses Tier ein müdes Augenzwinkern kosten, um die ganze Welt zu beschützen. Sie schmiegte ihren riesigen Kopf in Selenes Arme, da fühlte sie eine Verbindung, als wäre sie schon immer dagewesen. Drei Seelen, Zwei Herzen, eine Liebe – vom Schicksal füreinander bestimmt und der Grund, warum Selene sich bei Roven so angekommen und vollständig fühlte.

Der Löwe leckte an Selenes Hals und entlockte ihr ein herzhaftes Lachen, sie gab ihm einen Kuss auf seinen Nasenrücken. Im nächsten Moment rannten sie Seite an Seite über den Schnee hinweg. Eisiger Wind rauschte an ihnen vorbei. Selene lief aus ganzer Kraft, wirbelte Goldstaub hinter sich auf und jagte über die Landschaft hinweg. Rovens Bestie überwand mit jedem Sprung mehrere Meter. Gemeinsam erklommen sie einen Gipfel, sprangen gen Himmel und ehe Selene fallen konnte, fing der Löwe sie auf und landete mit ihr auf seinem Rücken in einer Schneewehe. Er schüttelte sich einmal, wartete, bis Selene sich in seiner Mähne festhielt und rannte weiter. Sie spürte die Muskeln unter sich und passte sich seinen Bewegungen an. In wahnwitzigem Tempo ging es Hügel und Täler entlang. Sie suchten die Freiheit, suchten Wind und fanden all das im Gleichklang ihrer Herzen.

Roven schmiegte sich an Selenes Rücken und atmete ihren Duft ein. Sie zuckte im Schlaf. Die Bettdecke war nach unten gerutscht und entblößte ihre Brüste. Roven betrachtete sie und war dankbar für den tiefen Frieden in sich. Kein Hunger, kein Brüllen, nichts. Ihr Blut hatte den Durst der Bestie gestillt und ihre Liebe die Sehnsucht seines Herzens. Er deckte sie zu. Das Feuer im Kamin war aus und ohne Holz konnte selbst Roven keines zaubern.

Mein, schlich durch seinen Kopf. Er kannte sie erst seit wenigen Tagen und brauchte ihre Nähe wie die Luft zum Atmen.

Der Akkadier hatte sich verliebt – zum ersten Mal in seinem Leben. Und dann auch noch in einen Menschen. Die Götter mochten ihm gnädig sein. Er liebte Selene, mit Haut und Haar, mit beiden Seelen und seinem ganzen Herzen. Sie war *Solan* — seine

Gefährtin.

Seine Ohren zuckten. Jemand war im Erdgeschoss.

Er küsste Selene auf die Wange, stand auf und zog sich die Jogginghose über.

Im Flur hörte Roven zwei männliche Stimmen aus der Eingangshalle. *Naham* knurrte.

»Roven?« Das war Ju, also hatte er Jafar angeschleppt. Super. Eine Burg voller blutsaugender Akkadier und seiner sehr sterblichen Frau.

Er teleportierte sich hinunter und fand sich zwei finster dreinblickenden Brüdern gegenüber. Ju hob abwägend das Kinn und erinnerte Roven an ihre Auseinandersetzung vor zwei Tagen. »Es geht dir besser«, stellte der Mönch überrascht fest.

Wie recht er hatte. Roven fühlte sich stärker als je zuvor – ruhig und ausgeglichen. Kein Anzeichen von Aggression, zumindest keiner sinnlosen. Er war klaren Verstandes und lächelte innerlich. Nicht wie Buddha, sondern wie ein Mann, der verflucht guten Sex hatte.

»Du … hast dich verändert.« Ju runzelte die Stirn.

Ich hab gevögelt! Und du nicht! Roven amüsierte sich. Wie gern würde er alles ausplaudern, nur um Jus schockiertes Gesicht zu sehen. Aber er blieb erwachsen, für den Moment.

»Da seid ihr zwei Hübschen also«, antwortete er.

Die Augen des Arabers zitterten, sein Kiefer mahlte. Die Hände krampften immer wieder und seine Atmung ging schnell.

»Und du bist …?« Der Akkadier schwieg. Seine Bestie hatte ihn scheinbar noch mehr im Griff, als es Rovens getan hatte.

»Jafar«, erwiderte Ju. »Er ist zur Unterstützung hier. Die Nachricht aus Island kam von … Danica.«

Roven blickte auf. Sein Blut gefror zu Eis. »Sie lebt?!« All die Jahre über? »Sie hat die ganze Zeit in Gefangenschaft verbracht? Das heißt, Assora hat zwei von uns?!« Seine Gedanken überschlugen sich. Sie würden in die Schlacht ziehen müssen. Ausgerechnet jetzt.

Thanju sah ihn prüfend an. Vermutlich hatte er erwartet, dass

Roven sich während seiner Abwesenheit das eigene Fleisch oder irgendeinen Menschen zerfetzte.

»Wie es aussieht, naht ein Krieg«, sagte der Mönch schließlich monoton. »Ich werde Noah kontaktieren und die Ahnen entscheiden lassen, was zu tun ist.« Damit verschwand Ju.

Roven und Jafars Blicke trafen sich. Er bot ihm nicht an, sich wie zuhause zu fühlen.

Der Araber schaute zur zweiten Etage hoch. »Ich rieche einen Menschen.«

Roven teleportierte sich binnen eines Augenzwinkerns zu ihm. Fast gleichzeitig wich Jafar zurück und fauchte wie ein Tier im Käfig.

»Wage es nicht, in ihre Nähe zu kommen, Akkadier«, knurrte Roven. »Du bist hier nur solange Gast, wie ich es dulde. Und wenn du Nahrung brauchst – im Kühlschrank ist Schweineblut.«

»Deine Hure interessiert mich nicht«, spie Jafar aus.

Roven packte ihn am Hals und donnerte den Muskelprotz gegen das Eingangstor, ehe er reagieren konnte. Jafars Iriskreise blitzten auf.

»Nenn sie noch einmal … Hure … und ich reiß dir deine Eingeweide raus!«

Jafar erwiderte Rovens Blick unbeeindruckt und teleportierte sich zwei Sekunden später aus seinem Griff heraus und fort von Avenstone.

Roven schlug mit der Faust gegen die Tür, wandte sich frustriert ab und holte Holz aus der Garage. Als er sein Zimmer betrat, stand Selene mit einer Bettdecke um die Schultern vor dem Bild von ihm, Jason und Adam auf der Kommode und lächelte, sah ihn an und strahlte noch breiter. »Guten Morgen!«

»Morgen …«, antwortete er und spürte seine Wut weichen.

»Warte kurz, ich muss was ausprobieren!« Sie schliff die Deckenenden hinter sich her, als sie aus dem Zimmer flitzte.

Roven hörte die Tür nebenan, legte derweil das Holz in den Kamin und entzündete ein Feuer. Selene kam mit ihrem Handy in der Hand zurück und hielt es in seine Richtung hoch. »Krass …«, murmelte sie und schaute ihn am Handy vorbei an.

Er nickte. »Danke.«

»Hast du das schon mal probiert?«

»Wir … besitzen auch die ein oder andere Kamera in unserem bescheidenen Heim.«

»Ich kann kein Foto von dir machen!« Sie klang beleidigt, kam zu ihm und stellte sich neben ihn, um ein Selfie aufzunehmen. Auf dem Display waren eine wunderschöne nackte Frau zu sehen, die unnötigerweise eine Decke trug, und daneben ein überbelichtetes goldenes Rauschen.

Roven lachte. »Wahnsinn, guck dir dieses tolle Karma an! Ich bin eine einzige Erleuchtung.« Je näher er ihrem Gesicht kam, desto heller wurde auch sie, sodass die Stelle, auf die er sie küsste, im Licht verschwand.

Selene drückte den Auslöser. »Ich behalte es.« Sie drehte sich zu ihm und gab ihm einen Schmatzer.

Er umfasste ihr Gesicht und zog sie noch einmal zu sich, küsste sie langsam und spürte, wie sie sich entspannte. »Wie geht's dir?«

»Jetzt gerade? Sehr gut …«

Er betrachtete den Biss an ihrem Hals. »Tut's weh?«

Selene schüttelte den Kopf. »Kaum.«

»Sonst auch alles gut? Keine Traumata?«

Sie lachte. »Du brauchst dir keine Sorgen machen. Es ist alles in Ordnung.«

Roven nickte und ließ seinen Blick über ihren Körper wandern. »Mir geht's auch gut, falls es dich interessiert. Obwohl du ganz schön kratzen kannst!«

Schmunzelnd erwiderte sie seinen Blick. »Es … war sehr schön.«

»Mehr als das.« Roven zog sie in seine Arme und hob sie hoch, trug sie samt Decke zum Bett und legte sich auf den Rücken.

»Was machen wir heute?«

»Das fragst du noch?!« Er schob seine Hand unter die Decke und streichelte über ihre Wirbelsäule nach unten.

Sie schloss lächelnd die Augen. »Hm … Aber wir können doch

nicht den ganzen Tag –«

»Also *ich* kann!«, fiel er ihr ins Wort.

Sie verdrehte die Augen und wurde von ihm zur Strafe in den Hintern gezwickt. »Au! Ja, *du* kannst, du Adonis! Ich verneige mich vor deiner gewaltigen Potenz!«

»Danke, ich weiß!«

Sie grinsten sich an und küssten sich zärtlich. »Ich hab Hunger …«

»Du weißt ja, wo die Küche ist.« Er zog vorsichtshalber den Kopf ein.

»Aha, also doch wie alle anderen Männer. Kaum hast du bekommen, was du wolltest, wirst du zum Arsch.«

»Nein, der war ich vorher schon.«

»Siehst du mich lachen?«

Roven küsste sie entschuldigend. »Nicht böse sein, *Naiya*. Wenn ich glücklich bin, werde ich immer übermütig. Zieh dir was an und wir machen uns was Schönes zu essen.«

Mit strengem Blick rutschte sie von ihm runter und ließ die Decke los, streckte sich ungeniert und beugte sich vorn über, dass ihm der Mund offenstehen blieb. Mit dem T-Shirt in der Hand kam sie wieder hoch und lächelte triumphierend. Sie ließ BH und Slip aus, band ihr Haar zu einem lockeren Knoten zusammen und stand schließlich in Shirt und Jogginghose an der Tür, während er gegen seinen Ständer ankämpfte. »Kommst du?«

»Das hast du mit Absicht gemacht!«

»Was? Ich? Niemals!« Sie lachte und ging in den Flur. Und Roven folgte ihr wie die Motte dem Licht.

Schmunzelnd hopste Selene die Stufen hinab und begrüßte Adam, der mit Reinigungsmitteln in der Hand aus der Trainingshalle kam.

»Guten Morgen, meine Liebe!«, antwortete er und an Roven gewandt: »Sire, ihr seht blendend aus!«

»Adam, mein Bester!« Roven schenkte ihm ein strahlendes Lächeln und schob Selene an den Schultern Richtung Küche. »Wir machen uns nur einen Snack zum Frühstück!«

»Wie Sie wünschen«, lachte er und begann, den Handlauf der Treppe zu putzen.

»Hast du ihn grad abgewimmelt?«, fragte Selene, als sie in der Küche waren.

»Natürlich!« Ehe sie reagieren konnte, hob er sie hoch, setzte sie auf die Küchenzeile und schob sich zwischen ihre Beine, küsste sie verführerisch und glitt mit den Händen unter ihr T-Shirt. Selene blieb jeglicher Widerstand im Halse stecken. Sie war wie verzaubert, als hätte er sie in der letzten Nacht mit Glückshormonen vollgepumpt. Vielleicht stimmte das sogar, wenn sie an den Goldregen dachte. Sie wühlte schmunzelnd durch sein Haar und brachte es in Unordnung, bis er von ihr abließ und sie fragend anschaute.

»Ich hab wirklich Hunger.«

Er ging knurrend zum Kühlschrank und Selene musste über seine Frisur lachen. Als er vor der geöffneten Tür lehnte, fiel ihr Blick auf die Tätowierung. »Darf ich fragen, wann du dich zum letzten Mal verwandelt hast?«

Er holte Brot, Mayonnaise, Salat, Käse und Wurst aus dem Kühlschrank. »Sind Sandwiches okay?«

»Klar.« Selene hopste von der Küchenzeile und half ihm.

»Ich glaub«, begann er und überlegte, »zum letzten Mal in Peru. Vor etwa hundertfünfzig Jahren.«

»So lange her?!« Roven nickte still und begann die Sandwiches ungelenk mit Mayo zu bestreichen, bis Selene ihn ablöste. »Schneid mal lieber die Tomaten, bevor vom Brot nur noch Krümel übrig sind.« Er ließ sie machen und stellte sich neben sie, um Tomaten und Gurken in Scheiben zu schneiden. »Fehlt es dir? Ich meine, würdest du das gerne öfter machen oder ist es eher eine Belastung?«

»Nein, es fehlt mir. Manchmal denke ich, es ist unfair ihr gegenüber, sie nur im Krieg rauszulassen. Als wäre sie nur Mittel zum Zweck und hätte selbst keine Bedürfnisse. Aber die hat sie. Sie möchte rennen, den Wind im Fell und die weiche Erde unter ihren Pranken spüren … Die Sonne im Gesicht …« Er schloss einen Moment die Augen.

Selene wurde traurig. »Ich halte es kaum den Winter über ohne Sonne aus. Und du … seit hundertfünfzig Jahren. Das ist …«

Er schob ihr die Scheiben rüber, wusch das Messer ab.

»Darfst du dich nicht verwandeln?«

»Ich darf niemanden in Gefahr bringen.« Er schnaufte. »Und das eine geht nicht ohne das andere. Ich habe keine Kontrolle, wenn sie erst mal raus ist. Dann entscheidet sie. In einer Schlacht kommt sie nicht auf die Idee, sich aus dem Staub zu machen, um Menschen zu zerlegen. Aber an einem sonnigen Tag in der freien Natur, wo es nichts zum Abreagieren gibt …?«

Selene baute die Sandwiches zusammen und leckte sich die Mayonnaise von den Fingern. »Ich hab sie gesehen.«

Er schaute hoch. »Wen?«

»Deine Bestie.« Auf seinen fragenden Blick hin, fuhr sie fort. »Ich hab von ihr geträumt.« Selene erinnerte sich und lächelte unweigerlich. »Sie … war so wunderschön und … Ich weiß auch nicht. Als … wäre sie alles, wonach ich immer gesucht habe. Oder besser gesagt, alles, wovon ich nie wusste, dass ich es suche, und das plötzlich Sinn ergibt. Als würdest du dich an einem völlig fremden Ort zuhause fühlen.« Selene schaute in seine leuchtenden Augen. »Sie ist mit mir zusammen gelaufen, hat mich getragen und gewärmt.« Selene schüttelte den Kopf. »War nur ein Traum.«

»Vielleicht nicht.«

Sie sah ihn an. »Das Gefühl in mir war so übermächtig … Als könnte ich sie direkt in mir spüren.«

Rovens Gesicht bekam einen warmen Ausdruck. »Sie … fehlt mir. Es fehlt mir, genau dieses Gefühl zu spüren. Sie frei zu lassen und glücklich zu sehen. Vielleicht irgendwann, wenn keine Gefahr mehr besteht. Vielleicht geht es dann …« Das Leuchten verschwand hinter blauen Iriden.

Selene verzog den Mund. »Machen das alle Akkadier so?«

»Ehrlich gesagt, keine Ahnung.« Roven lehnte sich mit verschränkten Armen gegen die Spüle und zuckte mit den Schultern.

Er holte tief Luft. »Apropos, wir haben Besuch. Ju ist wieder da. Und … er weiß noch nicht, dass du hier bist.«

»Okay. Muss ich … irgendwas beachten? Darf ich nicht hier sein?«

»Theoretisch nicht.« Er lachte. »Aber da du dein Gedächtnis nicht verlierst, machen wir ne Ausnahme. Das … erklär ich ihm dann schon.«

Sie nickte. »Ist er gefährlich?«

»Nicht für dich.«

Noahs Augen funkelten silberfarben. »Es ist dir nicht gestattet, in das Schicksal einzugreifen«, sagte er mit harter Stimme.

Jolina verlor ihre Ruhe nicht so schnell, aber es gab ein paar Personen, die sie sofort auf die Palme bringen konnten. »Das habe ich nicht!«, zischte sie zurück. »Würdest du mal Zeit auf Erden verbringen, wüsstest du, wozu Liebe fähig ist. Sie findet einen Weg. Das hat sie schon immer!«

»Du wagst es, mich zu belehren?« Er kam einen Schritt auf sie zu. »Vergessen, dass dein Akkadier beinahe verreckt wäre, als er versuchte, einen einzelnen unbedeutenden Menschen zu retten?!«

»Unbedeutend?!« Jolina spürte Hitze im Gesicht.

»Das Wohle aller geht vor —«

»Guten Morgen, Familie!«, unterbrach Elias den Streit und betrat die Säulenhalle. »Was liegt an?« Er gab Jolina einen Kuss auf die Wange und ließ ihren Ärger abflauen. »Tag Schwesterchen!« Noah bedachte er mit einem Luftkuss. »Bruderherz.«

Der blickte ihn genauso abwertend an wie Jolina. »Wir haben ein Problem«, schnauzte er. »Die Akkadier wollen zu einer Rettungsaktion aufbrechen. Der Tibeter bittet um ein Gespräch. Wir müssen entscheiden.«

»Ein Problem?«, fragte Jolina gereizt. »Noah, sie haben Danica gefunden! Das ist kein Problem, sondern verdammtes Glück!«

Er reagierte nicht, sah sie nicht einmal an.

»Das sind doch tolle Neuigkeiten«, beteuerte Elias. »Die süße kleine Danica … Natürlich werden sie sie retten. Oder was? Hm?

Noah? Sag doch auch mal was!«

»Derart hohe Verluste können wir nicht riskieren.«

»Das Wohle aller«, zitierte Jolina ihn und kniff die Augen zusammen. »Richtig?«

Er schnaufte abfällig.

»Es wäre ein hoher Verlust, wenn sie Danica und Lennart nicht retten können, Noah.«

»Hör auf, meinen Namen zu sagen!«, drohte er. »Zwei gegen einen. Dann macht, was ihr wollt!« Damit verschwand er.

Jolina zitterte und versuchte, sich zu beruhigen. Sie ertrug Streitigkeiten nur schwer. Und das als Tochter einer Kriegsgöttin. Jolina biss die Zähne zusammen.

»Ach, Schwesterchen.« Elias kam näher und legte ihr eine Hand auf die Schulter. »Ich will dich fröhlich sehen«, bat er und legte den Kopf schief. »Dein Herz ist viel zu schön, um traurig zu sein.«

Sie umarmte ihn und schloss die Augen. Es gab nicht viele Momente, in denen es ihr gestattet war, Schwäche zu zeigen. Elias war einer der wenigen, denen sie sich verbunden fühlte. Und ihre beste Freundin würde vermutlich nicht mehr lange eine beste Freundin sein, wenn sie erst von Jolinas Verrat erfuhr.

»Ich liebe dich!«, murmelte sie.

Er lachte und drückte sie. »Ich dich doch auch!« Elias nahm ihr Gesicht in die Hände. »Bereit für den Besuch?« Auf ihr Nicken hin streckte er seine Faust in die Höhe und rief theatralisch: »Dann lass uns die göttliche Entscheidung kundtun. Und das Schicksal wird seinen Lauf nehmen. Und lass uns dies schnell erledigen, denn ich habe nachher noch ein Date mit einer *Nihr*!«

Jolina verdrehte schmunzelnd die Augen.

Nachdem sie gegessen und gebadet hatten – wobei Roven darunter etwas anderes verstand als sie – ging Selene mit einem angenehmen Summen im Körper in die Bibliothek und suchte sich ein neues Buch, stattete Jason einen kurzen Besuch im Keller ab und gesellte sich dann zu Roven in den Trainingsraum. Er hatte ihr einen Sessel in die Ecke gestellt, damit sie nicht immer auf der harten Bank lesen musste.

»Du bist süß.«

Er lächelte stolz und wischte sich den Schweiß von der Stirn. »Was hast du dir geholt?«

»*Der Alchemist* von Paulo Coelho.«

»Uh, gutes Buch! ›*Was willst du eigentlich von mir?*‹, *fragte die Sonne.*« Er zitierte anscheinend.

»*Daß du mir behilflich bist, mich in Wind zu verwandeln …*«, antwortete ein asiatischer Riese, der mit ernstem Gesicht die Halle betrat und Selene musterte. Seine schwarzen Augen bohrten sich in sie hinein, die Konturen wirkten hart, seine Bewegungen steif, aber voller Kraft. Seine Statur stand Rovens in nichts nach, er war nur schlanker und noch ein bisschen größer. Oder wirkte das nur so?

Sie schluckte. »Ha-llo.« Selene legte das Buch beiseite, stand auf und streckte ihm die Hand entgegen. Er schien kurz irritiert, reichte ihr seine und griff kaum merklich zu.

»Thanju.« Seine Gesichtszüge entspannten sich leicht, aber die heisere Stimme bereitete ihr eine Gänsehaut.

»Selene.« Sie hielt seinem Blick nicht lange stand und schaute zu Roven, der ihnen grimmig zusah und näherkam.

Ju wandte sich ihm zu. »Kann ich allein mit dir reden?«

»Können wir hier machen.«

»Ich denke, nicht«, beharrte der Riese. Selene betrachtete den langen schwarzen Zopf an seiner Kehrseite, den zerschlissenen Mantel und die nackten Füße, die scheinbar seit Jahren keine Schuhe gesehen hatten.

»Ich denke doch«, antwortete Roven, als er dicht vor ihm stand. Er rang sich ein Lächeln ab. »Bitte.«

»Warum hast du einen Menschen hier?«

»Weil ich es möchte.« Roven hob die Augenbrauen und schwieg. »Sie braucht Schutz«, setzte er schließlich fort. »Und sie hat eine Gabe.«

Ju schaute kurz zu Selene.

»Sie hat einen Taryk gekillt«, fuhr Roven grinsend vor Stolz fort. Selene schüttelte innerlich den Kopf. »Ich weiß nicht, wie. Aber … ich glaube, es war ziemlich cool.« Er zwinkerte dem Asiaten zu.

»Was ist mit dir? Warum bist du … *so*?«

Roven streckte sich. Selene wusste nicht, was zwischen den beiden vor sich ging, aber es schien keine sehr harmonische Beziehung zu sein. »Ach, Ju, alter Mönch«, Roven boxte ihn spielerisch gegen die Brust, ohne dass Ju sich einen Millimeter bewegte, »mach dir keine Gedanken um mich. Jedenfalls bleibt Selene, solange sie möchte. Was kein Problem sein sollte, da sie uns nicht vergisst.« Beide sahen sie an.

»Ich setz mich wieder, solange ihr über mich redet«, antwortete sie und ließ sich in den Sessel fallen.

»Hast du mit Noah gesprochen?«, fragte Roven.

Ju nickte. »Wir werden nach Island aufbrechen. Die Planung liegt bei uns.«

Rovens Mimik verhärtete sich. »Keinerlei Anweisungen? Unterstützung?«

Thanju schüttelte den Kopf, sodass der Zopf hin und her schwang. »Wir sollen uns selbst Verstärkung organisieren.«

»Wir können mit Jason nachher die Datenbanken durchgehen.«

»Ist es dir recht, wenn wir Avenstone als Sammelpunkt nutzen?«

Roven sah zu Selene. Sie konnte nicht deuten, was er dachte. »Ja. Ist okay. Wo ist Jafar?«

»Nicht bei mir.«

Beide holten Luft.

»Nimm dir ein Zimmer oben«, sagte Roven. »Ist genug frei. Isst du mit uns zu Abend? Ich … würde mich freuen.«

Ju nickte nach kurzem Zögern. »Ich … gehe meditieren.«

»Viel Spaß!«

Selene sah dem Riesen nach. Als sie zu Roven schaute, betrachtete er sie ernst.

Er würde also in den Krieg ziehen.

»Was ist?«, fragte Selene, saß mit angezogenen Knien in ihrem Sessel und sah ihn an, als könnte ihr nichts Angst einjagen.

Warum ausgerechnet jetzt? Warum nicht letztes Jahr, als er sie noch nicht kannte? Vor zehn Jahren oder fünfzig? Oder siebzig Jahre in der Zukunft, wenn sie nicht mehr bei ihm wäre …

Der Akkadier ging zu ihr, ließ sie aufstehen und setzte sich mit Selene auf seinem Schoß in den Sessel.

Ihr Blick trübte sich. »Was ist los?«

Roven betrachtete ihr Gesicht. Strich ihr eine Haarsträhne hinters Ohr und nahm ihre Hände in seine. »Anscheinend bin ich bald eine Zeitlang unterwegs. Wir … müssen nach Island, um zwei Akkadier zu retten. Keine Ahnung, wie lange es dauert.«

Selene schwieg einen Moment und nickte langsam. Er hörte, wie ihr Herzschlag unregelmäßig wurde. »Wann musst du los?«

»Weiß ich nicht. In ein paar Tagen, schätze ich …«

Sie lehnte ihren Kopf an seine Halsbeuge und blieb still. Nach einer Weile meinte sie: »Das gehört wohl dazu …«

Er nickte.

»Soll ich mir bis dahin eine andere Unterkunft organisieren?«

»Was? Nein! Du bleibst hier! Woanders wärst du nicht sicher.« Als sie nicht antwortete, fügte er hinzu: »Außerdem möchte ich nicht, dass du gehst.«

»Okay«, sagte sie leise. »Ich möchte auch nicht gehen.«

Er nickte wieder und zog sie enger an sich.

»Ist es gefährlich?«, fragte Selene.

Er schnaufte. »Ich will dich nicht anlügen.«

»Das heißt wohl, ja.«

»Mhm«, stimmte er zu. »Aber ich werde mein Bestes geben, um in einem Stück wiederzukommen.« Roven lächelte. »Und meine Motivation war noch nie größer.«

Er hörte sie ebenfalls lächeln. »Was passiert mit dir, wenn du stirbst?«

»Hey! Danke für dein Vertrauen in meine Fähigkeiten.«

Sie hielt sich die Hand vor die Augen. »Entschuldige. Ist mir rausgerutscht!«

Er küsste ihre Stirn. »Dann komme ich in den Himmel. Aber unser Himmel ist cooler als eurer. Viel bunter. Und wir haben Ausblick aufs Götterreich.«

»Das klingt wirklich cool.« Nach einer Pause fragte sie: »Heißt das, es gibt einen Himmel für Menschen?«

»Klar. Es gibt auch eine Hölle!«

»Ernsthaft?«

»Hätte ich dir das jetzt nicht sagen sollen? Hast du schon jemanden auf dem Gewissen? Oder … mal Müll im Wald liegen lassen?«

Selene richtete sie auf und schaute ihn irritiert an.

»Da verstehen die Götter keinen Spaß. Wer ihren schönen Planeten kaputt macht, muss *brennen*!« Roven grinste breit.

Selene verzog den Mund, küsste ihn und lehnte sich wieder an. »Ob meine Mum im Himmel ist?«

»Mit Sicherheit, nach dem, was du von ihr erzählt hast.«

»Geht es ihr dort gut?«

»Ja. Es kann ihr dort nicht schlecht gehen.« Roven wusste nicht, wie es Menschen im Himmel erging, aber das spielte keine Rolle.

Zwanzig

Mit einem frischen Kaffee in der Hand verabschiedete er Selene zum Laufen und ging in den Keller, betrat das Büro und wunderte sich nicht, dass Ju schon hier war. Er hielt die Hände am Rücken verschränkt und ging in stoischer Ruhe auf und ab.

Jason drehte sich zu ihm um. »Siehst gut aus, Prinzessin!«

»Danke, mein Herr!«, antwortete Roven mit verstellter Stimme und gab Jason einen Klaps auf den Hinterkopf. »Was von Jafar gehört?«, fragte er Ju, der den Kopf schüttelte.

»War er hier?«, hakte Jason nach.

»Ja, aber er scheint sich vorerst woanders aufzuhalten. Glaub mir, ist besser so.« Roven blickte Jason vielsagend an.

Der nickte, als verstünde er. »Also, wen suchen wir?«

Ju sah Roven an. »Ich werde Diriri bitten, uns zu unterstützen.«

Roven verschluckte sich beinahe an seinem Kaffee. »Ernsthaft? Du hast Kontakt zu ihr?« Diriri war ziemlich mächtig. Obwohl eigentlich jede weibliche Akkadia verflucht stark war. »Wow! Das wäre ne wirklich große Hilfe«, stimmte Roven zu und überlegte selbst. »Ich glaube, Illian hält sich in Rom auf.«

»Er ist kein großer Kämpfer«, murmelte Ju und beugte sich

vor, während Jason den Namen in den Computer eingab.

»Er hat sein Herz am rechten Fleck, manchmal ist das wichtiger.« Illian kämpfte zurückhaltend, doch Roven hatte sich an seiner Seite nie unsicher gefühlt.

»Rom scheint zu stimmen«, sagte Jason. »Aber keine genaue Adresse.«

»Dann hole ich ihn.« Roven richtete sich auf. »Wer noch?«

»Eine zweite Akkadia wäre gut.«

»Definitiv, aber außer Danica kenne ich keine.« Roven erinnerte sich an die Schlacht in Machu Picchu und ging die Gesichter der Krieger durch. »Es gab da einen Bruder in Peru. Er hatte diese krasse Kettensense und keiner der Drecksäcke ist an ihn rangekommen. Irgendwas mit A…«

»Alejandro?« Ju zog die Augenbrauen zusammen.

»Versuch's mal«, bat Roven Jason.

»Hab ihn!«, rief der Junge. »Hier steht ne Mailadresse, ich schreib ihn an.«

Thanju nickte. »Damit wären wir zu sechst. Wir werden das Königreich nicht einäschern können. Aber für eine Rettungsaktion könnte es reichen.«

»Ich hab schon immer gesagt, ihr solltet mehr Kontakt halten«, mischte sich Jason ein, während er die E-Mail schrieb. »Wenn ihr euch Weihnachtskarten schicken würdet, könnten wir ohne Probleme mit zwanzig Mann dort auftauchen und den Laden auf den Kopf stellen.«

Roven nickte gedankenversunken. »Wir sollten mehr sein.«

»Kriege enden nie ohne Verluste.« Ju betonte das, als würde er sagen: »Die Milch ist alle.«

»Auf Verluste kann ich verzichten. Wir wollen schließlich jemanden retten.«

Der Tibeter sah ihn an. »Du hättest dich nicht verlieben sollen. So etwas behindert dich in deinen Pflichten.«

Roven schnaufte. »So *etwas*? Stell dir vor, ich hab's mir nicht ausgesucht.«

»Das ist Unsinn.«

»Was weißt du von der Liebe, Mönch?«

»Und du?«

»Wissen? Gar nichts und das muss ich auch nicht. Ich spüre es, und so lebendig hab ich mich noch nie gefühlt.«

»Und hast plötzlich Angst davor zu sterben.« Die schwarzen Augen bohrten sich in ihn hinein.

Roven erwiderte den Blick. »Lieber hab ich Angst vor dem Tod, als kein Leben zu führen, um das ich trauern würde.« Als es still blieb, fuhr er fort. »Ich organisiere uns Flug und Fahrzeuge.«

»Warum?«

»Wir müssen Kräfte sparen und unentdeckt bleiben, solange es geht.«

Der Tibeter nickte. »Stimmt. Keine Teleportation.«

»Okay. Sobald es dunkel ist, durchsuche ich Rom.«

»Und ich hole Diriri.«

Rovens Vorfreude hielt sich in Grenzen. Selbst *Naham* irritierte das Vorhaben. Sie war für jede Art von Gewalt zu haben, aber etwas anderes, jemand anderes schien wichtiger geworden zu sein. *Das wird schon, Mädchen*, dachte Roven in sich hinein und bekam ein mürrisches Knurren zur Antwort.

Während er auf Selene wartete, leistete er Adam in der Küche Gesellschaft, half ihm bei den Vorbereitungen für das Abendbrot und erzählte ihm von den jüngsten Ereignissen und dem fabelhaften Plan, ein Königreich zu stürmen. Roven schälte Kartoffeln, als er den markerschütternden Schrei hörte, ließ das Messer fallen und rannte in die Eingangshalle. Dort fand er Jafar kurz vor der Verwandlung und Ju, der ihn mühsam zu Boden drückte. Die Augen des Arabers glühten wie heißes Metall, seine Klauen bohrten sich in Jus Arme. Roven rannte zu ihnen, ergriff Jafars Hände und hielt sie so fest er konnte. Mit ausgefahrenen Fängen schnappte der Araber nach ihm, die Mimik grotesk verzerrt. Schweiß glänzte auf seiner Stirn, Speichel lief aus den Mundwinkeln und das Abbild seiner Bestie am Hals schillerte warnend.

»*Sie hat Schmerzen! Merkt ihr das nicht?!*«

»Jafar«, sprach der Tibeter ruhig, »du kannst ihr nicht helfen, wenn du nicht bei Verstand bist. Zügle dein Tier! Wir werden sie retten. Hab Geduld und spare deine Kräfte.«

Erst jetzt verstand Roven, dass sie von Danica redeten. »Du kommst nie zu ihm durch«, rief er über Jafars Knurren hinweg.

Thanju erwiderte seinen Blick, schloss dann die Augen. Roven bekam eine Gänsehaut, es wurde plötzlich kalt um ihn herum. Auf den Steinboden legte sich ein eisiger Hauch. Ju kühlte die Temperatur der Halle binnen Sekunden auf Minusgrade runter. Und das Brüllen des Arabers wurde zu einem krampfhaften Röcheln. Er schien kaum noch Luft zu bekommen, seine Lippen wurden blau und die Haut färbte sich grau. Rovens Hände erstarrten im Griff um Jafars Handgelenke. Da erlosch das Leuchten in seinen Augen, die Muskeln entspannten sich und seine Gegenwehr verschwand.

Roven löste seine Hände mühsam und machte mehrmals eine Faust, bis er wieder Leben in den Fingern spürte. Beeindruckt schaute er hoch. »Was hast du gerade gemacht?« Sein Atem bildete eine helle Wolke.

Ju betrachtete den reglosen Araber. »Es ist wie … Winterschlaf. Bei extremer Kälte ist es leichter, eine Bestie zu beruhigen.«

In eisiger Umgebung war es auch schwieriger, sich zu verwandeln. Eine akkadische Seele liebte Hitze und neigte bei Kälte zu Trägheit.

»Er wird noch eine Stunde benommen sein. Dann geht es ihm hoffentlich besser.«

»Und wo lassen wir ihn jetzt?«

Ju verzog den Mund auf ungewohnt menschliche Art. »Im Kerker?«

»Gute Idee.«

Gemeinsam trugen Sie den Bewusstlosen die Stufen hinunter und verfrachteten ihn in eine der Kerkerzellen, die gegenüber von Jasons Büro tief im Erdreich lagen. Sie verriegelten die Zellentür.

»Seine Kräfte sollten nach dem Aufwachen noch eingeschränkt sein, sodass keine Gefahr besteht.«

»Ich sag Jason trotzdem, dass er seine Tür abschließen soll.«

Ju nickte. »Ich bleibe hier. Hol Illian, sobald du kannst, und wenn ihr hier zu zweit seid, hole ich Diriri.«

Im Hochland Islands kauerte der Bote der Tarykkönigin am Boden und versuchte, die Schreie der gefangenen Akkadia zu verdrängen. Dieser Lärm während der Geburt hatte wie tausend Klingen in sein Fleisch geschnitten, seinen Sehnerv gelähmt und seinen Verstand betäubt. Er war erschüttert … von ihrem Leid, von den Entsetzlichkeiten, die seine Königin zu Tage führte. Von der Abart, die sie erschaffen hatte.

Ein zweites Halbblut war zur Welt gekommen, und die Gefangene hatte das Bewusstsein verloren. Um den Nachwuchs würde sich die Königin selbst kümmern, wie sie es auch beim Erstgeborenen getan hatte. Diese kleinen Monster ertrugen Assoras Nähe besser als ihr eigenes Volk.

Der Taryk spürte seine innere Zersetzung voranschreiten. In weniger als einer Woche wäre es vorbei. Die Nähe der Königin und alles, was sie miteinander verband, verzehrte ihn Tag um Tag mehr, bis er zu Staub zerfallen würde. Ein kurzes, schmerzhaftes Dasein ohne jeglichen Antrieb. Ohne etwas geleistet zu haben. Ohne etwas zu hinterlassen. Als hätte es ihn nie gegeben.

In seiner Lethargie packte ihn so etwas wie Ehrgeiz. Vielleicht das, was Menschen im Anblick des Todes dazu brachte, übermenschliche Kräfte zu entwickeln. Trotz und Auflehnung gegen das drohende Dahinscheiden. Das konnte nicht alles gewesen sein. Ein Schmerz durchfuhr ihn. Assora erahnte seinen Widerstand, einen möglichen Ungehorsam.

Er blinzelte, als er seine Umgebung langsam wieder wahrnahm. Sein Blick haftete an der Unsterblichen in der Zelle vor ihm. Das blutrote Haar klebte in ihrem von Falten und Wunden entstellten Gesicht. Ihr schmaler Körper zuckte, als würde er versuchen, den Schock von der Geburt zu verarbeiten. Eine goldene Blutlache umgab sie, hatte die Fetzen ihrer Kleidung durchtränkt. Der Steinboden und die Wände glitzerten – überall Blut. Ein Teil von ihm empfand dieses Bild als schön. Das erschreckte ihn –

nicht, dass er Blut schön fand, sondern dass er etwas anderes als Schmerz fühlen konnte.

»Ihr seid ein Pulverfass, wenn ihr aufeinandertrefft«, fasste Selene zusammen, was Roven über Jafar berichtet hatte, und folgte ihm in die Küche. Sie war noch außer Atem und wischte sich den Schweiß mit einem Handtuch vom Gesicht.

»Jeder für sich genommen ist ein Pulverfass«, meinte er. »Zusammen sind wir … Anarchie in ihrer reinsten Form.« Er drehte sich um, ihr Blick schien wenig begeistert.

»Wie sieht das im Kampf aus?«

»Keine Sorge, solange genügend Gegner da sind, schlagen wir uns nicht gegenseitig die Köpfe ein.« Roven setzte sich wieder auf den Barhocker und schälte Kartoffeln, während Adam sich um das Gemüse kümmerte.

»Ist alles in Ordnung mit unseren Gästen?«, fragte der Butler.

»Ja.« Roven sah ihn an. »Ju passt auf Jafar auf. Jason weiß Bescheid. Wir sind vorsichtig.«

»Wie kann ich helfen?«, fragte Selene.

Adam musterte sie freundlich. »Ihrer Gesichtsfarbe nach zu urteilen würde ich Ihnen eine kurze Verschnaufpause empfehlen. Ich glaube, Ihre bezaubernde Anwesenheit ist Hilfe und Motivation genug.«

Sie schien mit der Antwort nicht ganz zufrieden, setzte sich aber auf den Barhocker gegenüber von Roven und begnügte sich damit, ihr Wasser zu trinken.

»Übrigens reise ich bei Sonnenuntergang nach Rom, um einen Freund abzuholen.«

»Okay …« Nach einer Weile, in der sie Roven beobachtete, fragte Selene: »Wie läuft so eine Rettungsaktion eigentlich ab?«

»Tja, erst mal müssen wir sie ausfindig machen. Das geht nur mit Herantasten und Aufspüren. Unentdeckt reinschleichen, Danica und Lennart finden und mit ihnen wieder verschwinden.«

»Theoretisch …«

»Mhm«, machte Roven.

»Und praktisch?«

»Werden wir erwischt und nacheinander aufgeknüpft. Zwei sterben, drei werden …« Er sah hoch und stoppte seinen Redefluss aufgrund ihres Blickes. »Ich hab keine Ahnung. Es gibt keinen Plan. Es kann alles gut gehen oder schlecht laufen. Es ist ein Risiko, vielleicht schaffen es nicht alle. Wenn wir danach mehr sind als davor, war es ein Erfolg. Wenn nicht … haben wir es wenigstens versucht. Ich könnte niemals hier sitzen und Däumchen drehen. Das geht einfach nicht.«

»Warum nicht warten und mehr von euch zusammentrommeln?«

»Assora … die Tarykkönigin ist nicht blöd. Sie rechnet längst mit uns, nachdem Danica einen Zettel teleportieren konnte und ich sämtliche Londoner Taryk verhört und eingeäschert habe. Wir haben keine Zeit mehr.«

Selene nickte traurig, ihr Atem hatte sich beruhigt. Sie schwiegen eine Weile. »Roven … Was, wenn du nicht zurückkommst? Was mache ich dann? In mein Leben zurückkehren und herausfinden, wie hilfreich meine Gabe wirklich ist? Wie viele Taryk sie mir vom Leib hält, bis einer kommt, den sie nicht mehr schafft?!«

»Ich komme zurück.«

»Das weißt du nicht.«

Adam verließ die Küche, als wäre ihm etwas Wichtiges eingefallen. Roven blickte auf die Schwingtür. Wenn seine Theorie stimmte, würde Selene, als seine Gefährtin, ebenfalls sterben, wenn er draufging. Die Verbindung, geschaffen durch den Einklang zweier Seelen, konnte nicht getrennt werden – so hieß es im *Buch der Götter*. Aber das musste er Selene nicht sagen, zumal er sich nicht sicher war. Vielleicht war das zwischen ihnen einfach nur Liebe. Zuneigung in ihrer reinsten Form, die nichts mit göttlichen Verbindungen zu tun hatte. Sondern einfach nur das unbeschreiblich mächtige Gefühl von verflucht tief empfundener Liebe.

»Ich hab grad jemanden verloren, der mir unendlich viel bedeutet hat«, sprach sie weiter. »Das … ist unfair. Was nützt ein

unsterblicher Freund, wenn er mir bei erstbester Gelegenheit weg-
stirbt?!«

»Selene …« Seine Kehle war plötzlich trocken.

»Ja, ich weiß. Ich jammere.« Sie stützte ihr Gesicht in beide
Hände. »Vielleicht fehlt mir noch ein Stück harte Schale vom
letzten Einsturz, um vernünftiger zu sein.«

»Ich liebe dich.«

Sie sah ihn mit großen Augen an. Es dauerte, bis sie antwortete. »Warum …«

»Warum?«

»Warum sagst du das?«

Er lächelte. »Weil … ich keine Worte finde, um dir zu sagen,
wie viel du mir bedeutest. Und ich dachte, diese würden es am
ehesten umschreiben. Obwohl sie … eigentlich nicht ausreichen.«

Ihre Augen begannen zu glänzen. Sie senkte den Blick.

Roven legte Kartoffel und Messer beiseite, stand auf und ging
zu ihr. »Es ist okay, wenn du nicht so empfindest. Ich wollte nur,
dass du es weißt. Ich … hatte noch nie das Bedürfnis, jemandem
das zu sagen.«

Sie nahm seine Hand, ohne ihn anzusehen, barg ihr Gesicht
darin und schüttelte langsam den Kopf. Irgendwann hörte er ein
sehr leises »Ich dich auch«.

Er schnaufte belustigt und fand ihren Blick. »Komisch … Ich
hab mir das immer romantischer vorgestellt.«

Selene nickte und sie schauten einander still an. Die Zeit schien
immer etwas langsamer zu vergehen, wenn er in ihren Augen versank. Als würde sie seinen Herzschlag beruhigen.

Roven streichelte ihre Wange. »Alles wird gut. Ich gebe mein
Bestes.«

»Bitte tu das …«

»Und falls … Wir finden eine Lösung für dich!« Er stellte sich
Selene allein auf Avenstone vor, die vergeblich auf seine Rückkehr
wartete, und spürte einen Stich in der Brust. »Thanju wird in
jedem Fall zurückkommen. Er kennt deine Geschichte, er würde
Hilfe holen.«

»Warum bist du so sicher, dass *er* es schafft?«

Treffer. Gute Frage. »Weil er keine Dummheiten macht …« Roven presste die Lippen aufeinander.

»Nicht so wie du …?«

»Nicht so wie ich, der sich in eine Sterbliche verliebt …«

Sie lächelte traurig.

»Ich gebe mein Bestes«, versprach er erneut. »Schließlich möchte ich dich alt und schrumpelig sehen und jeden Tag neue Falten und graue Haare an dir finden.«

Selene stöhnte und lachte. »Bitte erinnere mich nicht daran!«

Er zog sie in seine Arme und hielt sie fest. Ganz fest.

Einundzwanzig

Eine sternenklare Nacht lag über Rom, die Außentemperatur betrug etwa zehn Grad. Roven hatte vor dem Kolosseum Gestalt angenommen und hielt einen Moment inne. Architektonisch erinnerte ganz Rom an *Enûma* und rief jedes Mal ein Gefühl von Heimat in ihm wach. Doch *Naham* vermisste Selene mehr als das Reich der Götter und ließ sich von der ewigen Stadt heute nicht blenden. Der Akkadier berührte seine Brust, in der sein Herz schmerzhaft dröhnte. Alles in ihm wollte zurück. Es glich einer allzu starken Sehnsucht, die er kaum ignorieren konnte, die ihn zu dem anderen Herzen hinzog, um vollständig zu sein.

Roven drehte sich um, verschmolz mit der Nacht und bewegte sich schattenhaft durch die Straßen. Kurz nach Sonnenuntergang waren noch viele Menschen unterwegs – Einheimische wie Touristen. Es dauerte nicht lange, bis er Illians Seelenband spürte. Hell und klar summte es in der Ferne und führte Roven zu seinem Bruder. Nach ein paar Minuten wurde er langsamer und kam in einer dunklen Gasse zum Stehen. In den Fenstern brannte Licht, italienische Musik war zu hören. Es duftete nach Fisch, Pasta und frischen Kräutern.

»Diese Gegend ist gefährlich, blonde Schönheit. So ein zartes

Ding wie du sollte sich hier nicht allein herumtreiben.«

Roven sah hoch – Illian hockte am Sims der Dächer und grinste mit weißen Zähnen zu ihm runter.

Er teleportierte sich nach oben. »Mann, siehst du scheiße aus!«

Illian hatte sich kaum verändert, aber das taten die wenigstens Akkadier. Seine Mimik war fein, das mittelblonde Haar am Hinterkopf abgeteilt und zu einem Zopf gebunden und er trug noch immer diese altbackenen Theater-Klamotten – ein weißes Hemd, kniehohe Stiefel und einen tiefblauen Mantel.

»Das Kompliment gebe ich gerne zurück, *Dalan*!« Sie umarmten sich fest. »Was zum Henker treibst du in meiner wunderschönen Stadt?!« Illian musterte ihn und verzog irritiert die Miene. »Moment mal. Irgendetwas stimmt hier nicht. Wo sind deine Augenringe hin und diese … Falten? Und was ist das da in deinem Gesicht?« Illian stupste Rovens Wange an. »Ein Lächeln?! So ein richtiges?!«

Rovens Grinsen wurde breiter. Er spürte die Wärme in seiner Brust.

»Das glaub ich jawohl nicht!«, rief Illian aus und schlug die Hände vor den Mund. »Der alte Schotte hat sich verliebt!« Er sang das letzte Wort.

Roven kratzte sich am Hinterkopf. »Ist das so offensichtlich?«

»Mein Lieber, du glühst förmlich vor Leidenschaft und Hingabe. Wenn du mein Typ wärst, würde ich mir in diesem Moment die Klamotten vom Leib reißen.«

»Bitte tu das nicht.«

Illian schüttelte den Kopf und lachte. »Steht dir verdammt gut.«

»Schön zu hören.« Roven hielt inne. »Nur leider hat mein Besuch einen anderen Grund.« Er legte seinem Bruder die Hand auf die Schultern und führte ihn vom Sims weg. »Lass uns ein Stück gehen, nicht dass du dich gleich in die Tiefe stürzt.«

Sie spazierten über die Dächer und Roven erzählte von den Ereignissen der letzten Tage und ihrer Suche nach Unterstützung.

Illian schaute in etwa so, wie Roven sich fühlte. Nach langem

Schweigen nickte er schließlich. »Natürlich helfe ich euch.« Aber sein Gesicht sagte etwas anderes.

»Ich könnte auch gut drauf verzichten.« Roven schaute in die Ferne. »Besonders jetzt.«

»Wird sie uns begleiten?«, fragte sein Bruder.

»Selene?«

»Wenn sie so heißt.«

»Sie ist ein Mensch …«

»Oh!« Illian machte große Augen. »Dann sollte sie das lieber nicht tun.« Er folgte Rovens Blick – die ersten Sterne waren zu sehen. »Ein Mensch, hm? Hattest wohl Schiss, dich gegen eine Akkadia nicht durchsetzen zu können!« Er lachte herzhaft über seinen eigenen Witz.

»Wäre es mir darum gegangen, hätte ich auch dich nehmen können!« Roven schubste ihn zur Seite.

Entsetzt legte sich Illian eine Hand auf die Brust. »Nur weil meine Haare schöner sind als deine, musst du nicht gleich ausfallend werden«, protestierte er mit bebenden Lippen.

Sie lachten wie in alten Zeiten. Das hatte Roven gefehlt. »Wie ist die Lage in Rom?«

»Immer was zu tun. Ehrlich gesagt: es wird nie langweilig, aber trotzdem eintönig. Wann haben wir uns zum letzten Mal gesehen?«

Roven machte ein abschätziges Gesicht. »N paar Jahre sind es schon. Hast du überlegt, die Stadt mal zu wechseln?«

»Nein, ich fühle mich hier wohl. Aber … wir sollten uns öfter sehen.«

»Ja … Das sagen wir immer und tun es dann doch nicht.«

Sie holten Illians Sachen und kehrten nach Avenstone zurück. Er wies seinem Bruder ein Zimmer zu und brachte ihn in den Keller zu Jason, wo Selene am zweiten Schreibtisch saß und am Computer arbeitete. Sie sah hoch und schmunzelte ihn an. Sein Herz machte einen Freudensprung.

Roven kam in Begleitung eines schlanken, adrett gekleideten Mannes, der so anders wirkte als Roven und Ju. Seine Gesichtszüge waren mehr als freundlich, nur seine bernsteinfarbenen Augen verrieten ihn als Akkadier.

»Illian – Selene«, stellte er sie einander vor.

Sie bekam einen Handkuss, der Roven zum Knurren brachte. Illian amüsierte sich darüber und begrüßte anschließend Jason, während Selene von Roven einen Kuss bekam, der ihre Knie weich werden ließ.

»Was machst du?«, fragte er sie.

»Ich suche … nach möglichen Erklärungen für meine … für mein Dings.«

»Ich kann dir das *Buch der Götter* mal raussuchen. Es ist Ewigkeiten her, dass ich es gelesen habe. Aber vielleicht findest du etwas.«

»Danke.« Sie lächelte ihn an und bekam noch einen Kuss.

»Warst du schon mal in Italien?«, fragte Roven.

Selene schüttelte den Kopf.

»Da gibt's tolle Pizza. Da sollten wir mal hin, wenn alles vorbei ist.«

Sie nickte. »Gerne.«

Mit einem sehnsüchtigen Blick wandte er sich ab und wieder Illian zu. »Schauen wir mal zu Ju und dem Araber.« Damit verließen sie das Büro wieder.

»Jason, weißt du, wo das *Buch der Götter* ist?«

Der Junge beugte sich am Monitor vorbei, um sie anzusehen. »Willst du jetzt Sumerisch lernen?«

»Ist es in Sumerisch?«

Jason nickte und Selene verließ der Mut. »Aber nicht schlimm, unsere Computer können Sumerisch.« Er grinste stolz. »Ich hol's dir.«

»Danke!«, rief sie hinterher und scrollte die zigste Seite eines Buches durch, das sie über Ecosia gefunden hatte. Es handelte von der Stadt Akkad und enthielt sogar das *Enûma Elish* — die Schöpfungsgeschichte der babylonischen Mythologie. Es las sich interessant, aber es erwähnte weder auserwählte göttliche Krieger noch irgendwelche menschlichen Gaben. Vielleicht hatte ihre ja auch einen anderen Ursprung und gar nichts mit Rovens Welt zu tun.

Jason kam mit dem Buch zurück – ein staubiger Wälzer. »Oh Gott«, entfuhr es Selene angesichts der Massen an Seiten. »Da lese und übersetze ich ja in drei Monaten noch.«

Jason überlegte. »Hast du Lust, es einzuscannen? Ich wollte das schon ewig machen, um alles zu katalogisieren, zu übersetzen und in den Datenbanken für alle zur Verfügung zu stellen. Dann könnte man es auch nach Schlagwörtern durchsuchen und –«

»Ich mach's! Wo ist der Scanner?«

Vor den Mauern seines Tempels wurde Ju von einem Schneesturm begrüßt. Eisiger Wind fegte durch seinen Mantel, in Tibet war es bereits kurz nach Mitternacht. Diriri musste seine Ankunft bemerkt haben. Er rief sich seine Aufgabe ins Gedächtnis, doch die Tatsache, dass die Akkadia zur weiten Teleportation sein Blut brauchte, ließ ihn unweigerlich hart werden. Dagegen konnten weder seine Selbstkontrolle noch die Kälte etwas ausrichten.

Er teleportierte sich in die Eingangshalle und nahm ihren Duft durch die Mauern hindurch wahr. Diriri erschien wenige Meter vor ihm, hielt den Kopf gesenkt und die Augen geschlossen – wie es ihr als junges Mädchen beigebracht worden war. Thanju akzeptierte ihre Lebensweise, doch manchmal wünschte er sich mehr für sie.

»Mein Herr«, begrüßte ihn die beinahe kindliche Stimme. Da bemerkte sie seine Erregung und ein gleißender Schein fiel durch die Schlitze ihrer Augenlider.

»Diriri, wir ziehen in die Schlacht. Wir sind dir dankbar, wenn du uns begleitest.« Er legte den Langstock ab und zog Mantel und Pullover aus. »Du benötigst Blut.«

Sie hielt den Atem an – und verschwand. Die Jagd begann. Adrenalin schoss durch seine Venen und stachelte *Naham* an. Wenn er der Gejagte war, entwickelte seine Bestie Triebe, die schwer zu kontrollieren waren. Aber in dieser Umgebung konnte er niemandem schaden, also ließ er die Zügel etwas lockerer als sonst.

Ju spürte, wie sich Diriris kleine Hand unsichtbar, aber mit starkem Druck an seine Kehle legte. Er verschwand aus ihrem Griff und erntete ein Fauchen, rannte durch die Halle und fühlte ihren kalten Wind hinter sich. *Naham* sehnte sich nach Freiheit, nach Rennen und dem Gefühl von Schneeflocken, die im Gesicht schmelzen. Ju stieß die Tore auf und jagte in die Nacht hinaus. Den Berg hinab blieb die Akkadia dicht hinter ihm und wirbelte den Schnee auf. Der Sichelmond zeigte sich am Horizont und die Milchstraße über ihnen leuchtete in solcher Intensität, wie sie es nur über den Bergen Tibets schaffte.

Thanju erreichte einen Abhang und schoss darüber hinweg, stürzte in die Tiefe und rollte in den weichen Schnee. Diriri landete hinter ihm und schenkte ihm ein eisiges Lächeln. Wie von Sinnen wetzte Ju weiter. Sie folgte ihm, spielte mit ihm. Wenn sie wollte, läge er längst am Boden. Ihr Sturm gewann an Kraft. Jus Bestie wollte sich stellen und kämpfen, ignorierte die Tatsache, dass Diriris Tier bei weitem stärker war. Doch noch bevor Ju *Naham* eine Chance hätte geben können, spürte er die Klauen der Akkadia an seinen Schultern. Diriri stoppte seinen Lauf und riss ihn zu Boden. Er landete rücklings im Schnee und sie auf seiner Brust. Mit Leichtigkeit fixierte sie seine Arme und betrachtete hungrig seinen Oberkörper, als sähe sie ihn zum ersten Mal. Jus Hüfte drängte sich ihrer entgegen, sein Körper vibrierte und jeder Nerv schien zu kribbeln. Er bäumte sich auf, erlag seiner Gier. Nur in diesen Momenten verlor ihr Gesicht die kindlichen Züge und zeigte ihr Innerstes – die Iriden leuchteten weiß, fixierten seine Kehle und ihre Fänge verlängerten sich. Sie rieb ihren Schoß an seinem Bauch, ihr Duft machte ihn wahnsinnig und *Naham* zeigte sich in seinen Augen. Lächelnd beugte sich Diriri an sein Ohr. Ju hielt sich mühsam davon ab, nach ihrer Kehle zu schnappen.

Ihre leisen Worte rauschten wie Wind durch seinen Kopf: »Mein Herr, ich trinke euer Blut. Doch es ist eure Bestie, die mich erfüllt.« Sie versenkte ihre Fänge in seiner Halsschlagader und trank. Ihre Haut begann golden zu glühen und wurde so heiß, dass der Schnee unter ihnen schmolz.

Diriri ließ von seinen Handgelenken ab und bohrte ihre Krallen in seine Schultern. Wenn sie trank, vergaß sie alles um sich herum. Ju richtete sich vorsichtig auf und schob ihren Sajong nach oben, hob seine Hüfte und drang in sie ein. Ihr Biss wurde fester. Sie knurrte, ließ ihn aber gewähren.

Frieden erfüllte sein altes Herz. Er liebte sie nicht und doch war Diriri Heimat für ihn geworden, ihr Körper ein Zuhause. Sie wurden von einer Kugel aus Wind umhüllt und sanken immer tiefer in den Schnee. Ihre Haut glühte so heiß, als stünde sie in Flammen. Diriri gab seine Kehle frei und bewegte sich rhythmisch auf ihm.

Doch dann … ging etwas gewaltig schief.

Funken strömten aus ihrer Haut hervor. Ju erstarrte, gleichermaßen fasziniert und erschrocken. Er wusste, was das bedeutete, da gab es keine Interpretationsmöglichkeiten. Er schlief seit über einem Jahrhundert mit ihr, aber das war noch nie passiert.

»Diriri«, hauchte er.

Sie öffnete die Augen und stoppte ihre Bewegung. Ihre Augen wurden schwarz, Entsetzen und Scham verfinsterten ihr Gesicht, das sie sogleich mit ihren Händen bedeckte. Die Funken erloschen. »Verzeiht.« Ihre Stimme zitterte.

Sie stand auf, zog ihr Gewand zurecht. Der Wind endete so abrupt, als hätte jemand eine Tür geschlossen. Diriris Hände sanken herab, sie blickte zu Boden, ihr Gesicht vollkommen ausdruckslos.

Ju erhob sich und zog die Hose hoch, wusste nicht, was er sagen sollte. Wie hatte das passieren können? »Hol deine Sachen …« Mehr brachte er nicht heraus.

Die Akkadia verschwand und in ihm tat sich ein Abgrund auf. Wie konnte sie für ihn derart empfinden, wenn er nichts dergleichen fühlte?

Jus Blick verlor sich in der Ferne. Flocken bedeckten sein kaltes Gesicht. Nur hier in Tibet leuchteten die Sterne mit dieser Intensität. Nirgendwo sonst.

»Ich habe eine Antwort von Alejandro«, teilte Jason Roven mit, nachdem er ihn und Illian im Kerker gefunden hatte. »Er ist dabei, müsste aber aus London abgeholt werden.«

Roven wandte sich an Illian. »Wie lange Jafar wohl noch so bleibt?«

»Schwer zu sagen«, antwortete er mit melodischer Stimme und zwinkerte Jason zu.

Kurz irritiert, sah der Roven an. »Er könnte sich zur Tower Bridge porten …?«

Der Akkadier nickte. »Ich hole ihn, sobald Ju zurück ist.«

»Ist gut, ich schreib ihm.« Jason flitzte zurück in sein Büro, schwang sich auf den Stuhl und tippte drauf los. Selene stand wie ein Fels vor dem Scanner und las Seite um Seite ein. »Wo bist du?«

»Äh«, sie schaute nach, »Seite Einhundertsiebenundfünfzig.« Sie verzog das Gesicht zu einem gekünstelten Grinsen. »Von Dreitausend.«

»Ach, bis Weihnachten bist du bestimmt fertig«, lachte er und bekam einen Bleistift um die Ohren geworfen. Alejandro antwortete und Jason eilte erneut in den Kerker. »Er ist in etwa Zwanzig Minuten dort«, berichtete er den zwei Babysittern und ging dann wieder zurück, ließ sich in den Stuhl fallen und schaute Selene zu.

Sie erwiderte seinen Blick. »Aufgeregt?«

»Ich?«

»Wegen … der ganzen Sache hier?«

Jason nickte.

»Hattet ihr so etwas schon mal?«

»Nicht solange ich hier bin. Und du? Wie geht's dir?«

Sie holte Luft. »Ich lenke mich ab«, sagte sie und blätterte weiter.

Eine halbe Stunde später betraten fünf Akkadier das Büro und Jason blieb die Luft weg. Ju wirkte in kleinen Räumen geradezu monströs, sein langer Mantel war von Schnee bedeckte und die nackten Füße hinterließen nasse Tapser auf den Fliesen. Ihm folgte eine zierliche Asiatin, die den Kopf gesenkt hielt. Ihr glattes Haar war rabenschwarz und reichte ihr fast bis zu den Unterschenkeln. Als sie an Jason vorbeikam, überrollte ihn eine Hitzewelle. Sie sah niemandem in die Augen und stellte sich schweigend hinter Thanju, der am Tisch Platz nahm. Illian kam leichten Schrittes herein.

»Na, auch hier?«, grüßte er Jason und Selene, als hätten sie sich heute noch nicht gesehen. »Hi, ich bin Illian. Und ich bin anonymer Bluttrinker. Schön, dass wir heute alle anwesend sind.«

Jason verkniff sich ein Grinsen, als ein weiterer Akkadier eintrat. Das musste Alejandro sein – dunkle Haut, dunkle Augen, dunkles Haar, das sich im Irokesenschnitt über seinen Kopf zog und im Nacken länger wurde. Er trug einfache Leinenklamotten, nur die Waffen glänzten hochwertig. Nach einem kurzen Blick auf die zwei anwesenden Menschen nickte er kurz und stellte sich dann lässig an die Wand hinter den Konferenztisch. Mit einem Knurren tief in der Kehle kam Jafar durch die Tür, Jason rutschte samt Stuhl ein Stück nach hinten. Strähnen klebten ihm im Gesicht und sein Blick huschte hin und her. Er hatte die Hände zu Fäusten geballt und wurde von Roven, der dicht hinter ihm ging, abgeschirmt. Jafar stellte sich neben Alejandro, der wenig beeindruckt schien. Roven nahm am Kopfende bei Jason Platz.

Jason beugte sich zu ihm und flüsterte: »Bist du sicher, dass ihr alle auf derselben Seite kämpft?«

Roven drehte den Kopf. »Bist du sicher, dass das hier niemand außer mir verstehen kann?!«

Jason lehnte sich zurück, eigentlich war es ihm egal. Selene scannte in die Stille hinein und zog sämtliche Blicke auf sich, stoppte ihre Arbeit und nahm wieder auf ihrem Stuhl am Schreibtisch Platz.

Ju schaute in die Runde, als könnte er das bedrückende Schweigen in sich aufsaugen. »Der Anlass unserer Zusammenkunft lastet schwer auf uns allen. Lennart ist seit Tagen in Gefangenschaft. Danica … wahrscheinlich seit mehr als einem Jahrhundert. Dass sie noch lebt, ist ein Wunder, für das ich dankbar bin.« Seine Stimme klang wie ein Reibeisen. »Wir sind uns sicher, dass sich beide im isländischen Hochland befinden. Aber mehr auch nicht. Morgen bei Sonnenuntergang steht ein privates Flugzeug am Airport in Inverness für uns bereit. Wir fliegen etwa zwei Stunden und fahren dann von Keflavik mit zwei Jeeps Richtung Hochland. Alles Weitere folgt spontan. Und ich möchte empfehlen, dass wir die Rettungsaktion bis Sonnenaufgang erledigt haben. Wir brauchen alle einen klaren Verstand. Das dürfte einigen von uns bei Tage schwerer fallen.« Ju sah Roven an. »Fragen?«

»Verdammt«, sagte Illian. »Wir müssen nach Island und ich hab meine warmen Unterhosen nicht eingepackt.«

Roven ergriff das Wort. »Wer möchte, darf gerne am Abendessen in einer Stunde teilnehmen. Ansonsten fragt mich, Jason oder Adam, wenn ihr etwas braucht. Im Erdgeschoss gibt's nen Trainingsraum und eine Bibliothek. Ihr könnt die Computer hier auch gern benutzen. Fühlt euch … einfach wie zu Hause.«

Jafar trat von der Wand weg und sagte etwas auf Arabisch, das Jason nicht verstand. Damit löste er sich auf.

»Beim Essen bin dabei!«, meinte Alejandro mit spanischem Akzent. Nett von ihm, Englisch zu sprechen. Er verließ das Büro. Diriri folgte ihm ohne ein Wort.

»Habt ihr euch gestritten?«, fragte Illian den Tibeter, als sie außer Reichweite war.

Ju blickte ihn emotionslos an.

»Ich mein ja nur. Ich bin ein guter Zuhörer. Auch wenn ich keine Ahnung von Frauen hab.« Er zwinkerte Selene zu und entlockte ihr ein Lächeln.

Kurz darauf stand sie auf. »Ich geh noch ne Runde laufen, bevor es zu dunkel wird.« Sie berührte Rovens Schulter im Vorbeigehen.

Er nickte ihr zu. »Nicht zu weit.«

»Weiß ich doch«, lächelte sie und verließ ebenfalls den Raum.

Illian klatschte in die Hände. »Steht der Whiskey noch an seinem anberaumten Platz?«

»Jepp!«, bestätigte Roven. »Ich komm gleich nach.«

Nachdem auch Ju und Illian gegangen waren, rempelte Roven

Jason an. »Alles okay bei dir?«

Er nickte gedankenversunken. »Da kommt man sich mit der einen Seele, die man zu bieten hat, schon minderwertig vor.« Jason rutschte auf dem Stuhl zurecht, sein Herzschlag beschleunigte sich. »Roven bin ich schwul, wenn ich Illian attraktiv finde? Ich mein, guck ihn dir mal an. Wie er … aussieht … und geht. Ganz anders als du, Trampeltier.«

»Wie war deine Frage noch mal?«

Jason verzog das Gesicht. »Ich bin nicht schwul.«

»Okay.«

»Das sagst du so einfach!«

»Mach dir keinen Kopf. Wenn du ihn magst, magst du ihn. Wenn nicht, dann nicht. Ich bin auch kein Psychopath, obwohl ich mich in einen Löwen verwandeln kann und eine Sterbliche liebe, die ich theoretisch auffressen könnte …« Bei seinen Worten stockte er selbst. »Oder?«

Jason schüttelte den Kopf. »Nee, alles gut.«

»Also darfst du auch Männer lieben. Hauptsache, die Liebe gewinnt. Alles andere ist egal.«

»Dass ich so was mal von dir höre ...«

Roven schnaufte. »Echt mal!«

Zweiundzwanzig

Auf dem höchsten Turm von Avenstone hielt Roven sein Glas in die Höhe und stieß mit Illian auf die alten Zeiten an. Der goldene Whiskey schwappte hin und her, fing die Farben der Dämmerung ein und ergab sich schließlich seinem Schicksal. Der Wind frischte auf und wirbelte Blätter in die Höhe. Roven stellte sein Glas auf die Mauer, lehnte sich vor und beobachtete Selene, die in einiger Entfernung am Waldrand entlanglief. Er hörte ihren Atem bis hierher.

»Was mach ich nur mit ihr?«

Illian folgte seinem Blick. »Heirate sie doch, wenn du sie liebst.«

Der Schotte schnaufte. »Sie ist ein Mensch, sie sollte ein normales Leben führen dürfen.«

»Denkst du, dass Selene jemals wieder ein normales Leben führen kann, nachdem die Taryk ihre Spur aufgenommen haben und sie anhand ihres Geruchs finden können?« Roven machte ein abschätziges Gesicht, Illian fuhr fort. »Du müsstest das komplette Königreich ausradieren. Ich meine, wirklich jeden einzelnen von Assoras Taryk und sie selbst natürlich auch.«

Er nickte. »Ja. An so was dachte ich gerade.«

Illian grinste und schwieg eine Weile.

»Wäre es das nicht wert?«, fragte Roven seinen Freund. »Damit Selene wieder frei sein kann?«

»Um einem einzelnen Menschen seine Unabhängigkeit zurückzugeben?« Illian zuckte mit den Schultern. »Habe schon für weniger getötet.« Er blickte Roven an. »Oder möchtest du, dass sie dich verlässt, damit du nicht mehr das Gefühl hast, sie einzusperren?«

Er kannte ihn zu gut. Roven holte Luft. »Ja … Damit sie freiwillig bleibt. Wenn sie es denn will …«

»Wie denkt sie darüber?«

»Keine Ahnung.«

»Dann frag sie doch mal. Vielleicht ist ihr die Freiheit an deiner Seite Freiheit genug.«

»Wie könnte es?«

»Da hat jeder Mensch andere Vorstellungen.«

»Auf Dauer wird sie sich eingesperrt fühlen.«

Illian boxte ihn. »*Rede* mit ihr! Und entscheide nicht über ihren Kopf hinweg. Das wäre ein guter Anfang, damit sie sich nicht eingesperrt fühlt.«

Roven schwieg. Sie blieben dort, bis Selene wieder reinging und in Sicherheit war.

In seinem Zimmer kniete Ju am Boden, suchte die Ruhe in sich selbst und blickte stattdessen angespannt auf seine Hände. Stark und grob, die Pranken eines Kriegers, die Diriri viele Male berührt hatten. Zärtlich und voller Respekt, aber nie aus Liebe.

Sie hatten einander all die Jahre genährt und gedient, körperlich und geistig, tiefe Gespräche geführt und beim anderen Halt gefunden. Wie … ebenbürtige Krieger, Brüder. Doch heute erschien ihm Diriri fremd wie nie zuvor. Wie hatte es soweit kommen können? Und warum hatte er es nicht bemerkt? Vielleicht behielt Roven Recht – Ju hatte keine Ahnung von der Liebe. Er erkannte sie nicht einmal.

Der Tibeter schaute hoch und betrachtete das zarte Geschöpf.

Sie meditierte, seitdem sie das Zimmer betreten hatten. Vermutlich wollte sie nicht mit ihm reden. Oder brauchte Ruhe. Sie atmete kaum, hielt den Kopf gesenkt und die Augen geschlossen. Ihre Hände lagen mit den Handflächen nach oben geöffnet auf ihren Oberschenkeln, das Haar wirkte wie ein Schleier, der ihren Körper einrahmte. Ju verstand sie nicht und das tat ihm leid. Diriri kannte ihn als Mörder und Eremiten, als alles, was man nicht lieben sollte. Er eignete sich nicht als Gefährte, war kühl und reserviert, ließ niemanden durch seine Mauern.

»Warum?«, flüsterte er.

Sie hob den Kopf und sah ihn mit traurigen Augen an, schaute dann weg. »Ich weiß es nicht.«

Wenigstens antwortete sie. »Wann … hast du es gemerkt?«

Sie neigte kaum merklich den Kopf. »Erst vor kurzem. Ich habe dich lange Zeit als Bruder betrachtet.« Sie zog die Stirn in Falten. Das tat sie sonst nur, wenn sie von ihrer Kindheit erzählte.

»Warum hast du nichts gesagt?«

»Was hätte das genützt? Es war offensichtlich, dass es dir nicht so ging.« Diriri machte eine Pause. »Entschuldige, dass ich mich nicht unter Kontrolle hatte.«

Ju biss die Zähne zusammen. Vielleicht war es nicht ihre Erziehung, die sie gefangen hielt. Vielleicht war er es. »Es tut mir leid.« Diese Worte sagte er nicht oft.

»Meine Gefühle verdienen kein Mitleid. Du bist ein wunderbarer Mann. Es ist keine Schande, dich zu lieben.«

Und diese Worte hörte er nicht oft. Ju blickte sie reglos an, unfähig, einen klaren Gedanken zu fassen. Er wünschte sich mehr für sie. Nun wusste er, dass sie sich bewusst dagegen entschieden hatte. Seinetwegen.

Diriri lächelte milde und schaute Richtung Fenster. Ju betrachtete ihr Profil. Sie war ihm in vieler Hinsicht weit voraus und er hatte sie das nie spüren lassen. Hatte ihr dafür nie seinen Respekt gezollt.

Nach dem gemeinsamen Abendessen, das Selene mehr schlecht

als recht hinter sich brachte, suchte sie sich eine stille Ecke und wählte Julias Nummer. Sie konnte nicht leugnen, dass ihr die Anwesenheit so vieler Akkadier zusetzte. Da war sie nun mit ihrer kleinen kaputten Seele in einem Haus voller archaischer Krieger, konnte nicht weg und sehnte sich nach Ruhe und Heimat. Und ihrer Mum.

»Selene?«

»Julia! Wie schön, deine Stimme zu hören.« Sie hatten in den letzten Tagen nur ab und zu Nachrichten geschrieben.

»Wie geht's dir?«

Selene lehnte sich zurück. »Ganz gut. Ich … laufe viel. Und dir?«

»Ach, wie immer. Das totale Chaos im Labor. Ich manage das schon irgendwie.« Sie lachte, und Selene stellte sich vor, wie sie nebenbei drei Mitarbeitern per Handzeichen Aufgaben zuteilte. »Weißt du schon, wann du zurückkommst?«

»Nein, weiß ich nicht«, gab sie traurig zu. »Ich glaube, es dauert noch ein bisschen … Kannst du Bert Bescheid sagen?«

»Mach ich.«

»Danke.« Sag es einfach. Jetzt oder nie. »Ich … glaub, ich hab mich verliebt?« Die Last fiel wie ein Stein von ihrem Herzen.

»Verliebt?« Plötzlich klang Julia sehr aufmerksam. »In … die Natur?«

Selene lachte trocken. »Ja, das auch. Und in einen Mann.«

»Echt jetzt? Du flüchtest in die Natur und findest *da* einen Kerl?«

»Schon komisch manchmal. Er … tut mir gut.« Es war eigenartig, darüber zu reden. Erstens, weil sie nur die Hälfte erzählen konnte. Zweitens, weil keines ihrer Worte genügte, um ihre Gefühle für Roven zu beschreiben. »Er … hat mich gerettet. Irgendwie. Oder … mir geholfen, mich selbst zu retten. Ähm, schwer zu erklären …«

»Nein.« Es raschelte im Hörer. »Nein, ich … ich glaube, ich verstehe, was du meinst.« Eine Pause entstand. »Ist er nett?«

»Ja. Na ja, er ist speziell. Zu mir ist er nett.«

»Das ist doch ein Anfang«, lachte Julia. »Ich freu mich für dich.« Im Hintergrund hörte Selene etwas zu Bruch gehen. »Na super«, murmelte ihre Freundin ins Handy.

»Was ist passiert?«

»Ach, das … nicht so wichtig. Hast du noch irgendwas?«

»Nein. Ist okay. Du hast zu tun.«

»Entschuldige.«

»Ich bin selbst schuld, wenn ich dich auf Arbeit anrufe.«

»Das stimmt.« Sie schmunzelten beide. »Pass auf dich auf. Oder sag ihm, er soll das tun.«

»Mach ich. Und er auch.«

»Das ist gut.«

Selene lächelte. »Hab dich lieb. Bis bald.«

»Bis bald!«

Jolina schob das Handy in die Hosentasche ihrer Jeans und teleportierte sich zurück nach *Enûma*. Glück gehabt. Es war immer schwierig, Selenes Anrufe rechtzeitig entgegenzunehmen. Im Götterreich war der Empfang ziemlich mies. Ihre Kleidung änderte sich von allein, als sie im Tempel Gestalt annahm. Statt Jeans und Pullover trug sie eine blutrote Robe. Der Zopf löste sich und gab ihre Mähne frei.

Verrat!, schalt es in ihrer Brust. Sie hasste es zu lügen und tat es doch seit über zwei Jahren. Ihre Freundschaft zu Selene war immer echt gewesen. Sie war wie eine Schwester für Jolina. Aber alles, was nie ausgesprochen wurde, ließ den Abgrund zwischen ihnen größer werden. Das bekam auch Selene jetzt zu spüren. Jolina wusste nicht, ob es richtig gewesen war, sich in ihr Leben einzumischen. Das war das Schlimme daran, wenn man in die Zukunft sehen konnte. Man versuchte, sie zu beeinflussen. Aber Jolina wollte nichts unversucht lassen, um für Selene und Roven bestmögliche Voraussetzungen zu schaffen.

Dreiundzwanzig

Roven setzte sich auf die Bettkante und stellte das Tablett mit heißen Pfannkuchen und Pflaumenmus auf dem kleinen Tisch ab. Selene schlief noch, er hatte sich mit ihr letzte Nacht ins Turmzimmer verzogen – zu viele aufmerksame Ohren im Haus. Über ihm bildete eine gläserne Kuppel das Dach. Schneeflocken legten sich aufs Glas und sperrten all das Böse da draußen weg. Roven kämpfte mit einer Angst, die er nicht kannte – die Angst davor, zu sterben und mit seinem Tod das Schicksal eines Menschen zu besiegeln. Egal, ob Selene ihm als Gefährtin eines Akkadiers in den Tod folgen würde oder am Leben blieb und den Schmerz seines Verlustes aushalten musste – er wollte weder das eine noch das andere für sie. Roven fühlte sich innerlich wie gelähmt – sie war für ihn so selbstverständlich das Kostbarste auf der Welt geworden.

Ihr nachtschwarzes Haar lag wie ein Fächer ausgebreitet auf dem Kopfkissen. Er streichelte ihren Nacken und sie drehte sich schläfrig zu ihm um. Roven neigte sich über sie und berührte ihre schönen Lippen. Heimat. Selene empfing ihn immer so, als wäre sie dafür geschaffen worden, seinen kriegerischen Mund zu zähmen.

»Du riechst so gut«, murmelte er gegen ihre Lippen. Er wünschte, er könnte ihren Duft in ein Glas füllen und immer bei sich tragen.

»Ich muss duschen«, lachte sie.

Er schüttelte amüsiert den Kopf. »Du duftest nach … Honig – süß und ein bisschen bitter. Aber das Beste ist – du riechst nach *mir*!«

Selene verdrehte lachend die Augen. »Dann muss ich wirklich ganz dringend duschen!«

Sie verbrachten jede Sekunde dieses Tages gemeinsam, erzählten, lachten und liebten sich. Doch die Schwere des bevorstehenden Abschieds war in jeder Geste, jedem Blick und jeder Berührung zu spüren.

Außerhalb der Mauern Avenstones verschwand das Tageslicht langsam am Horizont. Selene versuchte, ihre Unruhe zu unterdrücken, doch Roven musste ihr trommelndes Herz hören. Tief in seine Arme gekuschelt hatte sie sich die letzte halbe Stunde nicht bewegt. Sie lauschte seinem kräftigen Herzschlag und schloss die Augen, inhalierte seinen Geruch – Zimt, Ingwer und Kaffee. Sie wollte seine schützende Dunkelheit nicht verlassen, wollte ihn nicht hergeben für einen Krieg, den sie nicht verstand.

»Ich komme wieder«, sagte er leise und umarmte sie noch etwas fester.

Selene kämpfte mit den Tränen. Sie nickte und ignorierte die Bilder in ihrem Kopf, in denen sie Ju allein zurückkommen und sich selbst zusammenbrechen sah. Nichts davon würde eintreffen. Das fand nur in ihrem Kopf statt, Ängste, keine Realität. Die Realität bestand in diesem Augenblick, in dem Gefühl von seiner Haut auf ihrer. Genau das, was jetzt gerade passierte. Alles andere war nebensächlich. Selene küsste seinen Hals und lächelte. »Ich liebe dich!«

»Und ich dich.«

Er küsste ihren Scheitel und löste sich behutsam von ihr, stand auf und zog sich an. Mit jedem Kleidungsstück entfernte er sich mehr von ihr. Schwarze Stiefel, schwarze Lederhose, ein schwarzes Langarmshirt, Messer im Brusthalfter und ein gigantisches Schwert am Rücken. Roven warf sich den Mantel über und blickte sie ernst an.

Selene zog ihre Jogginghose und sein T-Shirt an, ging zu ihm und berührte seine raue Wange.

Sein Blick wanderte über ihr Gesicht. »Ich bin bald zurück.«

Sie nickte.

Hand in Hand gingen sie hinunter in die Eingangshalle. Am Fuß der Treppe warteten die Akkadier – ein kriegerisches Kollektiv, dunkel gekleidet mit Waffen an jeder freien Stelle des Körpers. Die Aggression in der Luft schnürte Selene die Kehle zu. Sie drückte Rovens Hand, er lächelte sie an und ging dann zu den anderen. Es gab nichts mehr zu sagen.

Die Akkadier gingen durch das Tor nach draußen, wo zwei Landrover für die Fahrt zum Flughafen warteten. Selene hörte die dumpfen Schläge ihres Herzens in den Ohren, als würde es dem Druck nicht standhalten. Roven stieg auf der Fahrerseite des hinteren Fahrzeugs ein. Wenig später fuhren beide Wagen los. Selene ging auf der Treppe ein Stück nach links und beobachtete die Fahrt der Rücklichter die Auffahrt entlang, bis sie im Wald verschwanden. Was blieb, waren Reifenspuren im Schnee.

Jason schloss das Tor, kam auf sie zu und umarmte sie. Da erst bemerkte Selene die Tränen auf ihrer Wange.

Jason spürte Selenes Herzschlag hinter ihrer Brust und umarmte sie noch ein bisschen fester. Sie jammerte nicht, sie schluchzte nicht einmal. Sie hatte Angst und er auch. Er war dankbar für diese Umarmung, denn es war Selene, die ihn tröstete. Die ihn mit seinen unmännlichen Gefühlen nicht allein ließ. Sie holten gleichzeitig tief Luft und lösten sich voneinander.

»Ich bin so müde«, murmelte sie mit schwacher Stimme. »Ich leg mich erst mal hin.«

Jason nickte. »Komm in den Keller, wenn du wach wirst.«

»Mach ich.«

Er blieb, bis sie oberhalb der Treppe nach rechts scherte und ging dann an seinen Arbeitsplatz, goss sich ein Glas Milch ein und rief die GPS-Signale von Roven und Ju am Monitor auf. Sie befanden sich noch auf dem Weg zum Landeplatz, der Jet sollte bereitstehen. In Keflavik würden ebenfalls zwei Geländefahrzeuge zur Weiterfahrt warten. Für den Fall, dass die Akkadier das Versteck der Taryk nicht in der ersten Nacht fanden, hatte Jason für den Tag einen Bungalow nahe dem Hochland gemietet. Diese Rettungsaktion war für ihn der erste kriegsähnliche Zustand und er wollte Roven und seine Brüder bestmöglich unterstützen. Vorerst indem er aufpasste, dass die zwei blinkenden Lichter nicht verlorengingen.

Vierundzwanzig

Der Jet beschleunigte und erzeugte eine g-Kraft, die bei jedem Menschen Herzrasen auslöste. Roven fühlte nichts. Er schaute in den wolkigen Nachthimmel, lauschte dem mahnenden Geräusch seines Herzens und dem Knurren seiner Bestie.

Nachdem das Flugzeug die erforderliche Höhe erreicht hatte, kam Illian nach hinten geschlendert, setzte sich zu ihm und holte seine Waffe aus dem Halfter.

»Was ist das?«, fragte Roven. »Ne Dessert?«

»Spezialanfertigung. Eine dreiläufige Dessert Eagle mit sehr tarykunfreundlicher Munition – Dumdumgeschosse mit Bleikern und nem Teilmantel aus Stahl, die alles zerfetzen, was ihnen in die Quere kommt. Wenn drei davon in den Hals eines Seelenreißers einschlagen, ist der seinen Kopf schneller los, als du dir die Haare aus dem Gesicht gepustet hast.«

Roven grinste. »Nett!«

»Ja!«

Turbulenzen brachten den Jet kurz aus dem Takt.

»Ich stelle mir das schwer vor«, murmelte Illian und zog Rovens Blick auf sich. »Mit ner Gefährtin, die zuhause wartet.«

Er biss die Zähne zusammen. »Ist es.«

Illian nickte mit ernster Miene und hielt seine Waffe wie den heiligen Gral in die Höhe. »Daniela und ich passen auf dich auf!«

»Wie bitte? Deine Dessert heißt Daniela?!«, lachte Roven.

»Ja, Mann! *Gott sei mein Richter!*«

Roven legte sich die Hand aufs Herz und verneigte sich schmunzelnd. Die übrigen zwei Stunden des Fluges verbrachten sie schweigend. Er hasste es zu warten.

Sie landeten in Keflavik und fuhren Richtung Osten. Auf Island glänzte die Nacht sternenklar, Nordlichter zogen wellenförmig in Grün, Blau und Lila über den Himmel. Roven nahm sich vor, mit Selene herzukommen, wenn alles überstanden war.

»Nächste links rein. Erste F-Straße«, gab Ju über das Headset durch.

Das Straßennetz wurde abenteuerlicher, je weiter sie ins Hochland kamen. Schneebedeckte Gipfel zierten den Horizont. Über Schotterpisten und Berge, durch Steinwüsten und knietiefe Flussläufe ging es vorwärts. Im Winter schien die Sonne hier nur etwa vier Stunden. Die langen Nächte und die zwei Stunden Zeitverschiebung ermöglichten den Akkadiern mehr Zeit bei der Suche.

Roven schaltete das Rauschen im Radio ab und genoss die Stille. Illian und Alejandro schwiegen ebenfalls. Der Offroader hätte zwar Platz für sechs Akkadier, aber die Achsen würden dem Gewicht nicht standhalten. Jeder schien in die Ferne zu lauschen und darauf zu warten, Danica oder Lennart wahrzunehmen. Selbst wenn sich das Tarykversteck tief unter der Erde befand, sollte es einer von ihnen spüren, wenn sie sich ihrem Ziel näherten. Auch Danica und Lennart würden die Akkadier bemerken, wenn sie einigermaßen bei Bewusstsein waren. Roven hoffte es. Zu wissen, dass Verstärkung unterwegs war, konnte unheimlich Kraft geben. Er selbst vertraute nicht auf seine Instinkte. Je weiter er sich von Selene entfernte, desto mehr wollte *Naham* zurück. Roven hatte Schwierigkeiten, sich zu konzentrieren. Die Weiten Islands zogen unbemerkt an ihm vorbei. Er hatte aufgegeben, den Schlaglöchern und Dellen auszuweichen und überließ dem Landrover die Arbeit.

Vom Rücksitz war ein Knurren zu hören. Roven blickte irritiert in den Spiegel und fand Alejandros weißes Augenpaar.

»Liegt hier schlechte Stimmung in der Luft?«, fragte Illian.

»Eine Königin«, presste Alejandro zwischen zusammengebissenen Zähnen hervor.

»Jafar spürt Danica«, meldete sich Ju aus dem Fahrzeug vor ihnen. »Wir bleiben auf Kurs.«

Roven nickte stumm und schluckte sein Adrenalin runter.

Selene schrak hoch und fasste sich an den Hals, ihr Herz raste. Sie kniff die Augen zu, als ein stechender Schmerz durch ihren Kopf zog. Schweißgebadet griff sie zur Seite und schaltete die Nachttischlampe ein. Sie hatte etwas Fürchterliches geträumt. Die Angst saß ihr im Nacken, als wäre es real gewesen – Chaos, Gewalt, Schmerz und Tod. Kälte hatte ihren Hals umklammert.

Selene starrte ins Leere und seufzte laut, schaute aufs Handy – kurz nach drei Uhr. Roven war seit etwa sechs Stunden fort. Selene überlegte, ob sie etwas spüren würde, wenn … Sie schüttelte den Gedanken ab und stand auf.

Mit Tee und einem trockenen Brötchen ging sie in den Keller. Schon auf der Treppe hörte sie den Krach, den Jason Musik nannte. Sie schlüpfte durch den Spalt in der Tür. Jason nickte im Rhythmus des Liedes und konzentrierte sich auf seine Bildschirme. Als sie ihm auf die Schulter tippte, hopste er schreiend vom Stuhl und starrte sie mit aufgerissenen Augen an.

»Selene!«, rief er entsetzt. »Du … hast mich erschreckt!« Er blinzelte und machte die Musik leiser.

»Tschuldigung«, flüsterte sie und zog ihren Stuhl neben seinen.

Jason stöhnte und raufte sich die Haare. »Um die Uhrzeit rechne ich nicht damit, dass mich hier unten jemand besucht …« Er rieb sich über die Augen. »Konntest du schlafen?«

Selene nickte und biss vom Brötchen ab. »Was ist das?« Sie deutete auf den Monitor, der so etwas wie eine Landkarte mit blinkenden Punkten zeigte.

»Island.« Jason umkreiste ein Gebiet mit dem Finger. »Das ist das Hochland und hier sind sie«, erklärte er und zeigte auf die Punkte, die sich kaum merklich bewegten.

Sie nickte. »Es geht ihnen gut?«

»Ja! Sie sind mittlerweile zu Fuß unterwegs. Die Fahrzeuge stehen hier.«

Jason deutete auf einen Fleck an Rande der weißen Flächen. Die Akkadier waren scheinbar mitten im Eis unterwegs. Zwei kleine blinkende Lichter. Wie schlagende Herzen.

Fünfundzwanzig

Roven schloss den Mantel höher und kniff die Augen zusammen. Eisiger Wind peitschte ihm Schnee und Hagelkörner ins Gesicht. Der Sturm hatte die aufgeheizte Stimmung runtergekühlt. Seine Fingerspitzen kühlten aus. Der Wind fuhr ihm unter die Kleidung bis auf die Haut und in die Knochen. *Naham* zog sich zurück. Es wurde schwieriger, die Königin zu suchen. Nur Jafars Sinne funktionierten einwandfrei, er stapfte voran, obwohl man im Schneetreiben kaum etwas erkennen konnte.

In den vergangenen Stunden zu Fuß durch die weiße Wüste waren sie Geysiren und Gletschervulkanen ausgewichen, hatten zugefrorene Seen umrundet und einen Eisbären verscheucht, der vermutlich aus Grönland rübergekommen war. Doch all das kostete sie keine Kraft und das war entscheidend. Jeder Funken Stärke ihrer kleinen Gruppe zählte im Kampf. Roven hatte entschieden, nicht zu sterben. So einfach war das.

Der Geruch von Schwefel wehte zu ihm, was in Island nicht ungewöhnlich war. Doch der Gestank wurde so intensiv, dass Roven stehenblieb. Alle sahen sich an. Sie hatten es gefunden. Jafar drehte sich um und streifte die schneebedeckte Kapuze ab. Das Abbild seiner Bestie am Hals pulsierte. Er schloss die Augen, hob die Hände und drehte sich langsam im Kreis. Schneeflocken schmolzen auf seinem Gesicht, die schwarzen Locken vereisten. Ein paar Sekunden später blieb er stehen und zeigte auf einen Hügel, zirka zwei Kilometer entfernt.

Ju deutete allen, näher zu kommen. Zur Kommunikation bewegte er nur seine Lippen: »Sollte dies der Eingang zum Versteck sein, werden wir uns falls nötig aufteilen. Ich schlage eine Gruppe bestehend aus Diriri, Roven und Illian vor. Die zweite bilden Jafar, Alejandro und ich.« Alle nickten. »Durch die Kälte sind auch eure Instinkte geschwächt. Also seid wachsam – sobald ein Taryk uns erblickt, weiß die Königin Bescheid. Tötet lautlos und hinterhältig.« Der Tibeter blickte in die Runde. »Diriri und ich werden uns telepathisch verständigen, wenn eine Gruppe Lennart oder Danica findet. Falls jemand in Bedrängnis gerät, kommen die anderen schnellstmöglich zur Unterstützung.« Wieder eine Pause. »Wir tun das hier weder für die Ahnen noch für *Enûma*. Wir kämpfen für Danica und Lennart.« Roven und Ju nickten einander zu. »Mehr bleibt mir nicht zu sagen.«

Schweigend legten sie die Strecke zum vermuteten Eingang zurück. Der Gestank nahm zu. Es war nur den Temperaturen zu verdanken, dass die Bestien sich zurückhielten. Als Ju vor dem Hügel stand, streckte er die Hand aus und schob sie in die Schneewand, bis er ganz darin verschwand. In dem Weiß klaffte jetzt ein schwarzer Schacht, aus dem Dunkelheit kroch und den Schnee ringsherum schwarz färbte.

Roven und die anderen folgten Ju durch die meterdicke Wand. Ein schmaler Gang mit metallisch schimmernden Felswänden führte hinab in eine Höhle. Stalagnaten durchzogen den Raum wie ein Säulenmeer. Die Unsterblichen bewegten sich geräuschlos fort und folgten den Pfaden mit eisbehangenen Tropfsteinen abwärts. Die verwinkelten Gänge schienen kein Ende zu nehmen – Kurven, Engpässe, Hohlräume. Es ging auf- und abwärts, manchmal so steil, dass sie rutschten. Und mit jedem Meter wuchs die Anspannung. In die Stille hinein bildete sich eine Mischung aus Ungeduld und Gier. Nach einer halben Stunde tauchte am Ende des Gangs ein hellblaues Licht auf. Roven trat hinter Illian aus dem Schacht und blinzelte. Über ihren Köpfen erstreckte sich eine meterhohe Eisdecke, die selbstständig zu leuchten schien. Die Wege waren glatt poliert und rutschig. Sie konnten nur langsam vorwärts. Aus dem Boden wurde eine Brücke, die über eine Schlucht in den nächsten Gang führte. Dort teilten sich die Wege nach rechts und links. Ju sah Jafar fragend an, doch der schüttelte den Kopf. Also teilten sie sich auf. Roven gab Illian ein Zeichen, hinter ihm und Diriri zu bleiben. Seine Dessert konnte er hier nicht einsetzen.

Während Ju mit Alejandro und Jafar im anderen Gang verschwand, schlich Roven neben Diriri in den hellblauen Höhlenweg. Kurz darauf hörten sie Stimmen. Zwei Taryk. Nach kurzer Verständigung glitten die beiden Akkadier auf die Wachposten zu. Rovens Eisenschwert trennte den Kopf des rechten vom Rumpf, während Diriri den des linken packte und so schnell abriss, dass es nicht mal ein Geräusch gab. Schwarzer Nebel waberte übers Eis. Die erste Hürde war genommen.

An einer anderen Stelle im Erdreich hatten Ju und der Araber soeben drei Wachposten abgelöst. Auf mehr Widerstand waren sie noch nicht gestoßen. Ihr Gang teilte sich erneut. Sie nahmen den linken, der sie zu zwei weiteren Wachen führte, nicht aufmerksamer als die ersten. Ju drehte den Langstock in der Hand – die mehrfach gewalzten Klingen an den Enden des Gún glänzten im Hellblau des Tunnels. Jafar brachte seine zwei halbmondförmigen Dolche in Position. Sekunden später waren die Wachmänner ausgeschaltet. Nach weiteren Kurven erreichten die Akkadier einen Vorsprung, der den Blick auf ein Reich freigab, bei dem Ju der Atem stockte. Das Eis erstreckte sich über ihnen wie ein Himmel und hüllte die stadtgroße Höhle in kaltes Licht. Zirka zwanzig Meter unter den Kriegern standen tausende rostbraune Hütten, als wären sie wie Parasiten aus dem Boden gewachsen. Und in der Mitte des Reiches thronte ein riesiger Steinpalast, der so verrottet wirkte, als fiele er gleich in sich zusammen.

Thanju!

Er schaute in die Richtung, aus der Diriris Gedanken kamen, und entdeckte ihre Gruppe in einiger Entfernung ebenfalls an einem Vorsprung. Ju verständigte sich mit der Akkadia. Sie vermuteten ihre Kameraden im Palast oder dessen Kerker und der einzige Weg dorthin führte mitten durch das Nest aus Tarykhütten.

Seine Existenz zersetzte sich. Er hatte nur noch Stunden, bevor sein Körper zerfiel. Als Bote war er nutzlos geworden, doch Assora hatte bereits Ersatz für ihn gefunden. Die Knie des Taryk zitterten. Er spürte, wie die imaginären Knochen in seinem Körper brachen und splitterten und sich von innen ins Fleisch bohrten. Er konnte keinen Finger mehr rühren, einzig seine Füße schleppten ihn vorwärts. Hauptsache weg von der Königin. Sie würde ihn nicht erlösen. Dafür war er zu wertlos. Er warf einen letzten Blick auf das Halbblut. Alles, was blieb, war der Hass in ihm. Niemals Resignation. Reine Wut ballte sich in seinem Innern zu einer Faust. Sie betäubte die Schmerzen und schickte ihn weiter. Immer weiter Richtung Kerker. Bevor er verschwand, als hätte es ihn nie gegeben.

Der Kontakt zu den Akkadiern war abgerissen, als sie im Erdreich verschwunden waren. Um nicht krank vor Sorge und mit Chaos in den Gedanken vor den Monitoren zu sitzen, hatte Jason Selene in Rovens Jaguar gesetzt und war mit ihr losgefahren. Er wusste nicht, wohin, doch es schien zu helfen. Selene hatte das Beifahrerfenster geöffnet und hielt ihr Gesicht in die eiskalte Winterluft, summte etwas vor sich her. Jason fröstelte und drehte die Heizung höher. Sie tat ihm leid. Wenn es jeder Gefährtin so erging, sobald sie von ihrem Akkadier getrennt war, konnte Jason dieser tiefen Verbundenheit nichts abgewinnen.

Sie verließen den Kiefernwald und steuerten Richtung Evanton. Der Sonnenaufgang flutete die schneebedeckten Weiden und Felder mit tiefrotem Licht. Jason kniff die Augen zusammen und fasste nach der Sonnenblende. Der Motor stotterte. Ein kalter Hauch fuhr ihm in die Glieder und ließ seine Hände am Lenkrad verkrampfen. Er sah rüber zu Selene. Sie starrte ihn an.

»Was?!«

Selene schloss die Arme um ihren Körper, krümmte sich mit schmerzverzerrtem Gesicht und brüllte. Der Jaguar wurde nach oben katapultiert und gegen einen Baum geschleudert.

Jason hörte einen Schrei. Weit entfernt, wie durch Watte. Er konnte die Augen nicht öffnen. Hatte keine Kraft.

Noch ein Schrei. Jemand rief seinen Namen. Doch die Dunkelheit war zu einladend …

Sein Bewusstsein kehrte träge zurück. Etwas Klebriges sickerte über sein linkes Auge. Jason fasste nach rechts. Nichts. Nur das Leder des Sitzes. Er versuchte, den Kopf zu drehen. Die Beifahrertür lag einige Meter entfernt im Schnee. Jason sah seine Hand zittern und hörte ein panisches Schnaufen, bis er merkte, dass es sein eigenes war. Selene war verschwunden.

Von einem auf den anderen Moment tauchte ein Dutzend Taryk genau vor ihnen auf und stoppte die Akkadier auf dem Weg zum Palast. Roven zog sein Schwert und trieb es geradewegs in den ersten Körper, den er erwischen konnte. Diriri sprang ihm über den Kopf und stürzte sich in die Horde, und Illian feuerte sein Großkaliber ab. Die Geschosse zischten an Rovens Kopf vorbei und rissen einen Schädel nach dem anderen ab. Während Roven sich mit dem Schwert Platz verschaffte, hörte er es vor sich knacken und reißen. Eine schwarze Wolke umhüllte Diriri, die jeden an Effizienz übertraf. Dem ersten Dutzend folgten weitere. Roven hörte Jus Gruppe hinter den Hütten auf dem zweiten Pfad zum Palast, die ebenfalls kämpften. Er parierte drei Angriffe gleichzeitig, zerteilte Körper und befreite menschliche Seelen. In die nach Schwefel stinkende schwarze Luft mischten sich tausende goldene Funken und er fragte sich, ob sie den Weg aus dieser Hölle heraus wohl finden würden. Ob er ihn finden würde.

Den Blick auf das Ungetüm namens Palast gerichtet, arbeitete er sich vorwärts. Doch seine Gedanken waren bei Selene. Er tat das hier nicht mehr für Danica und Lennart. Allein seiner Gefährtin galt jeder Antrieb. Und er war nie motivierter gewesen. Diriri glich einem tosenden Sturm, der nichts in seiner Nähe übrigließ. Sie näherten sich dem Palast und Assora schickte immer größere Feindeswellen auf sie los. Roven erlitt Schnitte an Armen und Beinen, nichts, was ihn aufhalten würde. Die Kampferfahrung der einzelnen Taryk war begrenzt, nur die Masse galt es zu bewältigen.

Als sie den Palast erreichten, stießen Ju und die anderen zu ihnen. Gemeinsam stürmten sie die Stufen hoch und warfen sich gegen die Pforte des riesigen Gebäudes. Die Scharniere ächzten unter der Last der Akkadier und gaben im zweiten Anlauf nach. Krachend flogen die Tore nach innen und mit ihnen sechs Akkadier, gefolgt von hundert Taryk.

Ju führte die zwei Klingen seines Gún in penibler Akribie durch die Hälse der Gegner. Alejandro wuchtete seine Kettensense – eine armlange Klinge aus Obsidian, die sich an einer drei Meter langen Eisenkette befand – in Achten um sich herum und zerteilte unzählige Leiber. Und Roven gab Diriri Rückendeckung, während sie sich Richtung Haupthalle kämpften. Nach links führten Treppenstufen ins Dunkel hinab, geradeaus ein Teerteppich ins Innere des Palastes. Rovens Dreigespann stürmte vorbei an den Seelenreißern und auf die Treppe zu, während Ju und die anderen der Horde Einhalt geboten.

Diriri sprintete voran und erledigte die Gegner mit ihren Klauen, bevor Roven und Illian eine Chance bekamen. Die Stufen führten wie ein Strudel hinab in Assoras Unterwelt. Roven schmeckte Tod und Verderben auf der Zunge. Am Ende der Treppe ging es geradeaus durch die Finsternis, mehr Taryk, mehr Tote. Nachdem Diriri nichts in ihrem Weg übrigließ, zogen sich die Seelenreißer zurück und es wurde still in den Kerkerwegen. Die drei Akkadier rannten die verwinkelten Gänge ab, suchten in den Sackgassen und warteten auf dieses leise vertraute Summen einer akkadischen Seele. Sie verloren die Orientierung. Der Kerker glich einem Labyrinth aus Schwefel und Fäulnis.

Roven bog um die nächste Ecke und blieb verdutzt stehen. Am Ende des Gangs erkannte er die Umrisse eines Taryk, dessen Gestalt nur vom Leuchten in Rovens Augen erhellt wurde. Er kauerte mehr, als dass er stand. Und hielt eine Hand zitternd in die Höhe, betrachtete sie aus flehenden Augen.

»Er stirbt«, flüsterte Diriri.

Roven sah zur Seite auf die zierliche Frau und wieder nach vorne. »Warum?«

»Weil sie ihn aufgebraucht hat. Langsam und qualvoll.«

»Dann kürzen wir das ab«, murmelte Roven und machte einen Schritt auf den Taryk zu.

»Wartet«, keuchte dieser. »Nicht … Ich …« Ein markerschütterndes Brüllen erklang aus den Höhen des Palastes. Der Taryk fiel jaulend auf die Knie und versuchte, seinen Kopf zu heben. Roven biss sich auf die Zähne. Nicht mal ein Taryk verdiente solche Erniedrigung.

»Ich …«, setzte er erneut an, hustete schwarzen Rauch. »Euer Kamerad … ist in einem versteckten Kerker hinter euch.« Er schrie auf und brach zusammen. »Die Frau ist … bei ihr«, presste er mit letzter Kraft hervor.

Roven hörte seine Knochen splittern, die Haut riss auf. Schwarzer Nebel kroch hervor und hüllte den Sterbenden ein. Mit einem erstickten Laut verschwand er.

Diriri machte kehrt.

Roven riss sich los und folgte. Die Königin lockte sie in eine Falle. »Sag Ju Bescheid. Sie dürfen nicht ohne uns da rein!«

»Schon geschehen«, antwortete Diriri, rannte nach rechts in den nächsten Gang und tastete an den Steinen entlang. Die Zeit raste. Illian sah ihr zu, sein Gesicht war überschattet von Angst. Er blickte zu Roven und schüttelte den Kopf. Auch Roven spürte nichts.

»Hier! Ich glaube … ich weiß nicht …« Diriri sprang ohne Anstrengung durch die meterdicke Wand.

Roven wich den fliegenden Steinen aus und folgte ihr. Seine

Augen hatten sich ans Dunkel gewöhnt, aber sein Gehirn brauchte einen Moment, um zu erkennen, dass das, was in Ketten an der Wand hing, Lennart war. Der Körper besaß keine Haut mehr, nur verbranntes Fleisch. Die Muskeln hingen in Fasern von den Knochen, Lennarts Kopf baumelte leblos nach unten. Er atmete nicht. Seine Bestie schwieg. Deswegen hatten sie ihn nicht gehört.

Illian taumelte rückwärts nach draußen, Diriri rannte zu Lennart und zerrte an den Ketten. Doch ihre Kraft reichte nicht.

»Nergal«, flüsterte sie. »Die Ketten des Todesgottes.« Nur Assora konnte sie lösen. Von oben war erneutes Brüllen zu hören. Diriri zertrümmerte die Steine, in denen die Ketten verankert waren, doch mit jedem freigelegten Stück zogen sie sich enger um Lennarts Körper. Sie schaute zu Roven, der keinen Rat wusste.

»Noah!«, brüllte sie plötzlich. »*Noah!*« Ihre Stimme schallte durch sämtliche Gemäuer.

Er würde nicht kommen.

Diriri schrie weiter. »Noah! Bitte!«

»Diriri«, sagte Roven tonlos.

»Er muss«, flehte sie mit tränennassen Augen. Sie zog erneut an den Ketten, doch es half nichts. »Ich bitte dich«, flüsterte sie.

Sie würden Lennart hier lassen müssen. »Diriri, die anderen brauchen uns!«

»Noah!«

Roven machte einen Schritt auf sie zu. Da erschien ein silberfarbenes Glitzern an ihrer Seite. Eine Sekunde später stand der Halbgott einer Statue gleich da und blickte Diriri finster an. Sein Gesicht wirkte wie aus Marmor gemeißelt. Die Tibeterin verneigte sich und Noah starrte sie nieder, Roven beachtete er nicht. Schließlich berührte er die Ketten und das Metall fiel klirrend zu Boden. Lennart sackte zusammen, Diriri fing ihn auf und drückte sich den riesigen Akkadier an ihren kleinen Körper.

»Ich danke euch«, sprach sie mit gesenktem Haupt.

»Das wirst du«, antwortete der Halbgott. Nach einem abschätzigen Blick auf Roven verschwand er wieder.

Illian eilte an Roven vorbei zu Diriri und warf sich Lennarts

Körper über die Schulter. »Ich bringe ihn hier weg!«

Damit verschwand Illian. Roven und Diriri sahen einander stumm an. Er wusste nicht, was sie dachte, aber der Klumpen Blei in seinem Bauch verhieß nichts Gutes. Sie kam zu ihm und berührte seine Hand. »Zieh deine Waffe!« Im nächsten Moment standen beide oben zwischen den aufgestoßenen Toren und stürmten ihren Kameraden zu Hilfe.

Ju stemmte seinen nackten Fuß auf den Brustkorb des am Boden liegenden Taryk und führte die Klinge durch den Hals, duckte sich unter einem Langschwert, das über seinen Kopf hinwegsauste, brachte den Angreifer zu Fall und tötete ihn. Sein Blick glitt kurz zu den Eisentoren am Ende des Gangs. Assora wartete auf sie. Mit Danica – das hatte er Jafar und Alejandro nicht erzählt, sonst wäre der Araber längst in seinen Tod gerannt.

Er stieß drei Angreifer mental zurück, kümmerte sich um den Taryk hinter ihm und wandte sich dann wieder der Gruppe zu. Er konnte dieses Spiel ewig so weitertreiben, aber das brachte sie ihrem Ziel nicht näher. Sie brauchten Diriri, um Assora gegenüberzutreten.

Als hätte Assora seine Gedanken gehört, glitten die Tore plötzlich auf. Schwarzer Nebel kroch auf den vereisten Weg entlang und ließ die Taryk in ihrem Kampf innehalten. Sie verschwanden einer nach dem anderen. Noch ehe Ju es hätte verhindern können, rannte Jafar zum Tor. Alejandro folgte.

Beeil dich!, mahnte er Diriri.

Wir kommen!

In der Halle angekommen, blieb Ju abrupt stehen, ebenso wie Jafar und Alejandro. Der Gestank überwältigte sie, zerrte an der Vernunft jedes Akkadiers und ließ Jus Augen aufleuchten.

Assora saß in ihrer menschlichen Form auf dem schwarzen Thron, ihr weißes Haar waberte wie tausend Schlangen um ihren Kopf. Unter der blassen Haut schimmerte dunkles Gift in ihren Adern. Der Körper war von Ketten umspannt, die den Zweck von Kleidung nicht erfüllten. Aus vollkommen schwarzen Augen betrachtete sie die Akkadier. Doch das alles nahm der Tibeter nur schwach wahr, denn ihre Aura brodelte durch die Halle und trübte seine Sinne. In der Nähe einer Königin verschaffte sich die Bestie Platz im Körper. Nur die kalte Umgebung verlangsamte die nahende Verwandlung jedes Unsterblichen. Jus Ohren schmerzten, als Assora zu sprechen begann. Sie betonte die Silben anders, als Menschen es taten. So, als ob sie die Sprache gerade erst gelernt hatte.

»Ihr wagt es, in mein Reich einzudringen?!«

Jafar schnaubte wild und Alejandro biss die Zähne zusammen. Aus Jus Ohren tropfte Blut. Sein Tier wurde nervös. All die Selbstkontrolle, die er *Naham* gelehrt hatte, verlor in Assoras Gegenwart ihre Wirkung.

»Ihr lauft eurem Tod in die Arme, um Akkadier zu retten, die vollkommen nutzlos geworden sind.«

Der schwarze Rauch, der um ihren Thron waberte, klaffte auseinander und enthüllte Danicas leblosen Körper – unverkennbar an den roten Haaren. Jafar rannte augenblicklich los und prallte an einem Energiefeld ab. Assora lachte geifernd und spuckte Gift auf Danica hinab. Der Araber schmetterte der Königin ein Brüllen entgegen, das die Wände des Saals erzittern ließ. Assoras Augen verengten sich zu Schlitzen. Jafar schnaubte, krümmte sich und streckte der Königin den tätowierten Hals entgegen, auf dem das Bild seiner Bestie glühte. Seine Verwandlung stand bevor. Da spürte Ju eine warme Kraft hinter sich.

Diriris Augen brannten weiß, als sie an Thanju vorbeiging. Roven folgte ihr und blieb neben Ju stehen.

Assoras Lachen schallte verzerrt durch den Raum. »Da ist er ja!«, rief sie. »Auf dich habe ich gewartet. Der Akkadier mit der Menschenschlampe, die es wagte, einen Taryk zu töten.«

Roven stieß Jus Hand beiseite, mit der er ihn zurückhalten wollte, und stapfte nach vorn. »Wie schwach muss deine Brut sein, wenn sie sich jetzt schon von Menschen töten lässt?!«, spie er aus.

Assora brüllte – und lachte wieder. Sie schaute zur Seite und Ju spürte den Abgrund, der sich in Roven auftat, noch ehe er selbst etwas sehen konnte. Dann erblickte er einen bizarr aussehenden Taryk, der Selene bewusstlos am Nacken gepackt in die Höhe hielt.

Roven brüllte und Ju fühlte den Schock seines Bruders wie ein Messer im Herzen. Als die Funken aus Rovens Körper strömten, gab der Tibeter den anderen ein Zeichen. Rovens Bestie brach hervor und trieb ihn vorwärts, direkt in die Arme des Monsters. Assora ließ das Schild fallen. Diriri schickte eine Druckwelle los und hielt die Königin zurück. Rovens blauer Löwe aber schlug die Klauen in den Boden und erreichte den Taryk mit Selene in drei Sprüngen. Doch dieser verschwand. Die Bestie rutschte über den Boden, rammte die Krallen in den Stein und machte kehrt, direkt auf Assora zu. Jafar verwandelte sich und preschte nach vorn, Diriri schickte einen zweiten Sturm auf Assora, um sie festzuhalten.

Doch die Königin verwandelte sich.

Aus dem zierlichen Körper wucherte das Monster wie ein Tumor hervor – eine riesige Echse mit Drachenkopf wie Ju sie zuletzt in Machu Picchu gesehen hatte. Und so standen sie dem fünf Meter großen Koloss ein zweites Mal gegenüber – vollkommen in der Unterzahl.

Rovens Bestie rannte der Drachenechse entgegen, da kehrte der Taryk ohne Selene zurück und lenkte die Aufmerksamkeit des blauen Löwen auf sich. Illian stürmte die Halle und feuerte auf das Monstrum, der Panzer der Echse erlitt derbe Bruchstellen. Alejandro brachte die Kettensense in Schwung und steuerte auf die Königin zu. Ein glühender Sturm bildete sich um Dirirris Körper und verwandelte die zierliche Tibeterin in einen goldenen Löwen, schöner und größer als Ju ihn in Erinnerung hatte. Von gleißendem Licht umgeben lief Dirirris Bestie zielstrebig auf den Drachen zu. Ju folgte ihr.

Die Akkadia wich dem Peitschenhieb des Drachenschwanzes aus und verbiss sich im rechten Vorderlauf Assoras. Ju warf seinen Langstock wie einen Speer in die rechte Schulter, sprang über Dirirris Rücken hoch und ergriff das Ende seines Gún, schwang sich daran höher und landete auf dem Rücken der Echse, den Stab wieder in den Händen. Mit einem kräftigen Hieb versenkte er die Klinge im Nacken des Monsters. Brüllend bäumte sich der Drache auf und warf Ju zu Boden. Die Pranke, die ihn zerschmettern wollte, wurde von Diriri abgelenkt. Alejandro gelang es, die breite Klinge seiner Sense tief in den schwarzen Panzer zu rammen. Giftiger Qualm entwich den Wunden und tränkte die Halle. Diriri wurde fortgeschleudert, Assora machte sich breit, doch die Tibeterin drängte sie mit einer Sturmwelle zurück. Derweil verfolgte Rovens Bestie den Taryk wie ein Löwe eine Antilope. Wenn er ihn zu fassen bekam und zerlegte, wäre Selene verloren.

Plötzlich schoss Jafars Tier an Ju vorbei und trug Danica zwischen den Fängen vom Kampfgeschehen davon. Etwas Hartes traf den Tibeter am Rücken und katapultierte ihn quer durch die Halle. Er brauchte einen Moment, um wieder klar zu sehen, war neben Jafar und Danica gelandet. Der Araber verwandelte sich zurück und presste seinen blutenden Arm auf Danicas Mund. Es dauerte, aber sie begann zu trinken. Ju rappelte sich auf, schielte zu seinem Gún, der noch im Nacken des Drachen steckte, und zog stattdessen zwei Jian – zweischneidige chinesische Schwerter – aus der Halterung an seinem Rücken. Blutüberströmt griff Diriri Assora immer wieder an. Alejandro führte seine Sense nur noch einhändig, sein linker Arm hing in Fetzen. Einzig Illian feuerte aus sicherer Entfernung, um ihn herum lagen unzählige leere Patronenhülsen verteilt.

»Rette meine Söhne.« Ju blickte zu Danica. Sie deutete auf den Taryk, den Roven verfolgte. »Jafar, ich bitte dich!« Danica legte ihre zitternde Hand an Jafars Wange, wie es nur ein Weib konnte, und schon war es um die Vernunft des Arabers geschehen. Als hätte er je welche besessen.

Ju blieb keine Zeit, das auszudiskutieren. Er hörte Diriri brüllen und stürzte zurück in den Kampf, wich dem Schwanz aus, schlitterte unter der Echse hindurch und verpasste dem Bauch einen tiefen Schnitt. Auf der anderen Seite, sprang er hoch und rammte ein Jian in Assoras Hinterlauf, der ihn erwischte und an die nächste Wand schleuderte. Ju musste zur Seite rollen, um dem Schwanz zu entkommen. Die giftige Spitze raste erneut auf ihn zu, doch er wich aus und verpasste dem Schwanz mit dem zweiten Jian einen Schnitt. Alejandro nutzte die Ablenkung und schwang die Sense tief durch die Seite von Assoras Hals. Sie brüllte, warf den Drachenkopf hin und her und wankte einen Moment lang. Diriri sprang ihr an den Hals und verbiss sich darin. Ju kam auf die Füße, zog einen Dolch, um wieder beidhändig bewaffnet zu sein, und suchte die Halle nach Jafar ab. Sie brauchten Unterstützung. Im Augenwinkel nahm er einen goldenen Schweif wahr, Diriris Löwe flog an ihm vorbei. Der Boden vibrierte. Ju schaute zur Echse und sah im letzten Moment Assoras messerscharfe Schwanzspitze auf sich zukommen. Er holte die Klingen höher, doch alles geschah im Bruchteil einer Sekunde, die nicht ausreichte, um sich zu schützen. Millimeter, bevor die Spitze ihn erreichte, wurde er von einer Bestie zur Seite gestoßen, landete auf dem Boden und der Löwe auf seiner Brust.

Das Gewicht trieb Ju die Luft aus den Lungen. Er hörte ein tiefes Schnaufen, drehte den Kopf und sah dem Tier in die weiß glühenden Augen.

Diriri.

Schwarzes Gift tropfte aus dem Schnitt an ihrer Kehle. Ju versuchte sich aufzurichten, doch sie war zu schwer. Goldene Funken strömten aus ihrem Körper.

»Nein!«, stieß er entsetzt aus, zerrte am Fell des Tieres. »Nicht du!«

Auf ewig, hörte er ihre Stimme in seinem Kopf.

»Nein!«

Die Augen des Löwen schlossen sich. Ju versuchte, sie festzuhalten, doch ihr Körper stieg empor und verschwand aus seinen Händen. Löste sich auf.

Als wäre sie nie dagewesen.

Funken rieselten auf ihn nieder, legten sich auf sein Gesicht. Er stand da, ohne Luft zu holen, blickte auf den Goldstaub in seinen Händen und spürte tief im Innern eine Bewegung. Erst langsam, dann immer schneller, immer stärker. Eine Energie, die ihn zerbersten wollte. Wut, die er vor Jahrhunderten begraben hatte. Aus seinen Händen wurden Pranken mit Klauen, seine Fänge verlängerten sich und seine Knochen brachen. Er ließ *Naham* an die Oberfläche und stürzte sich auf Assora.

Rovens Bestie stand dem Taryk keuchend gegenüber und wusste nicht weiter. Nie zuvor war *Naham* so konzentriert gewesen. So wach. Nie hatte Roven sie derart lenken können. Vor seinen Augen tanzten Sterne, in seinem Kopf sprühten Funken. Zwei Seelen, die gleichzeitig Kontrolle ausübten, waren zu viel für sein Gehirn.

Naham stieß ein panisches Schnaufen aus. Wenn sie den Taryk töteten, wäre Selene verloren. Oder könnten sie ihre Gefährtin finden? Rechtzeitig? War ihre Verbindung stark genug? War Selene überhaupt noch am Leben?

Die roten Augen des Taryk blickten kurz zur Seite. Er plante etwas. Rovens Löwe knurrte und verfolgte jede Muskelbewegung unter der durchscheinenden Haut. Da löste der Seelenreißer die Kampfhaltung auf und wandte sich ab, als könnte Roven ihn nicht innerhalb eines Augenzwinkerns in Stücke reißen. In Rovens weiß gerahmtes Blickfeld schob sich eine schlanke Hand, die den Taryk an der Wange berührte. Er erkannte blutrotes Haar, eine Stimme, die ihm vertraut war. Im Hintergrund donnerndes Brüllen. Da nickte der blasse Schädel des Taryk und löste sich auf, kehrte wieder und hielt Selene an seine Brust gedrückt. Ihr Kopf hing vorn über. Selene! Roven bräuchte sie nur zu sich holen und von diesem schrecklichen Ort verschwinden. Jemand sprach mit ihm. Danica. Er verstand nicht, was sie sagte.

Selene öffnete die Augen und blinzelte, zog die Stirn in Falten und entdeckte Rovens Löwen. Ihre Augen wurden größer. Sie öffnete den Mund, um etwas zu sagen, doch es kam kein Ton. »Wunderschön«, las Roven von ihren Lippen. »Ich liebe dich!« Er versank in ihren traurigen Augen. Tränen liefen über ihr Gesicht. Ihr Puls schlug schwach, das Herz flatterte vor Angst. *Naham* setzte zum Sprung an, um sie holen und erstarrte in der Bewegung.

Nein!

Danica schrie. Roven sprang von innen gegen die Hülle des Löwen und brüllte aus Leibes Kräften. Alles um ihn herum zog sich zusammen.

Dunkler Stahl glitt durch ihre Haut. Aus dem Hals quoll Blut und lief an ihrem Körper hinunter. So viel Blut. Sie versuchte Luft zu holen. Der gurgelnde Laut hallte in *Nahams* Ohren wider. Selenes Augen verloren jede Angst. Jede Hoffnung. Jeden Ausdruck. Da fiel ihr Kopf nach vorn und aus dem Körper verschwand jedes Leben. Der Taryk hielt eine schwarze Klinge in der Hand, das Gesicht von Hass verzerrt. Er hatte sie getötet.

Aus *Nahams* Kehle drang ein Jaulen. Danicas Augen richteten sich voller Entsetzen auf Roven.

Es war zu viel. Der Anblick zu verstörend. In Rovens Brust zerriss etwas. Er brannte. Er starb. Es war vorbei. Das Fell unter den Augen seiner Bestie wurde feucht. *Naham* verzweifelte. Sie verwandelte ihn zurück und verschwand in seinem Inneren. Ließ ihn allein. *Bleib bei mir!* Er spürte sein Herz nicht mehr schlagen, spürte sein Seelenband reißen. Er sah seine Bestie in Dunkelheit ertrinken und konnte ihr nicht folgen.

Selene!

Der Taryk löste sich auf und nahm Selenes Körper mit. Zurück blieb Stille, ohrenbetäubender als jedes Geräusch.

Selene!

Roven brach zusammen und krümmte sich, umklammerte seinen nackten Körper. Seine Knochen fielen auseinander. Seine Haut löste sich auf. Nichts hatte mehr Bestand. Nur der Schmerz, der seine Brust wie ein Fels umschloss und seine Adern mit Teer füllte.

Er hatte versagt.

Ich liebe dich.

Sechsundzwanzig

Jus Löwe riss Fleisch aus der Kehle des Drachen. Assora packte ihn und schleuderte ihn fort. Sie hatte keine Kraft mehr, hielt ihn und Jafar nur noch mühsam auf Abstand. Über seinen Kopf hinweg feuerte Illian unbeirrt Löcher in den Echsenpanzer. Ju rappelte sich auf und setzte zum Sprung an, als ein schwarzes Elend über ihn hinwegschwappte. Seine Läufe gaben nach. Er knickte ein und spürte eine tonnenschwere Last auf seinem Rücken. Das kam nicht von der Königin. Er schaute zur Seite und fand Danica und Alejandro bei Roven, der nackt und zusammengekrümmt am Boden lag. Der Taryk war fort. Selene auch.

Als er wieder hochkam, hatte Assora ein Portal geöffnet. Ju knurrte und rannte los, doch er war nicht schnell genug. Sie verschwand und das Portal schloss sich. Jus Bestie schlitterte ins Leere, prallte gegen die Wand und schickte ein frustriertes Brüllen durch die Halle. Da erreichte ihn Rovens Schmerz erneut. So unsagbar schwer, dass es ihn in vergangene Zeiten zurückversetzte. *Naham* jaulte, vergaß den verlorenen Kampf und schleppte sich zu den anderen. Rovens Leid strahlte in diesem Moment auf jeden Akkadier der Welt ab. Jeder fühlte, dass ein Bruder seine Gefährtin verloren hatte. Und die Anwesenden bekamen die volle Wucht ab. Illian ging auf die Knie, schirmte Roven ab und weinte. Danica schmiegte sich wimmernd an den Säugling in ihren Armen. Jafars Bestie legte sich an Rovens Seite und Alejandros Lippen bewegten sich stumm, während seine Hand ein Kreuz vor der Brust zeichnete.

Ju lauschte in die Ferne, der Kampf war vorüber. Im gesamten Reich war kein einziger Taryk zu hören. Sie hatten zwei der ihren gerettet. Und zwei verloren. Das Leben eines Akkadiers war nicht mehr wert als das eines Menschen. Thanju maß den Wert von Lebewesen nicht an guten oder schlechten Taten. Er maß ihn überhaupt nicht. Jedes Leben war gleich viel wert. Jede Existenz hatte dieselbe Berechtigung, am Leben zu sein.

Der Tibeter verwandelte sich zurück und ging zu Roven. Seine Augen waren aufgerissen, Tränen liefen ihm über die Wangen. Er wirkte vollkommen weggetreten. Rovens Bestie hatte sich über seinem Herzen zusammengerollt. Ju berührte Illian am Rücken und bat ihn stumm beiseite, hob Roven hoch und trug ihn. Er blickte auf die Stelle, an der Diriri gestorben war. Seine Wut war verschwunden. Die Trauer blieb.

Roven rannte durch den Wald und suchte sie. Das Laub in den Baumkronen verfärbte sich, als würde jemand eine Leinwand mit Wasserfarben beklecksen – Rot und Golden, Sattgrün und Türkisblau. Er hetzte durch das Dickicht über moosbedeckten Waldboden, bog nach rechts auf einen Pfad und lief weiter. Sonne und Mond standen gleichzeitig am Himmel. Er kam näher, nahm ihren Duft wahr. Karamellisierter Honig – Heilung und Zuhause. Roven überwand die letzten Meter zur Treppe und sprintete die Stufen hinauf, durchbrach das große Tor.

»Selene!« Seine Stimme versagte. Er marschierte durch die Eingangshalle über das Mosaik am Boden und erreichte die Treppe, nahm die erste Stufe. Da wickelten sich plötzlich Wurzeln um seinen Fuß und hielten ihn fest.

»Roven?!«, rief sie von oben.

Der Akkadier wollte sich losreißen. »Selene! Wo bist du?!«

»Roven!«

Er kam nicht weiter. Die Wurzeln durchbrachen den Steinboden und überwucherten die Treppe, hielten Rovens Hand am Treppenlauf und ließen ihn nicht vorwärts, krochen seinen Arm hinauf und schlangen sich um seinen Hals. Er versuchte, sie zu zerreißen, doch er war zu schwach. Eine Erinnerung holte ihn ein. Panik übermannte ihn. Er konnte sie nicht retten. Er hatte versagt. Sie war gestorben.

Aus der oberen Etage stürzte ein goldener Blutschwall hinab.

»Selene!« Die Wurzeln krochen in seinen Mund und sperrten ihn auf. Das Gold strömte über ihn hinweg und flutete seine Kehle.

Es war akkadisches Blut.

Adrenalin packte seinen Körper.

Haut presste sich gegen seinen Mund.

Rovens Augen wurden geblendet. Sein Körper vibrierte unter tausend Nadelstichen, die Bestie wurde gegen ihren Willen geweckt. Sie wollte schlafen. Er wollte sterben. Doch er war nicht tot. Er blickte in schwarze Augen und stieß Ju weg, als er die Kraft dafür fand. Roven spuckte das Blut aus und brüllte den Tibeter an, kippte zur Seite und fiel vom Bett, weil ihn die Kräfte verließen. Er stemmte sich keuchend hoch und schrie Ju seinen Hass um die Ohren, bis er das Zimmer verließ. Roven brüllte weiter. Er schlug um sich und zertrümmerte die Einrichtung, rief Selenes Namen, bis ihm die Stimme versagte. Und die Stille zurückkehrte. Und der Schmerz. Seine Brust zog sich zusammen. Er schrie, obwohl er keinen Ton mehr rausbrachte. Seine Knie gaben nach. Er langte sich an die Brust, sein Herz krampfte wie im Todeskampf. Doch er war nicht tot. Selene war es. Und er war ihr nicht gefolgt.

In seinem Kopf setzte etwas aus. Sein Verstand schaltete sich ab. Er starrte weiter auf die Erinnerung und spürte Taubheit, die sich wie ein tonnenschweres Tuch auf ihn legte. Er konnte den Schmerz eindämmen. Roven sah seine Hände zucken, doch sein Kopf bewegte sich nicht mehr. Er betrachtete ihr Bild und hielt es fest. Und Ruhe kehrte in sein Herz, bis es kaum noch schlug. Er starrte in ihr lächelndes Gesicht und hörte sie immer wieder *Ich liebe dich* sagen.

Ju meditierte seit Stunden, doch die Wellen schwappten fortwährend über ihn hinweg. Emotionale Schmerzen, die er körperlich spürte. Jahrhunderte lang war es ihm gelungen, Leid von sich fernzuhalten. Ihm keinen Angriffspunkt zu bieten und nun drohte alles zu kippen. All die Disziplin verlor ihre Wirkung angesichts des Echos, das Rovens Verlust auslöste. Und sein eigener. Diriri. Der Kummer zerrte an seiner Kontenance und wollte Erinnerungen befreien, die Ju hinter meterdicken Mauern verschlossen hielt. Der Tibeter konnte sein Tier nicht erreichen. Die Meditation war zwecklos.

Ich war kurz davor, sie zu finden! Und du hast mich zurückgeholt, hallte Rovens Brüllen durch seinen Kopf. Er sah ihn toben, sah den Wahnsinn in seinen Augen. Er hatte Roven nicht dem Tod entrissen. Er wäre gar nicht in der Lage dazu. Die Götter entschieden über Leben und Tod, was bedeutete, Selene war es nicht. Sie war nicht die eine Gefährtin für Roven, von der ihn nicht einmal der Tod trennen konnte.

»Ju?«

Er öffnete die Augen. Illian stand am Eingang zur Trainingshalle.

»Bist du das Echo losgeworden?«, fragte er den Tibeter.

Ju schüttelte den Kopf.

»Ich werd noch wahnsinnig«, murmelte der junge Krieger und rieb sich die Arme.

»Irgendetwas neues innerhalb der letzten Stunden?«, fragte Ju.

Illian verschränkte die Arme. »Danica schläft, aber sie schreit immer wieder. Jafar lässt niemanden ins Zimmer. Lennart zeigt keine Reaktion auf das Blut. Die Wunden verschließen sich nicht. Er ist immer noch bewusstlos. Ich glaub, mit dem Seelenband stimmt etwas nicht.«

»Hat Adam sich gemeldet?«

»Ja, Jason hat die OP gut überstanden. Er hatte innere Verletzungen, aber es sieht wohl gut aus. Adam wirkte … ziemlich mitgenommen am Telefon.«

Ju nickte. »Und Roven?«

Illian schüttelte den Kopf. »Keine Veränderung.«

Jolina kniete sich vor das kaputte Bett. Er war noch immer nackt, hatte Schnittwunden an den Armen und Holzsplitter unter den Fingernägeln. Tiefe Furchen durchzogen seine Mimik und malten ihm Schatten ins Gesicht.

Sie schluckte, versuchte ihr Zittern zu beruhigen und flüsterte seinen Namen, doch es war kaum zu hören. Selbst ihr Herzschlag war lauter. Jolina räusperte sich. Noch einmal. »Roven.«

Er schlug die Augenlider auf und starrte durch sie hindurch. Nach Sekunden voller Stille veränderten sich die Pupillen, wurden kleiner, bis sie Jolina fixierten. Seine Augenbrauen zogen sich zusammen. »Du?«, flüsterte er heiser. Rovens Miene verfinsterte sich. »*Du!*« Ein langgezogenes Grollen voller Hass.

Jolina wich zurück, als er aufsprang und den letzten intakten Holzfuß des Bettes dabei abbrach.

»*Du hast es gewusst!*«, brüllte er. »*Du verdammte* –« Er biss sich auf die Faust, bis sie blutete, und starrte Jolina voller Abscheu an. Langte nach seiner Brust und krümmte sich, gab einen kläglichen Laut von sich. »Wie konntest du nur?!«

»Roven, ich …«

Er kam auf alle viere und spuckte Blut aufs Bett. »Ich hab dir vertraut, Göttin!«, donnerte er. »Und du spielst mit mir?«

»Nicht! Du weißt doch, dass –«

»Ich *weiß*, dass ich dem Wahnsinn verfalle, weil ich in dieser Hölle feststecke. Ohne *sie*! Ohne die Frau, die *du* mir an die Seite gestellt hast. *Ich hasse dich!*« Er kam vom Bett runter auf sie zu. »Ich hasse dich, hörst du?!« An seinem Körper traten Sehnen und Knochen hervor. Er ballte die Hände zu Fäusten. »*Verschwinde!*«, schrie er. »Verschwinde oder ich bringe dich um!«

»Bitte«, hauchte Jolina.

Mit schmerzverzerrtem Gesicht wich er zurück und rannte Richtung Balkon, sprang durch die Terrassentür nach draußen, stürzte sich in die Tiefe und floh in die Dunkelheit.

Siebenundzwanzig

Nachts stand er auf dem höchsten Turm der Burg und blickte auf die Landschaft, die Selene so geliebt hatte. Er suchte den Waldrand mit den Augen ab und glaubte manchmal, sie dort laufen zu sehen. Hörte ihren schweren Atem, den schnellen Herzschlag, die federleichten Schritte auf dem Gras. Sie rannte um ihr Leben, rannte ihren Dämonen davon. Auch ihm selbst. Irgendwie war Selene immer vor ihm geflohen und er konnte es ihr nicht verübeln. Je mehr er sie beschützt hatte, umso mehr hatte er sie in Gefahr gebracht. Selbstsüchtig wie eh und je. Die Menschen waren ihm egal und das war bei Selene nicht anders gewesen. Sonst hätte er einen Weg gefunden, sie vor ihm und seiner Welt zu beschützen. Sie wäre nicht gestorben und würde ein normales Leben führen. Aber er hatte sie in den Abgrund gestürzt. Und sich gleich mit.

Tagsüber lag er in völliger Dunkelheit auf seinem Bett, hörte ihre Playlist auf dem MP3-Player und atmete ihren Duft ein, der immer schwächer wurde. Roven aß und trank nichts. Schlafen konnte er nicht. Aus Minuten wurden Stunden. Tage. Wochen.

Jason war zu ihm gekommen, hatte auf ihn eingeredet und sich für irgendetwas entschuldigt. Er hatte über die Scans geredet, die Selene gemacht hatte. Über ihre Gabe. Roven hatte nicht zugehört. Auch keinem der anderen, die nacheinander ihre Reden gehalten hatten. Aber sie waren nie lange geblieben, fühlten sich unwohl in seiner Nähe. Kein Wunder, Roven würde sich selbst aus dem Weg gehen, wenn er könnte. Er würde sich sein Herz rausreißen, seine verfluchte Seele, um den Schmerz zu stoppen. Die Zeit zurückdrehen, genau dorthin, wo es keine Selene in seinem Leben gab. Alles auf null. Keine Erinnerungen an ihre Haut, ihre Küsse, ihre Augen, ihr Lächeln. An ihre Tränen und ihr Stöhnen, ihr Zittern und ihr lautestes Lachen. Keine duftende Bettwäsche, kein Roiboos-Tee im Schrank und vor allem kein Nachbarzimmer, in dem ihre Sachen lagen, als wäre sie gestern erst angekommen.

Einer Endlosschleife gleich wiederholte sich das Geschehene in seinem Kopf. Doch jedes Mal endete es mit seinem Versagen. Roven konnte es nicht verhindern und sah sie immer wieder sterben. Er hatte mit seiner Gefährtin nur wenige Tage verbracht, nun war er seit drei Wochen allein und der Schmerz schien endlos. In seinen Gedanken hielt er Selene so fest, wie er konnte. Die Sehnsucht fraß ihn auf. Roven wollte sie berühren, sie in den Armen halten, sie lieben. Und er würde es nie wieder können. Er verlor jede Minute mehr von sich selbst. Nichts in ihm wollte weiterleben. Alles an ihr fehlte. Jede noch so kleine Erinnerung versuchte er, in Stein zu meißeln. Doch sie wurden immer blasser, verloren den Klang und die Farbe und erschienen irreal. Er hoffte, noch zu träumen. Doch der Alptraum endete nicht. Schicksal. Verficktes Schicksal. Na klar, er würde an dem Schmerz wachsen und stärker werden. Der Schmerz würde ihm zeigen, wer er wirklich war und was er aushalten und überwinden konnte. Fick dich, Schicksal! Das Einzige, was ihm der Schmerz zeigte war, wie witzlos die Unsterblichkeit wurde, wenn man sich verliebte. Wie wenig ihm seine Bestie helfen konnte, wenn es um menschliche Gefühle ging.

Naham reagierte nicht auf ihn. Schon lange nicht mehr. Er hatte beide verloren. Selbst das Bild auf seinem Körper schien kleiner zu werden, als ob *Naham* mit jedem Tag schwächer wurde. Vielleicht bestand doch noch die Möglichkeit, dass er bald starb. Vielleicht dauerte es nur, bis ein Akkadier seiner Gefährtin folgte. Nie hatte er seine Unsterblichkeit mehr gehasst. Die Aussicht auf ein nie endendes Leben gewann in diesen Tagen ein völlig neues Level an Horror für ihn. Und die Lösung wurde immer offensichtlicher.

Roven öffnete die Augen und fuhr mit der Hand über die Bettwäsche, fand ein Haar von Selene und starrte es an. Er presste sein Gesicht ins Kissen und brüllte, bis er heiser wurde.

Der Hampstead Heath Park hatte sich verändert, wirkte kahl und farblos. Wolken verdeckten den Mond und sandten strömenden Regen zur Erde. Roven trug keinen Mantel, sein Pullover weichte durch und ließ die Kälte auf seine Haut. Er schloss die Augen und rief sich ihren Duft in Erinnerung, erschuf ihr Bild in seinem Kopf, versank in ihrem Blick und zog ihren Körper an sich. Und er stoppte die Zeit, als er sie küsste. Als er ihrem Herzschlag lauschte, ihre Haut auf seiner spürte und ihren Atem hörte. Selene belebte ihn. Doch es dauerte, bis *Naham* reagierte. Roven erschuf die Erinnerung so lebendig, wie er nur konnte und seine Bestie ließ sich locken, wollte Teil davon sein, wollte Selene sehen und lieben. Das Summen kehrte zurück. Roven spürte die Kraft in sich wachsen. *Nahams* Glühen bahnte sich einen Weg durch seinen Körper und entsprang seinen Augen, wie es damals bei ihrem ersten Kuss geschehen war.

Im prasselnden Regen schickte der Akkadier seine Sinne in die Nacht und suchte nach Taryk – am besten ein ganzes Dutzend. Und sie ließen nicht lang auf sich warten. Drei Seelenreißer näherten sich und kreisten ihn ein. Er sah in ihre Gesichter, hörte ihr Geifern, roch den Tod an ihren Waffen. Als er die erste Klinge im Rücken spürte, schickte *Naham* ein Knurren durch seine Kehle. Doch er blieb ungerührt stehen und ertrug auch das Messer, das in seiner rechten Brust versenkt wurde. Adrenalin schoss durch seinen Körper. Roven zischte schmerzerfüllt, spürte das Loch im Lungenflügel, der sich langsam mit Blut füllte. Der Größte der Taryk stand ihm gegenüber und schaute ihn an, legte den Kopf schief und trieb sein Schwert direkt durch Rovens Bauch. *Naham* brüllte in seinem Inneren. Er fiel auf die Knie, die Klauen traten aus seinen Fingern und wollten töten. Doch er ließ sie nicht, vergrub sie in der nassen Erde und biss die Zähne zusammen. Er schmeckte Blut im Mund, sein Blick trübte sich. Ein Messer glitt durch seinen Oberarm, ein zweites verletzte seine linke Niere. Rovens Wahrnehmung verschwamm zwischen Schlaf und Raserei.

»Kommt schon«, presste er hervor.

»Du willst dich hinrichten lassen?«, fragte der Taryk spöttisch. »Mann, die Akkadier sind auch nicht mehr das, was sie mal waren. Wäre Assora noch da, könnten wir ihn gefangen nehmen.«

»Ist sie aber nicht«, antwortete ein anderer. »Also gehört er uns.«

Der Taryk trieb die Klinge von hinten durch Rovens Herz. Seine Atmung setzte aus, er fiel zur Seite. Der Punkt des Widerstands war überschritten. *Naham* zog sich zur Heilung zurück. Roven lag mit dem Gesicht im Dreck und schloss erleichtert die Augen. Er sah ihr lächelndes Gesicht. Gleich wäre es vorbei. Der Taryk würde die Klinge durch Rovens Hals führen, wie er selbst es tausende Male getan hatte. Regen fiel auf sein Gesicht. Beinahe spürte er die Last des Schwertes in der Luft über sich. Sein letzter Moment als Unsterblicher war gekommen. Wie befreiend.

Er hörte etwas knacken, spürte einen Ruck durch seinen Körper gehen. Reißen. Das war's. Vorbei. Er starb. Und dann nahm er diesen Duft wahr. So viel intensiver als früher. Honig. Milch.

»Roven!«

Selene. Sie war da. Er hatte sie gefunden. Er spürte ihre Hände, ihren Körper, der sich an ihn schmiegte. Der Himmel. Roven war frei. Er war bei ihr.

»Du elender Mistkerl!«, schimpfte sie. »Wie konntest du nur?!«

Selene rannte, musste ihn in Sicherheit bringen. Sie hatte ihn sich auf den Rücken gewuchtet – zum Glück wog er so gut wie nichts – und hetzte die Pattison Road entlang, bis sie zu dem Haus kam, das mal ihr Heim gewesen war, sprang die Stufen hoch und schmetterte die Tür auf. Sie brachte Roven ins Wohnzimmer, legte ihn auf die Couch und setzte sich auf seinen Bauch. Die Holzfüße des Sofas brachen unter ihrem Gewicht entzwei.

»Roven!«, rief sie. »Ich bin hier.«

Er reagierte nicht, atmete nicht. Selene versuchte, sich zu konzentrieren. Auch sein Herz schlug nicht mehr. »Verdammt!« Sie hob ihr Handgelenk an ihren Mund und biss ungeübt zu. Gold lief aus der Wunde und tropfte auf seine Brust. Sie öffnete seinen Mund und presste ihren Arm dagegen. »Trink ... und dann wird das wieder«, murmelte sie. »Bitte.«

Er reagierte nicht.

»Roven, komm schon ...«

Ihre Wunde hatte sich schon wieder geschlossen. Sie biss erneut zu, tiefer, und ließ das Blut in seinen Mund laufen. »Bitte trink!«

Keine Reaktion.

Den Tränen nahe öffnete Selene ihre Ader noch einmal, pumpte mit der Hand und ließ mehr Blut in seinen Mund laufen. »Du hast doch deinen Kopf noch, du kannst nicht tot sein. Das hast du mir mal erklärt!«, flehte sie.

Da packte Roven ihr Handgelenk, biss zu und saugte.

Selene gab einen Schreckenslaut von sich. »Oh Gott sei Dank!« Sie spürte das kräftige Ziehen an der Wunde und holte erleichtert Luft. Tränen liefen ihr über die Wangen. »Gott sei Dank!« Sie sackte zusammen und weinte. Ließ ihn trinken und hoffte, dass es reichte.

Da bemerkte sie die Schnitte in seinem Pullover, schob den Stoff hoch und betrachtete die zahlreichen Wunde. Sie fuhr mit den Fingern über das goldene Fleisch und beobachtete, wie die Haut zusammenwuchs. Es funktionierte. Sie blickte in sein Gesicht. Roven hatte die Augen geöffnet und starrte sie an. Langsam wurde sein Saugen sanfter. Seine Fänge zogen sich zurück. Er hob eine Hand an ihr Gesicht und kniff die Augen leicht zusammen, berührte ihre Wange, umfasste ihren Hals und zog sie zu sich, bis sie kurz vor seinem Gesicht war.

Mit Entsetzen betrachtete er sie, versuchte zu sprechen. »Wie …? Bin ich gestorben?«

Selene weinte. »Nein.« Sie schüttelte den Kopf. »Ich bin zurückgekehrt.«

»Wie?! Selene! Bei *Annelha*!« Er küsste sie, schaute sie wieder an und küsste sie noch einmal. »Du bist echt?!«

Sie nickte und küsste ihn, schmeckte ihr Blut an seinen Lippen.

Roven hielt ihr Gesicht mit beiden Händen in sein Blickfeld. Seine Augen wurden immer größer. Er hatte den Mund geöffnet. »Ich höre sie …«, flüsterte er atemlos. »Ich höre … deine Bestie.«

Sie küssten sich und er stöhnte. Selene schob ihre Arme um seinen Nacken und presste ihr Gesicht an seines, konnte ihm nicht nah genug sein.

»Du bist zurückgekehrt«, hauchte er immer wieder, richtete sich auf und umarmte sie voller Kraft, zog sie dicht an seinen Schoß und hielt sie so eng an sich gepresst, dass sie glaubte, ihr würde die Luft wegbleiben. Tat es aber nicht. Sie war stärker als früher, ihr Körper ein Kraftwerk.

»Ich liebe dich so sehr«, flüsterte sie und weinte immer noch.

Roven sah sie an, wischte sich über die Augen und schüttelte benommen den Kopf. »Ich liebe dich, Selene.« Er küsste sie und lächelte zum ersten Mal. »Hör auf zu weinen.«

Er betrachtete ihr Gesicht, als sähe er sie zum ersten Mal. Küsste ihre Wangen, ihre Augenlider, ihre Nasenspitze und fesselte ihren Blick. Da spürte sie seine Hände an ihrem Hintern. Er riss ihre Hose auseinander, seine folgte und dann drang er in sie ein. Ganz langsam, ohne sie aus den Augen zu lassen. Selene holte tief Luft und umarmte ihn wieder, hielt sich an ihm fest. Seine Arme schoben sich um ihren Körper. So saßen sie da, ohne sich zu bewegen. Ohne Zeit. Ineinander verschlungen. Verbunden auf ewig. Verschmolzen.

Achtundzwanzig

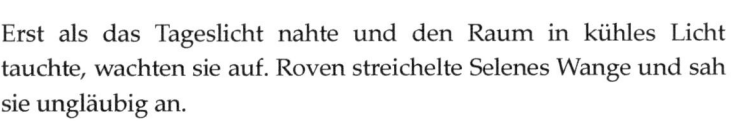

Erst als das Tageslicht nahte und den Raum in kühles Licht tauchte, wachten sie auf. Roven streichelte Selenes Wange und sah sie ungläubig an.

»Unfassbar …«, murmelte er. »Unfassbar, wie schwer du bist.«

Sie lachten und küssten sich.

Selene legte ihre Wange auf seine Schulter und schaute zum Fenster. »Die Sonne geht auf. Irgendwo hinter den Wolken.«

»Sie geht nie wieder unter.«

Selene lächelte und schloss die Augen, atmete seinen Geruch ein. »Ich kann mich noch nicht teleportieren«, murmelte sie.

»Dann musst du wohl sehr schnell rennen, damit du rechtzeitig in Schottland bist«, grinste er.

Selene zwickte ihn in die Seite.

»Aua!« Und kurz später: »Aua, das tat wirklich weh!«

»Ja?« Sie richtete sich auf. »Tschuldigung.«

»Du bist stark«, stellte er voller Stolz fest.

Selene nickte stumm.

»Wie geht es dir damit?« Er erinnerte sich an ihre pazifistische Einstellung.

Sie sah ihn an und begann zu grübeln, dachte zurück an den

Moment nach ihrem Tod, als Julia – nein, Jolina – ihr erklärte, dass sie auserkoren wäre und sich entscheiden müsste. Und sie schwankte … zwischen dem Wunsch, niemals gegen irgendjemanden zu kämpfen, und dem Schicksal, das Roven erwartete, wenn sie sich gegen ein Leben als Akkadia entschied. Dann wäre er ihr in den Tod gefolgt. Doch diese Entscheidung würde sie niemals für ihn treffen.

»Es ist viel«, flüsterte sie und zuckte innerlich, als ihr die Bilder der letzten Nacht durch den Kopf schossen. Als sie die Seelenreißer getötet hatte. Selene blickte auf ihre Hände, der Teer war verschwunden, der Geruch noch da.

Roven zog die Augenbrauen zusammen, nahm ihre Hände in seine und holte ihren Blick zu sich, sah das Leid in ihren dunkelroten Augen. Er hatte sie mit seiner Liebe dazu verdammt, ein Leben an seiner Seite zu führen. Ein Leben voller Dunkelheit und Tod. *Sein* Leben, dass dank ihr wieder Licht bekommen hatte. »Es tut mir leid.«

»Muss es nicht«, sagte sie und lächelte. »Ich hab mich so entschieden.«

Roven holte tief Luft. »Wir machen einen Schritt nach dem anderen.«

Selene nickte. »Ja. Immer Schritt für Schritt Richtung Unendlichkeit.«

»Wir finden einen Weg, der für uns funktioniert. Für dich.«

Sie strich ihm das hellblonde Haar aus der Stirn. Sein Gesicht wirkte eingefallen, aber nicht mehr so blass und dem Tode nahe wie letzte Nacht. Sie streichelte die stoppelige Wange und küsste ihn.

»Ich bin so dankbar«, flüsterte er an ihren Mund und lauschte dem Klang ihres Herzens, das im selben Takt wie seines schlug, und dem Schnurren ihrer Bestie, in das *Naham* einstimmte.

Roven teleportierte sie beide weg vom Tageslicht zurück nach Avenstone in sein zerstörtes Zimmer. Sie liebten sich, ganz leise und langsam. Ohne Orgasmus, dafür mit Funkenregen. Die Bilder ihrer Bestien thronten beide genau über dem Herzen und mit jedem Mal, da sie sich liebten, wurde die Verbindung stärker – *Solan* und *Marasch*, wie es im *Buch der Götter* stand.

Die Freude der anderen Akkadier war groß, die von Adam und seinem Enkel noch größer. Selene und Jason umarmten sich minutenlang. Illian und Alejandro verließen Avenstone und kehrten in ihre Heimat zurück, doch Roven erinnerte sie an den Whiskey, der immer bereitstand. Danica verschwand eines Nachts aus ihrem Zimmer, nahm ihr Kind mit sich und ließ einen verbitterten Araber zurück, der Avenstone kurz danach verließ.

Nachdem Lennarts Zustand keine Besserung zeigte, suchten Roven und Ju Rat bei den Ahnen. Elias kam mit ihnen zur Erde und nahm Lennart in seine Obhut. Erst danach sah Roven Jolina zum ersten Mal seit ihrem Streit in einem Traum wieder. Sie standen sich gegenüber, traurig und entsetzt über das, was geschehen war, was sie einander gesagt und nicht gesagt hatten. Er nahm sie in den Arm und versprach ihr, sie nie wieder zu beleidigen.

Selene verabschiedete sich von ihrem alten Leben in London und ließ ihre Wohnung renovieren. Sie kündigte den Mietvertrag und den Job bei Bert, was ihr schwerer fiel als erwartet. Es war nicht ihr Chef, der ihr fehlen würde, sondern das Gefühl, etwas Nützliches zu tun. Deshalb besorgte ihr Adam eine ehrenamtliche Stelle im Altersheim von Evanton, für das sie die Buchhaltung von Zuhause aus erledigen konnte. *Zuhause* auf Avenstone – einer Burg in Schottland, umgeben von weitläufigen Ebenen, dichten Wäldern und eiskalten Lochs, an ihrem Arbeitsplatz gegenüber von Jasons.

Das Wort Zuhause hatte für Roven eine neue Bedeutung gewonnen. Er trug es nun immer im Herzen. Es war die Liebe für Selene, die ihn nach Jahrhunderten ankommen ließ. Sie schliefen miteinander ein und wachten beieinander auf, aßen mit Adam und Jason, jagten in London oder Schottland, lasen Bücher, schauten Filme und fanden ihren eigenen gemeinsamen Rhythmus als Gefährten. Doch was er Training nannte, war für Selene Selbstverteidigung, denn sie griff nie aktiv an. Was für ihn Jagd hieß, nannte sie Menschen retten. Er tötete Taryk aus Überzeugung.

Dass er damit Menschen beschützte, weil er die Zahl der Seelen-reißer dezimierte, war für ihn immer ein Nebeneffekt gewesen. Selene aber interpretierte ein System, das für ihn auf Töten aus-gelegt war, auf ihre eigene Art und Weise. Sie nutzte ihre Gaben in Gegenwart der Menschen als Unterstützung, Hilfe und Heilung. Und Roven beobachtete das mit ziemlich großer Ehrfurcht.

Und als der Winter in ganz Schottland Einzug hielt und weiße Wolken auf der Landschaft schwebten, ging Roven mit ihr kurz vor Sonnenaufgang auf den Balkon. Er wickelte sie beide in eine Decke ein und beobachtete das Farbenspiel am Horizont.

Als das Summen in ihrem Inneren lauter wurde, holte Selene tief Luft. »Wir müssen rein.«

»Heute nicht.«

Sie schaute ihn fragend an.

Er grinste und spürte *Naham* in Vorfreude hin und her rennen. »Heute rennen wir.«

»Dürfen wir das?«

Roven hatte lange überlegt, hatte sich und Selene und das Verhalten ihrer Bestien beobachtet. Und er war zu dem Schluss gekommen, dass sie durften. Dass nichts Schlimmes passieren würde. Kein Chaos, keine Anarchie, kein vergossenes Blut. »Ja, wir dürfen«, antwortete er und küsste ihren Scheitel.

Selene sah geradeaus zum Licht und strahlte. »*Naham* kitzelt unter meiner Haut.« Sie streckte ihren Arm aus der Decke und sah ihre Haut golden glitzern.

Der Himmel verfärbte sich rosa und verlieh dem Schnee einen rotgoldenen Glanz. Als die ersten Sonnenstrahlen die Burg er-reichten, stöhnte Selene.

»Wehr dich nicht gegen sie.« Roven legte die Decke beiseite und gab Selene Halt. »Lass es einfach zu. Wie beim Sex.« Er grinste.

Ihre Augen flammten gleichzeitig auf. Gold strömte aus ihrer Haut hervor. Sie verwandelten sich beieinander und Roven stellte fest, dass der Balkon ziemlich eng war für zwei ausgewachsene akkadische Bestien. Durch *Nahams* Augen betrachtete er die verwandte Seele neben sich. Selenes Bestie war in etwa so groß wie seine, mit kurzen Hörnern und liebevollen Augen. Ihre Mähne war etwas länger und ihr Fell schillerte von Hellblau bis Dunkelgrün – Wasser und Wald. Er stupste sie an, leckte ihr Gesicht, bis sie schnurrte.

Komm!

Roven sprang über die Brüstung und Selene folgte ihm. Die Erde unter ihren Pfoten bebte, der Schnee schmolz zwischen ihren Tatzen. Die Sonne kitzelte in der Schnauze und ließ ihren Löwen niesen. Da war Roven schon vorgelaufen, drehte sich zu ihr um und brüllte voller Freude. Kam zurück und schubste sie rollend durch den Schnee.

Sie rannten die verschneiten Hügel entlang, immer der Wintersonne entgegen. Trotzten dem kalten Wind, denn in ihren Herzen brannte ewiges Feuer und hinterließ einen Schweif aus Gold auf der schottischen Landschaft. Vier Seelen. Zwei Herzen. Eine Liebe.

Ende

Danksagung

Warum die Danksagung am Ende steht? Weil ich dir nicht danken kann, wenn wir beide noch gar nicht wissen, ob du bis zum Ende durchhältst. Aber das hast du anscheinend und dafür danke ich dir von Herzen! Und wenn ich ein paar Sachen richtig gemacht habe, dann lächelst du jetzt und hast vielleicht ein warmes Gefühl in der Brust, weil du das Ende mochtest.

Es ist für einen unbekannten Schriftsteller nicht selbstverständlich, gelesen zu werden. Danke, dass du meinen Worten, Gedanken und Gefühlen deine Zeit geschenkt hast. Danke, dass du mich in dein Zuhause, in deinen Kopf und in dein Herz gelassen hast.

Fühl dich gedrückt! Von Herzen!
Das meine ich genau so, wie ich es schreibe.

Über den Autor

Hi, ich bin Maria. Lass uns beim Du bleiben.

Ich wurde 1984 in einem idyllischen kleinen Städtchen zwischen Havel und Elbe geboren und bin in einem liebevollen Elternhaus aufgewachsen. Schon als Kind erschuf ich mir meine Realität mit Malen und Schreiben gerne farbenfroh und nonkonform.

Heute lebe und wohne ich mit Kind und Katzen in der wunderschönen Altmark. Ich habe einen ganz normalen Job, doch die Kunst begleitet mich täglich in Herz und Kopf. Ich schreibe, male, fotografiere oder klimpere auf Klavier und Ukulele rum (selten gleichzeitig). Und ich glaube an das Gute in uns allen. Daran, dass Liebe alles und jeden retten kann – egal in welcher Form sie verschenkt wird.

Und wenn du noch mehr Liebe vertragen kannst, besuch mich doch mal in meinem Leuchtturm: **www.marias-leuchtturm.art**